ZUFLUCHT FÜR MAISY

Die Zuflucht in den Bergen, Buch 6

SUSAN STOKER

Titelbild entworfen von: Chris Mackey, AURA Design Group
ISBN Taschenbuch: 978-1-64499-431-3
Besuchen Sie Susan im Netz!
www.stokeraces.com
facebook.com/authorsusanstoker
twitter.com/Susan_Stoker
bookbub.com/authors/susan-stoker
instagram.com/authorsusanstoker
Email: Susan@StokerAces.com

EBENFALLS VON SUSAN STOKER

Schutz für Addison (6 May)
Schutz für Kelli
Schutz für Bree

Das Bergungsteam vom Eagle Point

Ein Retter für Lilly
Ein Retter für Elsie
Ein Retter für Bristol
Ein Retter für Caryn
Ein Retter für Finley
Ein Retter für Heather
Ein Retter für Khloe

SEALs of Protection: Legacy

Ein Beschützer für Caite
Ein Beschützer für Brenae
Ein Beschützer für Sidney
Ein Beschützer für Piper
Ein Beschützer für Zoey
Ein Beschützer für Avery
Ein Beschützer für Kalee
Ein Beschützer für Jane

Die SEALs von Hawaii:

Die Suche nach Elodie
Die Suche nach Lexie
Die Suche nach Kenna
Die Suche nach Monica
Die Suche nach Carly
Die Suche nach Ashlyn
Die Suche nach Jodelle

Delta Team Zwei

Ein Held für Gillian
Ein Held für Kinley
Ein Held für Aspen
Ein Held für Jayme
Ein Held für Riley
Ein Held für Devyn
Ein Held für Ember
Ein Held für Sierra

Mountain Mercenaries:
Die Befreiung von Allye
Die Befreiung von Chloe
Die Befreiung von Morgan
Die Befreiung von Harlow
Die Befreiung von Everly
Die Befreiung von Zara
Die Befreiung von Raven

Ace Security Reihe:
Anspruch auf Grace
Anspruch auf Alexis
Anspruch auf Bailey
Anspruch auf Felicity
Anspruch auf Sarah

Die Delta Force Heroes:
Die Rettung von Rayne
Die Rettung von Emily
Die Rettung von Harley
Die Hochzeit von Emily
Die Rettung von Kassie
Die Rettung von Bryn
Die Rettung von Casey

Die Rettung von Wendy
Die Rettung von Sadie
Die Rettung von Mary
Die Rettung von Macie
Die Rettung von Annie

SEALs of Protection:
Schutz für Caroline
Schutz für Alabama
Schutz für Fiona
Die Hochzeit von Caroline
Schutz für Summer
Schutz für Cheyenne
Schutz für Jessyka
Schutz für Julie
Schutz für Melody
Schutz für die Zukunft
Schutz für Kiera
Schutz für Alabamas Kinder
Schutz für Dakota

Eine Sammlung von Kurzgeschichten
Ein langer kurzer Augenblick

KAPITEL EINS

»Jase, bitte tu das nicht.«

»Ich habe dir schon eine Million Mal gesagt, dass du mich nicht so nennen sollst. Mein Name ist *Jason*. Du bist so verdammt dumm.«

Jack hielt ganz still. Er wusste nicht, wo er war, wer da sprach oder warum sein Kopf so wehtat. Er wusste auch nicht, warum er sich nicht einfach aufsetzte und die Augen öffnete, um herauszufinden, was los war ... aber etwas tief in seinem Inneren sagte ihm, dass er warten sollte. Dass es besser war zuzuhören.

»Tut mir leid.«

»Du ziehst das jetzt durch, Maisy. Ich will nichts mehr davon hören. Und wenn du es nicht tust ...«

Die Stimme des Mannes verstummte, und obwohl Jack keinen der beiden kannte, gefiel ihm die angedeutete Drohung nicht.

Wahrscheinlich hätte er die Augen geschlossen halten sollen, aber er konnte nicht länger schweigen. Es gefiel ihm nicht, wie der Mann die Frau behandelte.

Er bewegte sich auf dem Bett und öffnete die Augen.

Oder besser gesagt, er versuchte es. Das Licht im Zimmer war extrem hell, und er zuckte zusammen und schloss sofort wieder seine Augenlider.

»Er wacht auf!«, rief die Frau.

Jack kämpfte gegen die mörderischen Kopfschmerzen an, und als sie etwas nachließen, wagte er es, die Augen noch einmal zu öffnen. Diesmal ging er langsamer vor und blinzelte. Alles war verschwommen, als er sich mühsam aufsetzte.

Er spürte, wie eine Hand an seinem Arm zerrte, und widerstand dem Drang zu seufzen. Sie war es. Die Frau mit der sanften Stimme. Angesichts der Größe ihrer Hand war es nicht so, dass sie ihm wirklich hätte aufhelfen können, aber Jack tat sein Bestes, um sich trotzdem auf dem Bett aufzusetzen. Um das Gesicht zu sehen, das zu der beruhigenden Stimme gehörte, drehte Jack den Kopf und sah sie an.

Ihm stockte der Atem.

Ihr hellbraunes Haar war zerzaust und sah für sein ungeschultes Auge aus, als müsste es geschnitten werden. Sie hatte dunkelrosa Flecke auf den Wangen und sah ihn mit ihren kastanienbraunen Augen, ohne zu zögern, an. Sie war ein bisschen zu dünn, aber er fand sie trotzdem sehr hübsch.

»Ganz ruhig«, sagte sie mit dieser melodischen Stimme.

»Schön, dass du wach bist«, bemerkte der Mann. Seine Stimme nagte an Jacks Nerven. Seine Augen hatten sich an das Licht gewöhnt und er blickte den Mann an, weil er instinktiv wusste, dass er derjenige im Raum war, um den er sich Sorgen machen musste.

»Kenne ich dich?«, fragte Jack ein wenig unwirsch. Er fühlte sich nicht gut, sein Kopf pochte und er hatte keine Ahnung, wo er war.

»Mein Name ist Jason Feldman.«

Der Mann hielt Jack nicht die Hand hin, um sie zu schütteln, und es kam ihm so vor, als würde er die Situation einschätzen und darauf achten, nicht zu früh zu viel zu sagen. Woher er das wusste, konnte Jack nicht sagen. Er hob eine Hand und massierte seine Schläfe, um den Schmerz in seinem Kopf zu lindern. »Wo bin ich? Was ist passiert?«

»Was meinst du damit, was ist passiert?«, fragte die Frau, die, wie Jack sich erinnerte, Maisy hieß. Sie stand neben dem Bett und sah ihn besorgt an. Das gefiel ihm. Und zwar sehr. Hatte er jemals zuvor jemanden gehabt, der so besorgt um ihn gewesen war?

Aber bei dieser einfachen Frage versagte sein Verstand. Er wusste auch nicht genau, was er meinte. Er schaute Maisy in die Augen. »Ich weiß es nicht.«

»*Was* weißt du nicht?«, fragte sie sanft.

»Ich weiß gar nichts«, platzte Jack heraus. »Ich meine ... ich weiß, dass ich Jack heiße, aber das war's auch schon. Warum tut mein Kopf weh? Wo bin ich? Wer bist du? Was ist mit mir passiert?«

Von Jason auf der anderen Seite des Bettes ertönte ein fast erfreutes Schnauben, und Jack wandte sich schnell zu ihm um.

»Tut mir leid, aber ... damit habe ich nicht gerechnet«, erwiderte der Mann.

Jack verengte die Augen und musterte den Mann. Wenn er sich nicht irrte, versuchte der Mann, ein Lächeln zu unterdrücken. Aber das konnte nicht stimmen. Warum sollte er sich darüber freuen, dass Jack sich an nichts mehr erinnern konnte?

»Wie ich schon sagte, mein Name ist Jason Feldman. Du bist bei mir zu Hause in Seattle, Washington. Du hattest einen Unfall und hast dir den Kopf angeschlagen.« Er nickte der Frau zu. »Das ist meine Schwester Maisy. Und du bist Jack Smith – mein Schwager.«

In Jacks Kopf drehte sich alles. Das Einzige, was ihm im Kopf blieb, war die Sache mit dem Schwager. Das bedeutete ...

Er drehte sich um und sah Maisy an.

Sie starrte ihren Bruder mit einem Gesichtsausdruck an, den Jack nur als entsetzt bezeichnen konnte. Aber diese Emotion verschwand, als sie zu ihm hinunterblickte.

»Hallo«, sagte sie merkwürdigerweise.

»Wir sind verheiratet? Du bist meine *Frau*?«, platzte Jack heraus und suchte verzweifelt in seinem Kopf nach der kleinsten Erinnerung an diese Frau ... und fand nichts.

Doch anstatt Maisy antworten zu lassen, ergriff ihr Bruder das Wort. »Natürlich seid ihr das. Ihr beide seid schon seit ein paar Jahren verheiratet. Ihr wart zusammen wandern und du bist gestürzt. Du warst stundenlang bewusstlos. Der Arzt hat gesagt, dass du wieder gesund wirst, aber wir haben uns große Sorgen gemacht ... du erinnerst dich an *nichts*?«

Jack schüttelte langsam den Kopf. Alles war völlig leer. Seine Atmung beschleunigte sich, als sich der Schrecken in seinem Körper ausbreitete. Doch dann spürte er eine leichte Berührung an seinem Arm. Maisy.

»Es ist okay ... du bist okay«, erklärte sie eindringlich.

»Tja, verdammt. Das bedeutet wohl, dass die Zeremonie zur Erneuerung des Eheversprechens, die du geplant hast, ausfällt«, bemerkte Jason.

Maisy biss sich auf die Lippe, als sie den Kopf hochschnellen ließ und ihren Bruder anstarrte.

»Was?«, fragte Jack.

»Ihr zwei Turteltauben wolltet euer Gelübde erneuern. Die Zeremonie sollte dieses Wochenende stattfinden. Dann wurdest du verletzt. Und meine liebe Schwester, die so viel Zeit mit der Planung verbracht hat, war so aufgeregt. Ich schätze, wir müssen die Feier verschieben ... obwohl wir die Dinge einfach verkleinern könnten. Anstatt der hundert Gäste, die Maisy eingeladen hat, könnten wir eine kleinere Zeremonie abhalten und uns auf die Familie beschränken.«

»Jase«, protestierte Maisy schwach.

»*Jason*«, korrigierte er sie sofort. Er blickte auf Jack hinunter. »Sie kann sich nie merken, dass ich diesen blöden Spitznamen aus der Kindheit hasse.«

»Vielleicht sollten wir ihm Zeit geben, um sein Gedächtnis wiederzuerlangen«, schlug Maisy vor.

»Willst du jetzt da stehen und mir sagen, dass du das nicht durchziehen willst?«, fragte Jason seine Schwester.

Jack spürte die Spannung in der Luft zwischen den Geschwistern, aber er konnte nicht verstehen warum.

Jason ließ Maisy keine Zeit zu antworten, bevor er fortfuhr: »Ihr beide liebt euch mehr als jedes andere Paar, das ich je kennengelernt habe. Ihr wart beide so aufgeregt wegen dieser Sache. Wir werden es verkleinern. Ich habe einen Freund, der ordiniert ist, wir können ihn miteinbeziehen. Es ist euer Neuanfang. Du weißt, dass Mom und Dad das wollen würden.«

Die Farbe wich aus Maisys Gesicht, als er von ihren Eltern sprach.

Frustration schwappte durch Jack. Er hasste es, nicht zu wissen, was vor sich ging.

»Unsere Eltern sind vor Jahren bei einem Autodiebstahl ums Leben gekommen. Maisy war ihr Baby. Verwöhnt bis zum Umfallen. Ohne sie war sie verloren. Sie musste die Highschool abbrechen, weil sie es nicht verkraftete, sie verloren zu haben. Ich zog zurück in das Haus der Familie, um ihr zu helfen, und seitdem leben wir hier.«

»Wie lange sind wir schon verheiratet?«, fragte Jack Maisy in einem sanften Ton. Er hatte großes Mitleid mit ihr. Er wusste nicht, ob seine eigenen Eltern noch lebten oder nicht, aber er stellte sich vor, dass es schrecklich sein musste, seine Eltern zu verlieren, und wenn es geschah, während man noch minderjährig war, musste es noch schlimmer sein.

Aber wieder antwortete ihr Bruder für sie. »Es ist erst zwei Jahre her, und es gab eine Zeit lang Schwierigkeiten zwischen euch, aber in letzter Zeit ist es viel besser geworden. Also habt ihr beschlossen, euch wieder zueinander zu bekennen. Daher die Zeremonie zur Erneuerung des Eheversprechens.«

Nichts von dem, was Jason sagte, löste irgendeine Erinnerung bei Jack aus. Es fühlte sich sogar … falsch an. Wenn er mit dieser Frau verheiratet war, wenn er sie so sehr liebte, wie Jason behauptete, musste er doch tief in seinem Inneren etwas empfinden. Stattdessen fühlte es sich an, als würde er zwei Fremde treffen. Das war verwirrend.

»Hast du Hunger?«, fragte Maisy leise.

»Ich bin am Verhungern«, gab Jack zu.

»Ich werde Paige bitten, etwas zu kochen und es hochzubringen«, sagte Jason. »Sie ist unsere Köchin.« Dann schaute er seine Schwester an und sagte: »Ich lasse euch beide allein … und rufe meinen Freund wegen des Wochenendes an.«

»Jason, bitte«, erklärte Maisy.

»Es ist nur zu deinem Besten«, sagte Jason zu ihr. »Du weißt, dass es so ist. Ich kümmere mich um alles. Du weißt, wie überfordert du bist. Schließlich wollen wir auf keinen Fall, dass du einen Rückfall erleidest und der Arzt kommen muss, um dir ein Beruhigungsmittel zu verabreichen. Entspann dich, Schwesterherz. Ich habe das im Griff.«

Wieder einmal hatte Jack das Gefühl, im Dunkeln zu

tappen. Er verstand nicht, wovon Jason sprach, und das gefiel ihm gar nicht.

Sobald der Mann den Raum verlassen hatte, wandte Jack sich an Maisy. »Rückfall? Dir *Beruhigungsmittel* verabreichen?«

Maisy leckte sich nervös über die Lippen. »Ich kann nicht gut mit Stress umgehen.«

Das beantwortete seine eigentliche Frage nicht, aber weil sie so unbehaglich aussah, ließ Jack das Thema fallen. Vorerst. Er blickte sich im Raum um in der verzweifelten Hoffnung, etwas zu erkennen, aber nichts in dem etwas kargen Raum kam ihm bekannt vor.

»Kann ich etwas Wasser haben?«, fragte er und entdeckte einen Krug auf einem kleinen Tisch auf der anderen Seite des Raumes.

»Oh! Natürlich. Tut mir leid, ich hätte dir sofort etwas holen sollen, als du aufgewacht bist«, erklärte Maisy besorgt, während sie sich zum Tisch umwandte.

»Ist schon okay. Also ... mein Nachname ist Smith?«, fragte Jack.

Maisy warf ihm einen unsicheren Blick zu, bevor sie ihm den Rücken zuwandte, um ihm ein Glas Wasser einzuschenken. »Ja«, erwiderte sie.

»Jack und Maisy Smith, hm?«

Dieses Mal nickte sie einfach.

Irgendetwas stimmte in dieser Situation nicht, aber was genau es war, konnte Jack nicht sagen. Nicht mit diesen schrecklichen Kopfschmerzen. Er hob eine Hand und tastete seinen Hinterkopf ab, woher der Schmerz zu kommen schien, und zuckte zusammen, als er eine große Beule bemerkte.

»Tut es weh?«

Die Frage kam von seiner Frau, die sich erneut neben

das Bett gestellt hatte. Dieses Mal mit einem Glas Wasser in der Hand.

»Verdammt weh«, bemerkte Jack, während er nach dem Wasser griff.

Ihre Finger berührten sich, als er ihr das Glas abnahm, und sie atmete leicht ein.

Auch Jack atmete scharf ein, als ein Stromstoß durch seinen Arm schoss. Ohne nachzudenken, griff er mit seiner freien Hand zu, als Maisy sich zurückzog. Mit den Fingern umfasste er ihr Handgelenk, und sie erstarrte.

Jack fuhr mit seinem Daumen über den rasenden Puls in ihrem Handgelenk. Ihre Haut war weich und fühlte sich ein wenig kühl an. Aber er konnte nicht leugnen, dass es sich richtig anfühlte, sie zu berühren. Es war das Einzige, was sich richtig angefühlt hatte, seit er in diesem Zimmer aufgewacht war. Würde er sich bei einer Fremden auch so fühlen? Auf keinen Fall. Zumindest glaubte er das nicht. Er wusste nicht, ob er die Geschichte glaubte, die Jason ihm aufgetischt hatte, aber als er sah, dass Maisys Wangen bei seiner Berührung rosa wurden, erfüllte ihn das mit Zufriedenheit.

Diese Frau war *seine* Frau. Er mochte sich an nichts in seinem Leben erinnern, aber er wusste ohne jeden Zweifel, dass diese Frau ihm gehörte.

Plötzlich war er genauso aufgeregt wie sie wegen der Zeremonie zur Erneuerung ihres Eheversprechens.

»Ich kann mich nicht daran erinnern, geheiratet zu haben«, sagte er sanft, nachdem er einen Schluck Wasser getrunken und das Glas auf den Tisch neben dem Bett gestellt hatte.

»Es war eine spontane Sache. Wir hatten keine große Zeremonie.«

»Das wundert mich nicht.«

Sie runzelte die Stirn. »Was wundert dich nicht?«

»Dass ich zu erpicht darauf war, dich zu der Meinen zu machen, sodass ich nicht darauf warten konnte, dass du eine große Feier organisierst.«

Sie errötete noch mehr.

»Ich werde es durchziehen«, erklärte Jack ihr.

»Was wirst du durchziehen?«

»Ich werde dich am Wochenende erneut heiraten. Ich kann mich nicht mehr an unsere erste Hochzeit erinnern, und das wird ein neuer Anfang für uns sein, wie dein Bruder gesagt hat.«

Sie starrte ihn einen Moment lang an. »Das müssen wir nicht«, flüsterte sie.

»Ich erinnere mich weder an dich noch an das Leben, das wir hatten, aber tief in mir weiß ich, dass du zu mir gehörst. Meine Seele erkennt dich wieder. Nicht zu wissen, wer ich bin, oder irgendetwas über mein Leben zu wissen ist verdammt übel. Aber aus irgendeinem Grund erscheint mir die Schwärze in meinem Kopf nicht so beängstigend, weil du hier bist. Ich kenne dich, Maisy Smith, und es wäre mir eine Ehre, dich zu heiraten ... noch einmal.«

Tränen füllten ihre Augen und liefen ihr über die Wangen. »Jack«, flüsterte sie.

»Zu viel?«, fragte er, während er sanft an ihrer Hand zog und sie zu sich heranführte. Er küsste ihre Fingerknöchel.

»Ich ... das ist alles so überwältigend«, sagte sie.

»Setzt du dich zu mir? Ich möchte, dass du mir alles über dich erzählst. Was du magst und nicht magst, was deine Träume sind ... ich weiß ja nicht einmal, wie alt du bist.«

»Ich bin achtundzwanzig.«

Jack öffnete den Mund und schloss ihn seufzend wieder.

»Was? Zu jung?«, fragte sie.

Er lachte leise, aber es war kein belustigter Laut. »Ich wollte gerade einen Witz über mein Alter machen, aber dann habe ich gemerkt, dass ich meinen eigenen Geburtstag nicht kenne. Wie alt bin ich, Schatz?«

Sie verstummte und starrte ihn mit großen Augen an.

Die Tür ging auf und eine Frau kam mit einem großen Tablett herein. Sie war ungefähr so groß wie Maisy, schätzungsweise Mitte sechzig und hatte schwarzes Haar, das sie zu einem unordentlichen Dutt am Hinterkopf zurückgebunden hatte. Sie war schlank und hatte ein majestätisches Aussehen, und er glaubte, in ihren Gesichtszügen ein wenig von den amerikanischen Ureinwohnern zu entdecken. Sie sah Maisy mit einem kleinen Stirnrunzeln an, während sie mit dem Tablett in ihren Händen jonglierte. Jack konnte den Blick nicht deuten, und die Verwirrung und das Unbehagen, die er beim ersten Aufwachen empfunden hatte, überkamen ihn erneut.

Maisy riss ihre Hand aus seiner und eilte hinüber, um mit dem Zubereiten der Mahlzeit zu helfen.

Jack verstand die Spannung zwischen den beiden Frauen nicht. Paige sah besorgt aus und er wusste nicht warum. Er war keine Bedrohung für seine Frau. Und warum wollte Maisy ihm offensichtlich nicht sagen, wie alt er war? War er viel jünger als sie? Älter? Er fühlte sich nicht, als sei er in den Zwanzigern, aber auch nicht, als sei er in den Vierzigern.

»Ich habe dir eine herzhafte Gemüsesuppe gemacht. Du wirst dich besser fühlen, wenn dein Bauch voll ist«, sagte Paige zu ihm, nachdem sie das Tablett auf dem Tisch neben dem Bett abgestellt hatte.

»Danke. Die Suppe riecht wunderbar«, erklärte Jack ihr.

»Oh, das hätte ich fast vergessen. Hier«, erwiderte Maisy.

Jack sah, dass sie ihm eine Brille hinhielt. Er griff automatisch danach und setzte sie auf. Er erinnerte sich nicht einmal daran, dass er eine Brille trug, aber sobald er sie auf dem Gesicht hatte, entspannte er sich ein wenig. Ja, seine Sehkraft war nicht schlecht, aber alles war jetzt viel klarer.

Er starrte seine Frau an und zwang sich, sich zu erinnern, aber er hatte immer noch keine Erinnerungen an die Zeit vor dem Aufwachen, abgesehen von seinem Vornamen.

»Ich habe gehört, dass wir an diesem Wochenende Hochzeitsfeierlichkeiten abhalten werden«, sagte Paige zaghaft.

Maisy biss sich auf die Unterlippe und drehte sich zu Jack um.

»Das werden wir«, entgegnete er nachdrücklich.

Er verstand den Blick nicht, den Paige Maisy zuwarf, aber sie sagte: »Toll. Ich fange an, ein Menü zu planen.«

»Nichts Großes«, warnte Maisy die ältere Frau. »Wir werden nur im Kreis der Familie feiern.«

»Ich verstehe«, erwiderte Paige.

Wieder gab es Unterströmungen in dem Gespräch, die Jack überforderten, und er war so verwirrt. Bevor er Fragen stellen konnte, drehte Paige sich um und verließ den Raum, ohne noch etwas zu sagen.

»Ich sollte gehen«, bemerkte Maisy unsicher.

»Bleib«, beharrte Jack. Bei dem Gedanken, dass sie ging, setzte sein Herz einen Schlag aus. Wenn er es nicht besser gewusst hätte, hätte er gedacht, er hätte eine Panikattacke. Aber das war unlogisch. Er war nicht der Typ Mann, der bei der kleinsten Provokation in Panik geriet ... oder doch? Aber das konnte er ja auch nicht mit Sicherheit wissen.

»Bist du sicher?«, fragte Maisy. »Ich dachte nur, dass du vielleicht etwas Privatsphäre möchtest.«

»Du bist meine Frau, ich brauche keine Privatsphäre von dir. Du kennst mich besser als jede andere. Du hast mich in meinen besten und schlimmsten Momenten gesehen, nehme ich an. Bleib.«

Es dauerte einige Augenblicke, bis sie nickte.

»Während ich esse, kannst du mir mehr über unser gemeinsames Leben erzählen. Was wir beruflich machen, über deinen Bruder, deine Mutter und deinen Vater und alles, was dir sonst noch einfällt.« Als sie schwieg, drückte er sanft ihre Hand. »Maisy?«

»Ja?«

»Ich erinnere mich vielleicht nicht mehr an dich oder unsere Ehe ... aber ich freue mich auf die Chance, mich noch einmal neu in dich zu verlieben.«

Ihre Augen füllten sich mit Tränen. »Ich habe dich nicht verdient, Jack.«

»Natürlich hast du das«, versicherte er ihr. »Wir haben einander verdient.«

KAPITEL ZWEI

Maisy starrte Jack an, während er schlief. Die letzte Stunde oder so war absolut schrecklich gewesen. Jedes Wort, das aus ihrem Mund gekommen war, war eine Lüge gewesen. Sie war nicht seine Frau. Sie hatte den Mann noch nicht einmal gekannt, bevor Jason ihn in ihr Zimmer gezerrt und auf dem Bett abgeladen hatte.

Ihr Bruder war furchtbar. Schrecklich. Er war nicht mehr der Junge, zu dem sie während ihrer Kindheit aufgesehen hatte. Irgendwann hatte er sich von dem beschützenden älteren Bruder zu dem Monster entwickelt, das er heute war. Und sie saß in der Falle.

Es stimmte, dass ihre Eltern getötet worden waren, als sie erst fünfzehn Jahre alt war, und dass ihr Bruder zu ihr gezogen war, um sich um sie zu kümmern, weil sie minderjährig war. Auch, weil sie vor lauter Trauer verrückt geworden war.

Irgendwie wurde aus einem Jahr ein zweites, ein fünftes und ein zehntes. Und jetzt, dreizehn Jahre später, lebte sie immer noch in dem Haus, in dem sie aufgewachsen war, mit einem Bruder, der sie hasste.

Die meiste Zeit über lebten sie nur zu zweit, mit Paige und ein paar anderen Angestellten, die auf der Gehaltsliste standen. Jason hatte zwar vor fünf Jahren geheiratet ... aber seine Frau war nur vier Monate nach ihrer Hochzeit auf mysteriöse Weise verschwunden. Ihr Bruder behauptete, Martha hätte ihn ohne ein Wort verlassen, aber Maisy war davon nicht so recht überzeugt. Sie hatte den Abend vor Marthas Verschwinden mit ihrer Schwägerin verbracht und sie schien ... okay gewesen zu sein. Nicht gerade glücklich, denn sie hatte zugegeben, dass sie und Jason ein paar Probleme hatten, aber Martha war fest entschlossen gewesen, sie zu lösen. Sie hatte Maisys Bruder aufrichtig geliebt, was ihr Verschwinden umso verwirrender machte.

Und Jason schien damals nicht untröstlich, sondern ... zufrieden.

Das war der Zeitpunkt, an dem Maisys Misstrauen *wirklich* einsetzte. Sie wollte nicht glauben, dass Jason etwas mit dem Verschwinden seiner Frau zu tun hatte ... aber wie konnte sie das nicht?

Jahrelang hatte sie darüber geschwiegen, was sie in der Nacht gesehen hatte, in der Martha angeblich verschwunden war ... aber wenn sie Jasons Geschichte wirklich glaubte, dass er sich neben seiner Frau ins Bett gelegt hatte und als er aufwachte, war sie einfach weg gewesen ...

Wie konnte sie dann sein Verhalten in dieser Nacht erklären?

Warum hatte sie die Fotos, die sie vor all den Jahren gemacht hatte, immer noch sorgfältig versteckt?

Erst in den letzten Monaten, als die Drogen, die sie über ein Jahrzehnt genommen hatte, langsam aus ihrem Körper verschwanden und sie zum ersten Mal seit Jahren wieder klar denken konnte, hatte sie begonnen, auch über den Tod ihrer Eltern nachzudenken.

Jason hatte nach deren Ableben eine hohe Auszahlung aus der Lebensversicherung erhalten. Das Geld schien er ziemlich schnell verbraucht zu haben. Drei Monate nach seiner Heirat hatte er dann endlich Zugriff auf das Geld, das seine Eltern ihm in einem Treuhandfonds hinterlassen hatten.

Jetzt war auch dieses Geld offenbar längst weg. Es war eine ziemlich hohe Summe gewesen, aber er hatte es geschafft, alles auszugeben. Wenn sie raten müsste, hätte sie gesagt, dass er den Rest seines Erbes vor etwa einem Jahr aufgebraucht hatte ... ungefähr zu der Zeit, als er anfing, Maisy von ihren Medikamenten zu entwöhnen. Er fing an, sie zu ermutigen, sich einen Freund zu suchen.

Aber anscheinend war seine Geduld am Ende. Erst vor zwei Monaten hatte Jason ganz offen darauf bestanden, dass sie heiraten sollte. Da sie alt, fett und hässlich war, würde *er* ihr natürlich einen Mann suchen.

Sie hatte nicht erwartet, dass er einen Fremden von der Straße anschleppen würde.

Maisy wusste nicht, was ihr Bruder getan oder wo er Jack gefunden hatte, aber es schien ein unglaublicher Glücksfall für Jason zu sein, dass Jack an Amnesie litt. Der Mann wusste nicht einmal, dass sein Nachname nicht Smith war.

Ihr Bruder war schlau; die Geschichte, dass sie ihr Eheversprechen erneuern wollten, war genial. Maisy hatte keine Ahnung, wie Jason Jack dazu bringen wollte, sie zu heiraten, wenn er sein Gedächtnis *nicht* verloren hätte, aber da er es hatte ... war alles viel einfacher.

Jason wollte ihr Erbe. Das Geld, das ihre Eltern ihr hinterlassen hatten und das seit deren Tod sicher in einem Treuhandfonds lag. Sie erhielt jeden Monat einen Betrag, den ihr Bruder an sich nahm, aber er wollte den Rest, und zu seinem Pech gab es die gleichen Bedingungen wie bei Jasons eigenem Erbe.

Sie konnte nicht auf das Geld zugreifen, solange sie nicht verheiratet war.

Das war der Grund, warum Jason Martha geheiratet hatte, das wurde ihr jetzt klar. Maisy hatte erfahren, dass es nach der offiziellen Heirat eine dreimonatige Wartezeit gab, bevor das Geld freigegeben werden konnte, und es war nicht allzu lange danach, als die arme Martha angeblich »abgehauen« war.

Maisy war bereits zu der Erkenntnis gelangt, dass ihr Bruder ihre Scheinehe mit einem Fremden ignoriert hätte und sie wahrscheinlich jetzt schon tot wäre, wenn ihr Erbe nach ihrem Tod nicht an ihren Bruder, sondern an einen wohltätigen Zweck gehen würde. Ihre Eltern waren zwar exzentrisch gewesen, aber auch sehr klar in ihren Wünschen, was die Verteilung ihres Vermögens betraf. Sie wussten, dass Geld Menschen dazu bringen konnte, schreckliche Dinge zu tun.

Aber Maisy glaubte nicht, dass sie jemals gedacht hätten, dass es ihren eigenen Sohn dazu bringen würde, so schreckliche Dinge zu tun, um ihre Millionen in die Finger zu bekommen.

Jetzt zwang Jason sie zu heiraten, um an ihr Geld heranzukommen.

Maisy wollte sich gegen ihn wehren. Sie wollte mit ihren Verdächtigungen zur Polizei gehen. Aber ihr Bruder machte ihr Angst. Er hatte eine Menge ruchloser Freunde. Leute, die nicht davor zurückschreckten, das Gesetz zu brechen. Leute, die er wahrscheinlich angeheuert hatte, um Martha zu töten ... und vielleicht sogar ihre Eltern. Leute, die wahrscheinlich den armen Jack entführt hatten.

Jason war ein gieriger Mistkerl und Maisy hatte keine Ahnung, wie sie sich von ihm befreien konnte.

Sie hatte keine College-Ausbildung, keine Freunde, keinen Führerschein oder eigenes Geld – keine Möglichkeit, seinen Fängen zu entkommen. Egal wohin sie ging, er würde sie finden. Und in dem Moment, in dem sie mit ihrem Namen auf einer Heiratsurkunde unterschrieb, tickte die Uhr für ihren armen Mann ... und wahrscheinlich auch für sie.

Drei Monate. So lange hatte sie Zeit, bis jeder Cent, den ihre Eltern ihr hinterlassen hatten, unter Jasons Kontrolle war.

Und sie wäre dann entbehrlich.

Genau wie Jack.

Maisy wandte die Aufmerksamkeit wieder dem Mann zu, der auf dem Bett lag, und betrachtete ihn. Er sah außergewöhnlich gut aus. Sie schätzte ihn auf Mitte dreißig. Gut gebaut. Seine Bartstoppeln betonten seine markante Kieferpartie, anstatt sie zu verdecken. Und die Brille? Sie hatte eine Schwäche für Männer, denen sie so gut stand wie Jack. Schon in der Highschool, als sie sich das letzte Mal für Jungs interessiert hatte, hatte sie sich immer zu den klugen, streberhaft aussehenden Jungs hingezogen gefühlt. Nicht dass Jack wie ein Streber aussah. Ganz im Gegenteil. Aber die Brille machte ihn nicht nur gut aussehend, sondern auch verdammt sexy. Sie hatte auch einen Blick auf ein Tattoo auf seiner rechten Schulter erhascht.

Kurz gesagt, er war eine Nummer zu groß für sie, und ein Mann wie er würde sich auf keinen Fall an eine Frau wie sie binden, wenn er sie nicht schon für verheiratet gehalten hätte.

Das brachte ein weiteres Problem auf den Plan ... ihre mangelnde sexuelle Erfahrung. Zum Glück war sie keine

Jungfrau. *Das* wäre unmöglich zu erklären, wenn sie angeblich schon seit zwei Jahren verheiratet waren.

Sie hatte genau einmal Sex gehabt, kurz bevor ihre Eltern gestorben waren. Sie war jung gewesen, *zu* jung, und die Heimlichtuerei hatte sich befreiend angefühlt. Sie hatte sich damals so erwachsen gefühlt. Aber die Erfahrung war schrecklich gewesen. Es war nach wenigen Minuten vorbei gewesen und hatte schrecklich wehgetan.

Dann waren ihre Eltern getötet worden und ihr Bruder war wieder in das Haus der Familie eingezogen, und bevor sie begriffen hatte, was geschah, hatte Jason ihr Leben in die Hand genommen. Er hatte dafür gesorgt, dass sie zu Hause unterrichtet wurde und ihren Schulabschluss nachholen konnte, hatte sie von den wenigen Freundinnen, die sie hatte, abgekapselt und einen Arzt hinzugezogen, der sie mit Medikamenten ruhigstellte, zuerst, um ihre Trauer zu bewältigen, dann angeblich, um ihr zu helfen, mit Stress umzugehen. Und sie hatte sich nicht beschwert. Es war einfacher gewesen, mit dem Strom zu schwimmen, und die Medikamente halfen ihr, nicht über all das nachzudenken, was sie verloren hatte.

Sie seufzte. Jack würde herausfinden, dass sie nicht intim gewesen waren, wenn sie sich weigerte, mit ihm zu schlafen. Wie zur Hölle Jason dachte, dass sie diesem Mann weismachen konnte, dass sie seit zwei Jahren verheiratet waren, war ihr ein Rätsel.

»Maisy? Komm her.«

Als hätte der Gedanke an ihren Bruder ihn aus dem Nichts herbeigezaubert, drehte Maisy sich zur Tür.

»Hast du mich gehört? *Sofort.*«

Seufzend nickte Maisy und drehte sich wieder zu Jack um. Er schlief immer noch. Ohne darüber nachzudenken, nahm sie ihm sanft die Brille vom Gesicht und legte sie auf den kleinen Tisch neben dem Bett, damit sie nicht zerdrückt wurde, wenn er sich umdrehte, bevor sie auf ihren Bruder zuging.

Sobald sie in Reichweite war, packte er sie am Oberarm und zerrte sie aus dem Zimmer. Er schloss die Tür leise, dann zerrte er sie die Treppe hinunter und in sein Arbeitszimmer.

Maisy hasste den Raum. Früher hatte er ihrem Vater gehört, und sie hatte schöne Erinnerungen daran, wie sie auf dem Sofa gesessen und gespielt hatte, während ihr Vater arbeitete. Oder wie sie mit ihrer Mutter in dem übergroßen Sessel gesessen hatte, während sie ihr vorlas.

Aber jetzt war der Raum mit schlechten Erinnerungen und Schmerz gefüllt. Ihr Bruder brachte sie gern dorthin, um sie anzuschreien. Um ihr zu sagen, wie dumm sie war und wie glücklich sie sich schätzen konnte, dass er da war, um ihr Leben zu regeln. Er erinnerte sie daran, dass sie ohne ihn obdachlos wäre. In den letzten Jahren hatte er außerdem dazu geneigt, seinen Standpunkt mit körperlicher Gewalt durchzusetzen. Er schlug sie, schubste sie und liebte es, sie zu kneifen und ihr blaue Flecke zu verpassen.

Der Bruder, den sie früher gekannt hatte, war nur noch eine Erinnerung, und an seiner Stelle stand dieser grausame, gierige Mann, der dachte, er hätte ein Recht auf alles, was er wollte, wann immer er es wollte.

»Wir müssen unsere Geschichten aufeinander abstimmen«, erklärte er, kaum dass er die Tür geschlossen hatte. »Sag mir, worüber ihr gesprochen habt. Was du ihm bereits erzählt hast.«

»Die Sache wird nicht funktionieren«, erklärte sie mit einem leichten Kopfschütteln.

Ein Schmerz durchzuckte ihre Wange, als Jason ihr eine Ohrfeige verpasste.

»Es wird funktionieren, wenn du es willst«, erwiderte er knurrend und drückte ihren Oberarm so fest, dass Maisy wusste, später würde sie blaue Flecke bekommen. »Du schuldest mir was«, sagte Jason zu ihr. »Ich habe mein ganzes Leben damit vergeudet, nach dem Tod von Mom und Dad hierzubleiben, um dafür zu sorgen, dass es dir gut geht. Ich habe meine Träume aufgegeben, um auf dich aufzupassen. Und wir brauchen das Geld, das du bekommst, wenn du diesen Kerl heiratest.«

Maisy wagte es nicht, den Zweifel, den sie empfand, auf ihrem Gesicht zu zeigen. Im Laufe der Jahre hatte sie gelernt, keine Gefühle zu zeigen und ihre Gedanken vor ihrem Bruder zu verbergen. Sie hatte wirklich keine Ahnung, wie Jason es geschafft hatte, nicht nur die Auszahlungen der Lebensversicherung, sondern auch sein Treuhandvermögen auszugeben. Der Betrag war in die Millionen gegangen.

»Außerdem«, erklärte Jason, ließ ihren Arm los und stieß sie von sich weg, »ist es ja nicht so, als bräuchtest du das Geld. Es verstaubt dort nur und ich will verdammt sein, wenn es für wohltätige Zwecke verwendet wird. Mom und Dad haben hart für das Geld gearbeitet, es wäre ein Schlag ins Gesicht, wenn es an Fremde ginge.«

Maisy widerstand dem Drang, ihren Arm zu reiben. Das war eine weitere Sache, die ihr Bruder liebte; einen Beweis dafür, dass er sie verletzt hatte. »Er hat Fragen gestellt, die ich nicht beantworten konnte«, gab sie zu.

»Was zum Beispiel?«, fragte Jason.

»Wie alt er ist.«

Ihr Bruder wedelte mit der Hand in der Luft, als wollte er ihre Besorgnis wegwischen. »Das spielt keine Rolle. Sag ihm einfach, er sei sechsunddreißig oder so.«

»Er wird sicher misstrauisch werden, wenn er keine

Kleidung, keinen Ausweis und nicht einmal eine eigene Zahnbürste im Bad hat«, warnte Maisy.

»Ich bin dir weit voraus. Ich habe dafür gesorgt, dass ein paar Sachen hergebracht werden. Vergiss nicht, ich habe ihm gesagt, dass ihr eine schwere Zeit hattet. Sag ihm einfach, dass ihr beschlossen habt, erst nach der Zeremonie wieder zusammenzuziehen.«

»Aber wird er nicht trotzdem seine eigenen Sachen haben wollen? Oder sehen, wo er gewohnt hat?«, fragte Maisy. Dieser Plan war furchtbar. Wie um alles in der Welt dachte Jason, dass sie das durchziehen könnten?

»Verdammt, Maisy, sei nicht so unglaublich nervig. Überleg dir was! Stimmt, tut mir leid, dafür bist du zu blöd. Na gut – sag, dass er in Spokane oder so gewohnt hat, irgendwo in der Nähe, und dass das Haus abgebrannt ist. Er besitzt also nur das, was sich hier befindet. Er ist erst kurz vor seinem Wanderunfall wieder hier eingezogen.«

Maisy starrte ihren Bruder an. Er saß jetzt am Schreibtisch ihres Vaters und sie stand davor, als sei sie ein Kind, das vom Schuldirektor zurechtgewiesen wird oder so. Er hatte die Fähigkeit, ihr das Gefühl zu geben, klein zu sein, und sie hasste es. Sie hasste *ihn*.

Der Gedanke erschreckte sie. Sie hatte ihr ganzes Leben damit verbracht, Jason zu vertrauen. Sie hatte ihre Bedenken über ihn weggeschoben, obwohl er immer rauer und unheimlicher wurde. Immerhin war er ihr *Bruder*. Der einzige Blutsverwandte, der ihr noch geblieben war. Und er hatte sich um sie gekümmert, war für sie da gewesen, als sie den Tiefpunkt erreicht hatte.

Aber sie wusste, dass das nicht genug war, um sein Verhalten ihr gegenüber zu entschuldigen. Nicht im Geringsten.

Und hier war sie nun, eine erwachsene Frau, die unter Jasons Fuchtel lebte.

Zu ihrer Verteidigung sei gesagt, dass Jason nicht die Art von Mann war, der man sich widersetzt. Das hatte sie im Laufe der Jahre gut gelernt. Aber einen Fremden zu entführen, um ihn zu zwingen, sie zu heiraten, nur um an ihr Erbe zu kommen ... das war unglaublich verrückt. Die monatliche Auszahlung, die sie erhielt, war großzügig. Sie ging direkt auf Jasons Konto und war für die meisten Menschen mehr als genug, um gut davon zu leben. Aber jetzt, da er sein eigenes Erbe verprasst hatte, war seine Gier offensichtlich übermächtig geworden.

Sie war noch nicht länger als ein oder zwei Stunden in Jacks Nähe, aber sie hatte schon das Gefühl, dass er sich nicht lange von den Geschichten ihres Bruders täuschen lassen würde. Es war nur eine Frage der Zeit, bis er herausfand, dass etwas ganz und gar nicht stimmte. Es war möglich, dass er auch sein Gedächtnis zurückerlangen würde. Und wenn er das tat, würde er so schnell von der Bildfläche verschwinden, dass ihr schwindelig werden würde.

Das war der Hauptgrund, warum Jason sie so schnell verheiraten wollte. Es war egal, ob er ging ... solange sie mindestens drei Monate lang verheiratet waren, würde ihr Erbe freigegeben werden.

Aber im Hinterkopf wusste Maisy, dass Jason nicht die Absicht hatte, Jack jemals gehen zu lassen. Wenn er tot war, konnte er nicht zur Polizei gehen und behaupten, er sei entführt und gezwungen worden, eine Fremde zu heiraten.

»Gut, was muss ich also noch für dich herausfinden?«, erwiderte Jason verächtlich.

Maisy wollte nicht hier sein. Sie wollte dieses Gespräch nicht führen, aber sie brauchte Hilfe. Sie war nicht gut im

Lügen. Das war sie noch nie gewesen. »Was soll ich ihm sagen, was er beruflich macht? Er wird bestimmt fragen. Ich frage mich, ob er Freunde von der Arbeit hat, die er zu der Feier am Wochenende einladen sollte.«

»Hmmm«, überlegte Jason. Dann schnippte er mit den Fingern. »Kopfgeldjäger.«

»Was?«

»Kopfgeldjäger«, wiederholte er. »Das sind Einzelgänger. Er ist nie jemandem zu nahe gekommen, denn in seinem Beruf wäre das nicht klug gewesen. Und du warst eine Hausfrau, die immer zu Hause geblieben ist. Es ist ja nicht so, als hättest du irgendetwas drauf.«

Sein Seitenhieb traf ins Schwarze. Jason beschwerte sich zwar immer, dass sie nur zu Hause herumsaß, aber es war ja nicht so, dass sie die Möglichkeit gehabt hätte, etwas anderes zu tun. Einen Job zu haben bedeutete, vielleicht Freundinnen zu finden, und das würde er nicht zulassen. Das würde bedeuten, dass die Leute Fragen stellen würden, warum eine fast dreißigjährige Frau immer noch bei ihrem älteren Bruder lebte.

Und das war eine gute Frage. Im Laufe der Jahre hatte ihr Bruder sie und andere davon überzeugt, dass sie labil war. Und wenn es nötig war, gab er ihr Medikamente, damit es ihr mehr oder weniger egal war, was um sie herum geschah. Aber als er nicht mehr darauf bestand, dass sie jeden Morgen ihre Tabletten nahm, hatte sie nicht nur einen Verdacht gegen ihren Bruder, sondern auch eine schwer verdauliche Erkenntnis ... sie schämte sich für sich selbst.

Sie hätte schon lange vorher abhauen sollen. Sie hätte zur Polizei gehen sollen, gleich als sie einen Verdacht bezüglich ihrer Schwägerin und ihrer Eltern geschöpft hatte. Aber sie hatte keinen Zugang zu ihrem Geld, hatte keine Freunde, die ihr helfen konnten, und obwohl sie dem Personal des Hauses, insbesondere Paige, nahestand, weigerte sie sich, diese in Gefahr zu bringen, indem sie ihre Hilfe bei der Flucht in Anspruch nahm.

Und jetzt war da noch Jack. Maisy wusste mit Sicherheit, dass *Jack* den Preis dafür zahlen würde, wenn sie sich nicht auf den Plan ihres Bruders einließ. Und wenn sie jemals etwas richtig machen würde, dann war es, den unschuldigen Fremden oben in ihrem Bett zu beschützen.

Jason gab ihr weiterhin Antworten auf die Fragen, die Jack unweigerlich stellen würde. Und während es nach außen hin so aussah, als würde Maisy zuhören, schweiften ihre Gedanken immer wieder ab. Sie konnte das nicht drei Monate lang durchziehen. Das war unmöglich.

Aber die hässliche Wahrheit war, dass sie Jack nur so lange hinhalten musste, bis seine Unterschrift auf einer Heiratsurkunde stand.

Während einer Pause in den lächerlichen Geschichten, die Jason erfand, platzte Maisy heraus: »Wie hätte das funktionieren sollen, wenn er keine Amnesie gehabt hätte?« Sie konnte nicht aufhören, darüber nachzudenken. Es war ja nicht so, dass es heute noch Zwangsehen gab, und wenn jemand sie entführt und ihr gesagt hätte, dass sie jemanden heiraten muss, hätte sie ihm ins Gesicht gelacht.

»Ich wollte ihm eine Chance geben, das zu tun, worum ich ihn bitte«, erklärte Jason ihr mit ernster Miene. »Wenn er sich geweigert hätte, hätte ich drastischere Maßnahmen ergreifen müssen, um ihn zu überzeugen.«

»Was zum Beispiel?«, fragte Maisy widerwillig, als er innehielt.

Jason grinste. »Es ist ja nicht so, als würde man *alle* seine Finger brauchen.«

Maisy starrte ihn entgeistert an.

Ihr Bruder lachte. Er *lachte* tatsächlich.

Ja, sie war eine Närrin, weil sie ihm so lange vertraut hatte.

»Wenn das nicht funktioniert hätte ...« Er zuckte mit den Schultern. »Wenn man jemandem den Lauf einer Pistole an die Schläfe drückt, werden diesem Jemand die Vorteile einer Unterschrift auf einem Stück Papier schlagartig klar.«

Maisy wurde ganz übel. Sie konnte es nicht fassen, dass sie mit diesem Mann verwandt war. Mit jemandem, der so rücksichtslos und kaltherzig war.

»Wir brauchen nichts weiter als seine Unterschrift auf der Heiratsurkunde. Danach ...« Er starrte Maisy einen Moment lang an. »Danach musst du dafür sorgen, dass er gefügig bleibt. Wenn er Verdacht schöpft, wird es nicht gut für ihn ausgehen.«

Maisy schluckte schwer und nickte.

»Gut. Und jetzt verschwinde, du bereitest mir Kopfschmerzen.«

Maisy wandte sich ohne ein weiteres Wort der Tür zu. Sie fühlte sich innerlich ganz schwach. Sie wusste nicht, was sie tun sollte. Wenn sie Jack gestand, was vor sich ging, würde er sofort verschwinden ... wenn Jason ihn überhaupt aus dem Haus ließ, was sie bezweifelte. Aber wenn sie den Plan ihres Bruders mitmachte, war sie keinen Deut besser als er.

»Maisy?«

An der Tür drehte sie sich um und sah ihren Bruder an.

»Vermassele es nicht. Die Konsequenzen werden dir nicht gefallen, falls du es verbockst. Und sobald wir das Geld haben, kannst du dir eine eigene Wohnung suchen. Ich weiß, dass dir der Gedanke gefällt.«

Oh, er war gut. Die alte Maisy wäre begeistert gewesen von dem Köder, den er ihr gerade vor die Nase gehalten hatte. Aber jetzt, da ihr endlich die Augen geöffnet worden waren, jetzt, da der Nebel der Drogen verblasst war, konnte sie auf eine eigene Wohnung verzichten. Ihr ging es nur darum, von dem Bösen, das ihr Bruder verkörperte, wegzukommen. Aus diesem Staat herauszukommen.

Sie nickte gehorsam, denn das war es, was von ihr erwartet wurde.

»Gut. Schön, dass wir einer Meinung sind. Und, Maise?«

Sie wünschte sich, er würde einfach die Klappe halten und sie gehen lassen. Sie brauchte etwas Zeit zum Nachdenken. Um einen Weg zu finden, nicht nur sich selbst, sondern auch Jack zu retten. Er mochte ein Fremder sein, aber als er sie berührt hatte, hatte sie ... eine Verbindung gespürt.

Er hatte nicht verdient, was mit ihm geschah. Sie mochte an vielen Dingen, die ihr Bruder getan hatte, mitschuldig sein, aber sie würde alles tun, was sie konnte, um ihrem »Mann« zu helfen, egal was die Konsequenzen waren.

»Wenn er Fragen stellt, die du nicht überzeugend beantworten kannst, blas ihm einen und mach die Beine für ihn breit. Sex wirkt Wunder als Ablenkung.«

Maisy kam die Galle hoch, und sie ging schnell durch die Tür und schloss sie leise hinter sich.

Sie lehnte sich dagegen und schloss die Augen, während ihr der Kopf schwirrte. Zum ersten Mal seit Jahren wünschte sie sich, ihre Eltern wären nicht wohlhabend gewesen. Wenn sie nicht Millionen von Dollar auf der Bank gehabt hätten, wären sie vielleicht nicht tot. Sie wäre wirklich verheiratet, hätte eine Familie und ihr Bruder hätte sich nicht in ein Monster verwandelt. Geld hatte seine Vorzüge, aber sie würde niemandem ihr Leben wünschen.

»Hallo, Sexy.«

Bei diesen beiden Worten riss Maisy die Augen auf und stieß sich von der Tür ab.

Don Coffey stand viel zu nahe bei ihr und lächelte sie an. Er war einer der vielen Männer, mit denen Jason »arbeitete« ... und jemand, bei dem Maisy schon immer eine Gänsehaut bekommen hatte.

»Jason ist da drin«, erklärte sie und wies mit der Hand in Richtung Arbeitszimmer.

»Danke. Sollen wir uns später treffen?«

Maisy erschauderte. Don machte sie ständig an, und sie verspürte das Bedürfnis zu duschen. »Tut mir leid, ich bin beschäftigt«, erwiderte sie knapp.

Er verengte seine Augen zu Schlitzen. »Eines Tages wirst du es bereuen, mich abgewiesen zu haben.«

Das klang definitiv wie eine Drohung. Don war ein großer Mann. Groß, etwa einen Meter neunzig und muskulös. Jason hatte ihr einmal erzählt, dass er Steroide nahm, um so massig zu bleiben, und sie hatte daran keinerlei Zweifel. Wenn er wollte, könnte er sie ernsthaft verletzen. Sie hatte immer versucht, ihm aus dem Weg zu gehen.

Maisy wusste nicht, warum ihr Bruder sie nicht einfach mit einem seiner Freunde verheiratete. Das wäre viel weniger riskant, als einen Fremden zu entführen. Sie konnte nur vermuten, dass es daran lag, dass seine Freunde genau wie er waren. Die Wahrscheinlichkeit, dass sie ihn nach der Tat hintergehen oder erpressen würden, war groß. Sie waren nicht gerade Musterbürger und würden wahrscheinlich alles tun, um mehr Geld zu bekommen.

Maisy ging nicht auf Dons Bemerkung ein, sondern schlängelte sich einfach um ihn herum, wobei sie versuchte, ihn nicht zu berühren, und ging auf die Treppe zu.

»Das ist ein Arsch, den ich mehr als nur anfassen möchte.«

Es war offensichtlich, dass Don wollte, dass sie seine grobe Bemerkung hörte, aber sie reagierte nicht, sondern ging einfach weiter die Treppe hinauf. Sie musste von hier verschwinden. Auch wenn sie kein Geld hatte, wäre sie noch heute abgehauen, wenn sie gekonnt hätte. Aber jetzt war da noch Jack. Sie würde ihn nicht in diesem Schlangennest zurücklassen. Sie würde ihr Bestes tun, um ihn davon zu überzeugen, dass sie ein liebendes Paar waren, diese Farce einer Gelübdeerneuerungszeremonie durchführen und dann abwarten, was passieren würde.

Drei Monate. Das war alles, was sie brauchte. Danach wäre sie frei. Jason konnte ihr Geld haben. Sie wollte einfach nur weg.

Sie schlich zurück in ihr Schlafzimmer und ihr Blick fiel sofort auf den Mann, der auf dem Bett lag. Er hatte einen Arm zur Seite geworfen und sein Kopf rollte unruhig hin und her. Es sah aus, als hätte er einen Albtraum.

Maisy zuckte zusammen, weil er wahrscheinlich von etwas träumte, was ihr Mistkerl von einem Bruder getan hatte, und eilte an den Rand des Bettes. Sie setzte sich auf die Matratze und legte ihre Hand auf den Arm, der an seiner Seite lag.

Er erschrak bei ihrer Berührung, und Maisy fragte sich, was sie da tat. Er hätte sie unbewusst verletzen können, wenn sein Traum gewalttätig war. Aber als ihm ein Wimmern über die Lippen kam, beugte sie sich zu ihm hinüber, als würde sie von dem verletzlichen Geräusch angezogen.

»Es ist alles in Ordnung. Es geht dir gut«, murmelte sie.

Zu ihrer Überraschung riss er die Augen auf, aber sein Blick war unkonzentriert. »Tu das nicht. Bitte tu das nicht! Nicht mehr ... *wehtun*.«

»Ich werde dir nicht wehtun«, beruhigte sie ihn. »Ich werde alles in meiner Macht Stehende tun, um dir zu helfen. Um dich aus dieser Sache herauszuholen.«

Er schloss die Augen und es schien Maisy, dass er sich beruhigte. Er hörte auf, den Kopf hin und her zu werfen, und blieb auf der Matratze liegen. Doch als sie aufstehen wollte, ließ er seine Hand hervorschnellen und umklammerte ihren Unterarm.

Sie keuchte überrascht auf, aber sein Griff tat nicht weh. Sie hatte sich so sehr daran gewöhnt, dass Jason sie anfasste und fest zudrückte, dass sie automatisch zurückwich, wenn jemand sie berührte. Aber Jacks Finger um ihren Arm waren zwar fest, verursachten aber keine Schmerzen.

»Bleib«, flüsterte er. »Bitte.«

Maisy ließ sich wieder auf der Matratze nieder. »Ich bin hier«, erklärte sie ihm leise.

Seine Finger entspannten sich um ihren Arm, aber er ließ sie nicht los. Maisy sah ihm beim Schlafen zu und fragte sich, was seine Geschichte war. Wo Jason ihn gefunden hatte. Ob er Freunde hatte, die sich Sorgen um ihn machten. Ob er eine Familie hatte, eine richtige Frau.

Bei diesem Gedanken runzelte sie die Stirn. Was, wenn er bereits verheiratet war? Wenn Jason die Heiratsurkunde einreichte, würde das trotz des gefälschten Nachnamens irgendwie ans Licht kommen? Wenn seine Ehe mit ihr nicht beim Staat registriert werden konnte, war er so gut wie tot. Denn Jason würde ihn auf keinen Fall einfach gehen lassen.

Überraschenderweise ließ der Gedanke, dass dieser Mann einer anderen Frau gehörte, einen Stich der Eifersucht in Maisy aufsteigen. Das war irrational. Sie kannte ihn nicht und er kannte sie nicht. Er könnte die Art von Mann sein, der seine Frau schlägt. Oder vielleicht war er auch ein Mistkerl.

Aber nach dem wenigen, *was* sie von ihm wusste, glaubte Maisy das nicht.

»Bitte sei nicht verheiratet«, flüsterte sie. Sie hasste den

Gedanken an eine Frau, die verzweifelt war, weil ihr Mann verschwunden war.

Doch selbst wenn Jack nicht verheiratet war, musste es Leute geben, die sein Verschwinden bemerken würden. Jemand, der so charismatisch war, wie Jack es zu sein schien, lebte nicht in einer Blase wie sie. Irgendwann würden diese Menschen herausfinden, wo er war, und ihn holen. Und Maisy schwor, alles zu tun, um ihnen zu helfen, wenn es so weit war. Das war das Mindeste, was sie tun konnte. Jack war irgendwann ihrem Bruder über den Weg gelaufen und sie hatte vielleicht nichts für die arme Martha tun können, aber jetzt konnte sie etwas tun.

So sehr sie es auch hasste, es zuzugeben, aber das Beste für Jack war es, sich dem Plan ihres Bruders zu fügen. Das war der beste Weg, ihn in Sicherheit zu bringen. Sie betete nur, dass er sein Gedächtnis innerhalb der nächsten Tage nicht wiedererlangen würde. Oder zumindest so lange, bis sie einen Weg gefunden hatte, sie beide aus diesem Schlamassel herauszuholen.

Sobald sie die Heiratsurkunde unterschrieben hatte, würde der Countdown beginnen. Sobald Jason ihr Geld hatte, würden sie und Jack entbehrlich sein. Zitternd bei dem Gedanken, atmete Maisy tief durch.

Je länger Maisy neben Jack saß, während er schlief, und auf seine Finger um ihren Arm starrte, desto mehr wurde ihr klar, dass das Schicksal dieses Mannes allein in ihren Händen lag.

KAPITEL DREI

Jack wachte auf, als etwas sein Gesicht berührte. Als er die Augen öffnete, war er einen Moment lang verwirrt, aber dann atmete er ein und seine Erinnerung kehrte zurück. Nicht dass er im Moment viele Erinnerungen in seinem Kopf gehabt hätte, aber die Frau, die in seinen Armen schlief, konnte er nicht so bald vergessen.

Er lag auf der Seite und Maisy lag mit dem Rücken zu ihm. Er hatte seinen Arm um ihre Taille gelegt und seine Nase in ihrem Haar vergraben. Sie roch nach ... Äpfeln. Nach süßen roten Äpfeln. Und sie fühlte sich absolut perfekt an ihm an. Jack hasste es, dass er keine Erinnerungen an ihr gemeinsames Leben hatte. Wie sie sich kennengelernt hatten, wie er sie überredet hatte, ihm eine Chance zu geben – weil er sich sicher war, dass sie jemand Besseren verdient hatte.

Wie sie sich anhörte, wenn er sie zum Orgasmus brachte.

Der Gedanke an Sex mit Maisy ließ seinen Schwanz wachsen, aber er machte keine Anstalten, seiner Erregung nachzugeben. Er begnügte sich damit, sie im Arm zu halten, während sie schlief. Sie war noch vollständig bekleidet, während er nur ein T-Shirt und Boxershorts trug. Er atmete wieder ein und der Duft der Äpfel prägte sich in seine Psyche ein.

Die Zeit verging wie im Flug, und Jack hatte keine Ahnung, wie lange er mit der schlafenden Maisy in seinen Armen dagelegen hatte, aber irgendwann begann sie, sich zu bewegen. Er konnte gerade noch sehen, wie die Sonne vor dem Fenster aufging, was ihm zeigte, dass er den Abend und die Nacht verschlafen hatte. Wann Maisy zu ihm gekommen war, wusste er nicht, aber er liebte den Gedanken, dass sie zu ihm gekommen war, während er geschlafen hatte.

Es war deutlich zu spüren, als sie merkte, wo sie war, denn sie verkrampfte sich in seinen Armen. Das gefiel Jack gar nicht, also rutschte er zurück und rollte sie zu sich, bis sie auf dem Rücken lag. Dann stützte er sich auf einen Ellbogen und beugte sich über sie. Er ließ den Blick über ihr Gesicht wandern und versuchte, sich ihre Gesichtszüge einzuprägen. Ihre süße, spitze Nase, die vereinzelten Sommersprossen. Die dunklen Ringe unter ihren Augen, die ihn störten.

»Guten Morgen«, erklärte er nach einem Moment.

»Hi.«

»Gut geschlafen?«

Sie starrte ihn einen Moment lang an, bevor sie nickte. »Und du?«

»Wie ein Stein. Das muss daran liegen, dass ich meine Frau die ganze Nacht im Arm gehalten habe«, scherzte er.

Aber sie lächelte nicht. Stattdessen sah sie noch besorgter aus.

»Mir geht es gut«, erklärte er ihr, weil er dachte, sie mache sich Sorgen wegen seines Unfalls.

»Hast du dich an etwas erinnert?«, fragte Maisy.

»An nichts«, erwiderte Jack achselzuckend. »Aber mein Kopf tut heute Morgen etwas weniger weh und ich bin mit dem Geruch von Äpfeln in der Nase aufgewacht ... ich kann mir viel schlimmere Arten des Aufwachens vorstellen«, bemerkte er in dem Versuch, sie zum Lächeln zu bringen.

»Das ist mein Shampoo«, flüsterte sie.

»Es gefällt mir.«

Sie starrte ihn an, ihr Körper war angespannt und sie vergrub ihre Finger in seinem Oberarm, als hätte sie Angst. Moment, hatte sie etwa Angst vor ihm? Bei dem Gedanken runzelte Jack die Stirn. »Ist alles in Ordnung mit dir?«

»Ich bin nicht diejenige, die sich am Kopf verletzt hat und Amnesie hat«, antwortete sie.

Jack runzelte daraufhin noch mehr die Stirn. Es entging ihm nicht, dass sie seine Frage nicht wirklich beantwortet hatte. Er versuchte es erneut. »Ist dir das unangenehm?«, fragte er. »Mit mir zu schlafen?«

»Wir sind verheiratet, das tun verheiratete Menschen«, entgegnete sie.

Da war es wieder. Wieder war sie seiner Frage ausgewichen. Jack schaute finster drein.

Etwas an ihrem Oberarm, wo ihr Hemd hochgerutscht war, erregte seine Aufmerksamkeit. Er schob ihren Ärmel mit dem Finger etwas weiter nach oben und entdeckte einen ziemlich hässlichen Bluterguss. »Was ist das? Was ist passiert?«

»Nichts, mir geht's gut«, erklärte sie lässig. »Ich kriege leicht blaue Flecke. Ich muss jetzt aufstehen.«

Doch anstatt sich aufzurichten und sie ihre Beine über die Bettkante schwingen zu lassen, rückte Jack näher an sie heran, setzte sich auf ihre Oberschenkel und hielt sie unter sich fest. »Was ist passiert? Das war doch nicht etwa ich, oder?«

»Nein! Natürlich nicht.« Sie versteifte sich noch mehr, wenn das überhaupt möglich war.

»Ich werde dir nicht wehtun, *Stellina*.«

»Ich weiß.«

Jack entspannte sich, als er die Aufrichtigkeit in ihrer Antwort hörte.

»Hast du Angst vor mir?«, konnte er nicht umhin zu fragen. Sie hatte sich unter ihm nicht entspannt, war steif wie ein Brett. Und das gefiel ihm nicht.

»Nein.«

»Bist du dir sicher?«, fragte er und legte den Kopf schief.

»Was bedeutet *Stellina*?«

»Kleiner Stern. Das ist italienisch.«

»Warum hast du mich so genannt?«, fragte Maisy.

»Ich weiß es nicht. Ich schätze, ich habe diesen Begriff noch nie benutzt?« Als sie den Kopf schüttelte, fuhr er fort: »Er scheint einfach zu passen. In meinem Kopf ist alles dunkel. Schattenhaft. Meine Erinnerungen sind da, aber sie sind aus irgendeinem Grund in Finsternis gehüllt. Aber du, du bist wie eine Sternschnuppe, ein Licht in dieser Dunkelheit. Ich weiß vielleicht nicht mehr, was für ein Mann ich bin oder wie meine Vergangenheit aussah, aber ich muss irgendetwas richtig gemacht haben, um dich als meine Frau zu haben.«

Zu Jacks Erschrecken füllten Maisys Augen sich mit Tränen.

»Was? Was ist los?«, fragte er und spürte, wie zum zweiten Mal innerhalb weniger Tage Panik in ihm aufstieg.

»Nichts. Es ist nur ... das war wirklich süß.«

Jack musterte sie. Es gefiel ihm nicht, dass sie auf ein so einfaches Kompliment so emotional reagierte. Es war offensichtlich, dass er ihr während ihrer Ehe nicht genügend davon gegeben hatte, wenn sie so reagierte. Er schwor sich, es von jetzt an besser zu machen.

»Was steht heute auf unserem Programm?«, fragte er.

Sie sah blinzelnd zu ihm auf. »Ähm ... ich weiß es nicht.«

»Was machen wir normalerweise?«

Maisy biss sich auf die Lippe und ihr Blick schweifte von ihm ab.

Jack verengte die Augen zu Schlitzen. Noch mehr Ausweichmanöver.

Sie sah ihn wieder an. »Ich denke, wir sollten aufstehen, uns umziehen und runter zum Frühstück gehen. Danach können wir sehen, wie es dir geht.«

»Ich fühle mich gut.«

»Jack, du hast dir den Kopf gestoßen. Und zwar ziemlich heftig. Du hast dein Gedächtnis verloren. Ich denke, wir sollten es nicht übertreiben.«

»Mir geht es gut. Ich habe schon viel Schlimmeres erlebt als einen Schlag auf den Kopf.«

Sie erstarrten beide.

»Hast du das?«, flüsterte Maisy.

Egal wie sehr er sich den Kopf zerbrach, Jack konnte sich nicht an andere Verletzungen erinnern, die er erlitten hatte. »Ich denke schon. Ich kann mich nicht erinnern.«

»Ist schon gut«, beruhigte Maisy ihn und strich mit ihrer Hand über seinen Bizeps. »Zwing dich nicht, dich zu erinnern. Das ist sicher nicht gut für deinen Kopf.«

Jack rieb sich die Stirn und seufzte. »Ja. Wie auch immer, eine Dusche hört sich fantastisch an. So sehr ich es auch liebe, mit dir hier im Bett zu liegen, sollten wir vielleicht aufstehen. Duschen wir zusammen?«

Sie blinzelte zu ihm auf. »Ähm ... nein.«

»Schade«, neckte er sie. Dann fiel ihm etwas ein. »Ich

nehme an, meine Klamotten sind hier?« Er schaute sich im Zimmer um. »Dieser Raum sieht ausgesprochen ... weiblich aus.«

»Äh ... ja. Du hast nicht wirklich hier gewohnt ... ähm ... du hattest eine Wohnung in Spokane.«

»Spokane? Das ist Stunden entfernt!«, rief Jack aus.

»Ja. Jason hat dir gestern erzählt, dass wir Probleme hatten. Wir haben uns darum gekümmert, aber du hattest einen Mietvertrag, den du nicht auflösen konntest. Wir hielten es für das Beste, bis zur Erneuerung unseres Gelübdes weiterhin getrennt zu leben. Wir waren, ähm, gerade erst wieder zusammen.«

»Warum hatten wir Probleme?«, fragte Jack.

»Ähm ... wir hatten einfach welche«, erklärte sie, um einer weiteren Frage auszuweichen.

»Habe ich dich betrogen? War ich beleidigend?«

»Was? Nein!«, entgegnete Maisy, ohne zu zögern.

Jack entspannte sich und war über alle Maßen erleichtert, dass er seiner Frau nichts von alledem angetan hatte. Er hatte nicht das Gefühl, die Art von Mann zu sein, der sein Ehegelübde brach, aber da er keine Erinnerungen hatte, um das zu bestätigen, wusste er es nicht genau. »Warum dann? Warum sollte ich so weit weg von dir leben?«

»Vielleicht habe ich dich betrogen und du warst sauer«, erklärte Maisy.

»Das hast du nicht.«

»Jack, das weißt du doch gar nicht.«

»Streiten wir uns wirklich darüber?«, fragte er mit einem kleinen Lächeln.

Maisy seufzte. »Na gut. Ich habe dich nicht betrogen. Es war nicht eine einzige Sache. Aber ... du warst viel unterwegs. Wegen deines Jobs.«

»Meines Jobs?«

»Du warst ein Kopfgeldjäger. Du warst immer auf der Jagd nach bösen Jungs. Du warst ständig weg. Ich habe das nicht gut verkraftet.«

Jack blinzelte überrascht. »Ich war Kopfgeldjäger?«

»Ja. Du warst gern selbstständig. Du hattest nicht viele Freunde. Du hast viel Zeit damit verbracht, Leute zu beobachten ... ähm ... zu überwachen.«

Nichts von dem, was sie ihm sagte, kam Jack bekannt vor. Warum um alles in der Welt sollte er so viel Zeit weg von zu Hause verbringen, vor allem wenn eine Frau wie Maisy in ihrem Bett auf ihn wartete?

»Also, ich bin mit Jason zurück in unser Haus gezogen und du bist nach Spokane gegangen. Aber ... ich sage es dir nur ungern nach allem, was passiert ist ... es gab ein Feuer in deinem Wohnblock. Er ist niedergebrannt. Deine ganzen Sachen sind weg.«

Jack starrte auf sie herab. »Im Ernst? Ich habe nur dieses T-Shirt und eine Unterhose?«

Sie kicherte nervös. »Nein, natürlich nicht. Und Jason wird dir heute noch mehr Sachen besorgen.«

Jack dachte sorgfältig über alles nach, was er gerade erfahren hatte. Alles hörte sich so seltsam an. Aber er konnte nicht genau sagen warum; viele Ehepaare trennten sich heutzutage. Trotzdem fühlte er sich unwohl und war verwirrt.

Vielleicht weil es sich fast so anhörte, als würde Maisy sich alles selbst ausdenken. Er war sich ziemlich sicher, dass sie nach Strich und Faden log, aber da er sich an nichts von ihr erinnerte, konnte er es nicht mit absoluter Sicherheit sagen. Er hatte auch keine Ahnung, aus welchem Grund sie ihn anlügen sollte. »Also, ich habe keine Kleidung, keine Habseligkeiten, nichts.«

»Du hast mich«, sagte Maisy leise, aber bestimmt. »Und

ich werde alles in meiner Macht Stehende tun, um dafür zu sorgen, dass es uns von nun an gut geht.«

Ihre Worte klangen aufrichtig und fast verzweifelt.

»Ich habe das Gefühl, dass ich dich nicht verdient habe«, entgegnete Jack.

Zu seiner Überraschung sah sie bei seinen Worten traurig aus. »Das tust du nicht«, erwiderte sie. Und sie ließ ihm keine Gelegenheit zu einer Antwort. »Also, stehen wir jetzt auf oder was? Paige wird sauer sein, wenn wir nicht rechtzeitig zum Frühstück unten sind.«

»Rechtzeitig?«, fragte Jack.

Maisy zuckte mit den Schultern. »Mein Bruder isst gern zu bestimmten Zeiten.«

Jack wollte mehr über Jason wissen. Verdammt, er wollte alles über seine Frau und ihre Familie wissen. Er war immer noch über sie gebeugt und verspürte auch kein großes Bedürfnis, sich von ihr zu entfernen. Trotz seiner Bedenken gefiel es ihm, ihr so nahe zu sein. Er mochte es, wie sie unbewusst mit ihren Fingern über seinen Arm strich. »Erzähl mir mehr über dich, *Stellina*.«

»Ähm, was willst du denn wissen?«

»Alles.«

Sie kicherte noch einmal nervös. »Ich bin nicht so interessant.«

»Das bezweifle ich stark. Erzähl mir von deiner Familie.«

Ihr Lächeln wurde schwächer. »Meine Eltern starben, als ich noch ein junges Mädchen war. Bei einem Autodiebstahl. Sie wurden beide angeschossen und getötet. Jason zog zurück nach Hause, um sich um mich zu kümmern. Vielleicht erinnerst du dich, dass er gestern gesagt hat, dass ich nicht gut mit Stress umgehen kann. Ich war eine Zeit lang ziemlich neben der Spur, konnte ohne Medikamente nicht gut funktionieren, die dafür sorgten, dass ich nicht ständig ausflippe. Ich habe die Schule abgebrochen, meinen Abschluss gemacht ... und jetzt bin ich hier.«

»Das mit deinen Eltern tut mir sehr leid, Maisy. Wie haben wir uns kennengelernt?«

Es war eine einfache Frage, aber sie sah aus wie ein Reh im Scheinwerferlicht. »Ähm ... online.«

»Online? Sag mir nicht, dass ich auf einer Dating-Seite war«, entgegnete Jack lachend.

Aber sie lächelte nicht. »Nein, ähm, ein Freund meines Bruders hat uns zusammengebracht. Wir haben eine Weile online geredet, dann haben wir uns getroffen und der Rest ist Geschichte.«

Was Erklärungen anging, war das sehr dürftig, aber weil sie so angespannt und gestresst aussah, ließ Jack es einfach auf sich beruhen. Er nahm an, dass es nicht wichtig war. Sie hatten sich kennengelernt, sich verliebt und dann geheiratet. »Was haben wir dieses Wochenende vor?«, fragte er.

Sie entspannte sich unter ihm und bewies damit, dass es eine gute Idee war, nicht mehr nach ihrem Kennenlernen zu fragen.

»Ich kenne die Details nicht. Jason sagte, er würde sich darum kümmern.«

»Alles klar. Nun, ich kann nicht sagen, dass ich begeistert bin, dass ich verletzt wurde oder dass mein Wohnhaus abgebrannt ist, aber ich kann sagen, dass ich dankbar für eine zweite Chance mit dir bin. Ich verspreche, dass ich alles tun werde, damit unsere Ehe funktioniert. Aber du musst mit mir reden. Wenn ich etwas tue, das dir nicht gefällt, dann sag es mir, damit wir es klären können. Ich will nicht, dass es wieder zu einer Trennung kommt, okay?«

Anstatt zu antworten, kniff sie ihm in den Oberarm.

»Au«, beschwerte sich Jack, obwohl es nicht wehgetan hatte. »Wofür war das denn?«

»Ich wollte nur sichergehen, dass du real bist und nicht nur ein Traum«, erklärte sie ihm. »Männer sagen so etwas nicht. Sie reden nicht gern.«

»Ich schon. Ich meine, zumindest glaube ich das«, sagte Jack zu ihr. »Wenn es bedeutet, dass du nicht aus meinem Haus, meinem Bett und meinem Leben verschwinden willst, dann will ich das auf jeden Fall.«

Maisy hob eine Hand und streichelte ihm über die Wange. »Ich werde das in Ordnung bringen.«

Es klang wie ein Versprechen. Ein Gelübde, das er nicht ganz verstand. Er beugte sich hinunter und küsste sie. Es war kein leidenschaftlicher Kuss, aber er verweilte einen langen Moment. Die Elektrizität, die er gespürt hatte, als er sie gestern zum ersten Mal berührt hatte, war wieder in voller Stärke da. Sie schoss ihm den Rücken hinunter und wanderte direkt zu seinem Schwanz. Es war wirklich überraschend. Der Kuss war keusch, nur eine kurze Berührung ihrer Lippen. Und doch fühlte er sich lebensverändernd an.

Als er den Kopf hob, leckte sie sich wie gebannt über die Lippen. Dann holte sie tief Luft und sagte: »Komm schon, wir müssen wirklich aufstehen.«

Jack ließ sie unter sich weggleiten und folgte ihr. Er schwankte ein wenig, als er aufstand, aber Maisy war da und legte einen Arm um seine Taille. »Geht es dir gut?«

»Mir ist ein bisschen schwindelig, aber es geht schon.«

»Komm, ich bringe dich ins Bad. Ich glaube, da ist noch eine Zahnbürste drin. Wenn nicht, kannst du meine benutzen.«

»Du lässt mich deine Zahnbürste benutzen?«, fragte er.

»Nun, nein. Ich überlasse sie dir. Zahnbürsten zu teilen ist eklig«, erklärte sie mit einem kleinen Lächeln und sah zu ihm auf, während sie gingen.

Jack lachte laut auf. »Zahnbürsten teilen ist also eklig,

aber du willst, dass ich deine benutze?«, fragte er und grinste immer noch.

Sie errötete ein wenig. »Genau. Tut mir leid, das habe ich nicht bedacht.«

Sie war ihm eigentlich keine wirkliche Stütze. Da sie gut zehn Zentimeter kleiner war als er, hatte sie weder den richtigen Winkel noch die Kraft, um ihn vor dem Fallen zu bewahren. Aber Jack mochte das Gefühl, wie sie sich an ihn schmiegte, trotzdem.

»Ich meine, ist das Teilen einer Zahnbürste etwas anderes als das Teilen von … anderen Körperflüssigkeiten?«, fragte er und lächelte immer noch.

Zu seiner Überraschung wurde sie knallrot.

»Ja. Pass auf, dass du nicht wieder hinfällst und dir den Kopf stößt«, warnte sie, als sie das kleine Badezimmer betraten.

»Vielleicht solltest du bleiben und mit mir duschen«, neckte Jack sie.

Die Röte auf ihren Wangen wurde nicht weniger. »Wie auch immer. Ich werde im Bad am Ende des Flurs duschen. Ich schaue mal, ob ich mir von Jason eine Jogginghose für dich leihen kann, bis er dir heute andere Kleidung besorgt. Ist das in Ordnung?«

»Das ist perfekt, *Stellina*.«

Sie starrte ihn einen Moment lang an, bevor sie tief durchatmete und zurück ins Schlafzimmer ging.

»Maisy?«, rief Jack, dem es aus irgendeinem Grund widerstrebte, sie gehen zu sehen.

Sie blieb stehen und drehte sich wieder zu ihm um. »Ja?«

»Danke.«

»Wofür?«

»Dass du so nett zu mir bist. Dass du mich geheiratet

hast. Dass du bereit bist, mich noch einmal zu heiraten, nachdem ich dich vernachlässigt habe. Dafür, dass du du bist.«

Erneut stiegen ihr Tränen in die Augen. Dann drehte sie sich um und verließ den Raum ohne ein weiteres Wort.

Instinktiv spürte Jack, dass etwas nicht stimmte, runzelte die Stirn und schloss die Badezimmertür. Er starrte sich im Spiegel über dem Waschbecken an. Es war ein seltsames Gefühl, einen Fremden im Spiegel zu sehen. Er erkannte sich selbst nicht wieder. Seine Brille lag noch immer auf dem Tisch neben dem Bett, aber sein Spiegelbild konnte er gut genug erkennen. Er hatte eine kleine Narbe unter dem Kinn und sein Bart war etwas zu lang, um angenehm zu sein. Seine Haut war gebräunt, als verbrachte er viel Zeit draußen in der Sonne, was Sinn machte, falls er ein Kopfgeldjäger war, der gern wandern ging.

Falls er ein Kopfgeldjäger war? Zweifelte er an der Geschichte seiner Frau, was seinen Beruf anging? Er hatte keinen Grund, ihr nicht zu vertrauen, aber tief in seinem Inneren konnte er sich nicht vorstellen, sein Leben damit verbracht zu haben, Verbrecher zu jagen. Er wusste nicht warum, aber er hatte nicht das Gefühl, dass ihm das Spaß machen würde. Außerdem glaubte er nicht, dass er ein Mann war, der seine Frau vernachlässigen würde.

Sein Kopf pochte, als versuchte eine Erinnerung verzweifelt, an die Oberfläche zu kommen, aber so sehr er sich auch bemühte, er konnte sie nicht greifen.

Frustriert, verwirrt und mit Schmerzen wandte Jack sich abrupt vom Spiegel ab und griff nach dem Duschknopf. Er fühlte sich schmutzig, hatte immer noch Blut in seinen Haaren und musste sich waschen. Vielleicht würde der Tag mehr Klarheit über seine Situation bringen. Zumindest würde er die Chance bekommen, seine Frau besser kennenzulernen.

Jack verstand die Spannungen zwischen Maisy und ihrem Bruder nicht, aber er erinnerte sich an die Art, wie Jason mit ihr gesprochen hatte, bevor er wusste, dass Jack wach war, und das gefiel ihm überhaupt nicht. Seine Frau brauchte einen Fürsprecher, und er war vielleicht früher nicht für sie da gewesen, aber jetzt war er es. Falls er herausfand, dass Jason Maisy nicht respektierte, würde Jack nach der Erneuerungszeremonie einen neuen Ort suchen, an dem sie leben konnten. Er mochte zwar nicht wissen, wer er war, oder irgendetwas über seine Vergangenheit, aber er würde nicht tatenlos zusehen, wie jemand, der ihm etwas bedeutete, in irgendeiner Form schlecht behandelt wurde.

Und Maisy Smith war definitiv jemand, der ihm etwas bedeutete. In guten wie in schlechten Zeiten, in Krankheit und Gesundheit, hatte er geschworen, ihr zur Seite zu stehen, und genau das würde er auch tun. Er würde sie vor sich selbst, ihrem Bruder und jedem anderen beschützen, der es wagen würde, ihr in irgendeiner Weise zu schaden.

Woher sein starker Beschützerinstinkt rührte, wusste Jack nicht. Aber er nahm an, es lag daran, dass er ihr Mann war. Erinnerungen an die Liebe zu ihr in seinem Unterbewusstsein. *Ich werde das Richtige für dich tun, Stellina, das schwöre ich.*

Zufrieden mit seinem inneren Versprechen, zog Jack sich aus und stieg unter die Dusche. Heute war buchstäblich der erste Tag vom Rest seines Lebens, und er war bereit loszulegen ... mit seiner Frau an seiner Seite.

KAPITEL VIER

Der Rest der Woche war extrem stressig für Maisy. Sie fühlte sich, als würde sie auf rohen Eiern gehen. Jedes Mal wenn Jack ihr eine Frage stellte, war sie sich sicher, dass sie auffliegen würde. Dass sie etwas Falsches sagen und sein Gedächtnis plötzlich zurückkehren würde.

Jetzt war es Samstagmorgen – und ihr Hochzeitstag.

Das war eine Ironie des Schicksals. Sie hatte schon so lange von diesem Tag geträumt. Eines ihrer Lieblingsspiele als Kind war es, sich zu verkleiden, ein Handtuch oder eine Decke als »Schleier« zu benutzen und die Treppe hinunterzugehen, als würde sie ihrem zukünftigen Ehemann entgegentreten. Ihre Mutter spielte die Rolle der Trauzeugin, und Maisy wiederholte das Eheversprechen Wort für Wort für ihren imaginären Bräutigam.

Und jetzt war sie hier und ließ sich auf diese Scheinhochzeit ein. Sie hasste sich eigentlich selbst dafür. Sie hasste Jason dafür, dass sie zu viel Angst hatte, Nein zu ihm zu sagen.

Das Geld war ihr egal ... sie hätte es sofort aufgegeben, wenn Jack dadurch nicht in dieser Situation gewesen wäre.

Aber das war er. Und das war schlimm, denn während der letzten Woche hatte Maisy feststellen müssen, dass sie den Mann *mochte*.

Er war rücksichtsvoll, klug, höflich und hatte einen ausgesprochen ausgeprägten Beschützerinstinkt.

Gerade die letzte Eigenschaft machte sie stutzig. Er hielt sie wirklich für seine Frau und immer, wenn Jason eine Grenze überschritt – was er in Jacks Gegenwart nicht oft tat –, griff er ein und brachte sie von ihrem Bruder weg.

Niemals würde er ihr verzeihen, was sie ihm da gerade antat. Ihn anzulügen und so zu tun, als sei sie jemand, der sie nicht war.

Aber an Tagen wie diesem, wenn sie in seinen Armen lag und sich zum ersten Mal seit dem Tod ihrer Eltern geliebt fühlte, hätte Maisy fast vergessen können, dass das alles nur eine Farce war. Zu hören, wie sein Herz unter ihrer Wange schlug, als sie an seiner Brust lag, seinen männlichen Duft zu riechen, seine Arme um sie zu spüren ... sie fühlte sich sicher.

Sie wusste bereits, dass sie Jack nicht aufgeben wollte, aber sie wusste auch, dass der unvermeidliche Moment kommen würde. Er würde sich daran erinnern, dass sie nicht wirklich Mann und Frau waren, dass er entführt worden war und dass er dazu gezwungen worden war, sie zu heiraten. Und er würde gehen.

Einerseits betete Maisy, dass sein Gedächtnis zurückkehren möge. Sie wünschte sich, dass er den Ausstieg schaffen würde. Dass es ihm gelang, von Jason wegzukommen. Wenn er nach den vorgeschriebenen drei Monaten immer noch hier war, war er so gut wie tot. Genau wie Maisy. Das wusste sie bis ins Mark. Und doch war sie hier. Und machte sich mitschuldig an allem, was Jason tat.

Sie war ein furchtbarer Mensch. Die Angst vor dem, was

ihr Bruder ihr antun könnte, wenn sie seinen Plan vermasselte, war keine Entschuldigung. Nicht wenn sie ahnte, was er ihrer Schwägerin oder sogar ihren Eltern angetan hatte. Aber was hatte sie für Möglichkeiten, wenn sie buchstäblich mittellos war? Sie nahm an, dass sie auf der Straße leben könnte, aber Jason würde nie aufhören, sie zu suchen. Er brauchte sie, um an ihr Geld zu kommen.

Jack zuckte unter ihr, und Maisy lenkte ihre Gedanken von ihrer eigenen deprimierenden Situation auf den Mann, der ihr in nur wenigen Tagen unter die Haut gegangen war.

Es hatte bisher keine Nacht gegeben, in der er nicht einen Albtraum durchlebt hatte. Sie hatte keine Ahnung, wovon sie handelten, aber wenn man sich seine Reaktionen ansah, mussten sie furchtbar sein. Und sie hasste die Vorstellung, dass dieser Mann – dieser starke, mitfühlende, fürsorgliche Mann – von etwas so Schrecklichem traumatisiert war, dass er jede Nacht darunter litt.

Sie betete, dass das, was Jasons fiese Bekannte getan hatten, um Jack hierherzubringen, nicht der Grund für seine Albträume war.

»Du bist in Ordnung«, murmelte sie beruhigend, fuhr mit einer Hand über sein Gesicht und streichelte seine Wange. »Du bist in Sicherheit.«

»Owl! Geht es dir gut? Rede mit mir, Mann!«

Maisy wusste nicht, wer Owl war, aber es war nicht das erste Mal, dass er den Namen sagte, während er mitten in einem Albtraum war. Und es war offensichtlich, dass er jemand war, der Jack sehr am Herzen lag. »Es geht ihm gut«, versicherte sie ihm und betete, dass sich das nicht als Lüge erweisen würde. Aber selbst dann wäre es nur eine weitere Lüge zusätzlich zu denen, die sie ihm bereits erzählt hatte.

»Sie tun ihm weh!«, stöhnte Jack, während er seinen Kopf auf dem Kissen hin und her warf.

Der Arm, den er um sie gelegt hatte, verstärkte seinen Griff, sodass es fast schon schmerzhaft war.

»Was ist los mit ihm?«

Maisy zuckte zusammen, als sie Jasons Stimme hörte. Sie war so sehr auf Jack konzentriert gewesen, dass sie nicht einmal gehört hatte, wie ihr Bruder das Zimmer betreten hatte. Sie war nicht überrascht, dass er uneingeladen hereingekommen war. Er verletzte ihre Privatsphäre ständig, aber das hatte er nicht mehr getan, seit Jack aufgewacht war, nachdem sie ihn ins Haus gebracht hatten. Sie wusste nicht, warum er jetzt da war, aber es gefiel ihr nicht. Ganz und gar nicht.

»Ein Albtraum«, entgegnete sie schroff und behielt Jack im Auge.

»Wach auf!«, rief Jason laut aus.

Maisy starrte ihren Bruder an. Sie fand nicht, dass das eine angemessene Art war, jemanden zu wecken, der einen Albtraum hatte.

Jason trat an die Bettkante, wobei es ihm egal zu sein schien, dass sie dort mit ihrem zukünftigen Ehemann lag, legte eine Hand auf Jacks Arm und schüttelte ihn fast heftig. »Hey! Reiß dich zusammen! Du musst aufstehen und dich für deine Hochzeit fertig machen!«

Jack bewegte sich so schnell, dass Maisy überhaupt nicht darauf vorbereitet war. Er stieß sie zur Seite und schlug nach Jason, wobei seine Faust mit einem lauten Knall auf den Wangenknochen ihres Bruders traf.

Jason stöhnte, als sein Kopf nach hinten geschleudert wurde.

Dann tat Jack etwas, das Maisy nur schwer verstehen konnte. Anstatt ihren Bruder wegzuschieben, packte er ihn am Hemd und zog ihn *zum* Bett. Und er schlug ihn wieder.

Maisy konnte nur mit großen Augen zusehen, wie Jack sein Bestes gab, um Jason zu verprügeln.

Obwohl er stark war und anscheinend einen sehr fiesen rechten Haken hatte, gelang es Jason, sein Hemd aus dem Griff zu reißen und nach hinten zu stolpern.

»Was zum Teufel?«, rief er aus.

»Das reicht!«, sagte Jack. »Hör auf!«

Unglaublicherweise schien Jack immer noch zu schlafen, gefangen im Griff der Schrecken, die sich in seinem Kopf abspielten.

Ohne an ihre eigene Sicherheit zu denken, sondern nur, um ihn zu beruhigen, rutschte Maisy wieder neben Jack und legte ihre Hand auf seine Brust. »Es ist okay, er hört auf!«

Erstaunlicherweise beruhigte sich Jack aufgrund ihrer Berührung und ihrer Stimme.

»Im Ernst, was soll der Mist?«, stöhnte Jason und stolperte noch ein Stück weiter nach hinten. »Ich glaube, er hat mir die Nase gebrochen!«

»Er hat geträumt, er wusste nicht, dass du es warst«, erklärte Maisy zu seiner Verteidigung.

»Er hat Glück, dass ich ihn brauche, damit er dich heiratet!«

Erleichtert, dass Jack sich wieder neben sie gelegt hatte, fragte sie: »Was machst du schon so früh hier?«

»Je früher ich dich verheirate, desto besser. Der Trauredner ist unten.«

»Jetzt schon?«, fragte Maisy und schaute auf die Uhr. »Es ist noch nicht einmal sieben Uhr.«

»Ich gebe dir eine Stunde«, warnte Jason. »Ich will, dass du deinen Hintern bis um acht Uhr nach unten bewegt hast, verstanden?«

Maisy biss die Zähne zusammen und presste ihre Lippen aufeinander.

»Eins kannst du mir glauben, Maise. Wenn du nicht um acht unten bist, wird es dir verdammt leidtun«, drohte Jason. Dann drehte er sich um und ging aus dem Zimmer, während er sich weiterhin über seine gebrochene Nase beschwerte.

Aber Maisy tat es bereits leid. Es tat ihr leid, dass sie sich auf diese Situation eingelassen hatte. Es tat ihr leid, dass sie es Jack nicht schon längst gebeichtet hatte. Es tat ihr leid, dass sie ihm nicht geholfen hatte, aus diesem Haus zu verschwinden und sie zu verlassen.

Aber selbst wenn sie es getan hätte, hätte Jason jemand anderen entführt. Ihm war es egal, wen sie heiratete, Hauptsache, die Sache wurde erledigt. Wahrscheinlich würde er dann sogar jemand völlig Unerträglichen finden, nur um ihr zu zeigen, dass sie keine Kontrolle über irgendetwas hatte. Jemanden, der sie schlagen und vergewaltigen würde. Jemanden wie seinen schrecklichen sogenannten *Freund* Don.

In diesem Moment erfüllte sie Entschlossenheit. Zum ersten Mal seit Jahren hatte sie jemand anderen, um den sie sich Sorgen machen musste, als sich selbst. Wenn es nur um sie ginge, würde sie wahrscheinlich so weitermachen wie in den letzten zehn Jahren. Sie hätte getan, was Jason wollte, hätte die Augen vor den schrecklichen Dingen verschlossen, die er getan hatte, und sich hinter einem Drogenrausch versteckt, nur damit sie einen Platz zum Leben hatte. Aber jetzt war sie für die Sicherheit von jemand anderem verantwortlich.

Sie würde Jack heiraten und tun, was sie konnte, um ihn vor Jason zu schützen. Das würde ihnen etwas Zeit verschaffen. Wenn sie Jack nicht heiratete, würde ihr Bruder ihn töten und jemand anderen entführen.

Sie hatte drei Monate Zeit, um herauszufinden, was sie tun sollte und wie sie Jack sagen konnte, was los war. Sie hatte die feste Absicht, es ihm zu sagen ... zumindest damit er sich vor ihrem Bruder schützen konnte. Sie würde Jack helfen herauszufinden, woher er kam; sie hatte keinen Zweifel daran, dass viele Leute sich wahrscheinlich große Sorgen darüber machten, was mit ihm passiert war. Er würde sie hassen, daran hatte Maisy keinen Zweifel, aber wenn er so empört war, dass er sie verließ, um von ihrem Bruder wegzukommen ...

Es war das Beste, was sie für Jack tun konnte.

Sie hoffte, dass er dadurch in Sicherheit wäre.

Jack musste nicht persönlich bei der Bank aufkreuzen, damit sie an ihr Erbe kam. Die Heiratsurkunde sollte ausreichen. Jason würde ihr Geld trotzdem bekommen und sie wäre entweder frei oder tot. Zu diesem Zeitpunkt war es egal, welches von beidem.

Jack bewegte sich unter ihr und Maisy merkte, dass sie ihre Hand unter das Hemd hatte gleiten lassen und seinen Oberkörper gestreichelt hatte, um ihn zu beruhigen und weil seine warme Haut sich an ihrer Handfläche so gut anfühlte.

»Guten Morgen«, begrüßte er sie mit einer tiefen, rauen Stimme, die direkt in ihre Seele zu dringen schien. Er schob sich an sie heran, sodass sein Arm um ihren Rücken lag und seine andere Hand gegen ihre drückte, damit sie sie nicht unter seinem Hemd hervorziehen konnte.

»Guten Morgen«, erwiderte sie zaghaft. Es war noch gar nicht so lange her, dass er ihren Bruder verprügelt hatte. Ob er sich daran erinnerte?

»Wie spät ist es?«

»Sieben. Und ich muss dir sagen, dass Jason sich auf unsere Zeremonie freut und will, dass wir um acht unten sind.«

Jack zog überrascht eine Augenbraue hoch. »Da hast du nicht viel Zeit, dich fertig zu machen. Wozu die Eile?«

Sie zuckte mit den Schultern. »Ich schätze, er ist aufgeregt.« Die Untertreibung des Jahrhunderts. Je eher er sie heiratete, desto eher begann der Countdown, bis er Millionen von Dollar bekam.

»Ist zwischen euch beiden alles in Ordnung?«, fragte Jack sanft.

Maisy erstarrte. Sie hatte keine Ahnung, wie sie darauf antworten sollte. Sie konnte nicht ehrlich sein und ihrem baldigen Ehemann sagen, dass sie ihren Bruder hasste. Dass er ein furchtbarer Mensch war.

»Mir ist nur aufgefallen, dass er dich nicht gerade mit Sorgfalt behandelt. Ich muss dir wirklich wehgetan haben, wenn du dich entschieden hast, hierher zurückzukommen, um mit ihm zu leben.«

Maisy spürte, wie ihr die Tränen in die Augen stiegen. Sie hasste es, dass Jack dachte, er hätte etwas getan, um sie zu entfremden.

»Nicht weinen«, bat Jack sie. »Ich kann mit allem umgehen, nur nicht damit. Es tut mir leid, es ist unser Hochzeitstag. Ich werde mich zurückhalten. Aber du solltest wissen, dass ich hier rauswill. Ich will eine Wohnung nur für uns haben. Ich mag es nicht, wie er manchmal mit dir redet, und obwohl er zur Familie gehört, ist das nicht gerade nett. Ich muss mich darum kümmern, einen neuen Ausweis zu bekommen, Zugang zu unserem Bankkonto zu erhalten, mit meinem Vermieter über die Mietkaution zu sprechen und ein neues Handy zu besorgen.«

Bei seinen Worten versiegten ihre Tränen und sie starrte

ihn an. *Natürlich* würde er diese Dinge machen wollen. Jeder, der eine Wohnung mietete, die abgebrannt war, würde das Gleiche tun. Aber das Problem war, dass er kein Bankkonto hatte, es keinen Vermieter gab und sie keine Ahnung hatte, wo sein vorheriges Handy geblieben war. Von dem Identitätsnachweis ganz zu schweigen. Jack Smith existierte nicht, und das würde er ziemlich schnell herausfinden, sobald er versuchte, sein nicht existierendes Leben zurückzuerobern.

»Atme, *Stellina*. Es tut mir leid, ich wollte dich nicht ausgerechnet heute stressen.« Dann lächelte er. »Ich muss sagen, ich wache gern auf, während du mich berührst.«

Maisy schluckte schwer.

»Ich will dich nicht drängen, aber heute Abend ... würde ich gern mit meiner Frau schlafen. Auch wenn es nicht so toll wird, weil ich nicht mehr weiß, was du magst.«

»Was ich mag?«, flüsterte sie.

Jack grinste. »Ja. Magst du es heftig und schnell? Langsam und sanft? Wie empfindlich ist deine Klitoris? Kannst du zum Orgasmus kommen, indem ich einfach nur mit deinen Brustwarzen spiele, oder brauchst du mehr Stimulation? Ich weiß nicht, was deine Lieblingsstellung ist, oder ob du es magst, die Kontrolle zu haben, oder ob du es magst, wenn ich dominanter bin.«

Maisy wand sich an ihm und er lachte.

»Ich fühle mich irgendwie wie einer dieser Männer aus alten Zeiten ... jemand, der seine Frau verzweifelt begehrt, aber bis zur Hochzeitsnacht warten muss, um all ihre Geheimnisse zu lüften. Aber dieses Mal fühle ich mich, als sei ich die Jungfrau. Es wird wieder so sein wie bei unserem ersten Mal – und ich kann es kaum erwarten.«

Maisy hatte sich nicht erlaubt, zu viel über diesen Teil der List nachzudenken, die ihr Bruder ihnen auferlegt hatte. Ja, sie schlief an Jacks Seite, seit ihr Bruder ihn nach Hause gebracht hatte, aber sie hatte den sexuellen Teil des Verheiratetseins verdrängt, in der Annahme, dass sie einen Grund finden würde, es aufzuschieben. Jetzt wurde ihr klar, wie töricht sie gewesen war. Schon wieder. Natürlich konnte sie den Sex mit ihrem Mann nicht monatelang hinauszögern.

Er wollte heute Abend mit ihr schlafen. Und es würde ihr erstes Mal sein, aber das konnte sie ihm nicht sagen.

»*Stellina*? Tut mir leid, habe ich dich schockiert?«

Sie zwang sich, tief durchzuatmen. Das einzig Schockierende an dem, was er gesagt hatte, war, wie sehr sie es wollte. Sie konnte spüren, wie feucht sie zwischen den Beinen war. »Nein«, log sie.

»Lügnerin«, warf er sanft ein.

Es verlangte alles von Maisy, um bei diesem Wort nicht zusammenzuzucken.

Er beugte sich vor und hielt ihre Hand unter seinem Hemd fest, während er näher und näher kam. Maisy schloss im letzten Moment die Augen, senkte den Kopf und kam ihm auf halbem Weg entgegen. Sie brauchte seinen Kuss mehr, als ihr bewusst war.

In dem Augenblick, in dem seine Lippen die ihren berührten, fühlte sie sich, als sei sie nach Hause gekommen.

Er hatte sie schon mehrere Male geküsst, aber es waren immer nur zarte Berührungen gewesen. Dieser Kuss war völlig anders. Er fuhr mit seiner Zunge über ihre Lippen, und sie öffnete sich ihm sofort.

Er drang in sie ein, übernahm die Kontrolle, und Maisy konnte sich nur noch an ihm festklammern und stöhnen, als er ihren Mund wie ein Besessener in Beschlag nahm. Er knabberte, saugte und erforschte jeden Zentimeter ihres Mundes. Ihre Brustwarzen waren unter ihrem Hemd hart geworden und sie grub ihre Fingernägel in seine Brust, während er sie leidenschaftlich küsste.

Als er sich zurückzog, atmeten sie beide schwer, und Maisy starrte ihn nur noch an.

»Ich lasse dich nicht wieder gehen«, erklärte Jack, und die Worte klangen wie ein Schwur. »Was auch immer zwischen uns passiert ist, gehört der Vergangenheit an. Von diesem Tag an heißt es: Wir gegen den Rest der Welt. Ich werde dich nicht im Stich lassen und immer für dich da sein. Danke, dass du mir die Chance gibst, die Dinge richtigzustellen. Ich verspreche, diesmal der Ehemann zu sein, den du verdienst.«

Seine Worte klangen wie etwas, das direkt aus einem Film stammt. Wie ... ein Ehegelübde. Die albernen Tränen stiegen ihr wieder in die Augen. Er würde diese Dinge nicht sagen, wenn er wüsste, dass alles eine Lüge war. Dass sie sich noch nicht einmal eine Woche kannten. Dass ihr Bruder ihn entführt hatte, um ihn zur Heirat zu zwingen. Dass er vorhatte, sie beide zu foltern, falls einer von ihnen sich wehrte.

»Ich verspreche dir, dass ich das Richtige für dich tun werde«, erklärte Maisy mit tiefer, heiserer Stimme. »Dass ich alles in meiner Macht Stehende tun werde, um dich zu unterstützen und dich zu beschützen.«

»Das ist mein Job«, erklärte Jack mit einem kleinen Lächeln, während er ihr mit der Hand über das Haar strich. »Dich zu beschützen, meine ich.«

Maisy schloss die Augen und senkte ihren Kopf an seine Schulter. Dieser Mann. Er brachte sie noch um den Verstand.

Ein paar Minuten lang lagen sie so da, in Gedanken versunken. Dann sagte er schließlich: »Wenn wir um acht unten sein wollen, musst du aufstehen und dich fertig machen.«

Er hatte nicht unrecht. Aber der Gedanke an das enorme Unrecht, das sie diesem Mann antat, war überwältigend.

»Komm schon, *Stellina*, aufstehen. Je eher wir es hinter uns gebracht haben, desto eher können wir wieder hierherkommen und unsere Flitterwochen beginnen.«

Ihr Kopf hob sich daraufhin, und sie sah das Funkeln in seinen Augen.

»Das heißt, wenn ich diese Erektion lange genug zum Abklingen bringen kann, um in der Öffentlichkeit nicht wie ein Perverser auszusehen.«

Ihr Blick glitt hinab, ohne dass es ihr bewusst gewesen wäre. Und als Maisy die Ausbeulung in seiner Jogginghose sah, schluckte sie schwer. Um ehrlich zu sein, seine Größe machte ihr Angst. Das eine Mal, als sie Sex gehabt hatte, hatte es wehgetan. Sehr sogar. Und dieser Junge hatte bei Weitem nicht die beeindruckenden Proportionen von Jack gehabt.

Jack legte ihr einen Finger um das Kinn und hob ihr Gesicht wieder an, damit er ihr in die Augen sehen konnte. »Ich werde dir nicht wehtun. Das weißt du doch sicher.«

Er *würde* ihr wehtun, sie am Boden zerstören, wenn er seinen Hass gegen sie richtete, nachdem er verstanden hatte, welche Täuschung stattgefunden hatte. Aber sie nickte trotzdem.

»Ich erinnere mich nicht an unser Sexualleben, aber du hast mich offensichtlich schon oft in dir aufgenommen – ich kann mir nicht vorstellen, dass ich dir widerstehen konnte –, also wird es toll werden. Besser als toll. Ich gebe dir mein Wort.«

Sie nickte. Und plötzlich wollte sie das. Ihn. Wollte

jeden Zentimeter von ihm tief in ihrem Körper spüren. Wollte wissen, wie es sich anfühlt, im Bett geliebt zu werden. Sie hatte viele Bücher gelesen, sie wusste, wie Sex sich anfühlen *sollte*, und sie wollte einmal erleben, worum es bei dem ganzen Trubel ging. Und sie wusste ohne jeden Zweifel, dass der Sex mit Jack unvergesslich sein würde.

»Gut«, erklärte sie nachdrücklich. »Ich stehe auf. Wir heiraten, und dann haben wir Sex.«

Er grinste. »Wir erneuern unser Ehegelübde, und ja, dann haben wir Sex.«

Verdammt. Sie musste sich daran erinnern, dass dies eine Zeremonie zur Erneuerung des Eheversprechens sein sollte und keine echte Hochzeit. Jack war schlau, wirklich schlau, und wenn sie sich zu oft verquatschte, würde er misstrauisch werden.

»Stehen Sie auf, Mrs. Smith. Machen Sie sich fertig. Wir gehen zusammen hinunter.«

Maisy zog ihre Hand unter seinem Hemd hervor und nickte. Er nahm ihre Hand, küsste ihre Handfläche und grinste sie an, als sie sich an die Bettkante schob.

Als sie das Zimmer halb durchquert hatte, sagte Jack: »Maisy?«

Sie drehte sich um und sah ihn an.

»Ich fühle mich wie der glücklichste Mann der Welt, dass du mir eine zweite Chance geben willst. Ich danke dir dafür.«

Verdammt, Maisy fühlte sich wie die größte Betrügerin. Die Kehle war ihr wie zugeschnürt, dass sie nicht sprechen konnte, also lächelte sie ihn einfach an und wandte sich dann wieder dem Bad zu. Sobald die Tür hinter ihr geschlossen war, kamen ihr die Tränen.

KAPITEL FÜNF

»Willst du, Maisy Smith, diesen Mann zu deinem rechtmäßig angetrauten Ehemann nehmen, um ihn zu lieben und zu ehren, in guten wie in schlechten Zeiten, in Reichtum und Armut, in Krankheit und Gesundheit, bis dass der Tod euch scheidet?«

»Ja, ich will.« Maisys Stimme war leise, und sie zitterte ein wenig.

Jack drückte ihre Hand zur Unterstützung. Sie lächelte ihn an, als ihre Blicke aufeinandertrafen.

»Willst du, Jack Smith, diese Frau zu deiner rechtmäßig angetrauten Ehefrau nehmen, um sie zu lieben und zu ehren, in guten wie in schlechten Zeiten, in Reichtum und Armut, in Krankheit und Gesundheit, bis dass der Tod euch scheidet?«

»Ja, ich will«, erklärte er und überraschte sich selbst mit der Tiefe der Gefühle, die er bei diesen einfachen Worten empfand.

Dieser Morgen war nicht so verlaufen, wie er es erwartet hatte. Er hatte gedacht, Maisy würde den ganzen Morgen damit verbringen, sich fertig zu machen, und dann würden sie in aller Ruhe brunchen, bevor sie ihr Eheversprechen erneuern würden. Aber stattdessen war er nicht nur mit Kopfschmerzen aufgewacht – was immer noch ziemlich normal war –, sondern aus irgendeinem Grund auch mit Schmerzen in den Fingerknöcheln. Dann hatte Maisy ihre Hand auf seine nackte Brust gelegt, was dazu geführt hatte, dass sein Schwanz auf die bestmögliche Art und Weise zu schmerzen begonnen hatte. Und der Kuss, den sie einander gegeben hatten, war lebensverändernd gewesen.

Es gab Dinge an der Lebenssituation seiner Frau, die ihn sehr beunruhigten. Das Schlimmste war die offensichtliche Verachtung, die Jason für seine Schwester an den Tag legte. Das fühlte sich unglaublich falsch an und versetzte Jack in höchste Alarmbereitschaft. Ihm gefiel die Respektlosigkeit nicht, die er gezeigt hatte, indem er darauf bestanden hatte, dass diese Zeremonie so früh am Morgen stattfand, aber da er die Hintergründe nicht verstand, hatte er nicht das Gefühl, dass er wirklich seine Meinung einbringen durfte.

Aber er hatte es heute Morgen todernst gemeint, als er Maisy gesagt hatte, dass er so schnell wie möglich aus diesem Haus verschwinden wollte. Jason hatte etwas an sich, dem er nicht traute. Und nicht nur das, er wollte auch nicht befürchten müssen, dass sein Schwager in ihr Zimmer stürmte, wann immer er Lust dazu hatte. Er wollte seine Frau für sich allein haben.

Für die Erneuerung des Ehegelübdes trug sie ein einfaches lavendelfarbenes Kleid, das ihr bis zu den Knien reichte. Es schmiegte sich an ihren Oberkörper und lief an den Hüften weit aus. Sie sah wunderschön aus, und er hatte nicht gezögert, ihr das sofort zu sagen, als er sie gesehen hatte. Die Röte in ihrem Gesicht und der schüchterne Blick, den sie ihm zugeworfen hatte, hatten dazu geführt, dass Jack sie am liebsten aufs Bett geworfen und ihr gezeigt hätte, wie hübsch er sie *genau* fand, aber er wollte sich auch nicht mit einem verärgerten Jason herumschlagen müssen, also hatte er seiner Frau einfach den Arm gereicht, und sie waren aus dem Zimmer gegangen.

Sie waren gemeinsam die Treppe hinuntergegangen, und kaum hatten sie den Essbereich betreten, hatte Jason gesagt: »Gut, ich wollte gerade jemanden hochschicken, um euch zwei zu holen. Bringen wir es hinter uns.« Und der Trauredner hatte zu sprechen begonnen.

Jack hatte einen Blick auf den »Trauredner« geworfen, und die Haare in seinem Nacken hatten sich aufgerichtet. Er kannte den Mann nicht, aber er sah definitiv nicht wie jemand aus, der beruflich Ehen schließt. Er hatte eine Glatze, einen struppigen Ziegenbart und sein Blick verweilte ein wenig zu lange auf Maisys Brust. Abgesehen von seinem unangebrachten Interesse an Jacks Frau wirkte der Mann fast gelangweilt.

Was die Erneuerung des Eheversprechens anging, so war diese nicht gerade ideal. Aber Jack tat sein Bestes, um die unangenehmen Aspekte zu ignorieren und sich auf das zu konzentrieren, was wichtig war.

Maisy.

Die Zeremonie war fast so schnell vorbei, wie sie begonnen hatte.

»Du darfst deine Braut jetzt küssen.«

Er hatte Maisys Hände gehalten, während der Freund ihres Bruders die Zeremonie durchgeführt hatte, aber jetzt streichelte er ihr Gesicht. Sie stützte sich an seiner Brust ab, als sie zu ihm aufblickte.

Die ganze »Zeremonie« hatte etwa fünf Minuten gedauert, wenn überhaupt. Jack hatte noch keine Gelegenheit gehabt, Maisy zu sagen, wie stolz er war, ihr Ehemann zu sein. Wie dankbar er war, dass sie ihm eine zweite Chance gab. Er hasste es, dass sie sich auseinandergelebt hatten, aber er hatte sich geschworen, alles in seiner Macht Stehende zu tun, um es nicht noch einmal geschehen zu lassen.

»Du siehst wirklich wunderschön aus«, bemerkte er leise.

Er spürte, wie sie sich noch ein bisschen mehr an ihn lehnte. »Danke. Du siehst auch gut aus.« Jason hatte ihm Anfang der Woche ein paar Klamotten mitgebracht, und Jack hatte heute Morgen eine Stoffhose angezogen statt der Jeans, in der er sich wohler fühlte ... weil heute ein besonderer Tag war und so.

»Um Himmels willen, küss sie endlich!«, rief Jason aus.

Jack wandte den Blick nicht von seiner Frau ab, als er langsam den Kopf senkte.

Sie hob ihren Kopf, als er sich ihr näherte.

Er hielt die Augen offen und versuchte, sich diesen Moment für immer einzuprägen. Er hatte nicht viele Erinnerungen an seine Frau, deshalb schätzte er jetzt jede einzelne. Zum Beispiel, wie sie sich im Bett ganz weich an ihn geschmiegt und auf seiner Brust gelegen hatte wie eine zufriedene Katze. Wie sie sich um ihn sorgte, wie sehr sie sich um sein Gedächtnis sorgte und darum, ob die Erinnerungen schon zurückgekehrt waren, und wie sie kein Problem damit hatte, stundenlang an seiner Seite zu sitzen und einfach zu reden. Er genoss es, von seiner Frau umsorgt zu werden, und wollte das Gleiche auch tun. Er wollte sie beschützen, sie schien ... zerbrechlich. Jack wusste nicht warum, aber das Gefühl ließ sich nicht abschütteln.

Ihr Hochzeitskuss war kurz, aber sehr innig. Jack ließ all seine Gefühle in diesen Kuss einfließen. Das fühlte sich richtig an. Er war immer noch dabei, Maisy wieder kennenzulernen, und wegen seiner verlorenen Erinnerungen fühlte es sich an, als sei er ihr gerade erst begegnet. Aber ein Teil von ihm hatte sie tief in seinem Inneren als die Seine erkannt. Wäre das nicht der Fall gewesen, hätte er an allem gezweifelt, was ihm nach dem Aufwachen erzählt worden war.

»In Ordnung, ihr zwei, das reicht. Ihr könnt Sex haben, nachdem wir den Papierkram erledigt haben«, bemerkte Jason grob. Damit zerstörte er diesen schönen Moment, und wieder einmal ärgerte Jack sich über seine Anwesenheit.

Widerwillig löste er seine Lippen von Maisys und starrte auf sie herab. Sie begegnete seinem Blick und leckte sich sinnlich über die Lippen. Ihre Finger hatten sich zu kleinen Krallen verformt, und sie lehnte sich an ihn, als sei er das Einzige, was sie aufrecht hielt.

»Hi«, sagte er unbeholfen.

»Hi«, flüsterte sie zurück.

»Hier«, sagte Jason und ruinierte wieder einmal den Moment, indem er ihnen mit etwas zuwinkte.

Stirnrunzelnd drehte Jack sich um und sah, dass sein Schwager ihm einen Stift hinhielt.

»Es ist an der Zeit, den Papierkram zu unterschreiben«, erklärte Jason ihnen.

»Papierkram? Wir sind doch schon verheiratet«, bemerkte Jack und runzelte die Stirn.

»Stimmt, das seid ihr. Aber ich dachte, ihr wollt eine Erinnerung an den heutigen Tag, etwas, das ihr in ein Fotoalbum kleben könnt. Es ist alles gut. Es ist nur ein Erinnerungsstück. Es ist ja nicht so, dass ihr zweimal heiraten könnt.«

Jack sah Jason mit zusammengekniffenen Augen an. Ihm schien, dass der Mann etwas schnell sprach, als sei er nervös ... oder aufgeregt. Er konnte nicht sagen, was von beidem.

»Hier, du zuerst, Maise«, sagte Jason zu seiner Schwester und drückte ihr den Stift praktisch in die Hand.

Sie ließ eine Hand von Jacks Brust gleiten und drehte sich um, um den Stift anzunehmen, den ihr Bruder ihr hinhielt. Jack ließ sie nicht los. Er drehte sie in seiner Umarmung, behielt aber einen Arm um ihre Taille und hielt sie an sich gedrückt.

Sie blickte schüchtern zu ihm auf, und Jack wusste, dass er sich nie daran sattsehen würde, wie sie leicht errötete. Er führte sie ein paar Schritte hinüber zum Esstisch, wo er ein amtlich aussehendes Dokument liegen sah.

Jason lehnte sich neben Maisy und zeigte auf eine Unterschriftenzeile am unteren Rand. »Da. Du unterschreibst dort«, befahl er.

Jack spürte, wie Maisy sich versteifte, aber sie zögerte nicht, sich hinüberzulehnen und dort zu unterschreiben, wo ihr Bruder sie anwies. Dann drehte sie sich um, sah zu Jack auf und bot ihm den Stift an.

Aus irgendeinem Grund zögerte Jack. Er sah auf das Papier hinab, dann auf Jason. Der Mann schien ein wenig zu sehr darauf zu warten, dass sie unterschrieben, was auch immer das für Papiere waren. Aufgeregt. Fast selbstgefällig. Wie ein Kind, das gleich eine riesige Eistüte oder so etwas bekommen würde. Das ließ bei Jack die Alarmglocken schrillen. Es war verdammt frustrierend, nicht zu wissen, warum er so über seinen Schwager dachte.

»Jack?«, flüsterte Maisy.

Er sah auf ihre Hand, die den Stift hielt, und bemerkte, dass sie zitterte. War sie nervös? Wenn ja, weshalb?

»Normalerweise hat der Bräutigam *vor* der Hochzeit kalte Füße«, scherzte Jason. »Bereust du etwa, dass du dich erneut an meine Schwester gebunden hast?« Dann lachte er, als hätte er die lustigste Sache der Welt gesagt.

Hätte Jack nicht schon auf Maisy geschaut, wäre ihm entgangen, welche Wirkung Jasons Stichelei auf sie hatte. Sie zuckte zurück, aber das war nur eine flüchtige Bewegung. Die Worte ihres Bruders verletzten sie offensichtlich mehr, als sie sich je eingestanden hätte.

Jack bewegte sich, bevor er darüber nachdachte, was er da tat. Er nahm Maisy den Stift aus der Hand, beugte sich über den Tisch, kritzelte seinen Namen auf die Zeile über Maisy und knallte den Stift auf den Tisch. »Ich bereue es nicht, Maisy geheiratet zu haben. Weder jetzt noch beim ersten Mal.«

»Richtig, natürlich nicht. Ich gehe einfach und lasse das für euch einrahmen«, erklärte Jason und schien sich nicht darum zu kümmern, dass Jack sauer auf ihn war. Er nahm das Stück Papier vom Tisch und wies mit einer Geste auf seinen Freund, der die Trauung vollzogen hatte, während er ging.

Der Mann hob den Blick von Maisys Hintern, den er offensichtlich angeglotzt hatte, und grinste Jack an, bevor er Jason zur Tür folgte. Die Stille, die den Raum nach ihrem Aufbruch erfüllte, schien endlos zu sein.

»Also«, sagte Maisy nervös, aber sie sprach nicht weiter darüber, was sie dachte.

»Hallo, Mrs. Smith«, erklärte Jack und zog sie dicht an sich heran, bis ihre Stirnen sich berührten. Er schlang seine Arme um sie und drückte sie sanft an sich.

Maisy sah zu ihm auf, aber statt Freude sah er Besorgnis in ihren Augen. Das war inakzeptabel. Verflucht sei ihr Bruder dafür, dass er den heutigen Tag alles andere als freudig gestaltet hatte. »Hast du Hunger?«, fragte er.

Daraufhin zuckten ihre Lippen. »Ich bin am Verhungern.«

Auch das war eine Sache, Jack glaubte, dass seine Frau

nicht genügend aß. Er hatte nicht viele Mahlzeiten mit ihr und ihrem Bruder hier im Esszimmer eingenommen, aber bei den wenigen, die sie gemeinsam eingenommen hatten, waren ihm die missbilligenden Blicke nicht entgangen, die Jason seiner Schwester zugeworfen hatte, während sie aß.

»Ich glaube, Paige wollte uns ein besonderes Frühstück machen«, sagte sie zu Jack.

»Willst du irgendwo hingehen?«

Maisy runzelte die Stirn. »In ein Restaurant?«, fragte sie verwirrt.

»Ja, *Stellina*. Zum Beispiel in ein Restaurant. Wir waren nicht mehr aus, seit ... du weißt schon, meinem Unfall. Ich dachte, wir könnten vielleicht ein bisschen herumfahren, reden und irgendwo nett essen gehen. Du könntest mir mehr über dich erzählen. Es gibt noch so viel, was ich wissen möchte. Es wäre eine gute Gelegenheit für mich, dir den Hof zu machen.«

»So was wie eine Verabredung.«

»Genau.« Jack gefiel es nicht, wie schockiert sie schien, dass er mit ihr ausgehen wollte.

»Okay. Aber wir müssen mit Paige reden. Sie hat wahrscheinlich schon angefangen, Brunch für uns zu machen.«

Das war eine weitere Sache, die Jack an seiner Frau mochte. Sie nahm sehr viel Rücksicht auf die Gefühle anderer. Sie mochte es nicht, sie zu enttäuschen. Sie war sehr rücksichtsvoll. Jeden Tag lernte er etwas Neues über sie. Sie liebte Tiere, war nicht unbedingt jemand, der gern draußen war, mochte keine Meeresfrüchte, konnte aber aus irgendeinem Grund Thunfisch aus der Dose essen. Sie schnarchte nicht, schnaufte aber irgendwie im Schlaf, und sie schlief nur gut, wenn sie an seine Seite geschmiegt war. Das Letzte gefiel Jack mehr, als er zugeben wollte.

Es fühlte sich ... seltsam an. Gut, aber seltsam. Als sei es etwas Neues für ihn, dass jemand an seiner Seite schlief. Was verwirrend war, da er ein verheirateter Mann war, aber andererseits hatte er offenbar in Spokane gelebt, während sie hier in Seattle gewesen war, also war es vielleicht doch nicht so ungewöhnlich. Jeden Abend, wenn sie schlafen gingen, schien sie zu zögern, zu ihm ins Bett zu steigen, aber nachdem sie eingeschlafen war, rutschte sie unweigerlich zu ihm hinüber und klammerte sich an ihn, als würde sie ertrinken und er sei ihr persönliches Rettungsboot. Und Jack liebte das. Er liebte es, sie in seinen Armen zu spüren. Er liebte es, sie in seiner Nähe zu haben.

»In Ordnung, lass uns Paige suchen, dann können wir losfahren. Schade, dass mein Wagen gestohlen wurde, als wir wandern waren. Schlechtes Timing, ganz sicher. Ich muss den Wagen bald ersetzen lassen. Ich weiß es zu schätzen, dass dein Bruder uns ein Fahrzeug geliehen hat. Du musst allerdings selbst fahren, da ich meinen Führerschein noch nicht wiederbeschafft habe.«

»Ähm ... Mist. Daran habe ich gar nicht gedacht. Ich, äh, habe keinen Führerschein.«

»Du hast keinen Führerschein?«

Sie schüttelte den Kopf. »Nein. Ich war nicht alt genug, als meine Eltern ums Leben gekommen sind, und danach hatte ich kein Interesse mehr. Es fiel mir sogar schwer, die einzelnen Tage durchzustehen. Und aufgrund der Tatsache, dass sie auch noch im Wagen überfallen wurden, hatte ich schon gar keine Lust, mich hinter das Steuer eines Fahrzeugs zu setzen.«

Jack konnte das verstehen. Die Frustration machte sich in ihm breit. Er musste raus aus diesem Haus. Er wusste nicht warum, aber er fühlte sich hier wie ein Gefangener. Was natürlich blöd war, weil dies Maisys derzeitiges Zuhause war.

»Egal«, murmelte er. »Wenn ich angehalten werde, dann soll es so sein. Ich nehme den Strafzettel in Kauf, weil ich keinen Führerschein habe, aber du musst den Bullen sagen, wer ich bin, damit ich nicht verhaftet werde.«

Jack hatte einen Scherz gemacht, aber der entsetzte Gesichtsausdruck, den Maisy daraufhin an den Tag legte, sorgte dafür, dass er das jetzt bereute.

»Wir können hierbleiben«, erklärte er schnell.

»Nein! Es ist in Ordnung. Ich bin sicher, du hast das Haus satt. Ich vertraue dir, Jack.«

»Das bedeutet mir sehr viel. Du bist sicher, wenn du bei mir bist.«

»Und du bist bei mir auch sicher«, erwiderte sie.

Er lächelte ihr zu und zog sie noch einmal an sich. Er liebte es, wie sie sich anfühlte, wenn sie sich an ihn schmiegte. Sie war weich, wo er muskulös war, das Yin zu seinem Yang. Es war schwer zu glauben, dass er diese Frau vergessen hatte. Sie schien jetzt jeden Zentimeter seines Verstandes in Anspruch zu nehmen. Sein Kopf war voll mit Dingen über Maisy Smith. Seine Frau. Es war unglaublich, aber fühlte sich gleichzeitig auch so richtig an.

Er senkte wortlos den Kopf und spürte Befriedigung in sich aufsteigen, als sie sich auf die Zehenspitzen stellte, um begierig seinen Mund zu erreichen. Sie hob eine ihrer Hände und streichelte seinen Nacken, während er sie küsste.

Was damit begonnen hatte, ihr zu zeigen, wie sehr er sich darüber freute, dass sie seine Frau war, dass er sie verehrte und schätzte, war innerhalb kürzester Zeit zu so viel mehr geworden. Jack musste sich beherrschen, um sie nicht mit dem Rücken auf den Tisch hinter ihnen zu legen und sie auf der Stelle zu nehmen.

Er wollte diese Frau. Seine Frau. Er sehnte sich danach,

ihren Körper zu sehen. Herauszufinden, was sie im Bett mochte. Zu spüren, wie sie seinen Schwanz umschloss, während er tief in ihre warme, feuchte Muschi eindrang.

Sie war seine Frau, er hatte schon Hunderte Male mit ihr geschlafen, aber er konnte sich an kein einziges Mal erinnern, und das machte alles noch ein bisschen aufregender. Wie viele Männer hatten eine zweite Chance, ein erstes Mal mit ihrer Frau zu haben?

Sie atmeten beide schwer, als Jack sich zwang, den Kopf zu heben. Er hatte mit einer seiner Hände den Saum des hübschen lavendelfarbenen Kleides, das sie trug, hochgezogen und knetete ihre prächtige Pobacke. Die andere hatte er in ihrem Haar vergraben und hielt so ihren Kopf still, während er ihren Mund für sich beanspruchte.

Ihre Pupillen waren geweitet, und ihre Lippen waren prall und rot von ihren Küssen. Sie blickte wie betäubt zu ihm auf, während sie mit den Fingern die empfindliche Haut in seinem Nacken streichelte. Ihre Brustwarzen zeichneten sich unter dem Mieder des Kleides ab, und Jack musste sich beherrschen, um sich nicht nach unten zu beugen und eine von ihnen in den Mund zu nehmen.

»Schön.«

Die tiefe Stimme brachte Jack dazu, sich zu bewegen, bevor er begriff, was er da tat. Er drehte sich, stellte sich zwischen Maisy und denjenigen, der es gewagt hatte, sie zu unterbrechen, und ließ ihren Hintern los, sodass ihr Kleid wieder nach unten fiel und ihre Schenkel wieder bedeckte. Er drehte sich um und starrte den Mann an, der gerade in der Tür stand. Er war groß und muskulös. Er hatte blondes Haar und eisblaue Augen, die leblos wirkten. Er trug ein Grinsen im Gesicht, das Jack dazu brachte, Maisy sofort aus dem Blickfeld des Mannes zu schieben.

Jack erkannte den Mann nicht, er hatte ihn noch nie in diesem Haus gesehen.

»Hör nicht meinetwegen auf«, erklärte der Mann anzüglich grinsend. »Es fing gerade an, gut zu werden.«

»Wer bist du?«, fuhr Jack ihn an. Der Mann war ihm unheimlich, und er wollte ihn nicht einmal im selben Raum wie seine Frau haben.

»Niemand«, sagte der Mann mit demselben spöttischen Lächeln im Gesicht. »Ich habe nur Jason gesucht.«

»Er ist nicht hier«, erwiderte Jack unwirsch.

»Gut. Dann werde ich mich mal auf die Suche nach ihm machen. Wie ich höre, sind Glückwünsche angebracht?«

Warum er das als Frage aussprach, wusste Jack nicht. Er nickte nur knapp.

»Gut. Dann herzlichen Glückwunsch. Und das mit dem Gedächtnisproblem tut mir leid ... aber es sieht so aus, als seien die Dinge für dich besser gelaufen als geplant. Glück gehabt.«

Jack verstand nicht, was der Mann meinte, aber er mochte ihn definitiv nicht. Er sagte nichts, sondern starrte den Fremden weiter an.

Der Mann zog einen imaginären Hut vor ihnen und ging dann so leise, wie er gekommen war. Aber es war das Lachen, das durch den Flur und ins Esszimmer hallte, bei dem Jack die Zähne zusammenbeißen musste.

»Ich weiß es nicht. Ich habe ihn noch nie gesehen. Aber Jason hat viele ... Partner ... denen ich noch nie begegnet bin.«

Jacks Kopf pochte heftiger als zuvor. Es war, als würde sein Unterbewusstsein eine Warnung herausschreien, aber er konnte sie nicht deuten. Es war frustrierend und irritierend.

»Jack?«, fragte Maisy. »Wenn du nirgendwo hingehen

willst, ist das in Ordnung. Ich bin sicher, was auch immer Paige geplant hat, wird wunderbar sein.«

Er atmete tief durch und wollte, dass seine pochenden Kopfschmerzen verschwanden, dann schüttelte er den Kopf. »Nein, wir gehen auf jeden Fall.« Dann sah er zu seiner Frau hinunter. Er ließ den Blick über ihr Gesicht gleiten, ihre immer noch leicht geschwollen Lippen, ihr zerzaustes Haar, und er wusste, dass er dafür verantwortlich war. Er platzte heraus: »Heute Abend würde ich gern mit meiner Frau schlafen ... wenn du damit einverstanden bist.« Ja, sie hatten schon einmal darüber gesprochen, aber nachdem er ihr geschworen hatte, sie zu lieben und zu ehren, hatte er das Gefühl, ihre Erlaubnis einholen zu müssen.

Sie sah nervös aus, sogar ein wenig ängstlich, was Jack störte. Aber dann leckte sie sich über die Lippen und nickte.

»Wir müssen es nicht tun, wenn du dir nicht sicher bist«, fühlte Jack sich gezwungen zu sagen.

»Ich bin mir sicher. Ich ... ich will dich. Aber ... es ist schon eine Weile her für mich.«

Jack runzelte die Stirn. »Eine Weile?«

Sie nickte und biss sich auf die Lippe. Ihr Blick huschte für den Bruchteil einer Sekunde nach links, bevor sie seinem wieder begegnete. »Wir haben ... du weißt schon ... es einige Monate nicht getan. Seit du nach Spokane gezogen bist. Und ich werde wahrscheinlich ... eingerostet sein. Können wir ... würdest du ... es langsam angehen lassen?«

Jacks Herz schlug wie wild in seiner Brust. »Ich werde dir nicht wehtun, *Stellina*. Ich gebe dir mein Wort.«

Sie nickte. »Dann ja, ich würde gern ... unsere Ehe heute Abend vollziehen.«

Jack lachte leise bei ihren Worten. »Es werden unsere zweiten Flitterwochen sein. Ich würde gern alles über unsere ersten beim Frühstück hören. Sollen wir Paige suchen und dann von hier verschwinden?«

Maisy schluckte schwer und nickte.

Er beugte sich hinunter und küsste sie andächtig auf die Stirn, wobei er noch einmal den Duft von Äpfeln einatmete. Er würde diesen Geruch für immer mit dieser Frau in Verbindung bringen. Es war allerdings schlimm, dass nicht einmal ihr Duft den Nebel, der seine Vergangenheit umhüllte, durchbrechen konnte. Sollte nicht der Geruch einer der stärksten Auslöser für Erinnerungen sein?

Es spielte keine Rolle. Ab sofort würde er mehr Erinnerungen schaffen.

Jack schlang seine Finger um ihre und zog sie von der Stelle weg, an der Jasons »Partner« verschwunden war. Er wollte diesen Mann nicht mehr sehen.

Maisys Bruder war nicht das, was er zu sein vorgab, da war Jack sich sicher. Je länger er sich in diesem Haus aufhielt, desto unbehaglicher wurde ihm. Und es gefiel ihm ganz und gar nicht, dass seine Frau hier ohne ihn gelebt hatte.

Irgendetwas stimmte an diesem Ort nicht. Jack konnte es nicht genau benennen. Er wusste nur, dass er hier rauswollte. Er wollte Maisy hier rausschaffen. Und er würde alles in seiner Macht Stehende tun, um sein Leben wieder in den Griff zu bekommen. Er brauchte einen Ausweis, ein Fahrzeug und musste herausfinden, wie er einen Job machen konnte, an den er sich nicht einmal mehr erinnerte, damit er für seine Frau sorgen konnte.

Es gab vieles, was er noch nicht über sich und seine Frau wusste, aber er würde alles tun, um der beste Ehemann zu sein, der er sein konnte. Und wenn er die Sorgen und Ängste, die er manchmal in Maisys Augen lauern sah, verschwinden lassen konnte, wäre er ein zufriedener Mann.

KAPITEL SECHS

Überraschenderweise hatte Maisy einen tollen Tag. Paige war nicht im Geringsten enttäuscht, dass sie auf das von ihr geplante Essen verzichteten. Sie schien sich sogar zu freuen, dass Maisy mal aus dem Haus kam.

Jack war ein sehr sicherer und kompetenter Fahrer. Sie hatte sich nie wohl in einem Wagen gefühlt nach dem, was ihren Eltern passiert war, aber mit Jack am Steuer konnte sie sich ein wenig entspannen. Sein Kopf war ständig in Bewegung, er wusste, wo sich alle Fahrzeuge und Menschen um sie herum befanden.

Schließlich hielten sie an einem kleinen Restaurant, in das Jason nie einen Fuß gesetzt hätte. Er war ein Snob, wenn es um Mahlzeiten ging, und aß nur in gehobenen, teuren Restaurants.

In dem Lokal roch es nach Fett, und selbst jetzt, Stunden später, konnte Maisy das Frittierfett noch in ihren Haaren riechen. Aber die Gerichte waren köstlich gewesen. Sie hatte Waffeln mit Schlagsahne und Erdbeeren, ein Glas Schokoladenmilch und einen Teller mit frittierten Oreo-Keksen zum Nachtisch bestellt. Jack kommentierte kein einziges Mal, wie viele Kalorien sie zu sich nahm, oder runzelte auch nur die Stirn über die Auswahl an Ungesundem. Er selbst bestellte sich einen Hamburger mit Pommes frites und aß danach ein Stück Apfelkuchen.

Aber das Beste an der Mahlzeit war, wie wohl Maisy sich fühlte. Jack löcherte sie mit einer Frage nach der anderen, und normalerweise war es ihr unangenehm, über sich selbst zu sprechen, aber seine Fragen bewegten sich zu keinem Zeitpunkt auf unangenehmem Terrain.

Als sie Jack kennengelernt hatte, hatte sie nur widerwillig *überhaupt* irgendwelche Fragen über sich selbst beantwortet, weil sie dem Mann nicht zu nahekommen wollte. Aber je mehr Zeit sie mit ihm verbrachte, desto entspannter wurde sie. Was würde es ausmachen, wenn sie über ihre Vorlieben und Abneigungen sprach? Wenn sie sich nur ein wenig öffnete?

Sie sprach über ihre Lieblingsspeisen, welche Bücher sie gern las, wie sie ihre Freizeit verbrachte, und erzählte ein wenig über die schreckliche Zeit unmittelbar nach dem Tod ihrer Eltern. Wie sie ein Nervenbündel gewesen war, bevor Jason eingesprungen war, damit sie nicht aus dem einzigen Zuhause ausziehen musste, das sie je gekannt hatte.

Maisy fühlte sich sogar wohl genug, um über die Jahre zu sprechen, in denen sie unter Depressionen gelitten hatte. Wie die verschreibungspflichtigen Medikamente das Einzige gewesen waren, was ihr geholfen hatte, die meisten Tage zu überstehen. Jack war verständnisvoll und einfühlsam, er verurteilte sie nicht dafür, dass sie Medikamente genommen hatte, um sich nicht mit dem emotionalen Schmerz ihrer Trauer auseinandersetzen zu müssen.

Es war, als würde er sie wirklich verstehen, was eine Erleichterung war – aber es sorgte dafür, dass Maisy auch ein noch schlechteres Gewissen hatte. Es musste einen

Grund geben, warum er so einfühlsam war, und sie hasste es, dass sie den Grund nicht *kannte*. Dass sie den Mann hinter den verlorenen Erinnerungen nicht kannte.

Bevor sie sich noch schlechter fühlen konnte, weil sie ihn unter falschem Vorwand geheiratet hatte, und sich über die Freunde und die Familie Gedanken machte, die sich wahrscheinlich große Sorgen um ihn machten, schlug er vor, dass sie noch etwas anderes unternehmen sollten, bevor sie den Heimweg antraten.

Maisy bezahlte die Rechnung – es ärgerte Jack, dass er kein eigenes Geld hatte, um sie zu bezahlen – und er hielt ihre Hand, als er sie zum Wagen zurückbegleitete. Sie fuhren zu einem großen Elektroladen, wo sie ihm spontan ein Prepaid-Smartphone kaufte. Vielleicht würde sie diese Entscheidung später bereuen – besonders wenn Jason davon erfuhr –, doch sie wollte, dass Jack in der Lage war, Hilfe zu suchen ... nur für den Fall. Dann hielten sie an einem großen Park und gingen ein paar Stunden lang spazieren. Sie beobachteten die Leute, lachten, hielten Händchen.

Es war einer der besten Tage in Maisys Leben gewesen.

Und sie hatte ein noch schlechteres Gewissen. Denn obwohl sie ihren Bruder dafür hasste, dass er Jack entführt und ihn gezwungen hatte, sie zu heiraten, war sie noch nie so zufrieden gewesen wie jetzt. Mit Jack an ihrer Seite, der sie küsste, ihre Hand hielt und ihr zum ersten Mal seit Jahren das Gefühl gab, normal zu sein. Und sie hatte kein Recht, sich so zu fühlen. Nicht bei einem Mann, der eigentlich gar nicht ihr gehörte.

Es war wirklich schrecklich. Denn früher oder später würde Jack sich an alles erinnern. Das war unvermeidlich. Und wenn er das tat, würde sie wieder in der gleichen Situation sein wie vorher. Na ja, nicht ganz so wie vorher. Sobald

Jason sein Geld hatte, würde sie höchstwahrscheinlich einen schrecklichen Unfall erleiden, damit ihr Bruder ihr Geld ausgeben konnte, wie er wollte.

Aber jetzt, nachdem sie einen Blick in eine Zukunft geworfen hatte, die sie hätte haben können, wenn sie härter gekämpft hätte, stieg statt Verzweiflung ... Wut in ihr auf.

Wie konnte Jason es *wagen*, sie so zu behandeln! Sie scherte sich einen Dreck um das Geld, sie wollte einfach nur genügend, um Seattle verlassen und ein neues Leben beginnen zu können. Vielleicht um einen Mann kennenzulernen, der sie für das liebte, was sie war. Der sie küsste, als hinge sein Leben davon ab. Ihre Hand hielt, über ihre dummen Witze lachte.

Wem wollte sie etwas vormachen? Jack war dieser Mann, aber ihre Beziehung war eine Lüge. Er hatte keine Ahnung, dass er sie erst vor einer Woche kennengelernt hatte. Dass er ein Spielball in dem grausamen Plan ihres Bruders war. Es war schrecklich, und Maisy hatte keine Ahnung, wie sie die Dinge in Ordnung bringen konnte oder ob sie *überhaupt* in Ordnung gebracht werden konnten. Sie steckte jetzt zu tief in dem Betrug mit drin. Sie war genauso schlimm wie Jason. Sie hätte an dem Tag, an dem er aufgewacht war, versuchen sollen, mit Jack zu reden. Ihm erklären, warum er Schmerzen hatte, dass ihr Bruder ihn entführt hatte. Hätte tun sollen, was sie konnte, um ihn von der Gefahr zu befreien, die ihm in ihrem Elternhaus drohte.

Aber das hatte sie nicht getan. Und jetzt war sie genauso schuldig wie Jason. Sie hatte Jack unter Vorspiegelung falscher Tatsachen geheiratet, um Himmels willen. Das würde er ihr niemals verzeihen.

»Was sollte dieser Seufzer?«, fragte Jack.

Sie saßen vor dem Haus. Keiner von ihnen wollte hineingehen, und so waren sie in unausgesprochener Übereinkunft im Wagen sitzen geblieben und hatten sich die letzten dreißig Minuten unterhalten.

»Es ist nur ... es war ein schöner Tag«, erklärte sie ihm ehrlich.

»Das war es«, stimmte Jack zu und griff nach ihrer Hand. Er führte sie an seine Lippen heran und küsste ihre Knöchel. »Und er ist noch nicht vorbei.«

Sein Blick, mit dem er sie ansah, als sei sie die begehrenswerteste Frau der Welt, ließ Maisy in ihrem Sitz zusammenzucken. Sie wollte ihn. Es war verrückt, wahrscheinlich sogar dumm, aber sein Gedächtnis konnte schon morgen zurückkehren. Und wenn sie nur eine Nacht mit Jack hatte, mit einem Mann, der sie mit einer Verzweiflung zu wollen schien, wie sie sie noch nie erlebt hatte, dann wollte sie einfach gierig sein und sie nutzen. Sie würde die Erinnerungen an ihre Hochzeitsnacht wieder hervorholen können, wenn sie wieder allein war, gefangen in dem Albtraum, den ihr Leben darstellte.

»Wir sollten wahrscheinlich reingehen«, erklärte sie leise.

»Ja. Denkst du, dein Bruder hat ein Abendessen geplant? Eine Art von Hochzeitsfeier?«

Maisy schüttelte sofort den Kopf.

Das brachte Jack zum Nachdenken. »Warum nicht? Will er nicht, dass seine kleine Schwester eine schöne Erinnerung an ihre Erneuerung des Ehegelübdes hat?«

Maisy erkannte, dass sie sich eine Ausrede hätte einfallen lassen sollen, anstatt einfach Nein zu sagen, und zermarterte sich das Hirn auf der Suche nach etwas, das Sinn machen könnte. Aber ihr fiel nichts ein. Wie sie Jason schon einmal gesagt hatte, war sie nicht gut im Lügen. Sie tat es nicht gern, und sie war nie in der Lage, sich schnell etwas einfallen zu lassen. Am Ende schüttelte sie nur den Kopf.

»Wie dem auch sei. Ist ja auch egal. Ich habe sowieso keine Lust darauf, meinen Abend mit deinem Bruder zu verbringen, nichts für ungut.«

Sie schenkte ihm ein kleines Lächeln. »Ist schon okay. Ich möchte auch nicht meine Hochzeitsnacht mit ihm verbringen.«

»Also ... vielleicht können wir Paiges Küche plündern und uns ein paar Snacks mit auf unser Zimmer nehmen? Die Tür abschließen und auf unsere eigene Art feiern?«

Ihr Herz fühlte sich an, als würde es ihr aus der Brust schlagen. Maisy schenkte ihm ein kleines Lächeln und nickte.

»Prima. Gehen wir«, sagte Jack und klang eifrig. Er sprang aus dem Wagen und Maisy tat es ihm lachend gleich. Er ergriff ihre Hand, sobald sie innerhalb seiner Reichweite war, und zog sie zur Tür.

Da Maisy davon ausgegangen war, dass Jason mit einem missmutigen Gesichtsausdruck auf sie warten würde, um mit ihnen zu schimpfen, weil sie so lange weg gewesen waren, war sie angenehm überrascht, als sie den Flur leer vorfand. Sie gingen in die Küche und trafen dort auf Paige und zwei der Haushälterinnen, die sich unterhielten.

Sie plauderten ein wenig, und Jack überredete Paige, ihnen eine Wurstplatte mit verschiedenen Käsesorten, Kräckern, Essiggurken, Oliven, Karotten, Schokolade, ein paar Keksen und Nüssen zu machen. Er trug die Platte die Treppe hinauf in ihr Zimmer, stellte alles auf dem Bett ab, ging zielstrebig zur Tür und schloss sie ab.

Maisy wusste sehr wohl, dass das Abschließen der Tür ihren Bruder nicht davon abhalten würde hereinzukommen, wenn er es wirklich wollte. Das hatte sie letztes Jahr auf die harte Tour gelernt, als er sie angebrüllt hatte und sie in ihr Zimmer geflüchtet war, um von ihm wegzukommen. Er hatte gelacht und einen Schlüssel benutzt, von dem sie nicht wusste, dass er ihn besaß, um in ihr Zimmer zu gelangen, ohne dass er irgendwelche Schwierigkeiten gehabt hätte. Er hatte ihr gesagt, wie dumm sie sei, dass sie nirgendwo hingehen könne, wo er sie nicht finden würde, und geschworen, dass sie es bereuen würde, falls sie jemals wieder wegliefe, wenn er mit ihr redete.

Aber jetzt war nicht die Zeit, um über ihren Bruder und all die schlimmen Dinge, die er getan hatte, nachzudenken. Sie war verheiratet, und sie wünschte sich diese Zeit allein mit ihrem Mann mehr, als sie je für möglich gehalten hätte. Es war dumm, sie sollte ihn vertrösten, ihm sagen, dass sie ihre Tage hatte oder so. Wenn sie mit ihm schlief, würde er sie nur noch mehr hassen, sobald seine Erinnerungen zurückkehrten, aber Maisy brauchte Jack mehr, als sie Luft zum Atmen brauchte. Wenn sie nur diese eine Nacht hatte, würde sie sie nehmen, so egoistisch das auch erscheinen mochte.

Jack ging auf sie zu und legte seine Hände auf ihre Schultern. Dann schob er sie sanft nach hinten, bis ihre Knie die Matratze berührten. »Steig aufs Bett«, bat er sie mit einem kleinen Lächeln. »Wir machen ein Picknick.«

Maisy tat wie geheißen und setzte sich auf eine Seite des großen Brettes, das Paige für die Häppchen benutzt hatte. Jack gesellte sich zu ihr auf die Matratze und setzte sich neben sie statt ihr gegenüber.

Dann fütterte er sie mit einem kleinen Snack nach dem anderen. Sie lachten und sprachen über ihre Lieblingssendungen im Fernsehen, während sie aßen. Aber jedes Mal, wenn seine Finger ihre Lippen berührten, wurde Maisys Verlangen stärker. Es dauerte nicht lange, bis er sich nicht mehr scheute, sie beim gemeinsamen Essen zu berühren. Er legte seine freie Hand auf ihr Knie, und jedes Mal, wenn er ihr etwas zu essen gab, fuhr er mit dem Daumen über ihre Unterlippe oder streichelte ihre Wange.

Und natürlich gab Maisy genauso viel, wie sie von ihm bekam. Sie fütterte ihn ebenfalls, und es gefiel ihr, wie seine Pupillen sich weiteten, wenn sie ihn neckte.

Als er ihr das nächste Mal ein Stück Schokolade gab, griff Maisy nach seinem Handgelenk und hielt ihn davon ab, seine Hand zurückzuziehen. Sie leckte seinen Finger ab und säuberte ihn von dem kleinen Stückchen geschmolzener Schokolade, das an seinem Finger hängengeblieben war.

Jack stöhnte auf, und das Geräusch fuhr ihr direkt zwischen die Beine. Sie starrte ihm in die Augen, als sie seinen Zeigefinger in den Mund nahm. Sie fühlte sich extrem begehrenswert, leckte um den Finger herum und saugte kräftig daran.

Maisy quietschte überrascht auf, als Jack sich bewegte. Er hatte sie auf den Rücken geworfen, bevor sie wusste, was er tat. Er lag über ihr, und sie starrte erwartungsvoll zu ihm auf. Dann beugte er sich, ohne ein Wort zu sagen, zu ihr herunter und küsste sie. Heftig, tief und mit absoluter Dominanz. Und sie genoss jeden Augenblick. Sie schmolz unter seinen Berührungen dahin und gab ihm, was auch immer er von ihr wollte.

Und was er offensichtlich wollte, war auch das, was sie wollte. Maisy hatte sich noch nie so ... lebendig gefühlt. Jedes einzelne ihrer Nervenenden kribbelte. Sie spürte, wie feucht sie zwischen ihren Beinen war, ihre Unterwäsche war regelrecht durchweicht. Sie wollte Jack. Und zwar sofort.

Sie merkte nicht, dass sie sich an ihm festkrallte, um

ihm näher zu kommen, und enttäuscht seufzte, als er sich zurückzog.

»Immer mit der Ruhe, *Stellina*. Wir haben die ganze Nacht Zeit.«

Sie schüttelte den Kopf. »Nein. Ich will dich, Jack. Und zwar sofort. Wenn du nicht auf der Stelle in mich eindringst, sterbe ich, glaube ich.«

Zu ihrer Enttäuschung grinste er nur. »Tatsächlich?«

Sie verengte ihre Augen zu Schlitzen. »Machst du dich über mich lustig?«

Er wurde ernst. »Niemals. Weißt du das nicht? Ich will dich genauso sehr. Aber dies ist unser erstes Mal, ich will es genießen. *Dich* genießen.«

Für den Bruchteil einer Sekunde geriet Maisy in Panik. Wusste er es? Wusste er, dass sie nicht verheiratet waren? Dass sie im Grunde eine Fremde für ihn war? Aber dann sprach er weiter.

»Du erinnerst dich vielleicht an dieses Gefühl, aber für mich ist das alles neu. Ich möchte nichts verpassen. Wie du dich windest, wenn ich dich berühre, ob du dich meiner Berührung beugst, wenn ich an deinen Brustwarzen sauge, wie du aussiehst und dich fühlst, wenn ich dich zum ersten Mal zum Orgasmus bringe.«

»Zum ersten Mal?« Maisy platzte heraus.

»Bitte sag mir nicht, dass ich ein egoistischer Liebhaber bin«, sagte Jack mit einem Stirnrunzeln.

»Ähm ... nein, das bist du nicht. Ich habe nur ...«

Er ließ sie vom Haken. »Psssst. Ist ja gut. Und ja – zum ersten Mal. Ich habe vor, dich heute Abend noch mehrmals zum Höhepunkt kommen zu sehen. Ist das in Ordnung?«

War das in Ordnung? Dieser Mann konnte nicht echt sein. »Allerdings«, platzte sie heraus.

Er lächelte wieder. »Gut. Jetzt bleib liegen und rühr dich

nicht. Ich muss das Brettchen mit den Häppchen vom Bett entfernen.«

Maisy hielt still, als Jack sich hinkniete und dann von der Matratze stieg. Er schob das Brettchen schnell auf die Kommode und brachte dann fast ihr Herz zum Stillstand, als er seine Brille abnahm und sie auf den Tisch neben dem Bett legte, sein Hemd auszog ... und dann nach seiner Hose griff.

Bevor sie bereit war, war er nackt. Sein Schwanz war angeschwollen und die Spitze fast lila. Er stand steif und aufrecht zwischen seinen muskulösen Schenkeln. Sie konnte sich gar nicht daran sattsehen, bevor er wieder auf dem Bett lag und sie umschloss.

Seine Lippen waren zu einem Grinsen verzogen, als er auf sie herabblickte. »Es ist fast so, als würdest du mich zum ersten Mal nackt sehen. Es ist doch sicher noch nicht so lange her, dass wir zusammen waren, dass du es vergessen hast.«

Maisys Herz pochte in ihrer Brust. Jack war wunderschön. Und beängstigend. Und da er glaubte, sie hätten schon oft miteinander geschlafen, hatte er offensichtlich kein Problem damit, sich vor ihr zu entblößen, ohne auch nur einen Gedanken daran zu verschwenden. »Ich ... du bist einfach wunderschön, Jack.«

Er sah einen Moment lang überrascht aus, dann schenkte er ihr ein sanftes Lächeln. »Darf ich?«, fragte er, während er begann, ihr Kleid langsam die Beine hochzuziehen.

Maisy hielt den Atem an, als er sie auszog. Es war äußerst schwierig, dort zu liegen und nicht zu versuchen, sich zu bedecken. Seit sie erwachsen geworden war, war sie kein einziges Mal in ihrem Leben vor jemandem nackt gewesen ... soweit sie wusste. Jetzt war das Oberlicht an und es gab kein Verstecken mehr.

Außerdem würde Jack nicht erwarten, dass sie schüchtern war ... sie waren ja angeblich seit zwei Jahren verheiratet. Sie tat ihr Bestes, um sich nicht vor Unbehagen zu winden, als Jack ihr half, das Kleid über den Kopf zu ziehen, und es dann zusammen mit ihrer Unterwäsche und ihrem BH auf den Boden warf. Sie legte sich auf den Rücken und versuchte, seinen Gesichtsausdruck zu deuten. War er enttäuscht?

»Du bist hier diejenige, die schön ist«, erklärte er schließlich. »Ich weiß nicht, womit ich es verdient habe, dass du mich zu deinem Ehemann genommen hast, aber ich werde alles in meiner Macht Stehende tun, damit du es nicht bereust, mich noch einmal geheiratet zu haben.«

Maisy hätte am liebsten geweint. Dieser Mann ... er war alles, was sie sich jemals erträumt hatte. Und dabei war alles nur eine Lüge.

Sie war von Schuldgefühlen zerfressen. Sie konnte ihn nicht weiter anlügen. Konnte ihn nicht länger denken lassen, dass sie etwas waren, was sie in Wirklichkeit überhaupt nicht waren. Sie wollte gerade den Mund aufmachen, um ihm zu sagen, dass sie sich erst seit weniger als einer Woche kannten und ihr Bruder ihn entführt hatte, um diese Hochzeit zu erzwingen – doch die Worte blieben ihr im Hals stecken, als Jack sich zwischen ihren Beinen positionierte und mit seinen Händen ihre Oberschenkel hinauffuhr, wobei er ihre Beine auseinanderdrückte.

Sie lag jetzt so offen und ungeschützt vor ihm, wie sie es noch nie zuvor gewesen war, und am liebsten wäre Maisy vor Scham im Erdboden versunken. Jack starrte ihre Muschi an, als hätte er noch nie zuvor eine gesehen. Er streckte eine Hand aus und fuhr mit dem Daumen über ihren Schlitz.

Ein Gefühl wie ein Stromschlag durchfuhr sie, als er über ihre Lustknospe strich.

»Immer mit der Ruhe, *Stellina*«, murmelte er.

Maisy stöhnte, als sie sich an ihn drückte. Natürlich wusste sie, wie man sich selbst befriedigt, aber nichts, was sie jemals selbst getan hatte, hatte sich so gut angefüllt wie jetzt Jacks Finger. Sie machte die Augen zu und gab sich ganz dem Gefühl hin.

»Nicht zu fassen, dass ich diese Muschi vergessen konnte. Sie ist so verdammt perfekt«, sagte er ehrfürchtig.

Maisy zuckte zusammen, als er ihre Oberschenkel noch weiter auseinanderdrückte. Sie riss die Augen auf und sah an sich herab. Der lustvolle Anblick, der sich ihr bot, sorgte dafür, dass ein weiteres Stöhnen ihrem Mund entwich. Jack lag jetzt auf dem Bauch und sah ihr in die Augen, während er seine Zunge herausstreckte und begann, sie zu lecken.

»Jack«, flüsterte sie, während sie ihre Hände an seinen Kopf legte. Sie hatte eigentlich vorgehabt, ihn wegzudrücken, da diese ganze Sache sich plötzlich viel zu intim anfühlte ... doch dann leckte er sie erneut, und sie fuhr ihm stattdessen mit ihren Händen in die Haare, hielt ihn fest und zog ihn näher zu sich.

Er lachte, und Maisy spürte seinen Atem an ihren äußerst empfindlichen Schamlippen. Dann begann er, sie nicht nur zu lecken, sondern sie regelrecht zu verschlingen. Es gab kein anderes Wort dafür.

Wenn Frauen über Männer sprachen, die sie verschlangen, hatte sie in der Vergangenheit nicht viel über diese eher grobe Formulierung nachgedacht. Aber jetzt verstand sie sie. Jack benutzte seine Nase, seine Lippen, seine Zunge, sogar seine Finger, um sie zu stimulieren. Er schlürfte, leckte und saugte und brachte sie in Minutenschnelle an den Rand des Orgasmus.

Sie konnte sich nur noch festhalten, während er sie buchstäblich um den Verstand brachte. Sie fühlte keine Verlegenheit. Nur Vergnügen an den Händen dieses Mannes. Als er seine Lippen auf ihre Lustknospe legte und seine Zunge wie einen Vibrator einsetzte, stieß sie einen kleinen Schrei aus und versuchte, sich von ihm zu lösen. Aber er ließ sie nicht, umklammerte mit seinen Händen ihre Hüften und hielt sie fest.

Und als er einen Finger in ihren Körper gleiten ließ, wimmerte Maisy.

Einen Moment später explodierte sie. Es war der intensivste und lustvollste Orgasmus, den sie je in ihrem Leben gehabt hatte. Und er schien immer weiterzugehen. Die Tatsache, dass sie ihre Fäuste in Jacks Haaren vergraben hatte, musste für ihn schmerzhaft sein, aber er hörte nicht auf, ihre Lustknospe zu liebkosen.

Sie erschlaffte unter ihm, als ihr Orgasmus abebbte. Maisy spürte, dass Jack sich bewegte, aber sie hatte nicht die Kraft, die Augen zu öffnen. Erst als sie merkte, wie er ihre Beine um seine Taille schlang, gelang es ihr, ihre Augenlider zu heben.

Und der Anblick, der sich ihr bot, brannte sich für immer in ihr Gedächtnis ein. Jacks Haar war zerzaust und sein Oberkörper war rot von der Anstrengung. Er leckte sich über die Lippen, als könnte er es nicht ertragen, auch nur einen Tropfen ihrer Sahne zu verschwenden, die über seine Lippen und sein Kinn verschmiert war.

»Ich will dich unbedingt. Kann ich mit dir schlafen?«

In diesem Moment bemerkte Maisy, dass er seine Hand um seinen Schwanz gelegt hatte und sich langsam streichelte, während seine Brust sich vor Verlangen hob und senkte. Und plötzlich wollte sie ihn genauso sehr in sich spüren, wie er sie offensichtlich wollte.

Sie nickte, hob die Arme über den Kopf und wölbte den Rücken. Damit zeigte sie ihm nonverbal, dass er alles von ihr haben konnte.

Als Antwort darauf drückte Jack mit den Knien ihre Schenkel noch weiter auseinander, während er sich nach vorn bewegte. Maisy konnte den Blick nicht von seinem Schwanz abwenden. An der Eichel hatte sich ein Lusttropfen gebildet und war so angeschwollen, dass es fast schmerzhaft aussah. Er beugte sich über sie und stützte sich mit einer Hand ab, während er mit der anderen Hand seinen Schwanz festhielt und in sie eindrang.

Jack hatte noch nie so etwas empfunden. Zwar hatte er keine vergleichbaren Erinnerungen an den Sex mit seiner Frau, aber er wusste ohne Zweifel, dass er noch nie so begierig darauf gewesen war, in eine Frau einzudringen. Es war eine Ehre, ein zweites erstes Mal mit Maisy zu erleben. Und sie war absolut unvergleichlich. Sie war gekommen, als hätte sie seit Jahren keinen Orgasmus mehr gehabt ... was dazu führte, dass er ein unglaublich schlechtes Gewissen hatte, weil er sie offensichtlich viel zu lange vernachlässigt hatte.

Und dabei war es so wunderschön, wenn sie zum Orgasmus kam. Sie schmeckte himmlisch und war so verdammt empfänglich. Er kam sich wie der glücklichste Mann der Welt vor. Er wollte, dass es so blieb, wollte jeden Zentimeter von ihr erkunden, sich wieder mit seiner Frau vertraut machen. Aber er konnte nicht mehr warten. Er war kurz davor zu explodieren, und er wollte in ihr sein, wenn er es tat.

Jack beugte sich vor, schaute nach unten und zog eine

Grimasse. Sein Sperma tropfte unaufhörlich von seiner Schwanzspitze und es war nur eine Frage der Zeit, bis er die Kontrolle verlor. Er fuhr mit der Spitze seines Schwanzes durch ihre Falten und genoss es, wie feucht sie war. Stolz stieg in seiner Brust auf. *Er* war dafür verantwortlich, dass sie so erregt war. Er hatte sie so heftig zum Orgasmus gebracht, dass sie nicht nur sein Gesicht, sondern auch das Laken unter ihnen durchnässt hatte.

Er konnte ihren Moschusgeruch überall riechen und grinste. Er drückte die Spitze seines begierigen und willigen Schwanzes an ihre Öffnung und stieß zu.

Noch bevor Maisy erschrocken aufkreischte, hatte er bereits innegehalten. Sie war so verdammt eng! Wenn er es nicht besser gewusst hätte, hätte er gesagt, sie sei noch Jungfrau. Aber das war unmöglich.

»Jack«, flüsterte sie mit zittriger Stimme.

Zärtlichkeit und Sorge überschwemmten ihn und ließen den Drang zu kommen ein wenig abklingen. Genug, um die Kontrolle wiederzuerlangen. »Ganz ruhig, *Stellina*. Es ist alles okay.«

»Ich bin nur ... dein Schwanz ist nur so groß.«

»Das ist er, aber du kannst es mit mir aufnehmen. Du hast es schon einmal geschafft. Entspann dich.«

Seine Worte schienen keine Wirkung zu zeigen. Sie war unter ihm angespannt, und Jack hasste diese Tatsache mit jeder Faser seines Seins.

Er spürte, wie das Blut durch seinen Schwanz pumpte, aber er widerstand dem Drang, sich in das Paradies zu stürzen, von dem er ohne Zweifel wusste, dass es auf ihn wartete. Stattdessen bewegte er die Hand, mit der er in sie eingedrungen war, und begann, ihre empfindliche Klitoris sanft zu streicheln.

Sie stieß mit einem Ruck gegen ihn, und sein Schwanz glitt einen weiteren Zentimeter in ihren heißen Körper.

»Sieh mich an, Maisy«, befahl er. Sie ließ den Blick sofort zu ihm hinaufwandern, was Jack mit Genugtuung bemerkte. »Wende den Blick nicht von mir ab, verstanden?«

Sie nickte.

»Gut. Weißt du, was ich dachte, als ich dich geleckt habe?«

Ihre Wangen waren leuchtend rosa, als sie den Kopf schüttelte.

»Wie verdammt gut du schmeckst. Wie ich die ganze Nacht zwischen deinen Beinen verbringen und als glücklicher Mann sterben könnte.«

»Jack«, protestierte sie und zog leicht die Nase kraus.

Er grinste und freute sich riesig, als ihre inneren Muskeln sich um ihn herum ein wenig entspannten. »Ich habe noch nie etwas so Erstaunliches erlebt wie den Moment, in dem du für mich zum Orgasmus gekommen bist. Ich konnte spüren, wie deine Muschi sich um meinen Finger zusammengezogen hat, und ich konnte nur daran denken, wie unglaublich es sich anfühlen würde, wenn du das Gleiche mit meinem Schwanz machst.« Er fuhr fort, ihre Klitoris zu streicheln, während er begann, seinen Schwanz sanft in ihre Muschi hinein und wieder heraus zu bewegen.

»Du bist für mich gemacht, *Stellina*. Ich verspreche dir, dass ich nicht noch einmal so viel Zeit verstreichen lasse, dass du vergisst, wie mein Schwanz sich in dir anfühlt. Zieh deine Beine hoch. Stell deine Füße flach auf die Matratze. So ist es gut, perfekt. Jetzt spreize deine Schenkel mehr. Gib mir Platz. Oh ja ... genau so.«

Als Jack das nächste Mal sanft in sie eindrang, war er schon fast ganz drin. »Gleich haben wir es geschafft. Nur noch ein bisschen mehr und mein Schwanz ist ganz in dir drin.«

Ihr Blick hatte sich keinen Augenblick von seinem gelöst, und das machte diese Erfahrung umso intensiver. Ihre braunen Augen schienen zu funkeln und ihre Pupillen waren leicht geweitet, als sie versuchte, seiner Aufforderung nachzukommen.

Er begann, ihre Klitoris heftig und schnell zu reiben, und Maisys Augen wurden groß und ihr Atem ging schneller, während sie zu ihm aufblickte. »Noch einmal, Maisy. Komm noch einmal für mich zum Höhepunkt.«

Als seien seine Worte die Erlaubnis, auf die sie gewartet hatte, spannten Maisys Muskeln sich an und sie schrie, als sie erneut zum Orgasmus kam.

Und während sie kam, stieß Jack durch ihre zuckenden Muskeln, bis er bis zum Ansatz in ihr war. Dann hielt er still und biss die Zähne zusammen, während er das Gefühl ihrer heißen, feuchten Muschi genoss, die sich um seinen Schwanz zusammenzog.

»Bist du drin?«, fragte sie ein paar Augenblicke später mit zittriger Stimme.

»Ich bin drin, Baby, und es ist so verdammt schön. Du fühlst dich fantastisch an.«

»Du auch«, gab sie in einem Tonfall zu, der nach Überraschung klang.

Das irritierte Jack. Offensichtlich war er in der Vergangenheit ein furchtbarer Liebhaber gewesen. Dass sie so angespannt war, bedeutete, dass er schon viel zu lange nicht mehr mit ihr geschlafen hatte. Und ihre Überraschung darüber, dass er ihr mehrere Orgasmen schenken wollte, sogar ihr Schock darüber, dass es sich in ihr so gut anfühlen konnte … er schwor sich in diesem Moment, es besser zu machen. Ihr zu zeigen, wie unglaublich Sex zwischen ihnen sein konnte.

»Bist du ... sind wir fertig?«, fragte sie.

Wieder überkam ihn das Gefühl, dass er seiner Frau nicht gerecht geworden war, aber Jack verdrängte das Gefühl. Er würde es später analysieren; im Moment musste er seine Frau befriedigen. »Nicht einmal annähernd«, erklärte er ihr und hob die Hüften, bevor er wieder in sie eindrang. Ihre Schamhaare berührten sich, und er spürte, wie die Nässe ihrer Muschi seine Eier benetzte.

»Oh!«, rief sie aus und griff nach oben, um seine Oberarme zu ergreifen. Er hatte sich auf die Ellbogen gestützt und umklammerte ihre Schultern, sodass er immer noch eine gute Hebelwirkung hatte.

»Ich weiß nicht, wie lange ich durchhalten kann«, gab er zu. »Du bist so heiß und feucht, dass ich mich unheimlich beherrschen muss, um meine Ladung nicht gleich hier und jetzt zu verschießen.«

Bei seinen Worten zogen ihre inneren Muskeln sich um seinen Schwanz herum zusammen.

Er bewegte seine Hüften zurück und glitt leicht aus ihr heraus, bis nur noch die Spitze seines Schwanzes in ihr war. »Ist das okay für dich? Ich tue dir nicht weh?«

»Ja. Und nein. Jack!«

»Jack was?«, fragte er frech.

»Beweg dich!«, stieß sie hervor.

Er atmete tief durch und entspannte sich zum ersten Mal, seit er gemerkt hatte, dass sie seinen Schwanz nur schwer in sich aufnehmen konnte. »Gern«, erklärte er ehrfürchtig. »Schau zu«, sagte er zu ihr.

»Ich dachte, du hast gesagt, ich soll dir in die Augen schauen.«

Jack lächelte, und ihm fiel auf, wie sehr er das liebte. Er

liebte es, dass sie ihn necken konnte. Er liebte es, dass er mit ihr schmutzig reden konnte und sie es zu mögen schien. Er liebte es, dass er in ihrem Bett die volle Kontrolle haben konnte. Er wusste nicht genau, warum er diese Kontrolle *brauchte*, und ihm war bis zu diesem Moment nicht klar, dass er sie brauchte, aber er war erleichtert, dass seine Frau ihm das geben konnte. Andererseits war sie wahrscheinlich schon sehr an seine Art im Bett gewöhnt.

»Und jetzt möchte ich, dass du siehst, wie ich dich nehme«, sagte er zu ihr. »Schau, wie feucht mein Schwanz ist. Er ist mit deinem Honig bedeckt. Du bist so feucht und heiß. Du bist perfekt.«

Jack richtete sich wieder auf, um seinen Oberkörper aufrecht zu halten, und bewegte einfach seine Hüften, stieß in die Muschi seiner Frau hinein, wieder und immer wieder. Der Anblick seines Schwanzes, der mit ihrer Sahne bedeckt war, war wahnsinnig erotisch, und er hatte das Gefühl, dass er noch nie in seinem Leben etwas so Wunderbares gesehen hatte.

»Jack«, flüsterte sie, während sie ihre Fingernägel erneut in seine Arme grub.

»Mein Schwanz passt perfekt in dich rein. Du bist für mich gemacht«, erklärte Jack und war sich bis ins Mark bewusst, dass diese Worte Gültigkeit hatten. »Ich lasse dich nie wieder gehen«, informierte er sie. »Egal wie die Dinge zwischen uns laufen, ich werde dich nie wieder verlassen. Ich werde nicht auf der anderen Seite des Staates getrennt von dir leben. Wir werden die Dinge klären, bevor ich das noch einmal zulasse. Vielleicht behalte ich dich einfach in unserem Bett, die Beine gespreizt und meinen Schwanz tief in dir drin, bis wir unsere Differenzen geklärt haben.«

»Fester, Jack.«

»Du willst mehr von mir?«, fragte er und genoss es, wie verzweifelt sie nach seinem Schwanz zu verlangen schien.

»Ja! *Bitte.*«

Er mochte es, die Kontrolle zu haben, aber der Klang ihres Flehens gefiel ihm auf Anhieb nicht. Er wollte, dass sie verzweifelt nach ihm verlangte, ja – aber aus irgendeinem Grund gefiel es ihm nicht, sie betteln zu hören.

»Sieh mich an, *Stellina*«, befahl er.

Sie gehorchte, ohne zu zögern.

»Wenn du etwas willst, bekommst du es. Du bettelst mich nicht um irgendetwas an. Niemals. Hast du verstanden?«

Sie nickte.

»Gut, und jetzt halt dich fest. Dies wird jetzt heftig und schnell. Ist das okay?«

»Ja, Jack. Nimm mich. Mach mich zu der Deinen.«

»Du gehörst *mir*«, erklärte er. »So wie ich dir gehöre.«

Und damit war es um seine Selbstbeherrschung geschehen. Er begann, es ihr heftig und schnell zu besorgen, genau wie er es angekündigt hatte. Und seine Frau nahm ihn ganz in sich auf. Sie vergrub ihre Fingernägel in seinen Armen, als die Lust ihn ohne Vorwarnung überkam. Als er so weit in sie eindrang, wie er konnte, zogen sich seine Eier zusammen und er explodierte so heftig, dass ihm schwindelig wurde. Jack schoss eine Ladung nach der anderen tief in Maisy hinein und markierte sie von innen heraus. Er kam so intensiv, dass er fühlen konnte, wie sein Sperma aus der Stelle, an der ihre Körper verbunden waren, herauslief. Und irgendwie war es immer noch nicht genug.

Er schob sich über sie, schob eine Hand zwischen sie und begann erneut, ihre Lustknospe heftig zu liebkosen.

»Jack, nein ...«

»Maisy, ja«, konterte er. »Ich muss es wieder spüren. Hol dir alles, *Stellina*. Nimm alles, was ich zu geben habe.«

Sie schloss die Augen, aber er tadelte sie nicht. Er ließ seinen Blick liebevoll über ihre Züge gleiten, während sie sich Mühe gab, noch einmal zum Höhepunkt zu kommen. Als sie das schließlich tat, war es nicht so intensiv wie beim letzten Mal, aber es war nicht weniger lustvoll, weder für sie noch für ihn.

Sie war schweißgebadet, als er sie auf die Seite drehte, sodass sie wie eine beschwerte Decke an ihm klebte. Und noch nie hatte sich etwas so gut angefühlt. Jack griff nach unten und schaffte es, die Decke über sie zu ziehen.

Sie seufzte, und er spürte, wie ihr warmer Atem über seinen Nacken strömte. »Ich sollte von dir runtergehen.«

»Warum?«

»Weil ich zu schwer bin.«

»Sagt wer?«

Daraufhin hob sie den Kopf, und Jack konnte nicht verhindern, dass ihn ein ausgesprochen männliches Gefühl der Befriedigung überkam. Sie sah hinreißend aus direkt nach dem Sex. Und dafür war er verantwortlich. Er hatte sie von innen nach außen gekehrt. Und es fühlte sich fantastisch an.

»Ich ... ähm ... Jack?«

»Ja?«

»Du bist immer noch in mir.«

»Das bin ich«, stimmte er ihr zu.

»Ist das ... musst du nicht aufstehen und dich waschen oder so?«

»Warum? Ist es das, was ich normalerweise tue? Unser Bett verlassen, nachdem ich dich vollgepumpt und dir drei Orgasmen verpasst habe?«

»Ähm ...«

Einmal mehr überkam Jack das Gefühl, dass er etwas nicht mitbekommen hatte. Etwas Wichtiges. Als sie nicht weiter antwortete, schüttelte er schließlich den Kopf. »Nun, das habe ich vielleicht früher getan, aber jetzt nicht mehr. Ich will mich nicht von der Stelle rühren. Ich fühle mich wohl. Deine Muschi fühlt sich um meinen Schwanz herum fantastisch an, auch wenn er nicht steif ist. Ich möchte so lange wie möglich genau da bleiben, wo ich bin. Es sei denn ... tue ich dir weh?«

»Nein.«

Er atmete erleichtert aus. »Gut. Ich werde schon noch früh genug herausschlüpfen. Fürs Erste würde es mich freuen, wenn du mich in dir drinbleiben lassen würdest.«

»Wie kann ich dazu Nein sagen?«, fragte sie.

Obwohl es eine rhetorische Frage war, erklärte Jack: »Das kannst du nicht.«

Sie lagen ein oder zwei Minuten aneinandergekuschelt da, dann versteifte Maisy sich.

»Was? Was ist los?«, fragte er, ganz im Einklang mit ihr, zumal er jeden Zentimeter von ihr spüren konnte, weil sie auf ihm lag.

Sie hob den Blick. »Wir ... wir ... hatten ungeschützten Sex.«

Jack blinzelte. »Verdammt. Ich dachte ... ich dachte nur, da wir schon so lange verheiratet sind, hast du dich darum gekümmert. Es tut mir leid.«

Maisy antwortete nicht, sondern sah ihn weiterhin mit gerunzelter Stirn an.

»Du verhütest nicht?«, fragte er.

Sie schüttelte den Kopf.

»Haben wir vorher Kondome benutzt?«

Sie hielt inne, bevor sie ihren Kopf wieder auf seine Schulter legte. »Es ist okay«, erklärte sie leise.

»Sieh mich an, Maisy«, befahl Jack. Er wartete, bis sie widerwillig den Kopf hob und ihn noch einmal ansah. In ihren Augen stand Sorge, und das hasste er, besonders nach dem, was sie gerade miteinander erlebt hatten. »Ich werde mich morgen testen lassen. Ich glaube nicht, dass ich dich jemals betrügen würde, aber da ich mich an nichts in meinem Leben vor dem Unfall erinnern kann, möchte ich sichergehen. Ich würde nie etwas tun, was dich in Gefahr bringen könnte.«

Sie zögerte einen Moment, dann nickte sie.

Und die Tatsache, dass sie sich nicht dagegen sträubte, dass er sich auf sexuell übertragbare Krankheiten testen ließ, sagte ihm mehr als tausend Worte, dass sie sich *tatsächlich* Sorgen darüber gemacht hatte. »Und Kondome besorge ich auch gleich mit.«

»Ich ... es ist nicht der richtige Zeitpunkt für mich«, platzte sie heraus. »Und ehrlich gesagt, ich mag es, dich zu spüren. Dich ganz und gar. Es ist unangenehm, aber ... ist es seltsam, wenn ich sage, dass ich es mag?«

Jack lächelte sie an. »Nein. Mir gefällt es auch. Willst du ein Baby, *Stellina*?«, fragte er sanft.

»Ich sollte nicht«, flüsterte sie.

»Aber du willst eins«, bemerkte er und Befriedigung floss durch seine Adern. Er konnte sie sich schwanger vorstellen. Sie sähe wunderschön aus.

»Vielleicht.«

Bei diesem leisen Geständnis spürte Jack, wie sein Schwanz tief in ihrem Kanal zuckte. Es war, als wollte sein Schwanz ihr auf der Stelle ein Baby machen.

Sie grinste ihn an.

Er erwiderte ihr Lächeln. »Danke«, sagte er leise. »Danke, dass du mir noch eine Chance gibst. Dass du mich nicht aufgegeben hast, uns nicht aufgegeben hast. Ich verspreche, dich nicht mehr im Stich zu lassen.«

»Du hast mich nicht im Stich gelassen«, protestierte sie.

Aber Jack ließ sie nicht weiterreden. »Das habe ich. Ich habe mich offensichtlich nicht an das Eheversprechen gehalten, das ich dir beim ersten Mal gegeben habe. Ich habe auf der anderen Seite des Staates gelebt und wer weiß was gemacht, während du hier im Haus deines Bruders warst. Das ist inakzeptabel. Ich verspreche, dich nie wieder zu verlassen, *Stellina*. Wir werden alle Probleme lösen, die auftauchen. Gemeinsam.«

Tränen traten ihr in die Augen.

Jack legte eine Hand in ihren Nacken und hielt sie fest, während er seinen Kopf anhob, um sie zu küssen. Als sein Schwanz wieder steif wurde, schob er die Decke von ihnen weg und sagte: »Ich habe nicht die Willenskraft, ihn rauszuziehen. Wir müssen also aufhören, bis ich mich testen lassen kann.«

Maisy biss sich auf die Lippe, dann setzte sie sich langsam rittlings auf ihn und drückte seinen Schwanz tiefer in sich hinein. Sie stützte sich mit den Händen auf seiner Brust ab und starrte auf ihn hinunter, während sie sich so weit bewegte, dass ihre Knie auf beiden Seiten seiner Hüften lagen. »Ich vertraue dir, Jack.«

»Maisy«, warnte er und ließ seine Hände zu ihren Hüften wandern. Er wollte sie von sich herunterziehen, aber er hatte nicht die Willenskraft dazu. Und als sie sich einen Zentimeter hob, bevor sie wieder zurücksank, stöhnten sie beide auf.

Jack starrte auf ihre Brüste, die perfekt waren. Sie waren nicht zu groß, aber auch nicht zu klein, und wenn sie sich bewegte, wackelten sie verführerisch. Er nahm eine in die Hand und drückte sie.

Sie hob sich noch einmal von seinem Schwanz ab und sank diesmal noch tiefer.

»So ist es richtig, *Stellina*. Reite mich. Besorg es deinem Mann ordentlich.«

Seine Worte bewirkten, dass ihre inneren Muskeln sich noch mehr um ihn herum zusammenzogen, und sie begann, sich schneller zu bewegen. Er prägte sich diesen Moment ein. Seine Frau, die ihn ritt, den Kopf zurückgeworfen, ihre Brüste hüpften bei jeder Bewegung. Obwohl er sich nicht daran erinnern konnte, hatte er das Gefühl, in seinem ganzen Leben noch nie etwas so gottverdammt Erotisches gesehen zu haben.

Sie nahm ihn heftig und schnell, ihre Bewegungen wurden schnell unkontrollierter, sogar unbeholfen, was den Moment noch einprägsamer machte. Es war, als sei sie zum ersten Mal oben, was doch sicher unmöglich war. Mit einer solchen Frau als Ehefrau war Jack sich sicher, dass er sie schon in jeder erdenklichen Stellung gehabt hatte. Aber da sein Gedächtnis ihn im Stich ließ, hatte er kein Problem damit, neu zu lernen, was sie am liebsten mochten.

Und das hier gefiel ihm definitiv.

»Besorg es dir selbst«, befahl er. Ihre Hand bewegte sich sofort wie von selbst, wanderte zwischen ihre Beine und sie liebkoste ihre Lustknospe, während sie sich auf seinem Schwanz auf und ab bewegte.

Sobald er spürte, dass ihre Muskeln sich anspannten, rollte er sie herum und besorgte es ihr heftig, während sie zum Orgasmus kam, bis sein eigener Höhepunkt ihn übermannte. Noch einmal füllte er sie mit seiner Erlösung. Nur dieses Mal konnte er nicht anders, als an die Möglichkeit zu denken, dass sie schwanger werden könnte. Es hätte ihn zu Tode ängstigen sollen, aber stattdessen fühlte es sich ... richtig an.

Nachdem er wieder zu Atem gekommen war, schlüpfte Jack aus dem Bett und ging ins Bad. Er machte einen Waschlappen nass und säuberte sich selbst, bevor er ins Schlafzimmer zurückkehrte und ihre gemeinsamen Säfte zwischen ihren Beinen abwusch. Jack entging nicht, dass seiner Frau die Röte ins Gesicht stieg. Noch eine Sache, die er offensichtlich noch nicht getan hatte. Er war ein Idiot gewesen, das musste die einzige Antwort darauf sein, warum sie manchmal so überrascht wirkte, wenn er etwas tat.

Nachdem er den Waschlappen ins Bad zurückgebracht hatte, schlüpfte er zurück ins Bett und zog Maisy in seine Arme. Sie waren beide nackt, und es war ein wunderbares Gefühl, ihre Haut an seiner zu spüren. Sie schlief fast sofort ein, eng an ihn gekuschelt, aber Jack lag noch eine ganze Weile wach und dachte nach.

Er konnte sich immer noch an nichts anderes erinnern, als dass er in diesem Zimmer aufgewacht war, aber aus irgendeinem Grund fühlte es sich ... seltsam an, Maisy im Arm zu halten. Es war wunderbar und er liebte es, aber es fühlte sich *neu* an. Nicht wie etwas, das er seit Jahren tat.

Das Gefühl beunruhigte ihn.

Er machte sich wieder einmal Vorwürfe und schwor sich, ein besserer Ehemann zu sein. Wenn er nicht jede Nacht mit ihr in seinen Armen geschlafen hatte, war er ein verdammter Idiot. Denn es gab nichts Schöneres als das Gefühl dieser schläfrigen, anschmiegsamen Frau an seinem Herzen.

Hatte er sie geliebt?

Jack dachte einen Moment über diese Frage nach. Er war mit ihr verheiratet, also musste er sie irgendwann einmal geliebt haben. Aber die Tatsache, dass er keine Erinnerungen an ihr gemeinsames Leben hatte, war ein wenig beunruhigend. Er hätte gern gesagt, dass er seine Frau *selbstverständlich* liebte, aber ehrlich gesagt fühlte es sich so an, als kannte er sie erst seit einer Woche, da sein Gedächtnis weg war. Er sorgte sich um sie, ja. Er machte sich Sorgen um sie und um die offensichtlich angespannte Beziehung zu ihrem Bruder. Irgendetwas stimmte da nicht, aber er konnte nicht sagen, was genau das Problem war ... noch nicht.

Er fühlte sich von ihr beschützt ... aber Liebe? Er schämte sich zuzugeben, dass er nicht genau wusste, ob er schon so weit war. Er hätte es Maisy gegenüber nie zugegeben, denn das hätte sie wahrscheinlich verletzt. Sie war eine Frau, die intensiv und tief liebte. Das konnte er schon nach einer Woche an ihr feststellen.

Die Liebe würde kommen. Er hatte sich einmal in sie verliebt, er würde es wieder tun. Daran hatte er keinen Zweifel. Im Moment genügte ihm die Verbindung, die er mit ihr fühlte, sowohl emotional als auch körperlich. Der Sex war fantastisch, und das *musste* daran liegen, dass sie schon einmal verliebt gewesen waren. Sein Körper erinnerte sich offensichtlich an sie, auch wenn sein Verstand es nicht tat.

Maisy bewegte sich an ihm, und Jack drehte seinen Kopf und küsste ihre Schläfe. Sie beruhigte sich sofort und das warme Gefühl in seiner Brust wurde stärker. Ja, er würde sich definitiv wieder in seine Frau verlieben. Es war nur eine Frage der Zeit.

Jack hatte eine Menge anderer Dinge, die er klären musste, aber das? Seine Ehe? Die war sicher. Er würde dafür sorgen, dass es so blieb, egal was passierte.

KAPITEL SIEBEN

Maisy errötete, als sie zu Jack hinübersah und dessen Blick bemerkte. Sie aßen mit Jason zu Abend und saßen nebeneinander. Jack hatte seine linke Hand auf ihrem Oberschenkel, als könnte er es nicht ertragen, sie nur einen Moment lang nicht zu berühren. Und Maisy gefiel das.

Eine Woche war vergangen, seit sie geheiratet hatten, und er war unersättlich gewesen. Sie verbrachten mehr Zeit *im* Bett als außerhalb, nicht dass Maisy sich beschwert hätte.

Aber die abfälligen Bemerkungen ihres Bruders in Jacks Abwesenheit – als er einen Test machen wollte, um zu beweisen, dass er keine Geschlechtskrankheiten hatte, was tatsächlich der Fall war – über ihre Hurerei und die Warnung, sie solle keinen Mist bauen, machten ihr zu schaffen. Mit jedem Tag, der verging, schien Jason gemeiner zu werden. Es war, als verwandelte die Tatsache, dass Jack im Haus war, ihren Bruder in ein noch größeres Monster.

Er war ungeduldig und verärgert darüber, dass er drei Monate warten musste, um an das zu kommen, was er als *sein* Geld betrachtete.

Jason hatte einige seiner kriminellen Verbindungen genutzt, um seinem neuen Schwager einen »Ersatz«-Ausweis zu besorgen. Er hatte Jacks Namen auch zu ihrem Bankkonto hinzugefügt, damit er eine Kreditkarte bekam. Jason war noch verärgerter, weil das bedeutete, dass er tatsächlich Geld auf ihr Konto *einzahlen* musste, damit Jack keinen Verdacht schöpfte, als er sah, wie wenig auf dem vermeintlich gemeinsamen Konto vorhanden war.

Jetzt hatte sie mehr Geld als je zuvor in ihrem Leben, fast zehntausend Dollar, aber Jason stellte sicher, dass sie verstand, dass es ein Vorschuss auf den winzigen Betrag war, den er ihr jeden Monat gab. Was lächerlich war, denn der monatliche Betrag, den sie *eigentlich* erhalten sollte, war doppelt so hoch. Jason nahm es jeden Monat für sich selbst und ließ ihr nur ein paar Cent ... und, was noch wichtiger war, er sorgte dafür, dass sie auf ihn angewiesen war.

Aber jetzt, da sie mit Jack verheiratet war, lagen die Dinge anders. Und Jason wusste das. Er verlor die Kontrolle über sie, und das gefiel ihm ganz und gar nicht.

»Wir werden uns morgen eine Wohnung ansehen«, verkündete Jack aus heiterem Himmel. Er drückte ihren Oberschenkel, als sie sich umdrehte und ihn schockiert ansah.

»Warum?«, fragte Jason mit harter Stimme.

»Darum. Es ist an der Zeit. Wir sind dir lange genug im Weg gewesen.«

»Ihr seid mir nicht im Weg.«

Maisy hätte bei dieser Bemerkung geschnaubt, wenn sie sich sicher genug gefühlt hätte, das zu tun. Aber dem war nicht so, also schwieg sie.

»Maisy und ich müssen allein sein. Ich weiß es zu schätzen, dass du sie hier hast wohnen lassen, während wir unsere Probleme in den Griff bekommen haben, und dass du mir erlaubst, mich von meinem Unfall zu erholen, aber wir müssen in unserem eigenen Zuhause sein«, erklärte Jack mit Nachdruck.

»Maise, das ist keine gute Idee«, erklärte Jason. »Was ist, wenn du einen Rückfall hast? Wenn Jack wieder auf Kopfgeldjagd geht, wirst du wieder allein sein. Und du weißt, was passiert, wenn du allein bist. Du wirst depressiv und musst Medikamente nehmen, damit du keine Dummheiten machst. Und wenn du Medikamente nimmst, bist du unberechenbar. Weißt du noch, als du all diese Kerzen angezündet und fast unser Haus abgebrannt hast?«

Maisy presste die Lippen aufeinander. Ihr Bruder hatte nicht ganz unrecht. Sie war nicht gern allein. Und die Medikamente, die der Arzt verschrieben hatte, *halfen* zwar, aber sie führten dazu, dass sie sich von so gut wie allem abgekoppelt fühlte. Nach dem Tod ihrer Eltern hatte sie jahrelang Medikamente eingenommen und dadurch so viele Jahre ihres Lebens verloren.

»Ich kümmere mich um sie«, erwiderte Jack. »Ich werde mir eine andere Aufgabe suchen. Offensichtlich war mein früherer Job nicht gut für unsere Beziehung. Und wenn Maisy einen Arzt braucht, werde ich sie zu einem bringen. Ich weiß nicht, welche Medikamente sie früher genommen hat, aber es gibt keinen Grund, dass sie ›unberechenbar‹ wird. Sie hatte wahrscheinlich nicht die richtige Dosierung oder Kombination von Medikamenten. Sie ist *meine* Frau, *meine* Verantwortung. Nicht deine.«

Die Spannung im Raum stieg ins Unermessliche, und das machte Maisy extrem nervös. Sie wusste, warum Jason nicht wollte, dass sie auszog. Denn mit ihr in der Nähe konnte er sie im Auge behalten und dafür sorgen, dass sie nichts tat, was ihn verraten könnte. Sie hatte keinen Zweifel daran, dass er nicht mit einem Mann wie Jack gerechnet hatte, als er ihn entführt hatte. Er hatte jemanden gesucht, den er kontrollieren konnte, und Jack war nicht so ein Mann. Nicht im Entferntesten.

Ohne ein Wort zu sagen, schob Jason seinen Stuhl vom Tisch zurück und stand auf. Er warf Maisy einen so drohenden Blick zu, dass sie zusammenzuckte. Sie würde ihr Möglichstes tun müssen, um eine Zeit lang nicht mit ihm allein zu sein. Denn wenn er so war, ließ er es immer an *ihr* aus. Und jetzt, da sie verheiratet war und jede Nacht mit ihrem Mann zusammen schlief, konnte ihr Bruder keine Spuren an ihrem Körper hinterlassen, ohne dass Jack es bemerkt hätte. Die Zeiten, in denen er ihr einen blauen Fleck auf dem Arm verpassen konnte, indem er sie zu fest anfasste oder sie so heftig schubste, dass sie auf den Boden oder gegen ein Möbelstück fiel, waren vorbei. Ein weiterer Punkt, an dem er die Kontrolle verlor. Und das machte ihn nur noch wütender.

Jason würde einen anderen Weg finden müssen, um sie zu verletzen – und Maisy hatte das Gefühl, dass er Jack damit bedrohen würde.

Es würde funktionieren. Maisy war bereits so weit, dass sie *alles* getan hätte, um ihren Mann zu schützen. Er hatte nicht darum gebeten, hier zu sein. Er war aus seinem richtigen Leben gerissen und in diese Farce hineingestoßen worden. Jason würde nicht zögern, alles Erforderliche zu tun, um an ihr Geld zu kommen, und wenn es auch nur eine einprozentige Chance gab, dass Jack sein Gedächtnis wiedererlangte oder dass er etwas tun würde, das Jasons Pläne gefährdete, würde ihr Bruder etwas unternehmen.

Er würde Jack in den Keller sperren – oder schlimmer

noch, ihn einfach umbringen und seinen Tod oder sein Verschwinden erst nach drei Monaten den Behörden melden. Sie musste nur drei Monate lang verheiratet sein. Danach war es egal, ob Jack sich von ihr scheiden ließ oder ob einer von ihnen tot war.

»Geht es dir gut?«, fragte Jack leise, als sie allein waren.

Maisy versuchte, sich das Entsetzen, das sie empfand, nicht anmerken zu lassen, bevor sie ihn ansah. »Ja.«

Er legte seine Hand fester auf ihren Oberschenkel. »Du siehst nicht gut aus.«

Das war noch so eine Sache, dieser Mann konnte in ihr lesen wie ein Buch. Sie konnte keine ihrer Emotionen vor ihm verbergen. Sie seufzte.

»Es tut mir leid.«

Maisy legte fragend den Kopf schief. »Was tut dir leid?«

»Dass ich nicht mit dir über den Auszug gesprochen habe, bevor ich deinen Bruder informiert habe.«

Sie konnte sich nicht erinnern, wann *Jason* sich das letzte Mal bei ihr entschuldigt hatte. Wenn er im Unrecht war, schien er eher aggressiv zu werden, als sich zu entschuldigen. »Ist schon okay.«

»Ist es das?«, fragte Jack. »Willst du mit mir eine Wohnung nehmen?«

»Ja.« Maisy wünschte sich nichts sehnlicher, als aus diesem Haus herauszukommen. Einst war es ein Zufluchtsort gewesen, gefüllt mit Erinnerungen an ihre Familie. Aber im Laufe der Jahre war es zu einem Gefängnis geworden. Ihr Bruder war nicht mehr derselbe Mensch, zu dem sie in ihrer Jugend aufgesehen hatte, und sie hatte schon lange Angst vor ihm.

»Dein Bruder ... er ist nicht sonderlich nett.«

Sie hätte am liebsten geschnaubt. Das war eine völlige Untertreibung, wenn sie je eine gehört hatte. Aber was wusste Jack schon? Was hatte er gehört? Die Angst drohte sie zu überwältigen.

»Dies ist ein großes Haus, aber *so* groß ist es auch wieder nicht. Ich habe gehört, wie er mit dir redet, wenn er denkt, dass niemand in der Nähe ist. Das ist nicht in Ordnung, Maisy. Es ist beleidigend, und ich kann dazu nicht mehr schweigen. Ich weiß, er ist dein Bruder und du liebst ihn, aber er ist ein Tyrann. Wenn du nur eine x-beliebige Frau wärst und er ein Kerl, mit dem du eine Beziehung hast, würde ich dir raten zu verschwinden, bevor er etwas anderes tut, als nur Worte zu benutzen, um dich zu verletzen.«

Maisy starrte Jack an und spürte, wie sich das enge Band, das sie immer um ihre Brust zu haben schien, um den Bruchteil eines Zentimeters lockerte. Sie war froh und frustriert zugleich, dass Jack das tatsächliche Ausmaß von Jasons unberechenbarer Persönlichkeit nicht kannte.

Sie war froh, denn wenn er wüsste, dass ihr Bruder ihr gegenüber *tatsächlich* handgreiflich wurde, würde er wahrscheinlich durchdrehen. Während der ersten Woche, in der er im Haus war, hatte er ein paar kleine blaue Flecke an ihrem Arm gesehen, aber sie hatte sie auf ihre Ungeschicklichkeit geschoben. Zum Glück schien er ihre Ausrede zu akzeptieren.

Und sie war frustriert, weil sie wusste, dass seine Sorge um sie sich in Luft auflösen würde, sobald Jack sein Gedächtnis wiedererlangte. Denn missbraucht oder nicht, sie war mitschuldig an dem, was Jason getan hatte. Sie hatte sich nicht an dem Plan beteiligt, einen Fremden zu entführen, sie hatte nicht heiraten wollen, aber sie hatte auch nicht den Mund aufgemacht. Sie war nicht zur Polizei gegangen, als ihr klar geworden war, was passiert war … oder mit ihren anderen Verdächtigungen gegen ihren Bruder.

Sie hatte der Heirat zugestimmt, wohl wissend, dass Jack keine Ahnung hatte, dass er entführt worden war, und sie hatte ihm immer wieder ins Gesicht gelogen, was ihr sogenanntes gemeinsames Leben betraf, und das alles nur, weil sie Angst hatte, sich gegen ihren Bruder zu stellen.

Sie schämte sich für sich selbst. Und sie war müde. So verdammt müde.

Zum ersten Mal seit Monaten stieg in ihr der Wunsch auf, sich in den Medikamenten zu verlieren, die sie früher genommen hatte. Sie wollte den leichten Ausweg, den sie ihr boten. Wollte sich betäuben gegenüber dem, was ihr bevorstand ... nämlich die Konsequenzen von Jasons Handlungen tragen zu müssen und ebenso ihrer eigenen.

Jack zu verlieren würde sie zugrunde richten. Sie liebte ihn jetzt schon. Es war lächerlich, und die Wahrscheinlichkeit, dass ihr Bruder einen Mann für sie ausgesucht hatte, der am Ende die Liebe ihres Lebens werden würde, war astronomisch gering. Und doch war es so.

Jack behandelte sie, als sei sie der wichtigste Mensch in seiner Welt. Er sah ständig nach ihr, um sich zu vergewissern, dass es ihr gut ging. Wollte dafür sorgen, dass sie nicht hungrig war. Er vergewisserte sich, dass sie genügend schlief und ausreichend trank. Er hörte ihr zu. Er lachte mit ihr. Er unterstützte sie.

Kurzum, er war perfekt. Und er würde sie für immer hassen, sobald er das Ausmaß ihrer Hinterhältigkeit begriffen hatte.

»Du kannst mir alles sagen, *Stellina*«, meinte Jack sanft, als er ihre Hand zum Mund führte, um ihre Fingerknöchel zu küssen. Das tat er ständig, und es brachte sie immer wieder zum Schmelzen. »Egal, wie viel Angst du hast, wie unbehaglich dir eine Situation ist, du kannst es mir sagen, und ich werde alles in meiner Macht Stehende tun, um sie zu verbessern. Du bist nicht allein, ich bin für dich da. Verstehst du?«

Maisy starrte ihn an. Ja, er war hier ... jetzt. Aber zweifellos würde er, sobald seine Erinnerungen zurückkehrten, verschwinden und nie wieder zurückblicken. Sie nickte ihm trotzdem kurz zu.

»Gut. Ich weiß nicht, wie es dir geht, aber mir ist irgendwie der Appetit vergangen. Was hältst du davon, wenn wir nach oben gehen und uns unter unsere Decke kuscheln?«

Sie lächelte. So einen Vorschlag würde sie nie ablehnen. »Ja. Das klingt toll.«

»Ich habe ein Geschenk für dich«, platzte Jack heraus.

Er sah nervös aus, was nicht seine Art war. Und seine Nervosität ließ Maisy ebenfalls nervös werden. »Ich brauche nichts. Außer dich.«

Jacks Lippen zuckten amüsiert. »Das ist eines der Dinge, die ich an dir liebe. Du verlangst keinen Schnickschnack. Du sammelst keinen nutzlosen Mist. Du begnügst dich damit, am Fenster zu sitzen und zu lesen oder einfach nur die Sonne zu genießen und die Welt vorbeiziehen zu sehen. Das ist großartig. Aber ich habe trotzdem etwas für dich. Komm, wir schauen in der Küche vorbei und entschuldigen uns bei Paige dafür, dass wir dieses wunderbare Gericht nicht aufgegessen haben, bevor wir nach oben gehen.«

»Und schauen, ob wir einen Snack für später stibitzen können?«, fragte Maisy, die Jack inzwischen ziemlich gut kannte. Sie hatten die letzten zwei Wochen kaum von der Seite des anderen weichen können. Sie wusste, dass er eine Schwäche für Süßes hatte und gern ein paar Stunden nach dem Abendessen einen Snack zu sich nahm.

Er grinste. »Vielleicht.« Dann stand er auf und zog sie

mit sich hoch. Doch anstatt zur Tür zu gehen, zog er sie an sich und umarmte sie fest.

Sie spürte, wie er ihr Haar kraulte, bevor er leise sagte: »Ich hasse es, dass du Angstzustände hast. Dass du deswegen Medikamente nehmen musst, weil ich nicht für dich da war. Aber ich gebe dir mein Versprechen, dass ich jetzt hier bin. Ich werde dieses Mal ein besserer Ehemann sein.«

Maisy hätte am liebsten auf der Stelle die Wahrheit herausposaunt. Das war nicht richtig. Es war nicht fair. Jack machte sich Vorwürfe für etwas, das er nicht einmal getan hatte.

Entschlossenheit stieg in ihr auf. Vielleicht hatte sie bisher nicht das Richtige getan, aber so konnte sie nicht weitermachen. Sie konnte nicht zulassen, dass dieser Mann dachte, er hätte sie im Stich gelassen. Er hatte *nichts* getan. Er war nur zur falschen Zeit am falschen Ort gewesen.

Sie musste ihm alles erzählen. Wie sie sich gerade erst kennengelernt hatten, wie ihre Erneuerungszeremonie in Wirklichkeit eine fingierte Ehe gewesen war – aber tatsächlich legal, vor allem weil »Jack Smith« jetzt einen Ausweis hatte, der das bestätigte. Wie ihr Bruder ihn entführt und möglicherweise seine eigene Frau getötet hatte. Über ihr Erbe und die Tatsache, dass Jason es für sich selbst haben wollte, weswegen Jack überhaupt hier war.

Herauszufinden, wer Jack war und woher er kam, würde eine schwierigere Aufgabe sein, aber sie konnte ihm die zehntausend Dollar geben, die Jason widerwillig auf ihr Konto überwiesen hatte, und er konnte damit einen Privatdetektiv beauftragen. Mit Sicherheit suchte da draußen *jemand* nach ihm, machte sich Sorgen um ihn. Er würde seine Leute finden und alles über sie vergessen können.

Maisy fühlte sich so gut wie schon lange nicht mehr, jetzt, da sie einen Plan hatte, und drückte Jack fest an sich. Ihn aufzugeben würde wehtun, aber es war das einzig Richtige. Sie hätte es schon längst tun sollen, aber vielleicht würde die Tatsache, dass sie sich nun endlich dazu aufraffte, etwas bedeuten.

Sie öffnete den Mund, um ihm alles zu sagen, aber er sprach, bevor sie es konnte.

»Komm, wir suchen Paige. Je eher wir sie finden, desto eher können wir unter die Decke schlüpfen ... und kuscheln.«

»Kuscheln?«, fragte Maisy mit einem herzzerreißenden Grinsen, als sie den Kopf anhob und ihn ansah. Ihr Mann war so verdammt gut aussehend, dass ihr das Herz wehtat. Seine Augen funkelten hinter der Brille, die er trug, und sie versuchte, sich den Moment einzuprägen.

»Ich weiß nicht, ob ich früher ein Ehemann war, der gern mit seiner Frau gekuschelt hat, aber jetzt finde ich, dass es der Höhepunkt meines Tages ist.«

»Meiner auch«, gab sie, ohne zu zögern, zu und beschloss, dass es ohnehin das Beste war, wenn sie ihm alles in ihrem Zimmer erzählte. Weit weg von allen, die sie möglicherweise belauschen könnten.

»Und wenn wir mit dem Kuscheln fertig sind, kannst du mich reiten.«

Maisy schnaubte überrascht, als er sie in Richtung der Tür zum Esszimmer drehte. »Ich glaube, du bist davon besessen, dass ich oben bin«, entgegnete sie.

»Ich höre nicht, dass du dich beschwerst«, erwiderte Jack leichthin. »Und du hast keine Ahnung, wie wunderschön du bist, wenn du auf mir reitest. Ich kann alles von dir sehen, habe leichten Zugang zu deiner Lustknospe, und du nimmst mich so tief in dich auf. Außerdem hasst du es, auf einem feuchten Fleck zu schlafen, und wenn du oben liegst, musst du dich damit nicht herumschlagen.«

Maisy blieb stehen und starrte zu Jack auf. Sie war schon feucht geworden, als sie hörte, wie er ihr Liebesspiel beschrieb, aber es war die Tatsache, dass er Rücksicht auf sie nahm, die sie innehalten ließ.

»Was? War das zu viel?«, fragte er mit einem kleinen, sexy Grinsen.

»Nein, ich ... ich bin dabei, mich in dich zu verlieben«, gab sie zu. Es war eine weitere Lüge in einer langen Liste von Lügen, aber sie war nicht mutig genug, ihm zu sagen, dass sie nicht dabei war, sich zu verlieben – sie war bereits verliebt.

»Das ist auch gut so, schließlich sind wir verheiratet. Komm schon, *Stellina*, ich habe das Bedürfnis, mit meiner Frau zu kuscheln, und zwar so schnell wie möglich.«

Eine Stunde später konnte Jack sich ein Lächeln nicht verkneifen, als er auf seine Frau starrte, die seinen Schwanz mit unbändiger Lust ritt. Sie verlor sich in ihren Gefühlen, warf ihren Kopf in den Nacken und rieb sich verzweifelt an seinem Schwanz, während sie kurz vor ihrem Höhepunkt stand.

Er hatte vorhin nicht gelogen, dies war seine Lieblingsstellung mit ihr, obwohl sie alle fantastisch waren. Seine Maisy war wunderschön. Und der Clou war, dass sie keine Ahnung hatte, wie attraktiv sie war. Sie war selbstbewusst, was ihren Körper anging, und obwohl ihr Bruder ihr einzureden versuchte, sie sei fett, fand Jack sie perfekt. Er liebte alles an ihr.

Er *liebte* sie.

Ja, er liebte seine Frau. Es hatte nicht lange gedauert, bis er zu diesem Schluss gekommen war. Es war kaum zu glauben, dass er noch vor einer Woche an seinen Gefühlen für sie gezweifelt hatte. Jack hatte das Gefühl, als hätte er sie schon immer geliebt. Und das war keine oberflächliche Sache, die dadurch zustande kam, dass der Sex zwischen ihnen so gut war. Er war so verdammt dankbar, dass er eine zweite Chance bekommen hatte, um zu beweisen, dass er die Art von Ehemann sein konnte, die sie verdiente. Er hatte keine Ahnung, was sein Problem gewesen war, warum er es für eine gute Idee gehalten hatte, Stunden von ihr entfernt zu leben, warum er seinen Job über seine Beziehung gestellt hatte, aber das war nun vorbei.

»Jack«, flüsterte sie fast verzweifelt.

Da er wusste, was sie wollte, bewegte er sich. Er drehte sie auf den Rücken, stieß seinen Schwanz in sie hinein und besorgte es ihr, bis sie beide außer Atem waren. Es war schwer zu glauben, dass sie ihn vor einer Woche kaum ohne Schmerzen in sich aufnehmen konnte. Jetzt nahm sie alles, was er zu geben hatte, und verlangte nach mehr.

Sie liebte es, wenn er sie hart rannahm, und die Art und Weise, wie ihre Muschi seinen Schwanz umschloss, als wollte sie ihn nie wieder loslassen, war ein unglaubliches Gefühl.

»Willst du kommen?«, fragte er, während er es ihr besorgte.

»Jaaaaaa«, zischte sie.

»Dann besorg es dir. Masturbiere, während ich mir nehme, was mir gehört«, forderte Jack.

Sie ließ ihre Hand sofort zwischen ihre Beine wandern. Sie hatte nicht viel Spielraum, aber das schien sie nicht zu stören. Jedes Mal wenn sein Schwanz ganz in ihr drin war, stießen ihre Finger gegen seinen Bauch, und das war verdammt sexy. Er spürte, wie sie hektisch ihre Klitoris bearbeitete, und das steigerte nur noch seine Lust.

Jack biss die Zähne zusammen und hatte sich kaum noch unter Kontrolle. Er wollte, dass sie zum Orgasmus kam, bevor er sich selbst gehen ließ. Er brauchte das. Sie kam zuerst, immer. Es war kein Gefühl, das ihm vertraut war, aber es fühlte sich richtig an. Maisy war sein Ein und Alles. Er würde alles tun, was nötig war, um ihre Bedürfnisse zu befriedigen. Egal wie ihre Bedürfnisse aussahen.

In dem Moment, in dem er spürte, wie ihre Muschi um seinen Schwanz pulsierte, zog er ihre Hand zwischen ihnen heraus und hob ihre Beine über seine Schultern. Dann beugte er sich hinunter, bis sie einander in die Augen sahen. In dieser Stellung war sie ihm vollkommen ausgeliefert und weit für ihn geöffnet.

Ihr Hintern bebte, als der Orgasmus weiter über sie hinwegging, und Jack bewegte seine Hüften auf und ab, während er sie nahm. Es dauerte nicht lange, bis seine eigene Lust ihn überwältigte, und als er sich endlich gehen ließ, stieß er seinen Schwanz so weit wie möglich in sie hinein und stöhnte.

Sein Orgasmus war fast schmerzhaft. Jedes Mal mit ihr fühlte sich an wie das erste Mal. Er hasste es immer noch, dass er keine Ahnung hatte, wie ihr Sexleben vor seinem Unfall ausgesehen hatte, aber er war sich sicher, dass es nicht annähernd so gut gewesen sein konnte, wie es jetzt war. Wenn es so gewesen wäre, hätte er es auf keinen Fall vergessen können. Das Gefühl, jedes Mal innerlich zerrissen zu werden, wenn er tief in ihrem Körper war, war etwas, das er noch nie erlebt hatte. Er hätte sein Leben darauf verwettet.

Diesmal rollte er sich nicht auf die Seite, sodass Maisy auf ihm lag, sondern ließ ihre Beine sinken und stützte sich mit einem Ellbogen über ihr ab, während er sich zum Nachttisch beugte. Er achtete darauf, dass sein Schwanz nicht aus seinem warmen, feuchten Zuhause herausrutschte. Jedes Mal wenn er kam, erwartete er, seine Erektion zu verlieren, aber er blieb immer halbsteif, als hätte sein Schwanz einen eigenen Willen und wäre fest entschlossen, in Maisys heißer Muschi zu bleiben.

»Jack?«, fragte sie, als er sich wieder über sie beugte.

»Ja?«

»Nicht dass ich mich beschweren würde, denn ich liebe es, unter dir zu sein. Aber ... was ist los?«

»Die Überraschung, die ich unten erwähnt habe.« Er hielt eine kleine Schachtel zwischen ihnen hoch.

Maisys leises Keuchen brachte Jack zum Lächeln.

»Was ist es?«, fragte sie, ohne danach zu greifen.

»Warum machst du es nicht auf und siehst nach?«, schlug er vor.

Zögernd griff sie nach der Schachtel. Sie sah zu ihm auf und öffnete dann langsam den Deckel.

»Mir ist aufgefallen, dass du keinen Ring trägst, und ich habe auch keinen. Er muss wohl im Feuer zerstört worden sein. Aber ich möchte, dass jeder, den wir treffen, weiß, dass du mir gehörst. Und ich möchte der Welt zeigen, dass ich auch vergeben bin«, erklärte Jack, als Maisy nicht nach den Ringen griff, die in der Schachtel zwischen ihnen lagen.

»Sie sind nicht besonders schön, aber du scheinst nicht die Art von Frau zu sein, die einen großen, knalligen Ring möchte.« Jack wurde nervös, als Maisy einfach nur auf die Eheringe in der Schachtel starrte. »Wenn sie dir nicht gefallen, kann ich sie zurückbringen und etwas anderes besorgen.«

»Nein!«, rief sie plötzlich aus. »Ich finde die Ringe toll. Ich will nur ... Jack.«

In ihren Worten lag eine Traurigkeit, die Jack nicht verstand. Er dachte, sie würde sich über sein Geschenk freuen. Ihm war aufgefallen, dass sie beide keine Ringe trugen, und das hatte ihm missfallen. Aber jetzt bezweifelte er seine Überraschung. Vielleicht hatten sie sich aus irgendeinem Grund darauf geeinigt, keine Ringe zu tragen.

Er beobachtete, wie sie die drei Ringe herauszog. Sie hob ihre linke Hand und wollte den Ring an ihren Finger stecken, aber Jack hielt sie auf. Es war etwas unangenehm, auf seinem Ellbogen über ihr zu balancieren, während er nach ihrer Hand griff, aber er wollte diesen Moment um nichts in der Welt verpassen. »Darf ich?«, fragte er.

Maisy nickte und schenkte ihm ein kleines Lächeln.

Sie hielt ihm ihre Hand hin, und Jack schob ihr den dünnen Goldring über den Ringfinger. Dann fügte er langsam den Ring mit den Diamanten hinzu, der seiner Meinung nach perfekt zu ihrer Persönlichkeit passte. Beim Anblick seiner Ringe an ihrem Finger schlug sein Herz schneller und sein Schwanz tief in ihr wurde erneut steif.

Sie keuchte und leckte sich sinnlich über die Lippen. Dann hielt sie den Ring hoch, den er für sich selbst gekauft hatte.

Jack verlagerte sein Gewicht auf die rechte Seite und streckte seine Hand nach ihr aus. Das Gefühl, als sie den Ring über seinen Finger gleiten ließ, war wie eine Heimkehr. »Du gehörst mir«, hauchte er.

»Und du gehörst mir«, erwiderte sie.

»Verdammt richtig.«

Ein Klopfen an der Tür ließ sie beide aufschrecken, und Jack drehte den Kopf und sah stirnrunzelnd zur Tür.

»Maise? Wir haben morgen früh den Termin mit dem Bankier. Verschlaf nicht!«

»Hau ab!«, rief Jack, als er die Schritte seines Schwagers

den Flur entlang zurückweichen hörte. »Nach deinem Termin gehen wir auf Wohnungssuche«, informierte Jack Maisy.

»Okay.«

»Okay«, stimmte Jack zu. Dann bewegte er sich, zog sich widerstrebend aus ihrem Körper zurück und ging in die Knie. »Hoch«, befahl er. »Auf die Knie, mit dem Gesicht zum Kopfteil.«

Maisys Wangen waren gerötet, aber sie zögerte nicht und tat, was er verlangte. Sie drehte sich von ihm weg und ließ sich auf ihren Knien und Ellbogen vor ihm nieder, wobei sie ihre perfekte Muschi und ihren Hintern entblößte.

Jacks Schwanz regte sich, als er sah, wie sein Sperma langsam aus ihr herausfloss. Er streckte einen Daumen aus, um es aufzufangen, bevor es auf das Laken tropfen konnte, und drückte es zurück in ihre Muschi. Die Vorstellung, wie sie sein Kind in sich trug, ließ sein Herz in seiner Brust höherschlagen. Sie hatte zugegeben, dass sie nicht verhütete, und obwohl sie vor einer Woche behauptet hatte, es sei nicht der richtige Zeitpunkt für eine Schwangerschaft ... könnte es das jetzt sein.

Der Drang, sie auf so fundamentale Weise an ihn zu binden, war stark. So stark, dass Jack auf den Knien nach vorn kroch, ihre Hüften mit einem wahrscheinlich zu festen Griff packte und mit einem schnellen Stoß in sie eindrang.

Sie keuchten beide.

»Verdammt, tut mir leid ... zu viel?«, fragte Jack. Es kostete ihn jedes Quäntchen Selbstbeherrschung, sich nicht zu bewegen. Um ihr Zeit zu geben, sich an seinen großen Schwanz zu gewöhnen.

»Nein, du bist perfekt. Mehr, Jack. Bitte.«

Da war es wieder, dieses Wort. Die meisten Männer

hätten sich gefreut, wenn ihre Frauen sie um mehr anflehen würden. Aber nicht er. Er hasste es, wenn sie bettelte.

»Du musst mich nicht um mehr anflehen«, versicherte er ihr, während er begann, sich zu bewegen. »Ich gebe dir gern alles, was du brauchst.«

»Alles, was ich brauche, bist du«, entgegnete sie.

Keiner von beiden sprach mehr, und das einzige Geräusch im Raum war das Klatschen von Haut auf Haut, als er sie heftig und schnell von hinten nahm. Jacks Blick war auf seinen Schwanz konzentriert, als er in ihre feuchten Falten hinein- und wieder herausglitt, bedeckt mit ihren Säften. Es war verdammt heiß, und es machte Jacks Schwanz noch steifer.

Aber weil sie sich so gut anfühlte, war es nur eine Frage der Zeit, bis seine Eier sich zusammenzogen, um sich auf den Höhepunkt vorzubereiten. Zähneknirschend ließ Jack sich über Maisys Rücken fallen. Sie stützte sich auf ihre Hände und begann, sich zu bewegen, schaukelte an seinem Schwanz hin und her und besorgte es ihm, während sie verzweifelt nach ihrem eigenen Verlangen strebte.

Als Jack nach unten blickte, sah er ihre linken Hände nebeneinander auf der Matratze liegen. Ihre Eheringe leuchteten im Schein der Deckenlampe, die er nicht ausge-schaltet hatte. Der Anblick dieser greifbaren Erinnerung an ihre gegenseitige Verbundenheit ließ sein Herz schneller schlagen.

Er beugte sich zu ihr hinunter, küsste ihr Ohr und konnte nicht verhindern, dass ihm die Worte über die Lippen kamen. »Ich liebe dich, *Stellina*. Ich weiß nicht, was ich in den letzten Wochen ohne dich getan hätte. Du bist mein Ein und Alles, und ich schwöre, dass ich immer an deiner Seite sein werde. Egal was passiert, ich werde dein Fels in der Brandung sein.«

Sie erstarrte unter ihm. »Das kannst du nicht versprechen«, erklärte sie leise.

»Natürlich kann ich das«, knurrte er. »Liebst du mich?«, fragte er.

Sein Herz hörte für einen Moment auf zu schlagen, während er auf ihre Antwort wartete.

»Ja.«

»Das ist alles, was zählt. Wir werden die Dinge nach und nach klären. Gemeinsam.«

»Okay.«

Jack entspannte sich, als sie zustimmte. »Okay«, gab sie nach. Dann schob er eine Hand unter ihren Körper und sie zuckte in seinem Griff, als er ihre Lustknospe liebkoste. »Komm an meinem Schwanz, *Stellina*. Markiere mich als dein.«

»Du gehörst mir«, zischte sie, kurz bevor sie zum Orgasmus kam.

Ihre ergreifenden Worte und das Gefühl, dass sie seinen Schwanz ritt, mehr brauchte es nicht, damit auch Jack zum Orgasmus kam. Er hielt sich fest, während Ströme von Sperma aus ihm herausprudelten. Als er fertig war, fühlte er sich so schwach wie ein Kätzchen. Er ließ sich auf die Seite fallen und drückte Maisy an seine Brust, während er das tat. Er hielt sie fest, bis sein Schwanz aus ihrem Körper herausglitt, dann drehte er sie um. Eifrig nahm sie die Schlafposition ein, die sie als die bequemste empfanden. An seine Seite gelehnt, den Kopf auf seine Schulter gelegt, ein Bein über seins geschlungen, seinen Arm um sie gelegt.

»Wie geht es deinem Kopf?«, fragte sie nach einem Moment erschöpft.

Jack lächelte. Sie machte sich immer Sorgen um ihn. Als sie herausgefunden hatte, dass die Kopfschmerzen, die er seit dem Aufwachen vor zwei Wochen hatte, nicht nachgelassen hatten, war sie sofort besorgt gewesen.

»Es ist alles in Ordnung.«

»Sind die Kopfschmerzen immer noch da?«, fragte sie.

»Ja.«

»Vielleicht sollten wir mit dir zu einem Arzt gehen.«

»Mir geht es gut«, versicherte er ihr.

Maisy seufzte frustriert auf, ihr warmer Atem glitt über seine Brust. »Es sollte nicht mehr wehtun«, sagte sie zu ihm.

»Wenn die Kopfschmerzen in einer Woche immer noch da sind, werde ich zu einem Arzt gehen, okay?«

Sie nickte sofort an ihn geschmiegt. »Okay. Versprochen?«

»Ich mache keine Versprechen, die ich nicht halte«, beruhigte er sie. Er spielte mit dem Ring an ihrem Finger, während sie auf seiner Brust lag.

Ein oder zwei Minuten vergingen, bevor sie wieder sprach. »Liebst du mich wirklich?«, fragte sie leise.

Jack wusste nicht, warum sie so überrascht klang. »Ja.«

»Aber du hast mich doch gerade erst kennengelernt.«

Darüber runzelte er die Stirn. »Eigentlich nicht. Ich meine, wir waren verheiratet, bevor ich mein Gedächtnis verloren habe, und es ist offensichtlich, dass meine Seele die deine erkannt hat. Ich erinnere mich vielleicht nicht mehr daran, was wir tagtäglich getan haben, aber eine Liebe wie die unsere lässt sich offensichtlich nicht durch etwas so Triviales wie Gedächtnisverlust aufhalten.«

»Ich werde das Richtige für dich tun«, erklärte Maisy feierlich. »Ich habe Fehler gemacht. Große Fehler, aber ich werde das wiedergutmachen, und wenn es das Letzte ist, was ich tue.«

»Pssst«, beruhigte Jack sie, dem der Kummer in ihrer Stimme nicht gefiel. »Schlaf, *Stellina*. Morgen hast du deinen

Termin bei der Bank, dann suchen wir uns einen Makler, der uns bei der Wohnungssuche hilft. Wir haben den Rest unseres Lebens Zeit, um eine Lösung zu finden.«

»Ich liebe dich, Jack. Das tue ich.«

Die Worte setzten sich in seiner Seele fest. Jack küsste sie auf die Stirn, bevor er die Augen schloss.

Er hatte keine Ahnung, wie lange er geschlafen oder was ihn geweckt hatte, aber in einem Moment schlief er friedlich und im nächsten riss er die Augen auf und starrte nicht an die Decke seines und Maisys Zimmers, sondern auf einen dunklen, feuchten Metallkasten. Er hörte Schreie und Stöhngeräusche, und sein Herz begann zu rasen.

»Stone? Geht es dir gut? Halte durch, Kumpel! Wir werden hier nicht sterben, hörst du mich? Nein, tun wir nicht! Die Armee wird uns holen. Die würden doch nicht zwei der besten Night Stalker zum Sterben hierlassen. Gib mir ja nicht auf, Stone!«

Nach mehrmaligem Blinzeln wich die dunkle Zelle dem gemütlichen Zimmer, das er in den letzten zwei Wochen mit Maisy bewohnt hatte. Das Deckenlicht war noch an, und Maisy schnarchte leise in seinen Armen. Jack war schweißgebadet und sein Kopf pochte so stark, dass ihm sogar das Atmen wehtat.

Was zum Teufel hatte er gerade geträumt? *War* es ein Traum gewesen? Das Verrückte war, er wusste, dass der Mensch, der da sprach, jemand namens Owl war. Aber er hatte keine Ahnung, wer Stone war. Nichts in diesem Traum ergab einen Sinn.

Jack schloss die Augen und tat sein Bestes, um seine Atmung und seinen Herzschlag zu beruhigen.

Es war ein Albtraum gewesen, nichts anderes.

Tief in seinem Inneren ahnte er, dass viel mehr dahintersteckte. Aber er konnte jetzt nicht darüber nachdenken, weil er instinktiv wusste, dass ihm sonst buchstäblich der Kopf zerspringen würde. Also zählte er stattdessen Maisys Atemzüge. Er konzentrierte sich auf das Gefühl der Luftstöße ihrer Ausatmung auf seiner nackten Haut. Atmete den Geruch von Sex und Äpfeln ein, der die Luft und das Bett durchdrang. Er lauschte auf das schwache Geräusch der Fahrzeuge vor dem Haus. Er leckte sich über die Lippen und schmeckte Maisys Moschus, als er vorhin ihre Muschi geleckt hatte, bevor sie miteinander geschlafen hatten.

Jack schluckte schwer und ließ sich wieder in einen unruhigen Schlaf fallen. Diesmal träumte er von einem wunderschönen Berghang voller Bäume, von Hütten im Wald, von Lachen, dem Geruch von frisch zubereiteten Speisen und einer ungeduldig muhenden Kuh in einer großen roten Scheune. Es fühlte sich friedlich an und verhalf ihm zu einem erholsamen Schlaf.

»Nicht zu fassen, dass wir nichts gefunden haben!«, bemerkte Owl und fuhr sich aufgeregt mit der Hand durch die Haare.

Brick war auch nicht glücklich darüber, aber er musste hier die Stimme der Vernunft sein, sonst würde Owl ausrasten. Zwei Wochen waren seit Stones Entführung vergangen. Und seither gab es kein Anzeichen dafür, wohin er entführt worden war – oder von wem.

Lara war immer wieder durchgegangen, was in dem Hangar in Seattle passiert war, und nichts, woran sie sich erinnern konnte, hatte ihnen irgendwelche Hinweise darauf gegeben, wo Stone sein könnte. Sie hatte ihnen eine ziemlich gute Beschreibung des Mannes gegeben, der ihn entführt hatte, und auch des Wagens, aber sie war nicht in der Lage gewesen, sich das Kennzeichen zu merken. Und ohne dieses tappten sie genauso im Dunkeln wie zu Beginn der Suche. Sie wussten, dass ein Serienmörder einen Mann angeheuert hatte, um Lara zu entführen, und dieser Mann hatte Stone verkauft. Und das war's auch schon. Sowohl der Serienmörder als auch sein Handlanger waren tot und hatten alle Geheimnisse mit in ihr Grab genommen.

Die Überwachungskameras auf dem Regionalflughafen hatten nicht funktioniert, und die eine Kamera, die den Wagen beim Verlassen des Hangars aufgenommen hatte, war zu weit entfernt, um das Kennzeichen lesen zu können.

Stone hatte sich in Luft aufgelöst, und es gab keine Hinweise auf seinen Aufenthaltsort. Und Owl, sein ehemaliger Armee-Night-Stalker-Partner und Mitgefangener, war kurz davor, völlig durchzudrehen.

»Ich kann nicht glauben, dass wir trotz unserer besten Leute – Tex, diese Elizabeth, mit der er zusammenarbeitet, und sogar Ry, das vermeintliche Computergenie – nicht die geringste Spur von ihm finden können! Er muss doch irgendwo da draußen sein, Brick! Und er fragt sich wahrscheinlich, warum zum Teufel wir ihn nicht gefunden haben. Wir müssen ihn finden. *Sofort!*«

»Ich weiß, Owl. Und wir versuchen es.«

Owl setzte sich in einen Stuhl am Tisch im kleineren Konferenzraum des Hauptgebäudes der *Zuflucht.* »Wir *müssen* ihn finden«, erklärte er verzweifelt. »Ich kann es nicht ertragen, wenn ich daran denke, was er durchmachen muss. Es ergibt keinen Sinn. Wer sollte ihn entführt haben? Und warum? Wenn kein Lösegeld verlangt wurde, warum wurde er dann entführt?«

Brick hatte keine Antworten. »Ich weiß es nicht. Aber ich verspreche dir, Owl, wir werden nicht aufhören zu suchen. Egal wie lange es dauert oder wie viel es kostet, wir werden nicht aufgeben. Niemals.«

»Ich werde noch mal mit Ry sprechen. Sie sagte, sie hätte gestern Abend eine Idee gehabt. Ich will sehen, ob sie etwas Neues herausgefunden hat«, murmelte Owl.

Brick wünschte, er könnte mehr tun. Er wünschte, er könnte seinem Freund helfen. Owl und Stone standen sich so nahe, wie zwei Männer es nur konnten. Sie waren zusammen durch die Hölle und wieder zurück gegangen, und Brick wusste, dass Owl sich die Schuld an Stones Entführung gab. Auch wenn er zum Zeitpunkt der Entführung bewusstlos gewesen war, gab er sich die Schuld.

Ryan, auch bekannt als Ryleigh oder Ry, arbeitete schon seit einiger Zeit in der *Zuflucht* und war offenbar eine Art Computer-Hacking-Genie. Es gab definitiv eine Vorgeschichte zu ihr, aber da Owl und Lara sich beide von der Entführung durch einen Serienmörder erholten – ein böser Mistkerl, der Lara unbedingt ein zweites Mal zu seinem Sexspielzeug machen wollte – und Stone vermisst wurde, hatte niemand viel Zeit, um herauszufinden, warum Ryan in der Lodge arbeitete und wovor sie sich versteckte.

Brick legte seine Hand auf Owls Schulter und drückte sie. »Wie geht's Lara?«

»Es geht ihr gut. Noch keine Anzeichen von Schwangerschaftsübelkeit«, erklärte Owl. Das Gerede über seine schwangere Frau schien ihm ein wenig den Kummer aus den Augen zu treiben.

»Gut. Sag mir Bescheid, wenn Ry etwas gefunden hat.«

»Mache ich. Brick?«

»Ja?«

»Danke.«

»Wofür?«

»Dafür, dass du nicht aufgibst.«

»Ich werde *niemals* aufgeben. Stone ist irgendwo da draußen, Owl. Er ist stark. Ich habe keinen Zweifel daran, dass er da draußen ausharrt und nur darauf wartet, dass wir ihn finden. Und das werden wir.«

Owl holte tief Luft. »Ja, das werden wir.« Dann nickte er Brick zu und machte sich auf den Weg zur Tür.

Brick blieb einen Moment lang in der Mitte des Raumes stehen, nachdem Owl gegangen war. Er schloss die Augen und holte selbst tief Luft. Er hatte keine Ahnung, wer Stone entführt haben könnte und warum. Jeder Tag, der verging, ohne dass sie erfuhren, wohin er verschwunden war, machte die Lage schlimmer. Aber er hatte Owl nicht angelogen, und Brick würde niemals aufhören, nach Antworten zu suchen. Stone war einer seiner besten Freunde, und er hatte nicht verdient, was mit ihm geschehen war.

Der Gedanke, dass er *wieder* als Geisel gehalten wurde, war wie eine Säurekugel in seinem Bauch. Der Mann hatte genug durchgemacht, und wer auch immer für seine Entführung verantwortlich war, würde dafür bezahlen. Brick würde sich persönlich darum kümmern.

Er atmete tief durch, öffnete die Augen und machte sich auf den Weg zur Tür. Er wollte Tex noch einmal anrufen, nach seinen anderen Freunden sehen, um sich zu vergewissern, dass sie alle durchhielten, und er musste dafür sorgen, dass die Gäste in der *Zuflucht* diese Woche genossen. Er hatte eine Menge verschiedener Baustellen offen und er wollte keine einzige davon vernachlässigen.

Aber zuerst musste er Alaska sehen. Sie war sein Fels in der Brandung, sein Licht. Wenn er in ihrer Nähe war, schien alles nicht so schlimm zu sein. Sie und die anderen Frauen machten sich genauso große Sorgen um Stone wie der Rest von ihnen, aber aufgrund ihrer eigenen Erfahrungen hatte sie nichts als Vertrauen in seine Fähigkeit, dem Geschehen auf den Grund zu gehen und ihren Freund nach Hause zu holen.

Er brauchte diesen Ansporn, denn im Moment schien es wirklich so, als hätte Stone sich in Luft aufgelöst. Es gab keine Hinweise, keine Anzeichen dafür, wo er sein könnte. Mit jedem Tag, der verging, wurde die Wahrscheinlichkeit, ihren Freund lebend nach Hause zu bringen, geringer und geringer.

KAPITEL ACHT

Maisy war unruhig. Nicht nur, weil sie heute Morgen mit ihrem Bruder zur Bank gehen musste, sondern weil Jack sich … anders verhielt. Und sie glaubte nicht, dass es an den Worten der Liebe lag, die sie gestern Abend ausgetauscht hatten.

Irgendetwas war passiert, aber sie hatte keine Ahnung was. Er wirkte heute Morgen misstrauisch, nervös. Als sie nach unten gegangen waren, um zu frühstücken, war er bei jedem kleinen Geräusch zusammengezuckt. Maisy befürchtete, es lag daran, dass ihm der Kopf noch mehr wehtat als sonst, aber er hatte es abgestritten.

Sie wollte auf keinen Fall allein mit Jason irgendwohin gehen, sie hatte sich daran gewöhnt, dass Jack da war, um sich einzumischen und als Puffer zwischen ihr und ihrem Bruder zu fungieren, aber es war offensichtlich, dass es ihm überhaupt nicht gut ging. Sie hatte ihn überredet, zu Hause zu bleiben und ein paar rezeptfreie Schmerzmittel zu nehmen, damit sie nach ihrer Rückkehr auf Wohnungssuche gehen konnten.

Sobald sie die Tür zu Jasons Land Rover hinter sich zugemacht hatte – den er mit ihrem Geld gekauft hatte, während er ihr die ganze Zeit sagte, dass es eine Verschwendung sei, ihr einen Wagen zu kaufen, da sie ohnehin nie irgendwohin fuhr –, ließ er seiner Gehässigkeit freien Lauf.

»Nicht einmal ein Dankeschön für deinen Bruder?«, fragte er höhnisch.

»Was?«

»Ich habe dir einen Schwanz besorgt, und du hast dich nicht einmal bedankt.«

Maisy drehte sich der Magen um, und sie umklammerte die Armlehne an der Tür so fest, dass ihre Knöchel weiß wurden.

»Im Ernst, Schwesterherz, die Geräusche, die nachts aus deinem Zimmer kommen, machen mich fast neidisch. Jack-o scheint sein Handwerk wirklich zu beherrschen.«

»Halt den Mund«, murmelte Maisy, verlegen darüber, dass ihr Bruder so derb sein konnte.

Die Ohrfeige kam aus heiterem Himmel. Jason stieß sie dann so heftig an der Schulter, dass ihr Kopf gegen das Fenster neben ihr schlug.

»Sprich nicht so mit mir! Zeig etwas Respekt, Maisy«, knurrte Jason, bevor er den Rückwärtsgang einlegte und aus der Einfahrt fuhr.

Ihre Wange brannte und Maisy fuhr mit der Hand über das, was wohl ein roter Fleck war. Sie war schockiert, dass er bereit war, einen Abdruck zu hinterlassen, den Jack finden konnte. Ein Beweis dafür, dass Jason immer unberechenbarer wurde. Es zeigte ihr, dass sie sehr vorsichtig vorgehen musste. Wahrscheinlich hätte sie darauf bestehen sollen, dass Jack heute mitkam, aber er sah wirklich aus, als hätte er Schmerzen, und sie wollte es nicht noch schlimmer machen. Egoistischerweise wünschte sie sich jedoch, er wäre dabei, denn diese Aktion war ein Fehler. Das wusste sie bis ins Mark.

Jason fuhr schweigend in Richtung Bank, aber als er nicht in die Straße einbog, von der sie wusste, dass er es hätte tun sollen, bekam sie ein mulmiges Gefühl im Bauch. Schließlich fuhr er auf den Parkplatz eines Einkaufszentrums. Es war viel los, überall fuhren Fahrzeuge ein und aus. Keiner würde sie auf dem fast vollen Parkplatz bemerken. Maisy fröstelte.

Jason drehte sich zu ihr um – und bei seinem Gesichtsausdruck lief ihr eine Gänsehaut über den Nacken.

»Wir müssen reden«, erklärte er ihr ernst.

Maisy nickte. Es war nicht so, dass sie Nein sagen konnte, er hatte sie aus einem bestimmten Grund hierhergebracht, und sie musste hier sitzen und sich anhören, was immer er zu sagen hatte.

»Verlieb dich nicht in ihn.«

»Was?«

»Verliebe dich nicht in den Idioten, den du geheiratet hast. Er wird nicht mehr lange da sein.«

»Wie meinst du das? Warum nicht?«

»Du weißt, warum nicht.«

Maisy schluckte schwer. »Jase, nein. Ich bitte dich.«

Er holte erneut mit der Hand aus und ohrfeigte sie. »Ich habe dir gesagt, du sollst mich nicht so nennen!«, schrie er.

Ein leises Wimmern entwich ihr, und sie schämte sich für sich selbst. Sie hätte die Tür öffnen und weglaufen sollen. Sich wehren. Aber sie hatte mehr Angst davor, was er tun würde, wenn sie es wagte, sich ihm zu widersetzen, als vor dem, was er bereits getan hatte.

»Hör zu, der ganze verdammte Plan ist schiefgelaufen.

Ich habe nicht erwartet, dass er sein Gedächtnis verliert, obwohl das sicher ein netter Bonus war.«

»Was war dein Plan?«, fragte Maisy leise.

»Don hat einen Freund eines Freundes, der einen Deal mit diesem Kerl aushandeln konnte. Der Kerl wusste, dass du verheiratet sein musst, und er hat dafür gesorgt, dass jemand geliefert wird. Ich habe keine Ahnung, wer zum Teufel Jack ist oder woher er kommt, und es ist mir auch egal – aber wie ich dir schon sagte, er hätte dich so oder so geheiratet. Es war egal, ob er im Keller an die verdammte Wand gekettet war, ihr beide hättet geheiratet. Es war eine nette Überraschung, als er aufwachte und nicht wusste, wer er war. Und erzähl mir nicht, du würdest die Vorteile nicht genießen, denn du wärst eine verdammte Lügnerin. Ich habe dich nachts gehört. Ich frage mich, ob *Prostituierte* es so genießen, gevögelt zu werden, wie du es anscheinend tust.«

Galle stieg in ihrer Kehle auf, aber Maisy schluckte sie hinunter.

»Ich meine, ich habe gutes Geld dafür bezahlt, dass er dein Ehemann ist, also wenn du darüber nachdenkst, bezahlst du ihn für Sex. Da kannst du es genauso gut genießen.« Jason lachte. »Wie dem auch sei, die Tat ist vollbracht. Du bist verheiratet und der Countdown läuft, um zu deinem Geld zu kommen. Mom und Dad hätten es nie in diesem blöden Treuhandfonds mit seinen lächerlichen Auflagen anlegen sollen. In drei Monaten, wenn das Geld freigegeben wird, brauchen wir den Süßen nicht mehr.«

»Jason, bitte tu ihm nicht weh. Ich werde mit ihm Schluss machen, mich von ihm scheiden lassen, alles, was du willst!«

»Du bist so naiv«, erklärte Jason mit einem herablassenden Stirnrunzeln. »Glaubst du, wir können ihn einfach gehen lassen? Sein Gedächtnis wird irgendwann zurückkehren, und was dann? Er wird nicht begeistert sein, dass er entführt, in einen Kofferraum gesteckt und wochenlang belogen wurde. Und wenn du denkst, dass er dich vielleicht lieben lernt, das wird nicht passieren, wenn er merkt, dass du über all das Bescheid gewusst hast. Wie du ihm jeden Tag ins Gesicht gelogen hast. Dass du wusstest, was passiert war, aber so getan hast, als wärt ihr bereits verheiratet, um ihn zu überreden, die sogenannte Erneuerungszeremonie durchzuführen. Du steckst bis über beide Ohren in der Sache drin, Maise. Es gibt hier nur eine Möglichkeit.«

Ihr Bruder hatte recht. Es gab nur eine Wahl.

Maisy musste ein einziges Mal in ihrem Leben das Richtige tun. Sie musste Jack befreien und dafür sorgen, dass ihr Bruder für all das Unrecht bezahlte, das er in seinem Leben begangen hatte.

»Verstehst du?«, fragte Jason mit kalter, harter Stimme.

Sie nickte.

»Gut. Drei Monate. Sogar *du* kannst so lange den Mund halten. Mach einfach so weiter wie bisher, mach die Beine breit, und in ein paar Wochen, sobald das Geld freigegeben ist, werden wir allen erzählen, dass er abgehauen ist. Dass er dich im Stich gelassen hat.«

Maisy verbiss sich die Worte, die ihr auf der Zunge lagen. Dass die Polizei auf keinen Fall so dumm sein würde, dieselbe Geschichte zweimal zu glauben. Dass Jack genauso abgehauen war wie Jasons Frau, ein paar Monate nach ihrer Hochzeit und praktischerweise, nachdem das Treuhandvermögen freigegeben worden war.

»Nach einer Weile werden wir die Behörden bitten, ihn für tot zu erklären, du weißt schon, wenn er keine Kreditkarten benutzt hat und es keine Spur von ihm gibt. Oh! Ich weiß, vielleicht kann er einen Abschiedsbrief hinterlassen, in dem steht, wie sehr er dich liebt, und nachdem er erfahren hat, dass du nicht mehr mit ihm zusammen sein willst, kann er nicht mehr weiterleben. Ich kann die Saat dafür auslegen, dass er an die Küste gefahren ist und sich ins Meer geworfen hat oder so. Auf diese Weise kann seine Leiche nicht gefunden werden. Wie auch immer, sobald er offiziell für tot erklärt wurde, können wir seine Lebensversicherung kassieren.«

Ihr Bruder war wahnsinnig. Das war die einzige Erklärung für die ruhige Art und Weise, wie er den Tod eines anderen Menschen plante. Dann wurde ihr klar, was er da eigentlich gesagt hatte. »Lebensversicherung?«

»Ja«, erklärte Jason, lehnte sich auf den Rücksitz und griff nach einem Ordner. Er nahm mehrere Zettel heraus und schob ihr einen zu. »Hier, unterschreib das.«

»Was ist das?«, fragte Maisy und versuchte, das Papier zu lesen. Es war offensichtlich der letzte Teil eines offiziellen Dokuments. Es gab zwei Unterschriftszeilen, eine für sie und eine für Jack. Die von Jack war bereits ausgefüllt. Oben auf der Seite stand am Rand, dass dies Seite vierzehn von vierzehn war.

»Jacks Lebensversicherungspolice natürlich«, entgegnete Jason lächelnd.

»Er hat das unterschrieben?«, fragte Maisy und zog verwirrt die Stirn in Falten.

»Natürlich hat er das, siehst du denn nicht seine Unterschrift?«

Maisy betrachtete das Papier vor sich, und als sie ihren Bruder ansah, wurde ihr klar, dass Jack das *natürlich nicht* unterschrieben hatte. Es war gefälscht, wahrscheinlich wie die meisten Papiere, die mit Geld und ihrem Erbe zu tun hatten. »Das ist nicht seine Unterschrift«, bemerkte sie mutig.

Aber Jason lachte nur. »Du bist so schlau«, spottete er.

»Nein, das ist sie nicht. Aber das merkt ja keiner. Du musst nur noch unterschreiben, dann reiche ich es ein ... und zwar rückwirkend, damit die Bullen nicht denken, wir hätten es gleich nach eurer Hochzeit ausgefüllt. Das würde nicht gut aussehen, wenn Jack verschwindet.«

Maisy schüttelte den Kopf und versuchte, ihrem Bruder das Papier wieder zuzuschieben. »Nein.«

»Nein?«, fragte er mit leiser Stimme und machte keine Anstalten, das Blatt Papier, das sie ihm zurückgeben wollte, an sich zu nehmen.

»Nein«, sagte sie und versuchte, energisch zu klingen. »Das ist nicht richtig, Jason. Du bekommst doch schon das Geld aus meinem Erbe. Das ist nicht nötig.«

Er bewegte sich schneller, als sie es für möglich gehalten hatte, kam über die Konsole und packte sie an der Kehle. Er stieß sie gegen die Seite des Wagens und ließ ihren Kopf wieder gegen die Scheibe prallen. Er kam so nahe an sie heran, dass ihre Nasen sich fast berührten, und knurrte: »Was zum Teufel weißt *du* schon, Maisy? Du hast die letzten anderthalb Jahrzehnte geschlafen. Ich war derjenige, der sich um die Hypothek und die Rechnungen gekümmert hat und dafür gesorgt hat, dass unser Ruf tadellos ist. Denkst du, das war einfach? Das war es nicht. Es ist kein Geld mehr da. *Nichts.* Ohne das Geld aus deinem Fonds sind wir am Ende. Wir werden aus dem Haus, in dem wir aufgewachsen sind, rausgeworfen und sind mittellos.

Du *schuldest mir was*, Schwesterherz. Ich habe mich um dich gekümmert. Bin wieder in das Haus gezogen. Habe all diese Ärzte engagiert, damit du dich in deinem Kummer nicht umbringst. Du warst bis jetzt ein gutes Mädchen, also versaue es jetzt nicht. Und *denk* nicht mal daran, dich gegen mich zu wenden. Wenn du das tust, wirst du genauso enden wie die arme Martha. Und jetzt – unterschreib das verdammte Papier.«

Maisy hatte keine Ahnung, woher sie den Mut nahm, aber sie schaffte es zu fragen: »Und wenn ich es nicht tue?«

Zu ihrer Überraschung ließ Jason ihre Kehle los und lehnte sich auf dem Fahrersitz zurück, während er lachte. Es war kein humorvolles Geräusch. Es erschreckte sie sogar zu Tode. »Wenn du es nicht tust, fahre ich nach Hause und erzähle deinem Süßen, dass du ihn mit einem Trick dazu gebracht hast, dich zu heiraten, dass du es nur wegen des Geldes getan hast, und dann sperre ich ihn in den Schutzraum im Keller, wie ich es getan hätte, wenn er *nicht* sein Gedächtnis verloren hätte. Ich gebe ihm ein Stück Brot pro Tag und ein Glas Wasser. Vielleicht. Wenn drei Monate vergangen sind, wird er nur noch Haut und Knochen sein und in seinem eigenen Dreck sitzen. Dann jage ich ihm eine Kugel ins Hirn und entsorge seine Leiche dort, wo niemand sie je finden wird.«

Maisy starrte ihren Bruder entsetzt an. Als sie klein waren, hatte sie mit diesem Mann immer Verstecken gespielt. Er hatte auf dem Schulweg ihre Hand gehalten. Er hatte ihr versehentlich erzählt, dass es keinen Weihnachtsmann gab, und sie dann umarmt, als sie geweint hatte. Nach dem Tod ihrer Eltern hatte er beim Begräbnis neben ihr gestanden, den Arm um sie gelegt und versprochen, sich so lange um sie zu kümmern, wie sie ihn brauchte.

Jetzt war er ein Monster – und sie hasste ihn.

»Und du?«, fuhr Jason fort. »Ich werde Jacks Kopf mit Geschichten über deinen Verrat füttern. Ich werde dafür sorgen, dass er dich abgrundtief hasst und weiß, dass es *dein* Plan war, ihn zu entführen. Ich werde ihm sagen, dass du darüber gelacht hast, wie erbärmlich er war, weil er auf jedes Wort hereingefallen ist, wie mies er im Bett war. Und am Ende werde ich dich während seiner letzten Tage mit ihm einsperren. Natürlich geknebelt, damit du deine große Klappe hältst. Es wird ihm egal sein, was mit dir passiert, das verspreche ich dir. Du wirst zusehen, wie ich ihm die Kugel in den Schädel jage. Und dann, weil ich nicht will, dass du irgendjemandem erzählst, was du weißt, werde ich dich ebenfalls abknallen. So kannst du mit ihm zusammen in Frieden ruhen, bis dass der Tod euch scheidet.«

Maisy fühlte sich wie betäubt. Das konnte doch nicht wahr sein.

»Unterschreib das verdammte Papier, Schwesterherz«, knurrte Jason, beugte sich über die Konsole und fixierte sie mit seinem bösen Blick, während er ihr einen Stift hinhielt.

Wie in Trance nahm Maisy den Stift und unterschrieb mit zitternden Fingern das Blatt Papier.

»Ich wusste, dass du die Dinge so siehst, wie ich sie sehe«, sagte Jason zufrieden, während er das unterschriebene Dokument zurück in die Mappe steckte und sie hinter sich auf den Sitz warf. Er drehte sich noch einmal zu ihr um. »Drei Monate, Maise. Das ist alles. Dann ist alles vorbei, und wir können wieder so weitermachen wie bisher.

Oh, und noch etwas – wenn wir nach Hause kommen, wirst du mit Jack reden. Überzeuge ihn, dass du nicht ausziehen willst. Du bleibst genau da, wo du bist, bis die drei Monate um sind. Ich traue dir nicht zu, dass du es nicht versaust. Und weil ich weiß, wie stressig das alles war, habe ich Nachfüllpackungen für dich besorgt. Du fängst heute wieder an, deine Anti-Angst-Pillen zu nehmen. Glaub mir, es wird besser für dich sein.«

Man musste kein Genie sein, um zu wissen, warum Jason wollte, dass sie und Jack bis zum Ablauf der dreimonatigen Wartezeit dortblieben. Er wollte leichten Zugang zu Jack, um ihn loswerden zu können. Dauerhaft. Und auf gar keinen Fall wollte sie wieder zu dem Zombie werden, der sie mit diesen Pillen einmal gewesen war. Sie war jetzt bei klarem Verstand, und Maisy wusste ohne Zweifel, dass ihr Bruder ihren vermeintlichen Rückfall irgendwie nutzen würde, um sie ganz von der Bildfläche verschwinden zu lassen. Es wäre ein Leichtes, so zu tun, als hätte sie eine »Überdosis« genommen.

Der Drang zu verschwinden schoss durch sie hindurch. Sie musste weg. Weg von Seattle, weg von ihrem Bruder. Sie musste *Jack* von ihm wegbringen. Sie brauchte einen Plan, doch im Moment hatte sie keine Ahnung, wo sie anfangen sollte.

»Maisy? Hast du mich verstanden? Wenn wir zu Hause sind, werde ich Jack sagen, dass du eine Panikattacke hattest und wieder deine Medikamente nehmen musst. Heute Abend kannst du auf die Knie gehen, deinem Süßen einen blasen und ihn davon überzeugen, dass du nicht gehen willst. Hast du das verstanden?«

Maisy nickte. Hauptsache, Jason hielt die Klappe.

»Gut. Jetzt gehen wir zur Bank und füllen den Papierkram aus, um die Freigabe deines Treuhandvermögens auf den Weg zu bringen. Du unterschreibst, was dir vorlegt wird, ohne Fragen zu stellen, oder du wirst die Konsequenzen tragen, und das wird dir nicht gefallen.«

Sie nickte erneut. Sie konnte sich nicht gegen ihn wehren, nicht jetzt. Er würde genau das tun, was er gesagt hatte. Er würde ihren Mann verletzen.

Jason hatte recht, sie war genauso schuldig wie er, Jack ausgetrickst zu haben. Sie hätte nicht bei allem mitmachen sollen. Aber jetzt, da sie es getan hatte, musste sie tun, was sie konnte, um die Dinge wieder in Ordnung zu bringen. Sie würde einen Weg finden, Jack zu retten. Selbst wenn das bedeutete, dass sie genauso tot enden würde wie ihre ehemalige Schwägerin.

»Es ist schön, dass du dich fügsam zeigst. Es wird schon alles gut gehen«, erklärte Jason in einem Ton, den jeder andere als beruhigend empfunden hätte. Aber für Maisy klang er unheilvoll.

»Überlass das Denken mir, Maisy. Du warst schon immer zu dumm, um etwas zu verstehen. Ich habe das im Griff, und in etwas mehr als drei Monaten liegen all unsere Probleme hinter uns.«

Drei Monate. Das war nicht genügend Zeit. Maisy geriet in Panik, als Jason den Wagen startete und sich wieder auf den Weg zur Bank machte. Im Geiste atmete sie tief durch. Sie hatte Geld, dank ihres Bruders, der Jack bei Laune halten musste. Das konnte sie benutzen, um ... um was? Irgendwohin zu fliegen? Ihr Bruder könnte sie finden, wenn sie ihren eigenen Namen benutzte. Und was war mit Jack? Was sollte sie ihm sagen?

Vielleicht könnte sie in den sozialen Medien über Jack posten, dass er sein Gedächtnis verloren hat, und fragen, ob jemand weiß, wer er ist. Viele dieser Dinge gingen viral. Vielleicht würde es den Weg zu seinen Leuten finden.

Aber Jason oder seine Freunde könnten es auch sehen, bevor Jacks Freunde es sahen, und das wäre für keinen von ihnen gut.

Sie und Jack könnten buchstäblich in den Wagen steigen und wegfahren, aber wohin sollten sie gehen, wo Jason sie nicht finden konnte? Wovon würden sie leben, wenn ihre wenigen finanziellen Mittel aufgebraucht wären? Ja, sie konnten beide einen Job finden, aber wie lange konnten sie unter ihren eigenen Namen unter dem Radar bleiben? Sie war keine Kriminelle wie ihr Bruder. Oder zumindest ... war sie es nicht gewesen. Sie hatte keine

Ahnung von Dingen wie falschen Ausweisen und neuen Identitäten.

Sie ließ die Schultern sinken. Jason zu entkommen schien mit jedem Augenblick unmöglicher zu werden. Vielleicht würde Jack eine Idee haben ... wenn sie ihm alles erzählte. Genau das hatte sie gestern Abend wirklich vorgehabt zu tun. Sie hatte die Nerven verloren, als Jack angefangen hatte, sie zu küssen, sie zu streicheln ... und sie auszuziehen.

Gott, war sie schwach.

Und noch verängstigter als zuvor, wenn das überhaupt möglich war. Sie war sich nicht sicher gewesen, ob Jason etwas mit dem Autodiebstahl ihrer Eltern zu tun hatte, aber jetzt war sie sich fast sicher. Und dass er Martha umgebracht hatte, war jetzt glasklar, nachdem er gesagt hatte, dass Maisy genauso enden würde wie sie.

Ihr Bruder war ein Psychopath. Er kümmerte sich um niemanden außer um sich selbst. Er hatte so viele Beziehungen, dass er leicht jemanden hätte anheuern können, der einen Autodiebstahl vortäuschte und dabei ihre Eltern erschoss. Genauso leicht, wie er jemanden gefunden hatte, der Jack entführt hatte.

Sie setzte sich auf und starrte seelenlos aus dem Fenster. Sie musste es der Polizei sagen. Das war ihre einzige Möglichkeit ... obwohl es unwahrscheinlich war, dass Jason sie jetzt noch oft aus den Augen lassen würde.

Es könnte ihm gelingen, ihr Geld zu stehlen und sie vielleicht sogar zu töten ... aber wenn sie alles aufschrieb, was sie wusste, und es der Polizei überließ, würden die Beamten doch ermitteln müssen, oder? Es wäre zumindest gerecht, wenn Jason hinter Gittern landen würde, unfähig, das Geld auszugeben, für das er so hart gearbeitet hatte.

Es war nicht die beste Lösung, Maisy würde lieber

leben, aber sie war sich ziemlich sicher, dass das für sie nicht infrage käme.

Ihr erstes Ziel würde sein, Jack zu retten. Er hatte nicht darum gebeten, in diese Sache verwickelt zu werden. Zweitens wollte sie, dass Jason für den Mord an der armen Martha und wahrscheinlich auch an ihren Eltern bezahlte.

Je mehr sie darüber nachdachte, desto mehr gefiel ihr die Idee. Sie würde alles aufschreiben, woran sie sich erinnern konnte, jede Schandtat, von der sie glaubte, dass ihr Bruder sie begangen hatte, und Details und Einzelheiten nennen, die hoffentlich gegen ihn verwendet werden konnten. Die Namen seiner Freunde, der Ärzte, die ihm fraglos Rezepte ausgestellt hatten, der Leute, von denen sie glaubte, dass sie ihm geholfen hatten, die Lebensversicherung für Jack abzuschließen ... und jetzt, da sie darüber nachdachte, hatte er wahrscheinlich auch eine für sie.

»Vergiss nicht, den Mund zu halten und mir das Reden zu überlassen«, erklärte Jason ihr, als er vor der Bank parkte.

Maisy nickte. Für den Bruchteil einer Sekunde stellte sie sich vor, wie sie im Büro der Bank vor dem Direktor und dem Nachlassverwalter ihrer Eltern stand und herausplatzte, dass alles eine Lüge war. Dass Jack gezwungen worden war, sie zu heiraten, und dass ihr Bruder ein totaler Verrückter war.

Aber dann stellte sie sich vor, wie Jack im Keller saß, angekettet an die Wand, hungrig und sie hasserfüllt anstarrte ...

Allein der Gedanke daran ließ sie zusammenzucken.

Sie konnte es nicht tun. Im Moment würde sie alles tun, wozu Jason sie zwang, einfach um Zeit zu gewinnen. Es war hundertprozentig sicher, dass Jack sie am Ende sowieso hassen würde. Solange er wieder bei denen war, die ihn kannten und liebten, und er nicht eine Lüge lebte ... würde es sich lohnen.

Maisy hatte in ihrem Leben viele Fehler gemacht, aber es war an der Zeit, dass sie sich diese eingestand. Es war zu wenig, zu spät, aber es war alles, was sie hatte.

Da sie keine andere Wahl hatte, stieg sie aus dem Geländewagen aus und folgte Jason in die Bank.

KAPITEL NEUN

Jack machte sich Sorgen um seine Frau.

Während der letzten Woche, seit sie mit ihrem Bruder zur Bank gegangen und er zu Hause geblieben war, um seine Kopfschmerzen loszuwerden, war sie anders gewesen. Weitaus zurückhaltender.

Und das wollte etwas heißen, denn seine Maisy war nicht gerade die aufgeschlossenste Frau überhaupt. Aber jetzt war sie noch introvertierter. Und offen gesagt machte ihm das eine Heidenangst.

Nach ihrer Rückkehr war sie in ihr Zimmer gekommen, wo er mit geschlossenen Augen auf dem Bett gelegen und versucht hatte, sich zu entspannen, und sie hatte sich wortlos an ihn gekuschelt. Dann hatte sie ihm gesagt, dass sie noch nicht bereit sei auszuziehen.

Sie hatte so traurig geklungen, so niedergeschlagen, dass Jack, ohne zu zögern, zugestimmt hatte.

Während der letzten Woche war sie ganz anders gewesen als die Frau, die er kennengelernt hatte. Sie hatte fast ständig Sorgenfalten auf der Stirn und sie verließ kaum noch ihr Zimmer. Wenn sie es tat, dann, um draußen in der

Sonne zu sitzen, still ins Leere zu starren und sich mit niemandem zu unterhalten. Entweder das, oder sie schrieb in das Tagebuch, das sie am Tag nach ihrem Bankbesuch begonnen hatte.

Er hatte sie angefleht, mit ihm zu reden. Ihm zu erzählen, was passiert war. Doch sie sagte nur, dass sie in der Bank eine Panikattacke gehabt hatte und ein Notarzt ihr empfohlen hatte, wieder ihre Medikamente zu nehmen. Sie weigerte sich, weiter darüber zu sprechen, und Jason behauptete, ihre Krankenhausunterlagen in seinem Arbeitszimmer weggeschlossen zu haben. Er sagte ihm in einem herablassenden Ton, er solle sich keine Sorgen machen, er habe sich immer um seine Schwester gekümmert und Jack müsse sich keine Gedanken machen.

Jack war wütend. Vor allem über den roten Abdruck auf ihrer Wange, der ihm nicht entgangen war. Er hatte Jason sofort zur Rede stellen wollen, als er ihn an diesem Nachmittag gesehen hatte. Aber als er versucht hatte, aus dem Bett aufzustehen, um genau das zu tun, war Maisy durchgedreht. Sie hatte geweint und ihn angefleht, nichts zu ihrem Bruder zu sagen.

Es war mehr als offensichtlich, dass sie Angst vor ihm hatte.

Große Angst, um genau zu sein. Ein Grund mehr, aus diesem Haus zu verschwinden, aber Maisy wirkte so zerbrechlich, wie er sie noch nie gesehen hatte. Und Jack wollte auf keinen Fall, dass sie noch mehr Stress hatte, als es ohnehin schon der Fall war.

Die unterschwelligen Emotionen in diesem Haus wurden von Tag zu Tag beunruhigender. Er verstand sie nicht, aber sie vermittelten ihm definitiv ein schlechtes Gefühl. Wann immer Maisy mit ihrem Bruder zu tun hatte, hielt sie den Kopf gesenkt und sagte kaum ein Wort. Die meisten Unterhaltungen überließ sie ihm und Jason, die inzwischen bestenfalls unangenehm waren.

Aber wenn sie nur zu zweit im Dunkeln in ihrem Bett lagen, war Maisy *noch* viel seltsamer. Sie war fordernd, fast verzweifelt, wenn sie miteinander schliefen. Sie klammerte sich an ihn, als hätte sie Angst, dass er sie verlassen würde – was er aber nicht tun würde.

Jack hatte keine Ahnung, was vor sich ging, aber es gefiel ihm nicht. Er mochte es zwar, wie liebevoll und leidenschaftlich seine Frau war, aber nicht auf Kosten dessen, was vor sich ging. Jason behauptete, sie sei psychisch labil, und in der Nähe ihres Bruders schien das auch der Fall zu sein. Aber nachts, wenn sie ihn anflehte, sie härter zu nehmen, es ihr in jeder erdenklichen Stellung zu besorgen, wirkte sie nicht im Geringsten zerbrechlich.

Wenn er es nicht besser wüsste, würde er denken, dass sie nur Theater spielte ... aber er wusste nicht genau, welches die echte Maisy war. Das zarte Mädchen, das tagsüber kaum ein Wort sagte? Oder die unersättliche Frau, die alles nahm, was er zu geben hatte, und dann jeden Abend mehr verlangte?

Er machte sich nicht nur Sorgen um seine Frau, sondern auch immer mehr um seine eigene Gesundheit. Seine Kopfschmerzen hatten nicht nachgelassen, und ihm kamen immer wieder Dinge in den Sinn, die er nicht verstand. Er nahm an, dass es sich um Erinnerungen handelte, worüber er sich sehr freute; nichts wünschte er sich mehr, als sich an sein Leben zu erinnern, bevor er in diesem Haus aufgewacht war. Aber was er sah, ergab keinen Sinn. In den Erinnerungen tauchten Menschen auf, die er nicht kannte, und Orte, an die er sich nicht erinnerte. Und am verwirrendsten von allem war das Gefühl zu fliegen. Aber anstatt dass ihm übel wurde, fühlte er sich bei den

Visionen, in den Wolken zu sein, über Städte und Ozeane zu fliegen, *frei*.

Es war rätselhaft und verwirrend, und jedes neue Bild ließ seinen Kopf pochen. Jack wünschte sich nichts sehnlicher, als dass der Schmerz aufhörte.

Maisy ruckte in seinen Armen. Sie hatten sich vorhin ungestüm geliebt. Seine Frau hatte sich zwischen seine gespreizten Beine gekniet und ihm einen Blowjob gegeben, der seine Welt auf den Kopf gestellt hatte. Sie hatte ihn nicht wegziehen lassen und, ohne zu zögern, jedes bisschen seiner Ladung geschluckt. Er hatte sich anschließend bei ihr revanchiert, bis sie sich nach zwei Orgasmen verschwitzt auf dem Laken wälzte. Dann hatte sie ihn fast verzweifelt geritten, bis er ein weiteres Mal tief in ihrem Körper gekommen war. Am Ende hatte sie sich gegen ihn fallen lassen und war fast sofort eingeschlafen.

Als er versucht hatte, sie von ihm zu lösen, um es ihr bequemer zu machen, hatte sie sich an ihn geklammert und gewimmert. Also hatte er sie bleiben lassen, wo sie war. Und jetzt zitterte sie in seinen Armen. Ihre Augen flatterten hinter ihren Lidern, offensichtlich hatte sie einen Albtraum.

Einen kurzen Moment lang empfand er ein so starkes Mitgefühl, dass er nur verstehen konnte, was sie fühlte. Doch als sie seinen Namen stöhnte, verschwand das Gefühl.

»Nein! Jack! Bitte, lass es mich erklären!«

»Psssst«, beruhigte er sie und hasste es, wie verzweifelt sie klang. Aber sie konnte ihn nicht hören.

»Jason, hör auf! Ich werde alles tun! Bitte tu ihm nicht weh!«

Jack runzelte die Stirn. Ihm gefiel nicht, was er da hörte. »Wach auf, *Stellina*!«, befahl er.

Sie wachte nicht auf, aber sie *hörte auf* zu sprechen. Stattdessen kam ein ständiges Wimmern über ihre Lippen.

Es war herzzerreißend, und sie klang so verdammt unglücklich, dass Jack außer sich war.

Er rollte sich auf die Seite, drückte sie an sich und nahm ihr Gesicht in seine Hände, während er sich auf die Ellbogen stützte. »Maisy!«, sagte er, lauter als zuvor. »Wach auf! Du träumst. Du bist bei mir in Sicherheit. Ich passe auf dich auf. Ich werde nicht zulassen, dass dir jemand wehtut.«

Er wusste nicht genau, was er erwartet hatte, aber er hatte nicht erwartet, dass sie die Augen aufreißen würde, als hätte sie den Schlaf nur vorgetäuscht. Aber sie hatte nicht nur so getan. Das wusste er bis auf die Knochen.

»Jack?«, flüsterte sie, während sie weiter zu ihm aufblickte.

»Ja, *Stellina*, ich bin's. Es ist alles in Ordnung mit dir. Du hast geträumt. Willst du darüber reden?«

Wieder einmal kam ihm die Frage bekannt vor, als hätte er sie schon zu oft gehört. Und er wollte am liebsten schnauben, denn seine Albträume waren das Letzte, worüber er jemals sprechen wollte. Woher er diesen Gedanken hatte, wusste er nicht.

Zu seiner Überraschung nickte Maisy.

»Du musst wissen ... ich wollte das nicht.«

»Was wolltest du nicht, Schatz?«

»Ich meine, ich *wollte* das hier. Einen Ehemann. Eine Familie. Aber nicht so!«

Jack war verwirrt, aber er nickte und wollte, dass sie weiterredete.

»Ich liebe dich«, gab sie zu. »Und das ist keine Lüge. Ich würde alles für dich tun.«

»Ich liebe dich auch«, versicherte Jack ihr.

Sie lächelte traurig. »Es tut mir leid. Es tut mir so verdammt leid.«

»Du redest wirres Zeug, *Stellina*. Es ist dein Albtraum, der dich so durcheinanderbringt.«

Sie starrte ihn einen Moment lang an, bevor sie die Augen schloss und nickte.

Jack gefiel der Verlust des Augenkontakts nicht. Es fühlte sich an, als würde sie ihn ausschließen, wie sie es tagsüber tat, wenn sie sich im Haus bewegten. »Sieh mich an«, befahl er.

Sofort öffnete sie die Augen.

»Ich liebe dich, Maisy. Du bist seit meinem Unfall die einzige Konstante in meinem Leben. Du bist der einzige Mensch, von dem ich weiß, dass er mich nicht anlügt, der mir die Dinge so sagt, wie sie sind. Und ich würde alles für dich tun. Dass ich mich ein zweites Mal in dich verliebt habe, war ein Geschenk. Hörst du mich?«

Ihre Augen füllten sich mit Tränen und sie liefen über die Seiten ihres Gesichts in ihr Haar. »Der schönste Tag in meinem Leben war, als ich dich kennengelernt habe«, flüsterte sie.

Jack beugte sich hinunter und küsste ihr die salzigen Tränen vom Gesicht. »Warum weinst du dann?«, fragte er.

»Wenn dein Gedächtnis zurückkehrt, wirst du abhauen«, gab sie in einem kaum hörbaren Flüsterton zu.

Jack schüttelte den Kopf. »Nein, das werde ich nicht.«

»Doch, das wirst du. Aber das ist in Ordnung. Ich werde es verstehen.«

»Was verschweigst du mir? Was ist mit uns passiert? Warum bin ich nach Spokane gezogen?«, fragte er. Dann schüttelte er den Kopf. »Nein, weißt du was? Es spielt keine Rolle. Das liegt hinter uns. Wir haben vor zwei Wochen neu angefangen. Unsere Erneuerung des Ehegelübdes war genau das. Ein neuer Anfang. Ich werde dich nicht verlassen, *Stellina*. Und ich werde auch nicht zulassen, dass du mich verlässt.«

Sie schenkte ihm ein tränenreiches Lächeln. »Ich werde das in Ordnung bringen. Darauf gebe ich dir mein Wort.«

»Bei uns ist bereits alles in Ordnung«, erwiderte er nachdrücklich. Beklemmung machte sich in ihm breit. Irgendetwas war falsch. Sehr, sehr falsch. Obwohl er gerade gesagt hatte, dass es keine Rolle spielte, warum er seine Frau verlassen hatte, wusste er tief in seinem Inneren, dass es *sehr wohl* eine Rolle spielte. Und er konnte das, was zwischen ihnen passiert war, nicht in Ordnung bringen, wenn er die Details nicht kannte.

Sie holte tief Luft, führte dann eine Hand zu ihrem Gesicht und wischte sich fast ungeduldig die Tränen von den Schläfen. Leicht lächelnd sagte sie: »Also ... es ist mitten in der Nacht und wir sind beide wach ... was sollen wir tun?«

Jack wollte nicht das Thema wechseln. So sehr er es auch genoss, mit seiner Frau zu schlafen, er hatte so viele Fragen. Warum sie auf einmal wieder so viele Pillen nahm. Er hatte die Flaschen gesehen, die Jason ihr gebracht hatte. Er *hasste* es, dass sie das Bedürfnis nach Medikamenten hatte, dass sie etwas tun wollte, irgendetwas, um ihre Angst zu lindern. Er konnte sich nicht vorstellen, dass sie so viele verschiedene Medikamente für einen Angstanfall brauchte, aber ... sicher kannte ihr Arzt ihre Krankengeschichte besser als er. Er würde ihr doch nicht etwas verschreiben, das ihr schaden würde, oder?

Die Hand, mit der sie ihr Gesicht abgewischt hatte, schlängelte sich an ihrem Körper hinunter und schaffte es, sich zwischen sie zu zwängen, um sich um seinen Schwanz zu schließen. Wie immer genügte eine einzige Berührung, und schon wurde sein Schwanz steif.

»Mach Liebe mit mir, Jack«, erklärte sie und leckte sich über die Lippen.

Er konnte ihr nicht widerstehen. Was immer seine Maisy wollte, sie würde es bekommen. »Wie willst du mich?«

»So wie jetzt. Du schaust mir in die Augen. Lange, langsam und tief.«

Verdammt, ihre Worte machten ihn so heiß. Jack bewegte seine Hüften zurück und fand sich zielsicher an ihrer Muschi wieder. Dann war er ganz in ihr drinnen. Er erinnerte sich nicht einmal daran, sich bewegt zu haben. Aber sein Schwanz wusste offensichtlich, was er wollte, und das war, in ihrer warmen Muschi vergraben zu sein.

Sie war noch feucht von dem, was er vorhin in ihre Muschi geschossen hatte, und der Gedanke, dass sein Samen sie bis zum Rand ausfüllte, war so erotisch und verdammt erregend. »Gefällt dir das?«, fragte er, während er sie langsam von innen streichelte.

»Jaaaaaaaaaaa«, stöhnte sie.

Jack liebte seine Frau genau so, wie sie es sich gewünscht hatte. Lange, langsam und tief. Er sah ihr dabei in die Augen, und sie brach den Blickkontakt nicht ab, kein einziges Mal. Er fühlte sich ihr näher als je zuvor ... aber gleichzeitig fühlte es sich fast wie eine Art Abschied an.

Aber das war nicht der Fall. Sie gehörte *ihm*. Er würde sie nicht gehen lassen. Das war inakzeptabel. Diese Frau war der andere Teil seiner Seele. Daran hatte er nicht den geringsten Zweifel.

Er erinnerte sich vielleicht nicht an sein Leben vor Maisy, aber das brauchte er auch nicht. Sie war seine Vergangenheit, seine Gegenwart und seine Zukunft. Und er würde nicht zulassen, dass irgendjemand oder irgendetwas ihn davon abhielt, sie an seiner Seite zu haben. Er hatte sie schon einmal vergessen, aber das würde nicht wieder passieren. Er würde sie so fest an sich binden, dass keiner von ihnen sich mehr befreien konnte. Wenn das bedeutete, sie im Delirium der Lust zu halten, dann sollte es so sein. Es wäre keine Qual, ihr für den Rest ihres Lebens jeden Abend multiple Orgasmen zu verschaffen.

Apropos ... Jack griff zwischen sie und zwickte eine ihrer Brustwarzen und spürte, wie sein Schwanz sich entsprechend zusammenzog. Er liebte es, wie empfänglich sie war. Aber er wollte, dass sie zuerst zum Orgasmus kam. Er war selbst kurz davor und wollte nicht ohne sie zum Höhepunkt kommen.

Er bewegte seine Hand weiter nach unten und begann, ihre Lustknospe zu streicheln. Sie stöhnte und schüttelte den Kopf, aber Jack ließ nicht locker. Binnen einer Minute explodierte sie. Aber während all dem wandte sie den Blick nicht von ihm ab. Als er sich in ihrem Körper entlud, fühlte es sich durch ihren Blickkontakt noch intimer an.

Erst als er spürte, wie er in ihr weicher wurde, beugte er sich hinunter und vergrub sein Gesicht in ihrem Nacken. Er atmete ein, roch ihren Apfelduft und den subtilen – oder nicht so subtilen, wenn man bedenkt, wie oft sie in letzter Zeit miteinander geschlafen hatten – Duft von Sex. Er hatte sich in sein Gedächtnis eingebrannt. Egal wie hart der nächste Schlag auf seinen Kopf sein würde, Jack schwor sich, es nie zu vergessen. Genauso wenig wie sie.

Anstatt aufzustehen und einen Waschlappen zu holen, um sie zu säubern, zog Jack sich zurück, legte sie in ihrer üblichen Schlafposition an seine Seite und drückte sie an sich.

»Jack, ich muss mich sauber machen.«

»Nein, musst du nicht.«

»Aber ... ich laufe aus«, erklärte sie mit einem Lächeln an seiner Schulter.

»Das ist mir egal. Ich rühre mich nicht vom Fleck«, entgegnete er.

Sie kuschelte sich an seine Haut und legte den Arm um seinen Bauch. »Ich liebe dich, Jack. Auch wenn du sonst nichts glaubst, dann glaub bitte das.«

»Das tue ich, *Stellina*. Ich tue es.«

Sie schlief schnell ein, und Jack spürte, wie sein Herz vor Liebe anschwoll. Das Vertrauen, das sie ihm entgegenbrachte, machte ihn entschlossen, sie nicht zu enttäuschen, wie er es in der Vergangenheit offensichtlich getan hatte. Die Dinge waren jetzt anders. Er war ein anderer Mann als der, der aus welchem idiotischen Grund auch immer damals quer durch den Staat gezogen war. Es spielte keine Rolle, ob er sein Gedächtnis wiedererlangte und sich daran erinnerte, was zwischen ihnen geschehen war. Er würde sie immer lieben. Er konnte sich nichts vorstellen, was daran etwas ändern könnte.

Jack wachte mit einem Schreck auf. Maisy schlief immer noch wie ein Stein neben ihm. Sie rührte sich nicht, als er sich ruckartig an sie schmiegte. Als er den Kopf drehte, um auf die Uhr zu schauen, sah er, dass es zwei Stunden her war, dass er und Maisy miteinander geschlafen hatten. Die Sonne kam gerade über den Horizont außerhalb ihres Fensters.

Er schloss die Augen und holte tief Luft. Der Traum war so eindringlich gewesen. Er hatte in einem Krankenhausbett gelegen. Alles hatte wehgetan. Er hatte keine Ahnung, warum er dort war oder was passiert war, aber das Piepen der Maschinen neben seinem Bett war irritierend, und er hatte die Ärzte und Schwestern satt, die ihn mitleidig ansahen.

Die nächste Szene, die ihm in den Sinn kam ... er befand sich in einer Art kleinem, gemütlichem Schlafzimmer. Owl saß auf dem Boden und hielt sich die Hand über die Nase. Jacks Hand schmerzte, und er wusste instinktiv, dass er ihn gerade geschlagen hatte.

»Bist du jetzt wach, Stone?«, fragte Owl.

»Ich habe dir gesagt, du sollst mich nicht anfassen, wenn ich einen Albtraum habe oder schlafe«, knurrte Jack seinen Freund an.

»Du kannst mich mal. Ich werde nicht zulassen, dass du da liegst und vor Schmerzen schreist. Mir geht's gut. Willst du darüber reden?«

»Nein.«

»Gut. Ich musste fragen. Bist du sicher, dass du jetzt wach bist?«

»Ja, ich bin wach.«

»Gut. Ich werde mir ein paar Pfannkuchen machen. Geh duschen. Wir sehen uns in fünfzehn Minuten.«

Jack zuckte zusammen. Der Traum fühlte sich an, als würde er sein Gehirn überfordern. Er fühlte sich so unglaublich real an. Er öffnete die Augen wieder und sah, dass er immer noch mit Maisy in ihrem Zimmer war. Er war nicht im Krankenhaus und auch nicht in diesem gemütlich aussehenden Zimmer.

Schweißperlen standen ihm auf der Stirn, denn der Traum fühlte sich ganz und gar nicht wie ein Traum an. Nur hatte er keine Ahnung, wer der Mann namens Owl sein könnte oder warum er immer wieder von ihm träumte. Und wer war Stone? War *er* das wirklich? Es *schien* wirklich so, als nannte Owl ihn Stone. Aber der Name bedeutete nichts.

Er hatte keine Ahnung, ob es ein Spitzname war oder sein Nachname oder was.

Er war Jack Smith. Oder etwa nicht?

Ihm wurde flau im Magen. Was zum Teufel war hier los? Wenn das seine Erinnerung war, die zurückkam, wusste Jack nicht, ob er das noch wollte.

Es war ironisch, dass er in seinem Traum dasselbe gefragt worden war, was er Maisy gefragt hatte, nachdem sie aus ihrem Albtraum aufgewacht war. Nein, er wollte nicht über die Dämonen in seinem Kopf sprechen, die nur nachts herauszukommen schienen.

Dann fiel ihm etwas anderes ein. Offensichtlich hatte er den Mann namens Owl geschlagen, weil er versucht hatte, ihn im Schlaf zu berühren. Das *konnte* keine Erinnerung sein, denn er hatte kein Problem damit, dass Maisy jeden Abend an seiner Seite war. Es machte ihm offensichtlich nichts aus, wenn *sie* ihn berührte, er schlief sogar wie ein verdammtes Baby, wenn sie bei ihm war. Was auch immer er träumte, es musste etwas sein, das er in einem Film oder im Fernsehen gesehen hatte.

Maisy rührte sich neben ihm, und Jack wandte sich ihr zu, froh, sich auf etwas anderes konzentrieren zu können als auf das, was in seinem Kopf vorging.

»Wie spät ist es?«, murmelte sie.

Er liebte es, wenn sie so war. Verschlafen, zugänglich. Ohne sich vor ihm zu verstecken.

»Früh. Zu früh, um aufzustehen. Mach die Augen zu, Schatz, du kannst noch ein bisschen dösen.«

»Hm, okay, aber wir müssen runter zum Frühstück gehen. Jason erwartet uns.«

Jack biss die Zähne zusammen. Scheiß auf Jason und seine Forderungen, dass sie sich zum Frühstück einfinden sollten. Sie waren verdammt erwachsen, und wenn sie ausschlafen wollten, sollten sie das auch können. Aber er wusste aus Erfahrung, wenn er das zu Maisy sagte, würde sie sich aufregen, und das wäre kein guter Start in den Morgen.

Stattdessen sagte er einfach: »Ich weiß. Ich sorge dafür, dass du nicht verschläfst.«

Sie seufzte, und das Gefühl ihres warmen Atems an seiner Brust sorgte dafür, dass sein Schwanz zuckte, aber Jack ignorierte es. Seine Frau brauchte den Schlaf mehr als den Sex.

Er schlief nicht wieder ein, sondern starrte nur an die Decke, bis es Zeit für sie war aufzustehen, wenn sie rechtzeitig zum Frühstück erscheinen wollten, wie Jason es geplant hatte. Und genau wie er es sich schon gedacht hatte, verwandelte sich Maisy, sobald sie aufgestanden war, wieder in die introvertierte, unterwürfige Frau, die sie während der letzten Woche geworden war.

Er hasste das. Er wollte die fröhliche, lächelnde Frau, die er kennengelernt hatte, bevor sie diesen Ausflug mit ihrem Bruder gemacht hatte. Er hatte sich von Maisy überreden lassen, im Haus zu bleiben, aber Jack zweifelte jetzt an dieser Entscheidung. Er musste Maisy von ihrem Bruder trennen. Ihre Beziehung war nicht gesund, das war deutlicher denn je. Vielleicht war es das, worüber sie sich früher gestritten hatten, die Sache, die ihn dazu gebracht hatte, nach Spokane zu ziehen.

Nun, das würde er nicht noch einmal tun. Er würde alles tun, um seine Frau zu beschützen, selbst wenn es vor ihrem eigenen Fleisch und Blut war.

Entschlossen, dieses Mal das Richtige zu tun, wartete Jack darauf, dass Maisy sich fertig machte, damit er sie nach unten begleiten konnte, um den Tag zu beginnen.

KAPITEL ZEHN

Das Frühstück war eine Katastrophe. Maisy war sich mehr denn je Jacks wachsenden Misstrauens bewusst. Er mochte Jason nicht, und das aus gutem Grund. Ihr Bruder benahm sich von Tag zu Tag selbstgefälliger und überlegener, und als Jack etwas davon sagte, wie sehr er sich auf ihr Picknick im Park freute, hatte Jason leise geschnaubt.

Wenn Blicke töten könnten, wäre Jason ein toter Mann gewesen. In letzter Zeit machte keiner der beiden Männer einen Hehl aus seiner Verachtung für den anderen, und das führte zu einer sehr angespannten Wohnsituation.

Als Jason schließlich vom Tisch aufstand und ging – nachdem er Maisy einen nicht sehr versteckten warnenden Blick zugeworfen hatte –, drehte Jack sich zu ihr um und sagte: »Wir sind hier fertig.«

»Was? Aber du liebst doch Paiges Puffer und Bratensoße.«

»Ich bleibe nicht noch eine Woche hier. Ich weiß, er ist dein Bruder und du liebst ihn, aber ich kann das nicht.«

»Es tut mir leid, dass er in letzter Zeit so ... ruppig ist«, erwiderte Maisy verzweifelt und dachte bereits daran, wie ihr Bruder ihr unmissverständlich gesagt hatte, dass sie es bereuen würde, wenn sie vor Ablauf der drei Monate ginge.

»Ruppig? Maisy, er ist ein widerlicher Mistkerl. Es ist mir egal, was er zu mir sagt, ich habe schon Schlimmeres gehört, aber ich kann es nicht ertragen, dass er *dich* so schlecht behandelt. Ich kann nicht verstehen, warum du so lange hiergeblieben bist.«

Ehrlich gesagt, Maisy war sich auch nicht sicher. Nein, das stimmte nicht. Zuerst war es, weil sie minderjährig war. Dann war sie vollgepumpt mit Drogen, unfähig, für sich selbst zu sorgen. Außerdem hatte sie kein Geld, weil Jason es ihr weggenommen hatte. Keine Möglichkeit, anderweitig für sich zu sorgen. Sie hatte keine über den Highschool-Abschluss hinausgehende Ausbildung, hatte nie allein gelebt und hatte keine Ahnung, ob sie es in der »echten Welt« schaffen würde.

All das ... und sie hatte Angst vor ihrem Bruder.

»Sieh mich an, Stellina.«

Maisy drehte sich um und starrte den Mann an, der in so kurzer Zeit zum Mittelpunkt ihres Lebens geworden war.

»Ich werde nicht zulassen, dass er dir wehtut. Ich weiß, dass das schwer für dich ist. Als deine Eltern starben, war er dein Fels in der Brandung. Wenn er nicht eingesprungen wäre, wärst du in eine Pflegefamilie gekommen, wärst aus diesem Haus und allem, was du kanntest, herausgerissen worden. Du bist ihm sehr dankbar, und er hat viel Gutes für dich getan. Aber du bist nicht mehr fünfzehn. Und du hast *mich*, um auf dich aufzupassen. Vertrau mir, Schatz. Ich werde dich nicht enttäuschen. Ich erinnere mich vielleicht nicht mehr an den Mann, der ich einmal war, aber ich weiß bis in die Zehenspitzen, dass ich für dich sorgen kann. Dich beschützen kann.«

Maisy wusste das auch. Sie hatte keine Ahnung, wer

dieser Mann war, aber sie hatte keinen Zweifel daran, dass, wer auch immer seine Leute waren, sie die glücklichsten Menschen auf diesem Planeten waren. »Wie ... wohin werden wir gehen?«

»Ich weiß es nicht genau. Aber ich treffe mich heute Morgen mit einem Typen wegen des Jobs, den ich vor ein paar Tagen erwähnt habe, der auf einer Ranch. Es ist nicht ideal, aber es wird uns dringend benötigtes Geld einbringen, damit wir nicht mehr auf deinen Bruder angewiesen sind. Und ... er erwähnte etwas von einer kleinen Hütte auf dem Grundstück, die verfügbar ist.«

»Was weißt du über das Führen von Touren? Über Pferde?«

»Ehrlich gesagt? Nichts. Aber ich werde es lernen. Und der Gedanke, auf diesem schönen Anwesen zu sein und ein einfaches Leben zu führen ... das reizt mich mehr, als ich es für möglich gehalten hätte. Ich werde nicht zu meinem Job als Kopfgeldjäger zurückkehren, und zwar nicht, weil ich nicht mehr weiß, was es heißt, ein Kopfgeldjäger zu *sein*. Ich möchte nichts tun, was mich für längere Zeit von dir fernhält. Dieser Kerl hat mir versichert, dass die Touren hauptsächlich tagsüber stattfinden und nur gelegentlich über Nacht. Ich habe es schon einmal vermasselt und dich allein in dieses Haus zurückgeschickt. Das wird nicht noch einmal passieren.«

Maisys Augen tränten.

»Nicht weinen, Schatz, was willst *du* denn machen?«

»Ich?«, fragte sie und schniefte.

»Ja. Ich will nicht, dass du dich langweilst, während ich weg bin, um Sachen zu reparieren und mit den Gästen der Ranch zu plaudern.«

Maisy zuckte mit den Schultern. »Ich weiß nicht.«

»Doch, das weißt du. Was magst du denn?«

»Lesen. Tiere. Blumen. Kinder.«

Eine Emotion, die Maisy nicht lesen konnte, blitzte in Jacks Gesicht auf. »Richtig, vielleicht können wir Tiere für ein Tierheim aufnehmen, sie an das Leben in einem Haus gewöhnen, bevor wir ein neues Zuhause für sie finden. Oder du könntest lernen, wie man Blumen arrangiert, und für einen Floristen arbeiten. Oder wir können mit dem Besitzer der Ranch darüber reden, dass du bei den Kindern hilfst, die mit ihren Eltern kommen. Und wenn nichts davon dein Interesse weckt, kannst du auf unserer Veranda sitzen und Bücher lesen, umgeben von den Hunderten von Blumen, die du gepflanzt hast, mit unserem treuen Hund Randy an deiner Seite und unserem Baby an deiner Brust.«

»Jack«, flüsterte Maisy, völlig überwältigt.

»Die Wahrheit ist, dass es mir verdammt egal ist, was du tust, *Stellina*. Ich will einfach nur zu deinem schönen Lächeln nach Hause kommen und wissen, dass du glücklich bist.«

Das wollte sie auch. Mehr als er je wissen würde. Aber es war ein Traum. Wie der Versuch, den Nebel zu fangen. Er war direkt vor ihrem Gesicht, aber es war unmöglich, ihn zu fassen.

»Jetzt habe ich dich erschreckt. Komm schon, du wolltest doch mit Paige reden, bevor wir losgehen. Ich bringe dich in die Küche und gehe dann nach oben, um mich umzuziehen. Bist du sicher, dass du zum Mittagessen ein Picknick im Park machen willst? Wir können irgendwo hingehen.«

»Ich bin sicher.«

Während der letzten Woche hatte Maisy sich wirklich bemüht, sich so zu verhalten, wie sie es immer getan hatte, wenn sie auf Drogen war. Vollkommen benebelt, als bekäme sie nichts von dem mit, was um sie herum geschah. Aber sie hatte keine einzige Pille genommen. Sie brauchte einen möglichst klaren Kopf, wenn sie einen Ausweg aus dem Drecksloch finden wollte, zu dem ihr Leben geworden war. Und um Jack von ihrem Bruder wegzubringen. Es war schwer, die neutrale Maske aufrechtzuerhalten, wenn Jason auf sie losging. Wenn er sie daran erinnerte, was mit Jack passieren würde, sollte sie sich ihm widersetzen.

Jack stand auf und reichte ihr die Hand. Keiner von ihnen hatte viel zum Frühstück gegessen, aber Maisy hatte keinen Hunger. Sie wusste nicht genau, was innerhalb der nächsten Tage passieren würde, aber angesichts von Jacks Entschlossenheit, zu gehen, und Jasons gleichem Wunsch, dass sie blieben, damit er die Kontrolle über sie behalten konnte, musste etwas zerbrechen. Sie hoffte nur, dass es nicht sie war.

Jack öffnete die Tür zur Küche und Paige und die beiden anderen Küchenhelferinnen drehten sich um und sahen sie an. Zufrieden damit, dass Jason nicht in der Nähe war, nahm Jack Maisy in die Arme. Er starrte sie einen Moment lang an, bevor er sich zu ihr hinunterbeugte und sie auf die Stirn küsste. »Ich warte oben auf dich.«

Kaum war er weg, ging Maisy auf Paige zu. Sie hatte nicht viel Zeit, und sie musste der älteren Frau etwas Wichtiges sagen.

»Maisy, was ist los? War etwas mit dem Frühstück nicht in Ordnung?«, fragte sie mit gerunzelter Stirn.

»Nein, es war großartig, wie immer. Aber ich muss mit dir reden«, platzte sie heraus. »Allein.«

Der guten Paige entging nichts. Sie wandte sich an ihre Mitarbeiterinnen. »Würdet ihr uns bitte einen Moment allein lassen?«

Ohne zu zögern, nickten die beiden Frauen und gingen zur Tür. Als nur noch Paige und Maisy in der Küche waren, wandte sich die Köchin an sie. »Also, was ist hier los? Was wolltest du mir sagen?«

Maisy sah sich um, ohne genau zu wissen, wonach sie suchte. Kameras? Audiorekorder? Sie wüsste nicht, wie sie aussahen, wenn es sie gäbe. Aber sie konnte nicht riskieren, belauscht zu werden. Sie deutete mit dem Kopf in Richtung der großen begehbaren Speisekammer und ging in diese Richtung.

Paige folgte ihr mit einem verwirrten Gesichtsausdruck, aber sie protestierte nicht. Maisy schloss die Tür hinter ihnen, dann wandte sie sich an die Frau, die sie praktisch ihr ganzes Leben lang gekannt hatte, und holte tief Luft. »Ich möchte, dass du etwas für mich tust. Etwas Großes. Und vielleicht Gefährliches. Aber ich würde dich nicht darum bitten, wenn ich es nicht für wichtig hielte.«

Die Frau musterte sie einen Moment lang. Dann überraschte sie sie zutiefst.

»Als ich anfing, für deine Eltern zu arbeiten, war ich fünfundzwanzig. Es sollte ein Überbrückungsjob sein. Etwas, das ich tue, bis ich eine richtige Karriere gefunden habe. Jetzt bin ich einundsechzig, und ich bin immer noch hier. Ich habe deine Mutter und deinen Vater geliebt, und als du geboren wurdest, hatten sie das Gefühl, dass ihre Familie komplett war. Einige meiner schönsten Erinnerungen sind mit dir, Maisy. Ich habe Plätzchen gebacken und dich und deine Freundinnen dabei beobachtet, wie sie vor Freude über die Geburtstagskuchen, die ich für dich gebacken habe, gejubelt haben. Aber auch einige meiner schlimmsten Erinnerungen sind hier zu finden. Wie ich mit dir geweint habe, als ich von dem Autoraub gehört habe, wie ich mir Sorgen um dich gemacht habe, als du so deprimiert warst, dass du nicht aus dem Bett kamst ... und als ich mit ansehen musste, wie dein Bruder dich so furchtbar misshandelt.«

Maisy blieb vor Schreck der Mund offen stehen.

»Ich sehe das alles«, erklärte Paige grimmig. »Ich wäre schon vor Jahren gegangen, aber ich konnte dich nicht allein in diesem Haus lassen. Also bleibt alles, was du mir zu sagen hast, unter uns beiden. Du bist die Tochter, die ich nie hatte. Ich liebe dich, mein Kind, also was immer du zu sagen hast, sag es einfach.«

Der Wunsch, Paige von Jack zu erzählen, war schwer zu unterdrücken. Es war schon schlimm genug, dass sie tat, was sie vorhatte zu tun. Sie brachte Paige genauso in Gefahr wie sie und Jack, aber sie musste *etwas* tun. Es war nicht genug, aber es war das Einzige, was sie zu diesem Zeitpunkt zu tun vermochte.

»Ich habe ein Tagebuch. Eigentlich ist es kein Tagebuch, sondern ein Geständnis. Ich habe das alles in der letzten Woche geschrieben. Ich habe alles hineingeschrieben, an das ich mich erinnern konnte, alle Details, die hoffentlich helfen werden. Es liegt in meinem Zimmer. Da ist ein loses Brett direkt unter dem Fenster. Ich glaube nicht, dass Jason davon weiß. Falls ...« Sie schluckte schwer und zwang sich dann fortzufahren. »Falls Jack oder mir etwas zustößt ... musst du es holen. Und die anderen Sachen, die ich dort versteckt habe. Gib alles der Polizei.«

»Maisy«, flüsterte Paige in einem gequälten Tonfall.

»Nicht dass ich glaube, dass etwas passieren wird«, log Maisy schnell. »Aber sollte das doch der Fall sein ...«

Paige streckte die Hand aus und ergriff sie. »Ich verstehe das. Und mach dir keine Sorgen, ich kümmere mich darum. Aber du musst mir zuhören. Hörst du mir zu?«

Maisy blickte in das Gesicht der Frau, die immer für sie da gewesen war. Es war voller Falten und Runzeln, und sie sah aus, als hätte sie ein sehr schweres Leben hinter sich, aber sie war Tag für Tag da, ohne zu wanken. Sie machte Suppen, leckeres Brot, Desserts und füllte Maisys Bauch, selbst wenn ihr nicht nach Essen zumute war. Sie brachte sie in große Gefahr, indem sie ihr nicht alles erklärte, aber als sie in Paiges haselnussbraune Augen blickte, hatte Maisy das Gefühl, dass die Frau die dunklen und gefährlichen Geheimnisse dieses Hauses bereits kannte.

»Maisy? Sieh mich an. Kämpfe durch den Nebel dieser verdammten Drogen, die er dir gegeben hat, und konzentriere dich.«

Sie hatte ein schlechtes Gewissen, dass Paige dachte, sie sei wegen der Medikamente, die sie angeblich nahm, abgelenkt. Jason hatte sie wahrscheinlich gewarnt, dass sie depressiv war und wieder Medikamente nahm. Er hatte sozusagen die Weichen gestellt. »Ich höre zu«, erklärte sie ihrer alten Freundin.

»Ich weiß«, entgegnete Paige leise, aber bestimmt. »Ich kümmere mich um das Tagebuch für dich. Ich gebe dir mein Wort. Aber wenn sich die Gelegenheit ergibt, verschwinde. Weg von diesem Haus und den Geistern, die hier leben. Du verdienst es zu fliegen, und du warst hier immer an den Boden gefesselt. Nimm deinen Mann und verschwinde. Hast du mich verstanden? *Verschwinde.*«

»Das werde ich.«

»Gut«, erwiderte Paige mit einer solchen Zufriedenheit und Erleichterung, dass Maisy die Tränen wegblinzeln musste.

»Und kümmere dich um deinen Mann. Er ist ein guter Kerl«, fügte Paige mit einem Nicken hinzu. »Er wird sicher für dich sorgen.«

Maisy wollte so viel sagen, aber sie hatte keine Zeit, und sie wusste auch nicht, was sie sagen sollte. Paige wusste, dass Jack nicht ihr Mann gewesen war, bevor er vor ein paar Wochen aufgetaucht war. Sie war nicht dumm. Aber sie hatte kein Wort gesagt. Sie hatte geschwiegen, so wie es jeder in der Nähe ihres Bruders tat.

Ein kleiner Teil von ihr fühlte sich durch diese Erkenntnis, so schrecklich sie auch war, ein kleines bisschen besser. Dass sie nicht die Einzige war, die Angst vor Jason hatte. Es sprach sie zwar nicht von ihrem Fehlverhalten gegenüber Jack frei, aber zumindest fühlte sie sich nicht mehr so allein.

Paige griff nach ihr und umarmte Maisy fest. Da sie etwa gleich groß waren, konnte sie ihr dabei leicht ins Ohr flüstern. »Geh. Geh so weit weg von hier, wie du kannst.«

Maisy zog sich zurück und fragte: »Was ist mit dir?«

»Sobald du frei bist, werde ich es auch sein. Ich bin nur deinetwegen geblieben.«

Ihre Worte zwangen Maisy fast in die Knie. Das Wissen, dass diese Frau fast dreißig Jahre lang auf sie aufgepasst hatte, hatte eine tiefgehende Wirkung auf sie. Sie konnte bleiben, aber das würde bedeuten, dass Paige auch bleiben würde, und das war nicht fair. »Ich liebe dich«, sagte sie zu Paige.

Jetzt war es an der anderen Frau, die Tränen zu unterdrücken. »Ich liebe dich auch, mein Kind. Deine Geheimnisse sind bei mir sicher. Und jetzt geh nach oben und mach dich fertig für deinen Ausflug mit deinem Mann. Ich werde einen Korb für dein Picknick bereithalten, wenn du wieder herunterkommst.«

»Danke.«

Aber Paige schüttelte den Kopf. »Ich wusste, dass dieser Tag kommen würde. Ich habe dafür gebetet. Und du kannst dir gar nicht vorstellen, wie sehr ich mich freue, dass er fast da ist.«

Maisy war sich nicht sicher, was sie dazu sagen sollte.

Sie hatte keinen Plan. Keine Ahnung, wie sie aus diesem Haus entkommen sollte. Wohin sie auch ging, Jason würde ihr folgen, daran hatte sie keinen Zweifel. Er würde nicht zulassen, dass irgendetwas zwischen ihn und das Geld kam, das ihm schon fast gehörte. Er brauchte ihre Unterschrift, nachdem drei Monate der Ehe vergangen waren, um die Gelder freizugeben. Danach ... war sie so gut wie weg.

Sie drehte sich um und öffnete die Tür zur Speisekammer und war erleichtert, dass die Küche immer noch leer war. Sie warf Paige eine Kusshand zu und ging dann die Hintertreppe hinauf in ihr Zimmer. Zum Glück begegnete sie auf dem Weg dorthin nicht ihrem Bruder. Er hätte wahrscheinlich einen Blick auf ihr Gesicht geworfen und gewusst, dass etwas nicht stimmte.

Sie schlüpfte in ihr Zimmer und lächelte, als sie Jack im Bad summen hörte, während er sich die Zähne putzte. Sie schloss die Augen und behielt diesen Moment in Erinnerung. Es war so ... normal. In einem Leben, in dem *nichts* normal gewesen war, fühlte es sich erstaunlich an.

Das Wasser wurde angestellt und sie hörte, wie er ins Waschbecken spuckte. Einen Moment später stand er in der Tür des Badezimmers.

»Ich habe dich nicht reinkommen hören«, bemerkte Jack lächelnd, während er auf sie zuging.

Maisy öffnete die Tür und hatte plötzlich das Bedürfnis, ihn zu berühren. Um sich zu vergewissern, dass er wirklich da war. Dass er hier war. Sie warf sich an seine Brust, umarmte ihn fest und legte ihre Wange an seine Schulter.

»Geht es dir gut?«, fragte er, als er die Umarmung erwiderte.

Maisy sah zu ihm auf. »Jetzt schon«, entgegnete sie ehrlich.

Er betrachtete sie einen Moment lang, so wie sie es

auch mit ihm tat. Mit einer Hand griff sie in sein Haar und strich ihm über den Nacken. »Tut dein Kopf immer noch weh?«

Jack zuckte mit den Schultern.

Maisy runzelte die Stirn. »Hast du etwas genommen?«

»Ja.«

»Das ist nicht normal. Wir müssen mit dir zum Arzt gehen.«

»Mir geht's gut«, erwiderte Jack.

Maisy gefiel es nicht, dass er so lange nach seiner Kopf-verletzung immer noch Kopfschmerzen hatte. Der Kontakt-mann ihres Bruders hatte Jack schwer verletzt. Er hatte ihn so hart getroffen, dass er eine Gehirnerschütterung erlitten und sein Gedächtnis verloren hatte. Die Tatsache, dass sein Kopf jetzt, Wochen später, immer noch schmerzte, musste ein schlechtes Zeichen sein. »Vielleicht hat ein Arzt eine Erklärung dafür, warum du dein Gedächtnis noch nicht wiedererlangt hast. Oder er wird dir sagen können, ob es bleibend ist oder nicht.«

»Ich will nicht, dass jemand in meinem Kopf herump-fuscht«, stellte Jack entschlossen fest. »Mein Gedächtnis kommt zurück oder nicht. Es wird sich nichts ändern.«

Maisy konnte sich ein Zusammenzucken nicht verknei-fen. Wenn sein Gedächtnis zurückkehrte, würde sich *alles* ändern.

»Mir geht es gut«, erklärte Jack, der ihr Zucken falsch interpretierte. »Ehrlich. Ich werde dir sagen, wenn ich glaube, dass etwas nicht stimmt, und dann werde ich zum Arzt gehen, okay?«

Damit würde sie sich abfinden müssen. Sie nickte.

»Gut. Geh und mach dich fertig. Ist Paige immer noch bereit, uns ein Picknick mitzugeben?«

»Ja.«

»Wunderbar. Wir nehmen es mit, wenn wir gehen. Maisy?«

Sie sah zu ihm auf.

»Heute wird ein guter Tag werden. Ich kann es fühlen. Es ist der erste Tag vom Rest unseres Lebens.«

Sie schenkte ihm ein zaghaftes Lächeln. So einfach würde es nicht werden, das wusste sie so gut wie ihren Namen. Jason würde nicht zulassen, dass sie einfach aus dem Haus gingen und in den Sonnenuntergang liefen, um ihr neues Leben zu beginnen. Nein, er würde etwas tun, um das zu verhindern. Die Uhr tickte, und er konnte es sich nicht leisten, sie aus den Augen zu lassen.

»Hör auf, dir Sorgen zu machen, ich habe das im Griff«, bemerkte Jack, dann küsste er sie fest und schnell auf die Lippen, bevor er sie umdrehte und ihr einen spielerischen Schubs in Richtung Schrank gab. »Trödel nicht, ich will nicht zu spät zu meinem Vorstellungsgespräch kommen.«

Sie schenkte ihm ein schwaches Lächeln und betrat ihren Kleiderschrank. Sie trug bereits Jeans, suchte aber eine elegantere langärmelige Bluse heraus, die sie seit Jahren nicht mehr getragen hatte. Sie war leuchtend rot, und sie brauchte den Farbklecks, um ihre Stimmung aufzuhellen.

Jason würde nicht wissen, was sie heute vorhatten, sie gingen oft Lebensmittel einkaufen oder besorgten Jack neue Kleidung, und er wusste bereits von dem Picknick. Er sollte nicht misstrauisch sein, was ihren Ausflug anging. Aber wenn Jack diesen Job bekam, würde er bald erfahren, dass sie ausziehen wollten.

Maisy fröstelte, tat jedoch ihr Bestes, um die Gedanken an ihren Bruder zu verdrängen. Sie wollte den heutigen Tag genießen ... denn sie wusste, dass auch die Uhr in ihrer Beziehung zu Jack tickte.

KAPITEL ELF

Jack war gut gelaunt. Die Ranch hatte ihm gefallen. Der Besitzer schien ziemlich entspannt und cool zu sein, und die anderen Angestellten, die er kennengelernt hatte, waren bodenständig und schienen begierig darauf zu sein, jemanden zu haben, der auf dem Gelände aushalf.

Zu seinen Aufgaben gehörte so ziemlich jede Art von Arbeit, die auf der Ranch anfiel und erledigt werden musste. Zäune reparieren, Ställe ausmisten, Klempnerarbeiten in den Gästehäusern, allgemeine Wartungsarbeiten und, sobald er die Wege kannte, das Führen von Gästen auf Wanderungen rund um das Gelände. Die Ranch umfasste etwa vierhundert Hektar mit Wald und flachem Land, wo sich die Häuser und Hütten befanden, sowie eine Reitbahn, auf der die Pferde vom Personal trainiert und von den Gästen geritten werden konnten. Es war ein großer Betrieb, und Jack war beeindruckt.

Aber ... es fehlte etwas. Erst als er und Maisy in dem kleinen Park nicht weit von ihrem Haus angekommen waren, wurde ihm klar, was es war.

Berge. Es gab Hügel und Täler, aber die wahren Berge

lagen westlich der Stadt. Ein Schmerz durchfuhr Jack, und er hatte Heimweh. Aber nach was? Oder nach wo? Es war frustrierend, dass er nicht verstand, was sein Gehirn ihm zu sagen versuchte.

Ein Schmerz durchzuckte seinen Kopf, und er fuhr zusammen, froh, dass Maisy ihm den Rücken zugewandt hatte, als sie die Tischdecke ausbreitete, die Paige in ihren Korb gelegt hatte. Es fühlte sich an, als sei er kurz davor, sich an alles zu erinnern, aber aus irgendeinem Grund blieb die Tür zu seinen Erinnerungen hartnäckig geschlossen.

Die Nächte waren jetzt am schlimmsten. Er träumte so unzusammenhängende und erschreckende Dinge, aber er hatte keinen Bezug zu ihnen. Namen und Gesichter von Menschen tauchten in seinen Albträumen auf, Namen und Menschen, die er zu kennen glaubte, deren Verbindung zu ihm aber ein Rätsel blieb. Das Einzige, was ihn bei Verstand hielt, war Maisy. Sie in seinen Armen zu halten, hielt die schlimmsten Albträume irgendwie in Schach. Sie in seiner Nähe zu haben, ihren Apfelduft zu riechen, ihre nackte Haut an seiner eigenen zu spüren, hielt ihn davon ab, um sich zu schlagen.

Er lächelte, als sie von ihrer Position auf dem Boden zu ihm aufsah. Sie setzte sich auf ihre Fersen und schob eine Haarsträhne hinter ihr Ohr. »Paige hat Erdnussbutterkekse gebacken«, sagte sie fröhlich.

Jack ließ sich neben ihr auf den Boden sinken und griff nach einer Dose mit gegrilltem Hähnchen. »Wie wäre es, wenn wir mit etwas Nahrhafterem anfangen?«

»Erdnussbutter ist Eiweiß. Und in den Keksen sind Eier, Milchprodukte und Kohlenhydrate«, stichelte Maisy.

Jack lachte und zog ihr die Tüte mit den Keksen aus der Hand, legte sie auf seine andere Seite und hielt ihr die Dose mit dem aufgeschnittenen Hähnchen hin.

Sie schmollte. »Du bist gemein.«

»Nein. Ich sorge mich um deine Gesundheit und dein Wohlbefinden. Wie wäre es damit ... du isst zuerst das gesunde Zeug, und dann bekommst du eine Belohnung.«

Ihre Augen funkelten und sie stichelte: »Ich denke, was ich als Belohnung will, hat nicht den Geschmack von Erdnussbutter und ist nicht in dieser kleinen Tüte.«

Und einfach so zuckte Jacks Schwanz in seiner Jeans. An dem Abend der Erneuerung ihres Ehegelübdes war seine Frau ... zurückhaltend gewesen. Nicht unwillig, aber unsicher, was Sex mit ihm anging. Die Größe seines Schwanzes, sein Verlangen nach ihr, all das. Er war zu lange von ihr getrennt gewesen, und das war mehr als offensichtlich. Aber jetzt? Ihr Sexualtrieb entsprach dem seinen, und er musste sich beherrschen, sie nicht auf den Rücken zu werfen und sie auf der Stelle zu nehmen. Aber sie befanden sich in einem öffentlichen Park, und um sie herum waren lauter Menschen. Er würde nie etwas tun, was sie in Verlegenheit oder in Gefahr bringen könnte. Und Sex in einem öffentlichen Park würde beides bedeuten.

»Das verschiebe ich auf ein andermal, *Stellina*. Für den Moment müssen Kekse reichen.«

»Verdammt«, meinte sie mit einem kleinen Lächeln.

Während sie aßen, blieb Jack locker. Er sprach über die Menschen um sie herum, das herrliche Wetter, wie schön sie in ihrer roten Bluse aussah ... irgendetwas, das sie nicht stressen würde. Aber schließlich musste er über ihre nächsten Schritte sprechen.

»Ich werde den Job annehmen, wenn er mir angeboten wird«, erklärte er ihr feierlich, nachdem sie ihr Mittagessen beendet und die Kekse, die Paige in den Korb gelegt hatte, genossen hatten.

Sie seufzte und nickte. Aber sie sah ihn nicht an,

sondern konzentrierte sich auf eine Familie, die nicht weit von ihnen entfernt auf dem Rasen mit einem Fußball spielte.

»Willst du wirklich nicht gehen?«, fragte er. Er musste es wissen. Sie musste sehen, wie furchtbar ihr Bruder zu ihr war. Wäre es jemand anderes gewesen, hätte sie ihn zweifellos angefleht, die Angelegenheit zu beenden. Er verstand nicht, warum sie bleiben wollte.

»Nein, ich will gehen. Aber so einfach ist das nicht.«

»Ist es doch«, beharrte Jack. »Du bist achtundzwanzig, Maisy. Eine Erwachsene. Er kann dich nicht ewig kontrollieren.«

»Als ich acht war ... war ich krank. *Richtig* krank. Jason schlief jede Nacht bei mir auf dem Boden, obwohl meine Eltern es ihm verboten hatten. Sie hatten Angst, dass er auch krank werden könnte, aber das war ihm egal. Er schlich sich jeden Abend herein, nachdem sie schlafen gegangen waren.«

»Maisy«, sagte Jack, aber sie hörte nicht auf.

»Als ich zwölf war, gab es einen Jungen in der Schule, der auf mir herumgehackt hat. Er verbreitete böse Gerüchte, ich sei adoptiert und meine richtigen Eltern seien Serienmörder. Es war lächerlich, aber wenn man zwölf ist, kommt einem alles wie das Ende der Welt vor. Jason ging zum Haus dieses Jungen und redete mit ihm. Ich habe nie herausgefunden, was er gesagt hat, aber die Gerüchte hörten auf. Unverzüglich.«

Sie seufzte, legte sich zurück auf die Decke und starrte in den Himmel. Jack ließ sich neben sie sinken und ergriff ihre Hand. So lagen sie auf dem Rücken und starrten zu den Wolken hinauf, die träge über sie hinwegzogen, während sie weitersprach.

»Als Mom und Dad getötet wurden, war ich so verloren.

Ich hatte furchtbare Angst, in eine Pflegefamilie zu kommen. Jason hatte gerade sein Studium abgeschlossen, aber er zog nach Hause und erledigte den nötigen Papierkram, um mein gesetzlicher Vormund zu werden. Als ich sterben wollte, brachte er mich zu einem Arzt und besorgte mir die Medikamente, die ich brauchte, um Tag für Tag weiterzumachen.«

»Die Medikamente, die dich zu einem Zombie gemacht haben.« Jack konnte nicht anders, als die Stirn zu runzeln.

Sie zuckte mit den Schultern. »Ja. Aber Tatsache ist, dass er jahrelang mein Fels in der Brandung war. Der einzige Mensch, den ich sah. Er hat mich am Laufen gehalten, auch wenn ich nicht mehr leben wollte. Sein Leben war nicht einfach, Jack. Er hat alles aufgegeben, um nach Hause zu kommen und sich um mich zu kümmern.«

»Ich verstehe das, Maisy, das tue ich. Aber du bist nicht mehr acht. Oder zwölf oder fünfzehn. Und du hast jetzt mich. Ich verstehe nicht, welchen Einfluss er auf dich hat, und das macht mir eine Heidenangst. War das der Grund für unsere Trennung?«

Maisy seufzte, antwortete aber einen Moment lang nicht. Dann drehte sie den Kopf und sah ihm in die Augen. »Ich möchte gehen, aber ich habe Angst.«

»Wovor?«, fragte Jack.

Sie runzelte die Stirn. »Er ist anders. Er ist nicht mehr der große Bruder, an den ich mich erinnere. Er mag dich nicht, und ich habe Angst, dass er etwas tun wird, um ... dafür zu sorgen, dass wir nicht zusammenbleiben können.«

»Es gibt nichts, was er sagen oder tun könnte, was das bewirken würde«, schwor Jack.

Anstatt sie zu beruhigen, schienen seine Worte Maisy noch trauriger zu machen. Sie wandte den Blick wieder zum Himmel. »Du bist das Beste, was mir je passiert ist, Jack. Das meine ich ernst«, erklärte sie leise. »Egal was passiert, das ist die reine Wahrheit. Nimm den Job an, du wirst großartig darin sein. Es würde mich nicht wundern, wenn du in ein paar Jahren Miteigentümer der Ranch wärst.«

»Ich werde es nicht tun, wenn du es wirklich nicht willst. Wir können einen anderen Weg finden, um über die Runden zu kommen«, erklärte Jack, und ihr Glaube an ihn wärmte ihn von innen heraus.

Sie schüttelte den Kopf und drehte sich wieder zu ihm um. »Nein. Ich will nicht bleiben. Ich will weg. Mit dir. Ein neues Leben beginnen. Es wird nicht leicht sein, aber ich werde alles tun, was ich kann, um zu helfen. Ich werde mir einen Job suchen, ich habe keine Ahnung was, aber ich will etwas beitragen.«

»Ich brauche nichts weiter als deine Unterstützung«, entgegnete Jack ehrlich.

»Die hast du.«

»Gut. Der Besitzer will sich in einigen Tagen nach ein paar weiteren Vorstellungsgesprächen melden. Wenn er mir den Job anbietet, werde ich ihn annehmen, und dann überlegen wir uns, wie es weitergeht. Ich werde Jason sagen, dass wir ausziehen, und ich will nicht, dass du in der Nähe bist, wenn ich mit ihm spreche. Wenn er protestiert, werde ich ihn zurechtweisen. Ich werde ihm keine weitere Gelegenheit geben, dich zu missbrauchen. *Niemand* tut dir weh, Maisy. Ich werde dich beschützen. Und für dich sorgen. Als dein Ehemann nehme ich mein Gelübde ernst.«

Sie schluckte schwer. »Und ich nehme das meine ernst.«

Jack führte ihre verschränkten Hände zu seinem Mund und küsste ihre Fingerknöchel, machte aber keine Anstalten aufzustehen. »Es ist so ein schöner Tag«, seufzte er.

Sie lachte. »Ja, das ist es.«

Jack war in diesem Moment so zufrieden wie seit einer gefühlten Ewigkeit nicht mehr. Er hatte seine Frau an seiner Seite, eine Zukunft mit ihr, auf die er sich freuen konnte, und das Wissen in seinem Herzen, dass er genau da war, wo er hingehörte.

Ein Geräusch in der Ferne erregte seine Aufmerksamkeit. Als er den Kopf drehte, konnte Jack nichts am Himmel sehen, aber das Geräusch kam ihm unglaublich bekannt vor.

Er setzte sich auf und starrte in die Richtung, aus der das Geräusch kam.

Zehn Sekunden später kam ein Hubschrauber in Sicht. Er flog schnell und schien ein bestimmtes Ziel anzusteuern. Jack erinnerte sich daran, dass Maisy ihm von einem Krankenhaus erzählt hatte, das nicht allzu weit vom Park entfernt war.

Das Geräusch der Rotorblätter setzte sich in seiner Seele fest – und er musste die Augen schließen, weil der Schmerz in seinem Kopf so stark war.

Bilder schossen ihm durch den Kopf ... von einer soliden Hütte zwischen den Bäumen ... wie er mit einer Gruppe von Männern an einem großen Tisch saß und lachte ... wie er an einer Konsole mit Schaltern und Lichtern saß und aus der Windschutzscheibe auf den Boden weit unter ihm starrte ... wie Männer in Uniform und mit Waffen in den Hubschrauber, den er flog, ein- und ausstiegen ... sein Freund und Co-Pilot, Owl, der neben ihm saß und verzweifelt versuchte, den Hubschrauber vor dem Absturz zu bewahren ... Schmerzen, Blut, ein Krankenhaus ... Owl, der mit einer blonden Frau lachte ... wie er ebendiese Frau davor warnte, Stone anzufassen, wenn er einen Albtraum hatte ... Freude darüber, den Hubschrauber zu steuern, den sie für *Die Zuflucht* gekauft hatten ... wie er in einem Kofferraum aufgewacht war, Panik ...

Er keuchte auf, als die Erinnerung schnell und heftig zurückkehrte. Sie kam nicht allmählich zurück und ließ ihn sich an die Anblicke und Geräusche gewöhnen, die sein Unterbewusstsein ihm vorenthalten hatte. Nein, es spielte sich ab wie ein Horrorfilm in voller Lautstärke.

»Jack?«

Er hörte Maisy wie aus weiter Ferne seinen Namen rufen. Seinen Vornamen, nicht den, den er seit Jahren benutzte – Stone.

Er war Stone. Nicht Jack Smith. Nein, sein Nachname lautete Wickett. Er hatte keine Geschwister, seine Eltern waren im Ruhestand und lebten in New York. Er war Besitzer der *Zuflucht*, einem tollen Zufluchtsort für Menschen, die an posttraumatischer Belastungsstörung litten. Mitbesitzer eigentlich, zusammen mit Brick, Tonka, Spike, Pipe, Tiny und seinem besten Freund Owl.

Verdammt, Owl! Ging es ihm gut? Was war mit Lara?

So viele Fragen schossen ihm durch den Kopf ... aber dann tauchte die wichtigste Frage auf.

Wer zum Teufel war die Frau an seiner Seite, die seine Hand hielt? Denn sie war ganz sicher nicht seine Frau. Zumindest war sie es vor ein paar Wochen nicht gewesen – bevor er entführt worden war.

Mit einem mulmigen Gefühl dachte Stone an die Zeremonie zur Erneuerung des Eheversprechens, an der er so gern teilgenommen hatte. Er hatte das Gefühl, dass es sich gar nicht um eine Erneuerung gehandelt hatte.

Er hatte tatsächlich die Lügnerin neben sich geheiratet.

»Jack? Was ist mit dir? Ist alles in Ordnung mit dir? Müssen wir in die Notaufnahme? Rede mit mir, du machst mir Angst.«

Stone schluckte schwer, betete, dass der Schmerz nachlassen würde, und drehte sich zu Maisy um.

Sie runzelte die Stirn und starrte ihn besorgt an, wobei sie seine Hand fest umklammerte. Hätte er sich nicht an alles erinnert, hätte er geglaubt, dass sie tatsächlich um sein Wohlergehen besorgt war.

Das Ausmaß an Verrat, das er empfand, hätte ihn in die Knie zwingen können, wenn er nicht schon gesessen hätte.

Er hatte keine Ahnung, was er ihr sagen sollte. Da er nicht wusste, was hinter ihrer Täuschung steckte, schlug er nicht um sich. Er brauchte Informationen. Wer war sie? Warum hatten sie und ihr Bruder ihn entführt? Arbeiteten sie mit Carter Grant zusammen, dem Serienmörder, der geschworen hatte, sich an Lara zu rächen? Wo waren sie und Owl? Verdammt, er musste Brick anrufen. Herausfinden, was zum Teufel hier los war.

»Bitte, sag etwas!«, flehte Maisy.

»Mir geht es gut«, brachte er heraus, aber selbst für ihn klang seine Stimme flach und hart.

»Bist du sicher?«

»Ja ... wir sollten zurückgehen.«

»Oh, ähm ... okay«, erklärte Maisy unsicher.

Er fühlte einen Anflug von Schuld, weil er ihr offensichtlich Angst machte, aber er verdrängte ihn. Er war verdammt noch mal *entführt* worden. Ihm war vorgegaukelt worden, er sei der Ehemann dieser Frau! Dass sein Nachname Smith sei. Er konnte nichts von dem, was sie sagte oder tat, glauben. Sie war offensichtlich eine äußerst geschickte Lügnerin.

Er ließ ihre Hand los und stand auf. Sie tat das Gleiche, und er begann, das Picknick einzupacken. Sie beugte sich vor, um ihm zu helfen, und er sagte in einem knappen Ton: »Ich kümmere mich schon darum.«

Maisy nickte, trat zurück und sah ihm zu.

In Stones Kopf drehte sich alles. Er musste sich Gedanken über seine nächsten Schritte machen. Er hatte freien Zugang zum Haus, also würde es nicht schwer sein zu gehen. Aber er brauchte Antworten, bevor er verschwand. Er musste wissen warum.

Sein Kopf tat weh. Sein Herz tat weh. Verdammt, es fühlte sich an, als würden alle Nervenenden in seinem Körper wehtun. Die Erinnerungen an seine Vergangenheit hörten nicht auf, durch sein Gehirn zu laufen wie ein schlechtes B-Movie. Seine Zeit als Kriegsgefangener, die Folter, die erschütternde Rettung, die Ruhe, die er in den Bergen New Mexicos empfand, sein Respekt vor seinen Freunden, die sich mit ihm dort niedergelassen hatten.

Aber zu diesen Erinnerungen gesellten sich neue an Maisy. Wie sie über ihm aussah, während sie auf seinem Schwanz ritt. Wie sie sich an seiner Seite anfühlte, wenn sie schlief. Wie verängstigt sie in der Nähe ihres Bruders aussah. Die mysteriösen blauen Flecke, von denen sie behauptete, sie kämen von ihrer Ungeschicklichkeit. Die Art, wie Jason mit ihr sprach, wenn er dachte, dass niemand zuhörte.

Stone war völlig verwirrt. Die Gefühle, die er für Maisy hatte, waren nicht in dem Moment verschwunden, in dem sein Gedächtnis zurückgekehrt war. Stattdessen fühlte er sich ihr gegenüber *noch* beschützerischer. Was verrückt war. Sie war offensichtlich an dem Plan beteiligt, der mit seiner Entführung verfolgt wurde. Sie hatte ihn von dem Moment an getäuscht, in dem er in ihrem Bett aufgewacht war. Aber er konnte nicht verstehen warum. Was das Ziel dieses ausgeklügelten Plans sein könnte.

Sie gingen schweigend zum Wagen, Stone setzte sich hinters Steuer und wartete kaum, dass sie die Tür schloss, bevor er aus der Parklücke fuhr. Auf dem Rückweg zum Haus war die Stimmung angespannt, aber Stone fiel nichts ein, was er hätte sagen können, ohne seine Gefühle und Gedanken zu verraten. Er brauchte etwas Freiraum. Um zu versuchen, sich über alles klar zu werden. Um seinen nächsten Schritt zu entscheiden.

Eines war sicher, er würde keinen weiteren Tag in diesem häuslichen Gefängnis verbringen. Er war zwar nicht in Ketten und wurde vielleicht nicht körperlich gefoltert, aber ihn anzulügen, ihm zu sagen, dass er jemand war, der er nicht war, war trotzdem eine Form der Folter. Geistiger Folter.

»Ich bringe den Korb zurück zu Paige«, erklärte Maisy leise, nachdem er geparkt hatte.

»Okay«, entgegnete Stone.

»Jack? Bist du sicher, dass es dir gut geht?«

»Ja, ich bin nur müde. Ich werde mich hinlegen, mal sehen, ob ich diese Kopfschmerzen loswerde. Gib mir etwas Zeit, okay?«

»Oh, ja, das kann ich machen. Meinst du, du willst zum Abendessen runterkommen?«

»Nein, ich bin nicht hungrig. Wir sehen uns heute Abend. Dann werden wir uns unterhalten«, sagte Stone zu ihr. Dann sah er sie zum ersten Mal seit dem Park wieder an. Ihre Wangen waren farblos und sie sah sehr besorgt aus. Und das sollte sie auch sein. Ihr Leben war dabei, auf den Kopf gestellt zu werden ... und sie hatte keine Ahnung, wie rücksichtslos er sein konnte.

Maisy nickte.

Stone wandte sich von ihr ab und ging auf die Treppe zu. Er musste ein paar Anrufe tätigen. Seine Freunde mussten sich große Sorgen um ihn machen. Und er brauchte Antworten. Wenn Owl und Lara noch in der

Gegend von Seattle waren, würde er sie finden und sie aus dem verdammten Loch befreien, in das Carter Grant sie gesteckt hatte.

»Jack?«

Er hatte nicht vor, sich umzudrehen. Er wollte die kleine, sanfte Art, wie sie seinen Namen sagte, ignorieren. Aber er konnte es nicht. Er blieb stehen, drehte sich um und sah Maisy an.

»Ich liebe dich mehr, als ich meinem Bruder schuldig bin. Wann immer du gehen willst, ich bin bereit.«

Ihre Worte verwirrten Stone zutiefst. Aber anstatt zu ihr zu stürmen, sie zu schütteln und Antworten auf die Hunderte von Fragen zu verlangen, die ihm im Kopf herumschwirrten, nickte er nur und ging weiter den Flur entlang, weg von ihr.

Jeder Schritt, den er tat, fühlte sich wie eine Qual an, und er wusste nicht warum. Sie hatte ihn belogen. Hatte ihn gegen seinen Willen geheiratet ... nein, das war nicht fair. Er war bereit gewesen, er war dabei nur davon ausgegangen, er sei ein anderer Mann, als er tatsächlich war. Aber er konnte nicht verdrängen, wie sie sich an ihn klammerte, als sei sie wirklich verliebt. Die Art und Weise, wie sie sich ihm gegenüber öffnete. Die Dinge, die sie mit ihm teilte und die so verdammt ernst klangen, wenn es um ihr Vertrauen ging.

Zähneknirschend nahm er zwei Stufen auf einmal und war erleichtert, dass er Jason nicht begegnete. Er wusste nicht, was er mit dem Mann anstellen oder ihm an den Kopf werfen würde, sollte er ihn in diesem Moment sehen. Bevor er etwas Unüberlegtes tat, was dazu führen könnte, dass er in den Schutzraum im Keller geworfen wurde, von dessen Existenz Maisy ihm erzählt hatte – er war noch nicht einmal unten gewesen, er hatte keine Ahnung, was er dort finden würde, aber er hatte den Verdacht, dass es ihm nicht gefallen würde –, musste Stone nachdenken. Er musste sich mit Brick in Verbindung setzen, um herauszufinden, was zum Teufel los war.

Danach würde er sich entscheiden, ob er wie ein Dieb in der Nacht verschwinden oder den Laden metaphorisch niederbrennen wollte, bevor er sich aus dem Staub machte.

So oder so, Stone war raus aus der Sache. Er hatte sich geschworen, dass er nie wieder ein Gefangener sein würde. Er würde nicht bleiben, nicht einmal für eine Frau, von der er befürchtete, dass sie ihm schon viel zu sehr unter die Haut gegangen war.

»Stone? Heilige Scheiße, bist du das wirklich? Wo bist du denn? Was ist passiert?«

Stone konnte sich ein Lächeln nicht verkneifen, als er Bricks verblüffte Worte hörte. »Ich hätte nicht gedacht, dass den unerschütterlichen Brick irgendetwas aus der Ruhe bringen könnte«, konnte er nicht umhin zu sagen.

»Halt deine verdammte Klappe und fang an zu reden«, befahl Brick.

Stone wurde nüchtern. »Ich werde dir alles erzählen, aber zuerst: Geht es Owl gut? Und Lara?«

»Denen geht's gut. Sie sind hier in der *Zuflucht*. Verdammt, ich kann nicht glauben, dass du das nicht weißt. Grant hatte Ricky Norman angeheuert, um dich und Owl zu töten und Lara zu seinem Inselversteck zu fliegen. Norman hat dich stattdessen verkauft. Und der Mann, der dich gekauft hat, sollte auch Owl mitnehmen, aber es stellte sich heraus, dass er nur dich mitgenommen hat. Also hat dieser Norman Owl und Lara zu Grant geflogen, der stinksauer auf ihn war. Sie gerieten in eine Schießerei, Owl klaute den

Hubschrauber, während die beiden Mistkerle sich gegenseitig umbrachten, aber nicht bevor er sich eine Kugel eingefangen hatte. Sobald sie in der Luft waren, wurde er prompt ohnmächtig. Lara flog sie zu einem Flughafen und jetzt sind sie verheiratet und Lara ist schwanger. Du bist dran. Was zum Teufel ist passiert? Wo bist du gewesen?«

»Du wirst mir nicht glauben, wenn ich es dir erzähle«, entgegnete Stone, während ihm alles durch den Kopf ging, was er gerade erfahren hatte. Er freute sich für Owl und Lara, aber es ärgerte ihn, dass sie eine so erschütternde Erfahrung hatten machen müssen.

Er verbrachte die nächsten fünf Minuten damit, ihnen alles zu erklären, was ihm widerfahren war.

»Mein Gott! Aber dir geht es gut? Du bist nicht verletzt?«, fragte Brick.

»Nein, mir geht's gut.«

»Gott sei Dank. Und du hast dein ganzes Gedächtnis wieder?«

»Ich denke schon, ja. Ich erinnere mich, dass ich eine Panikattacke hatte, als ich in dem Kofferraum war. Ich denke, mein Verstand musste sich abgeschaltet haben, um sich selbst zu schützen. Ich wurde wieder entführt, und vielleicht dachte ich, ich würde gefoltert werden oder so. Also habe ich ... einfach vergessen, wer ich war.«

»Und diese Leute, Jason und Maisy, die haben dich reingelegt? Haben behauptet, du seist Maisys Mann?«

»Ja.«

»Verdammt, Stone, das ist doch Wahnsinn! Warum?«

»Ich weiß es nicht.«

»Wissen die, wer du bist? Woher du kommst, wie du heißt oder so?«

»Ich bin mir nicht sicher. Ich habe natürlich meine Brieftasche nicht gesehen.«

»Hmmm.«

Stone wartete. Aber sein Freund sagte nichts weiter. »Das war's?«, fragte er ungeduldig. »Nur, hmmm?«

»Es macht keinen Sinn. Es muss doch einen Grund geben. Lara hat gesagt, dass der Typ, der dich weggeschleppt hat, gesagt hat, sein Boss wollte nur einen Mann, nicht zwei. Deshalb hat er Owl nicht mitgenommen.«

»Ich fahre heute Abend. Ich kaufe mir am Flughafen ein Ticket und bin morgen zu Hause.«

»Ich denke, wir sollten erst alle Möglichkeiten in Betracht ziehen«, konterte Brick.

Stone war fassungslos. »Du denkst, ich sollte nicht zurück in *Die Zuflucht* kommen?«

»Nein, du kommst *auf jeden Fall* wieder nach Hause. Aber wir müssen herausfinden, warum du entführt wurdest. Wurdest du gezielt ausgewählt oder wäre jeder Typ geeignet gewesen? Wenn du verschwindest, werden sie dich dann suchen? Wir brauchen mehr Antworten, und mir gefällt der Gedanke nicht, dass sie dich hierher verfolgen könnten, wenn du ein Ticket kaufst. Gib mir eine Stunde oder so, ich werde den anderen sagen, dass du in Sicherheit bist. Ich weiß, dass Ry dich nach Hause bringen kann, ohne eine Spur zu hinterlassen.«

»Wer?«

»Oh Mist, ich vergaß, dass du das nicht weißt. Du kennst doch Ryan, unser neuestes Zimmermädchen?«

»Ja?«

»Ihr richtiger Name ist Ryleigh. Sie ist ein Computergenie. Tex hat zugegeben, dass sie sogar *ihm* überlegen ist – was ihn ärgert. Sie hält sich bedeckt, warum sie hier ist oder wovor sie sich versteckt, und sie versteckt sich definitiv vor etwas oder jemandem, aber sie weigert sich, es zu verraten. Sie hat Tag und Nacht gearbeitet, um herauszufinden, was mit dir passiert ist. Sie wird verdammt erleichtert sein, dass es dir gut geht, aber auch sauer, dass sie nicht diejenige war, die dich gefunden hat«, erklärte Brick. »Tiny hat sie im Auge behalten. Um sicherzugehen, dass sie nicht wegläuft.«

»Stone war fassungslos. Heiliger Bimbam, ernsthaft?«

»Ja. Okay, halte dich bedeckt und lass dir nicht anmerken, dass du dich erinnerst, wer du bist. Ich rede mit den anderen und Ry und melde mich dann bei dir. Ist es okay, diese Nummer zurückzurufen?«

»Ja.«

»Du wirst das Telefon wahrscheinlich wegwerfen müssen, wenn du verschwindest. Wenn deine Entführer schlau sind, können sie das Telefon wahrscheinlich zurückverfolgen und herausfinden, dass du hier angerufen hast, aber das wird wohl eine Weile dauern, denke ich. Nicht jeder hat einen Tex oder Ry in der Hosentasche, der den illegalen Computer-Hacking-Kram für ihn erledigt.« Brick schnaubte. »Und, Stone?«

»Ja?«

»Ich bin verdammt froh, dass es dir gut geht. Wir waren alle kurz davor, den Verstand zu verlieren. Mir gefällt die Situation nicht, ganz und gar nicht, aber es ist eine große Erleichterung, dass es dir gut geht. Lara wird durchdrehen. Sie gibt sich die Schuld, dass sie den Kerl nicht davon abhalten konnte, dich zu entführen. Und Owl wird sich selbst davon überzeugen wollen, dass es dir gut geht. Ich denke, du wirst uns alle in der Leitung haben, wenn ich zurückrufe.«

Stone schloss die Augen. Es war ein tolles Gefühl, so gute Freunde im Hintergrund zu haben. Bis zu diesem Moment war ihm gar nicht bewusst gewesen, wie allein er sich gefühlt hatte. »Danke.«

»Danke mir nicht zu früh«, brummte Brick. »Bleib in der

Nähe deines Handys, ich rufe zurück, sobald ich mehr Informationen für dich habe.«

»Verstanden.« Stone beendete das Gespräch und setzte sich auf das Bett.

Kaum hatte er sich hingesetzt, konnte er Äpfel riechen.

Seufzend lehnte er sich vor, stützte die Ellbogen auf die Knie und starrte auf den Boden.

Er hätte gern geglaubt, dass Maisy nichts mit dieser verfahrenen Situation zu tun hatte. Aber was sollte er sonst denken? Sie hatte ihm immer wieder ins Gesicht gelogen. Vielleicht hatte sie seine Entführung nicht geplant, aber sie hatte die Farce fortgesetzt, als er aufgewacht war und festgestellt hatte, dass er sich an nichts erinnern konnte.

Stone versuchte, sich an den Moment zu erinnern, in dem er aufgewacht war, und runzelte die Stirn. Er erinnerte sich daran, dass Jason mit Maisy scharf geredet und ihr eine versteckte Drohung ausgesprochen hatte, als sie ihn angefleht hatte, »das« nicht zu tun. Hatte sie damit das gemeint, was Jason für Jack geplant hatte? Er konnte es nur vermuten.

Er erinnerte sich auch daran, wie sie über die Fragen gestolpert war, die er für ganz einfach gehalten hatte. Sie war von ihrem Bruder instruiert worden, daran hatte er keinen Zweifel. Aber warum? Zu welchem Zweck?

Stone rieb sich die Schläfen und seufzte erneut. Es bestand kein Zweifel daran, dass Jason Feldman ein Mistkerl und ein Tyrann war. Er misshandelte seine Schwester, seelisch und wahrscheinlich auch körperlich. Hatte sie das verdient? Stone glaubte das ehrlich gesagt nicht. Er hatte in den letzten Wochen fast jede Minute mit ihr verbracht. Und jetzt, da er einen Moment Zeit hatte, darüber nachzudenken, wusste er, wie viel Angst sie vor ihrem Bruder hatte. Sie hatte ihm das heute sogar offen gesagt, aber bei allem, was sonst noch passiert war, nämlich dass sein Gedächtnis zurückgekehrt war, hatte er es verdrängt.

Er wusste nicht, *warum* er entführt worden war, und wenn er spurlos verschwand, was würde dann aus Maisy werden? Es sollte ihm egal sein. Sie hatte sich an dem Betrug beteiligt, um ihn über ihre Scheinehe im Unklaren zu lassen. Aber er konnte sich des Gefühls nicht erwehren, dass ihr etwas Schlimmes zustoßen würde, wenn er sie mit ihrem Bruder allein ließ.

Dann schoss ihm ein weiterer Gedanke durch den Kopf – und er setzte sich aufrecht auf dem Bett auf.

Seit ihrer Farce einer Gelübdeerneuerung hatte er jeden Abend ungeschützten Sex mit Maisy gehabt. Manchmal sogar mehrmals pro Abend.

Es war gut möglich, dass sie gerade sein Kind in sich trug.

Und *auf keinen Fall* würde er seinen Sohn oder seine Tochter in diesem Haus von seinen Entführern großziehen lassen.

Nachdem er seine Entscheidung getroffen hatte, fühlte sich Stone, als sei ihm eine große Last von den Schultern genommen worden. Ihm war gar nicht bewusst gewesen, wie viel Angst er davor hatte, Maisy zurückzulassen. Es ergab keinen Sinn. Sie hatte ihn angelogen und vorgegeben, seine Frau zu sein ... aber er konnte nicht aufhören, sie sagen zu hören, sie habe Angst.

Nun, sie mochte Angst vor ihrem Bruder haben, aber wenn sie Brick und seine anderen Freunde kennenlernte, würde sie sich noch mehr fürchten. Sie konnten Furcht einflößende Mistkerle sein, wenn sie es wollten. Es würde ihr nicht gelingen, den Plan, den sie und ihr Bruder ausgeheckt hatten, geheim zu halten, wenn sie sie verhörten.

Jetzt musste er nur noch darauf warten, dass Brick ihn

zurückrief, damit sie Vorkehrungen treffen konnten, um ihn nach Hause zu bringen, ohne eine digitale Spur zu hinterlassen, und sich vergewissern, dass sie wussten, dass er nicht allein sein würde, dass Maisy mit ihm kommen würde, und dann auf den richtigen Zeitpunkt für seine Flucht warten.

Was auch immer der Grund dafür war, dass er hierhergebracht und belogen worden war, Stone war fertig mit ihrem Spiel. Sobald die Sonne aufging, würde er sich auf den Weg nach Hause machen. Zu seinem wahren Zuhause. Zu den Männern und Frauen, die ihn niemals anlügen würden.

KAPITEL ZWÖLF

»Wo warst du heute?«, brüllte Jason Maisy ins Gesicht.

Sie zuckte zurück und wollte sich von ihm entfernen, aber er packte ihren Arm und zog sie näher heran.

»Hast du mich gehört? Wo warst du?«

»Nur zu einem Picknick. Paige hat uns etwas zu essen eingepackt«, stammelte sie.

»Lügnerin! Du lügst doch! Ihr wart doch in der Bank, oder?«, fragte Jason.

»Was? Nein!«

Jason stieß sie mit aller Kraft von sich, und Maisy flog nach hinten, schlug mit der Hüfte auf die Schreibtischkante und fiel zu Boden. Sie landete auf ihrem linken Arm, und das tat weh. Sehr sogar. Aber es gefiel ihr nicht, auf dem Boden zu liegen, wenn ihr Bruder über ihr stand. Sie war dort unten in Reichweite seiner Füße viel zu verletzlich. Er hatte sie schon einmal getreten. Und es hatte sich nicht gut angefühlt.

Sie war zu Tode verängstigt. In Bezug auf ihren Bruder, ja ... aber mit Jack war heute etwas passiert. Im einen

Moment war er noch bei ihr, und im nächsten fühlte sie sich, als sei er eine Million Kilometer weit weg. Sie hatte keinen Zweifel, dass ihm der Kopf wehtat, das konnte sie an seiner steifen Haltung und seiner gerunzelten Stirn erkennen, aber es steckte mehr dahinter als einfache Kopfschmerzen.

Er distanzierte sich aus irgendeinem Grund von ihr. Sie hatte sich den Kopf zerbrochen, um herauszufinden warum. Hatte sie etwas gesagt, das ihn verärgerte? Hatte sie etwas getan? Sie glaubte es nicht, aber er verhielt sich definitiv anders.

Der offensichtlichste Grund dafür, dass er sie kein einziges Mal berührt hatte, nachdem sie nach Hause gekommen waren, war natürlich, dass er sich an etwas erinnert hatte. Aber er hätte doch sicher etwas gesagt, oder?

Maisy war sich nicht sicher. Sie wusste nicht, wie Amnesie funktionierte. Sie hasste ihren Bruder in diesem Moment noch mehr, weil er keinen Arzt für Jack geholt hatte. Was, wenn er durch das, was der Entführer, den Jason angeheuert hatte, mit ihm gemacht hatte, dauerhaft beeinträchtigt war?

»Für ein verdammtes Picknick warst du viel zu lange weg!«, knurrte Jason, als er auf sie zustürmte.

Maisy wich im Krebsgang vor ihm zurück, aber sie war nicht schnell genug. Ihr Bruder griff nach ihr, packte sie an den Haaren und zog sie hoch, während Maisy verzweifelt versuchte, den Zug von ihrem Kopf zu nehmen.

»Sag mir, wo du warst. Was du getan hast. Sofort!«, befahl Jason.

»Ich schwöre, wir haben nichts getan! Jack wollte mal was anderes sehen, also sind wir in den Park gegangen und haben etwas Zeit dort verbracht. Dann haben wir das Mittagessen gegessen, das Paige für uns eingepackt hat, und sind nach Hause gekommen. Bitte, Jason, lass mich los, du tust mir weh!«

Ihr Bruder sah sie mit einem kalten Blick an. Maisy fröstelte, als sie ihn sah.

»Ich will, dass du bettelst.«

»Was?«, fragte Maisy und versuchte, sich aus seinem Griff zu befreien, ohne Erfolg.

»Flehe mich an, dich gehen zu lassen.«

»Bitte, Jason.«

Als sie nichts weiter sagte, zog er an ihrem Haar. »Mehr.«

Wenn sie in diesem Moment zur Polizei hätte gehen können, hätte Maisy es getan. *Das* war der Mann, der seine Frau umgebracht hatte, weil sie nicht mehr nützlich war. *Das* war das Monster, das ihre Eltern wahrscheinlich aus Habgier umgebracht hatte. Sie hasste ihn. Durch und durch.

»Bitte lass mich los. Ich schwöre, wir haben heute nichts anderes gemacht als ein Picknick. Ich würde dich nicht auf diese Weise verraten. Ich flehe dich an, Jason, lass mich los. Bitte, bitte, bitte ...« Es war demütigend, sich so zu erniedrigen, aber sie würde es tun, wenn sie dadurch von ihrem Bruder wegkam.

Zum ersten Mal wurde ihr klar, was Jack ihr geschenkt hatte, indem er sie nicht um etwas betteln ließ. Sie hatte es als seine Eigenart abgetan, aber sie war sich mehr denn je sicher, dass er irgendwann in seinem Leben auch einmal um etwas hatte betteln müssen, und er wusste, wie erniedrigend das war. Wie hoffnungslos man sich dabei fühlte. Denn in diesem Moment fühlte sie sich minderwertiger als ein Wurm. Jason spielte mit ihr, und das fühlte sich furchtbar an.

Er grinste, dann stieß er sie so heftig von sich weg, dass

sie stolperte und erneut zu Boden fiel. Als sie sich abrollte, schlug sie mit dem Gesicht gegen das Bein des Stuhls gegenüber dem Schreibtisch. Schmerz blühte in ihrer Wange auf, aber sie zögerte nicht aufzuspringen.

»Vermassele das nicht«, warnte Jason. »Wir haben weniger als drei Monate, bis wir das Geld bekommen. Du musst nur die Beine spreizen und seinen Schwanz bei Laune halten, dann haben wir's geschafft.« Er verengte die Augen zu Schlitzen. »Ich weiß, dass du in ihn verliebt bist, das ist offensichtlich ... und erbärmlich. Aber glaube nicht, dass ihr beide bis ans Ende eurer Tage glücklich leben könnt. Das wird nicht passieren. Wir können nicht riskieren, dass er sich daran erinnert. Es zählt nur, dass die Heiratsurkunde ausgefüllt wurde, und der Countdown, bis wir bekommen, was wir verdienen, hat begonnen. Verstehst du?«

»Ja.«

»Ich meine es ernst. Er mag jetzt in dich vernarrt sein, aber nur, weil er regelmäßig deine Muschi bekommt. Er würde sich niemals in dich verlieben, wenn er nicht wüsste, dass ihr beide schon verheiratet seid. Du bist zu hässlich und dumm, um einen *echten* Mann zu erobern. Deshalb musste ich losziehen und einen für dich finden. Das war nur zu deinem Besten, Maise. Sei dankbar, dass ich dir statt eines Dildos einen echten Schwanz mitgebracht habe.«

Dann lachte er, ein böses Geräusch, bei dem sich Maisy die Nackenhaare sträubten. Jede Zuneigung, die sie einmal für ihren Bruder empfunden hatte, war längst verflogen.

»Damit du es nicht versaust, habe ich mit deinem Arzt gesprochen und er hat dir etwas Neues verschrieben.« Jason ging zu seinem Schreibtisch und nahm ein Tablettenfläschchen in die Hand, das sie noch nie gesehen hatte. »Und weil ich glaube, dass du deine Medizin nicht jeden Morgen so nimmst, wie du es sollst, muss ich das wohl *auch* für dich übernehmen. Hier.« Er schüttelte eine Pille aus und hielt sie ihr hin.

Maisy starrte sie ängstlich an. Sie hatte keine Ahnung, was es war, und keine Lust, sie zu nehmen. Aber sie wusste es besser, als zu protestieren. Sich ihm zu widersetzen. Sie streckte ihre Hand aus, aber Jason schüttelte den Kopf. »Das kannst du vergessen, Schwesterherz.«

Er bewegte sich so schnell, dass sie ihm nicht ausweichen konnte. Er packte sie an den Haaren am Hinterkopf und riss ihn so weit zurück, dass sie aus dem Gleichgewicht geriet. Dann schob Jason ihr die Pille in den Mund und legte seine Hand auf ihre Lippen und ihre Nase, um ihr die Luft abzudrücken.

»Schluck sie«, befahl er.

Maisys Augen wurden groß, als sie ihren Bruder anstarrte. Sie versuchte, seine Hand von ihrem Gesicht zu reißen, aber er war viel stärker. Sie wollte so tun, als würde sie die Pille schlucken. Sie wollte sie in ihrem Mund verstecken, bis sie sie ausspucken konnte. Aber sie hatte nicht damit gerechnet, dass Jason ihr den Sauerstoff entziehen würde, was er noch nie getan hatte.

Sie wollte das verdammte Ding nicht schlucken, aber in ihrem verzweifelten Ringen um Luft rutschte die Pille versehentlich ihre Kehle hinunter, als sie um sich schlug und zappelte.

»Ist sie weg?«, fragte Jason.

Maisy versuchte zu nicken, konnte aber den Kopf nicht bewegen.

Ihr Bruder nahm seine Hand weg und Maisy atmete tief ein. Dann hielt Jason ihren Mund offen, während er sie wie ein Kind untersuchte ... oder wie einen Hund. Schließlich strich er ihr mit der Hand sanft über das Haar und murmelte: »Braves Mädchen«, als sei sie wirklich ein Tier. »Siehst du? Solange du tust, was ich will, wird dir nichts Schlimmes passieren. Warum legst du dich jetzt nicht hin? Die Pille wird schnell wirken, und glaub mir, du wirst nicht mehr herumlaufen wollen, wenn sie wirkt.« Er lachte, aber es lag nichts Lustiges in diesem Geräusch.

»Was war es?«, fragte Maisy.

»Nichts, worüber du dir Sorgen machen musst. Du hast es schon mal genommen ... nur Valium. Aber deine vorherige Dosis war nicht genug, also habe ich sie verdreifacht.«

Maisy starrte ihren Bruder schockiert an. »Verdreifacht? Bei der normalen Dosis war ich schon völlig weggetreten!«, sagte sie.

Jason zuckte nur mit den Schultern. »Nun, jetzt brauchst du dir *wirklich* keine Sorgen mehr zu machen. Das ist mein Job. Du hattest schon immer zu viele Ängste. Wie ich schon sagte, das ist nur zu deinem Besten, Maise. Du musst nur daran denken, deinen Mann glücklich zu machen. Und das geht am besten, wenn du deine Beine offen hältst. Wenn er eine Muschi bekommt, wird er an nichts anderes denken. Nur noch ein paar Wochen, Schwesterherz. Dann ist es vorbei.«

Maisy fragte nicht, was *vorbei* bedeutete ... sie wusste es.

Sie wollte auch nicht daran denken, was eine dreifache Dosis Valium mit ihr anstellen würde. Sie würde völlig weggetreten sein, so wie sie es schon viel zu viele Jahre ihres Lebens gewesen war.

»Geh nach oben«, befahl Jason in einem tiefen, gemeinen Ton. »Ich will nicht, dass du hier unten in Ohnmacht fällst und ich dein hässliches Gesicht sehen muss.«

Maisy drehte sich zur Tür um, und in ihrem Kopf drehte sich alles. Sie musste das in ihr Tagebuch eintragen. Sie musste der Polizei mitteilen, dass ihr Bruder sie wieder einmal unter Drogen gesetzt hatte. Aber Jack sagte, er wolle etwas Zeit für sich allein. Sie konnte nicht nach oben gehen ... aber sie hatte Angst, was ihr Bruder tun würde, wenn sie es nicht tat.

Da sie keine andere Wahl hatte und die Bitterkeit in ihr aufstieg, wie wenig Kontrolle sie über ihr Leben hatte, ging Maisy die Treppe hinauf. Mit dem Unterschied, dass sie sich dieses Mal der Manipulation durch ihren Bruder bewusst war. Früher hatte sie geglaubt, er wolle ihr wirklich helfen. Sie war dankbar gewesen, dass er da war. Und jetzt? Sie wollte überall sein, nur nicht hier. Aber Jason würde sie und Jack nicht gehen lassen. Wahrscheinlich würde er auch noch anfangen, Jack unter Drogen zu setzen, was nicht akzeptabel war. Vielleicht könnte sie einen Streit mit Jack anzetteln und ihn dazu bringen, sie so sehr zu hassen, dass er abhaute.

Ihr Herz schien bei diesem Gedanken zu schrumpfen, aber es war besser, ihn von Jason fernzuhalten, als ihn zu verlieren, was sein Schicksal wäre, wenn er hierbliebe. Nach den Erfahrungen mit ihrer normalen Dosis hatte sie etwa fünfzehn Minuten Zeit, bevor die Droge ihre Wirkung entfaltete, und Maisy wusste, dass sie etwas Drastisches tun musste, bevor das geschah. Sobald sie das schwebende Gefühl verspürte, das Valium ihr immer gab, würde sie die Entschlossenheit verlieren, die derzeit durch ihre Adern floss.

Ohne an etwas anderes zu denken als daran, Jack davon zu überzeugen, aus diesem Horrorhaus zu verschwinden, öffnete Maisy die Tür zu ihrem Zimmer.

Jack stand am Fenster und drehte sich zu ihr um,

woraufhin ihre Entschlossenheit einen Dämpfer erhielt. Sie drehte sich mit dem Gesicht zur Tür. Er sah so ... *wütend* aus! Und so hatte Maisy ihn noch nie gesehen.

»Was machst du denn hier oben? Ich habe dir doch gesagt, dass ich allein sein will«, sagte Jack.

Maisy konnte sich ein Zusammenzucken nicht verkneifen. Sie hatte Jack als ihren sicheren Hafen angesehen. Wenn es mit ihrem Bruder zu heftig wurde, konnte sie sich auf ihren Mann verlassen, der sie tröstete. Dass er jetzt genauso barsch zu ihr sprach wie Jason, war ein Schlag in die Magengrube. Sie schloss die Augen, während sie noch einen langen Moment zur Tür blickte, und versuchte, ihren Mut zusammenzunehmen, um seine Wut zu schüren. Ihn zu provozieren. Um ihn so wütend und frustriert auf sie zu machen, dass er sie verließ.

Sie wandte sich von der Tür ab und sah ihn an, öffnete den Mund, um etwas völlig Lächerliches und Unverschämtes zu sagen – aber wo er vorher wütend aussah, ließ die absolute Wut in seinem Gesicht sie *jetzt* plötzlich innehalten.

»Was zum *Teufel*?«, stieß er hervor, während er auf sie zutrat.

Maisy zuckte zusammen und starrte ihn an, als er sich ihr näherte. Als er seine Hand hob, konnte sie nicht anders, sie zuckte zurück und duckte sich leicht. Das schien ihn noch wütender zu machen. Nun, ihr Ziel war es gewesen, ihn so wütend zu machen, dass er ging; zumindest den ersten Teil hatte sie geschafft. Sie wusste nur nicht, *wie* sie es geschafft hatte. War es ihre bloße Existenz, die ihn zornig machte? Es hätte sie nicht überrascht; sie schien das in den Leuten auszulösen.

Verdammt ... sie spürte bereits die Wirkung der Pille, die ihr Bruder ihr buchstäblich in den Hals geschoben hatte.

Ihre Gedanken waren unzusammenhängend, und sie konnte nicht mehr die Entschlossenheit aufbringen, die sie noch vor wenigen Augenblicken verspürt hatte, als sie in ihr Zimmer gegangen war.

»Was ist mit deinem Gesicht passiert? Und ... sind das verdammte Fingerabdrücke auf deinem Arm?«, knurrte Jack. Er berührte sie nicht, seine Hand schwebte über ihrem Gesicht, als hätte er Angst, sie zu verletzen.

Lächelnd ergriff Maisy seine Hand und legte seine Handfläche an ihre Wange. Sie neigte ihren Kopf zu ihm und schloss die Augen.

»Maisy?«

»Hmmm?«, fragte sie, verloren in dem Gefühl seiner Handfläche auf ihrer überhitzten Wange. Es fühlte sich so gut an. Seine Hände waren weich, aber sie hatten auch Schwielen, was sich wunderbar anfühlte, wenn er damit über ihren Körper strich. Er war alles, was sie sich jemals von einem Mann gewünscht hatte, und er gehörte ihr.

»Was ist los? Du verhältst dich komisch.«

Tat sie das? Maisy öffnete die Augen und starrte Jack an. Seine braunen Augen waren so schön. Sie erinnerten sie an Milchschokolade. Ob es wohl noch welche im Haus gab? Sie war hungrig. Dann erinnerte sie sich daran, dass sie versucht hatte, ihren Mann wütend zu machen, aber ihr fiel nicht so recht ein warum.

Dann wurde es ihr klar. Jason wollte ihn umbringen. Daran hatte sie keinen Zweifel.

»Du solltest gehen«, platzte sie heraus.

»Was?«

»Gehen. Du musst gehen. Aber sag es niemandem. Geh einfach, Jack. Du musst gehen.«

Er musterte sie, und zu ihrer Erleichterung entfernte er seine Hand nicht von ihrem Gesicht.

»Warum? Warum sollte ich gehen?«

»Darum. Es ist schlimm hier. Schlimme Dinge könnten passieren.«

»Was zum Beispiel?«

Aber Maisy schüttelte den Kopf. »Kann ich nicht verraten. Du wirst mich hassen. Und ich liebe dich zu sehr, um dich absichtlich dazu zu bringen, mich zu hassen. Aber ich werde es in Ordnung bringen. Ich muss in mein Tagebuch schreiben.«

»Maisy, hast du etwas genommen?«, fragte Jack leise.

Sie mochte diesen sanften Jack viel lieber als den wütenden.

»Ich versuche, sanft zu sein«, erwiderte Jack. »Jetzt sag mir, was du genommen hast.«

Mist, hatte sie das mit dem sanften Jack etwa laut gesagt?

»Maisy, konzentriere dich. Sag mir, was du genommen hast.«

»Hab es nicht freiwillig genommen, aber ich konnte nicht atmen und musste schlucken. Er sagte, es sei Valium. Aber in dreifacher Dosis. Wusste gar nicht, dass es so was gibt. Ich schätze, er kann seine bösen Handlanger dazu bringen, alles zu machen, was er will.« Sie wusste nicht mehr, was sie sagte, und in ihrem Kopf tanzten Visionen von gelben Kreaturen wie aus diesem Zeichentrickfilm.

»Verdammt.«

»Ja. Er hat gesagt, ich soll mit dir schlafen, aber ... ich bin zu müde. Und mir ist schwindelig. Kann ich mich eine Minute ausruhen, bevor wir Sex haben? Oder vielleicht kannst du es einfach tun, während ich schlafe? Aber dann musst du gehen.« Maisy blinzelte, und es schien sie viel zu viel Kraft zu kosten, ihre Augen wieder zu öffnen. »Geh weg von hier, Jack. Ich wünschte, ich könnte dir sagen, woher du kommst, damit du dorthin gehen kannst. Aber ich weiß es nicht. Es tut mir leid. Es tut mir so leid.«

Sie schien zu erschlaffen, aber irgendwie fiel sie nicht auf den Boden. Es war fast so, als würde sie schweben. Nein, Jack hatte sie aufgefangen. Sie drehte den Kopf und vergrub ihn an der Haut seines Halses. »Du riechst so gut«, erklärte sie ihm und vertraute darauf, dass er sie nicht fallen lassen würde.

Sie spürte etwas Weiches unter sich und lächelte. Sie erkannte ihre Matratze. »Ich liebe mein Bett«, erklärte sie verträumt.

»Hat Jason das getan?«, fragte er und fuhr mit seinen Fingern ihren Arm hinauf.

Da er so nett gefragt hatte, nickte Maisy.

»Und das?«, fragte Jack, und sie spürte noch einmal seine Finger auf ihrer Wange.

»Irgendwie schon«, entgegnete sie achselzuckend. »Ich bin gefallen, als er mich geschubst hat.«

»Und er hat dich gezwungen, das Valium zu nehmen?«

Maisy hörte die Skepsis in seiner Stimme, und es tat weh. Mehr als die blauen Flecke an ihrem Körper. »Hast du jemals gedacht, du würdest sterben?« Sie wartete nicht auf seine Antwort, bevor sie weitersprach. »Seine Hand über meiner Nase und meinem Mund ... hat mir die Luftzufuhr abgeschnitten. Ich konnte nicht mehr atmen. Es war beängstigend. Er wird mich umbringen, weißt du. Nicht heute, denn die Zeit ist noch nicht um. Aber in ein paar Monaten sind wir so gut wie tot. Ich hätte es ihn einfach tun lassen sollen. Dann hättest du gehen können. Das wäre sicher gewesen. Und er hätte es nicht bekommen. Die Wohlfahrt hätte alles bekommen. Ich hätte schon vor langer Zeit sterben sollen ... dann wärst du jetzt nicht hier.«

»Pssst, *Stellina*, du bist jetzt in Sicherheit.«

Sie liebte es, wenn er sie seinen kleinen Stern nannte. »Bin ich nicht«, widersprach sie, dann schloss sie die Augen und fand nicht die Kraft, sie wieder zu öffnen. Vielleicht würde sie ein Nickerchen machen, dann würde sie aufstehen und tun, was auch immer sie zu tun hatte. Im Moment war ihr alles andere egal, sie wollte nur schlafen.

KAPITEL DREIZEHN

Stone starrte Maisy mit einem Stirnrunzeln an. Er war so wütend auf sie gewesen, als sie das Zimmer betreten hatte, aber jetzt konnte er nicht aufhören, sich Sorgen zu machen. Ihre Atemzüge waren flach und langsam, und er konnte nicht aufhören, auf ihren Brustkorb zu starren und sich zu vergewissern, dass er sich auf und ab bewegte, während sie schlief. Nein, sie schlief nicht, sie war fast bewusstlos.

Er hatte Abstand von ihr gebraucht, nachdem sein Gedächtnis zurückgekehrt war, aber als er sich diesen Abstand genommen hatte, hatte er sie mit ihrem Bruder allein gelassen. Und sie war zu ihm zurückgekehrt, misshandelt und unter Drogen gesetzt. Das war nicht akzeptabel.

Stones Gefühle gegenüber der Frau auf dem Bett waren verwirrend. Er hasste sie dafür, dass sie sich auf diesen verrückten Betrug eingelassen hatte, aber die Liebe, die er für sie empfand, war immer noch da. Sie brodelte unter der Oberfläche.

Sein Handy vibrierte und erschreckte Stone so sehr, dass er zur Tür sprang. Kopfschüttelnd ging er ran und stellte es auf Lautsprecher. Es war ja nicht so, dass er den Anruf oder das Gesagte vor Maisy verbergen musste. Nicht, wenn sie fast tot war.

Allein der Gedanke an das Wort *tot* ließ ihn innerlich in Panik geraten.

»Stone.«

»Verdammt, tut das gut, deine Stimme zu hören!«

Stone grinste. »Geht mir auch so, Owl. Geht es dir und Lara wirklich gut?«

»Uns geht es gut. Wir haben uns nur Sorgen um *dich* gemacht. Hattest du wirklich eine Amnesie?«

»Glaubt ihr wirklich, ich würde euch so lange in Sorge lassen, wenn das nicht der Fall gewesen wäre?«, fragte Stone in einem etwas schärferen Ton, als er beabsichtigt hatte.

»Nein, natürlich nicht. Ich bin nur so verdammt erleichtert, dass es dir gut geht.«

»Wie lautet der Plan?«

»Stone, Brick hier. Ich habe mit den anderen gesprochen und sie sind sich einig, dass es bei all den Fragen, was zum Teufel hier eigentlich los ist, am besten ist, wenn du im Geheimen fliehst. Ry arbeitet seit dem Moment, in dem sie gehört hat, wo du bist, und die Nummer des Telefons, das du benutzt, bekommen hat, und sie scheint zu glauben, dass die Mistkerle, die dich entführt haben, keine Ahnung haben, wer du eigentlich bist.«

»Woher will sie das wissen?«, fragte Stone verwirrt.

»Woher weiß sie *alles*, was sie weiß?«, fragte Pipe.

Stone grinste. »Hey, wie geht's Cora?«

»Es geht ihr gut. Wir denken darüber nach, einen siebenjährigen Jungen in Pflege zu nehmen.«

»Können wir bitte beim eigentlichen Thema bleiben?«, fragte Brick, aber Stone konnte den Stolz und die Freude über ihren Freund in seinem Tonfall hören.

»Tolle Neuigkeiten, Pipe. Du wirst ein großartiges Vorbild und Vater sein.«

»Wenn wir die Zusage bekommen«, entgegnete Pipe trocken. »Die Leute neigen dazu, einen Blick auf meine Tätowierungen zu werfen und es sich dann noch mal zu überlegen. Ganz zu schweigen von meinem komischen Akzent.«

»Wie dem auch sei«, bemerkte Stone. »Wenn Ry so gut ist, wie ihr behauptet, kann sie einfach reingehen und den Antrag genehmigen und die Sache durchziehen.«

»Hey, das ist eine tolle Idee«, erklärte Pipe.

»Nein, ist es nicht. Wir können sie doch nicht dazu ermutigen, noch mehr gegen das Gesetz zu verstoßen, als sie es ohnehin schon tut, um Stone nach Hause zu bringen«, grummelte Brick.

Stone hörte ein Lachen und merkte, dass all seine Freunde wahrscheinlich am anderen Ende der Leitung waren. »Tonka? Spike? Ist Tiny auch da?«, fragte er.

»Wir sind alle hier«, erklärte Tonka.

»Aber Tiny ist in seiner Hütte und wacht über Ry, als hätte er auch nur eine Ahnung davon, was sie an ihrem Computer macht«, bemerkte Spike lachend.

»Henley und Reese geht es gut? Verlaufen die Schwangerschaften gut? Verdammt, ich fühle mich, als sei ich Jahre statt Wochen weg gewesen«, erwiderte Stone mit einem Stirnrunzeln.

»Es geht uns allen gut. Wir können es nur kaum erwarten, dich zu sehen. Nun, zurück zu dem, worüber wir gesprochen haben. Ry hat sich in Jason Feldmans E-Mail-Konto und Telefon gehackt, und es sieht so aus, als hätte er ein paar seiner Freunde gebeten, Informationen über dich zu sammeln, und niemand war in der Lage, sie zu liefern – was sie wohl zu den dümmsten Idioten auf dem Planeten macht, wenn man bedenkt, dass es online jede Menge Informationen über dich gibt, wenn sie wissen, wo sie suchen müssen.

Es scheint auch, dass einer seiner fragwürdigeren Bekannten einen Freund eines Freundes angeheuert hat, um dich zum Haus zu fahren. Der Kerl hat deine Brieftasche gestohlen und ist jetzt auf und davon. Keiner kann ihn finden. Und der Typ, den er damit beauftragt hat, kennt nicht einmal den richtigen Namen des Mannes, den er gebeten hat, sich um die Entführung zu kümmern.

Und ein anderer Freund, so ein Mafia-Boss-Idiot – den man nicht in der Nähe von jemandem haben will, der einem wirklich etwas bedeutet –, klingt nach einem kranken Drecskerl. Aber egal, sie sind alle ein Haufen Amateure ... das sind Rys Worte, nicht meine. Obwohl ich zufälligerweise einer Meinung mit ihr bin.«

»Warum ich?« Stone stellte die Frage, die ihn am meisten beschäftigte.

»Wenn es ein Trost ist, ich glaube nicht, dass es wichtig war, wen sie entführt haben. Es hätte genauso gut ich sein können. Aber das Motiv ist so alt wie die Zeit. Geld«, erklärte Owl. »Ry arbeitet noch daran, alle Einzelheiten herauszufinden, aber sie ist überzeugt, dass es mit der Heiratsurkunde zusammenhängt, die mit deinem Namen eingereicht wurde.«

Die Erneuerung des Eheversprechens, die eigentlich eine Hochzeitszeremonie war. Aber das Wissen um die Hintergründe seiner Entführung warf noch mehr Fragen auf. Zum Beispiel ... was hätten sie getan, wenn er nicht sein Gedächtnis verloren hätte?

»Richtig, wie auch immer, Ry hat jemanden kontaktiert, den sie aus dem Dark Web kennt, und er wird dich um fünf Uhr am Flughafen mit einem neuen Ausweis treffen. Sie hat dich auf einen Flug um sechs Uhr morgens von Seattle gebucht. Und wenn sie sagt, dass niemand in der Lage sein wird, dich oder den falschen Namen, den sie erfunden hat, zurückzuverfolgen, dann glaube ich ihr.«

Stone blickte zu der Frau auf dem Bett. Maisy war in diesem Moment vollkommen hilflos. Er konnte buchstäblich alles mit ihr machen, was er wollte, und sie würde es nicht merken.

Der Handabdruck in ihrem Gesicht schien ihn zu verhöhnen. Sie hatte ihm wehgetan. Sie hatte ihn belogen und benutzt, und zwar wegen *Geld*. Und doch war es mehr als offensichtlich, dass sie Angst vor ihrem Bruder hatte. Es war deutlicher denn je, dass Stone sie nicht zurücklassen konnte. Wie lange war sie mit ihrem Bruder allein gewesen, eine Stunde? Und sie war mit blauen Flecken und völlig zugedröhnt an seine Seite zurückgekehrt.

Und Stone bekam ihre Worte nicht mehr aus dem Kopf, als sie ihn gefragt hatte, ob er jemals gedacht hätte, dass er sterben würde. Denn das *hatte* er. Die Erinnerungen an seine Kriegsgefangenschaft hatten sich in sein Gehirn eingebrannt. Er nahm an, dass dies der Grund für seine vorübergehende Amnesie gewesen war. So versuchte sein Gehirn, ihn davor zu schützen, die schrecklichen Erinnerungen an seine erste Entführung erneut zu durchleben.

Andere Dinge, die Maisy in ihrem benebelten Zustand gesagt hatte, hallten in seinem Kopf nach.

Es ist schlimm hier. Schlimme Dinge passieren.

Ich liebe dich zu sehr, um dich absichtlich dazu zu bringen, mich zu hassen. Aber ich werde es in Ordnung bringen.

Ich schätze, er kann seine bösen Handlanger dazu bringen, alles zu machen, was er will.

Verschwinde von hier, Jack. Ich wünschte, ich könnte dir sagen, woher du kommst, damit du dorthin zurückkehren kannst.

Aber ich weiß es nicht. Es tut mir so leid. Es tut mir so leid. Es tut mir so leid.

Er wird mich umbringen.

»Ich brauche zwei Tickets und zwei Ausweise«, platzte Stone heraus.

»Was? Warum?«, fragte Brick.

»Ich werde Maisy nicht hierlassen.«

Einen Moment lang herrschte völlige Stille. Dann sagte Owl: »Sie war eingeweiht, Stone. Sie wusste, dass du nicht ihr Ehemann bist, und trotzdem hat sie, deinen eigenen Worten nach, mitgemacht.«

»Ich weiß, aber sie wollte es nicht«, sagte Stone und merkte, dass er hundertprozentig glaubte, was er sagte. »Sie war eine schlechte Lügnerin, aber ich war so verwirrt und stand unter Schock, weil ich mich an nichts mehr erinnern konnte außer an meinen Vornamen, dass ich die Zeichen ignorierte. Er misshandelt sie, Owl. Sie liegt hier vor mir auf dem Bett, *völlig* weggetreten von der dreifachen Dosis Valium, die er ihr buchstäblich in den Hals gezwungen hat, mit blauen Flecken am Arm und im Gesicht. Und ich habe noch mehr gesehen. Wenn ich sie hierlasse, wird er sie umbringen. Außerdem ... besteht die Möglichkeit, dass sie mein Baby unter ihrem Herzen trägt.«

Er hörte, wie Brick etwas davon murmelte, dass gerade irgendwie alle verdammt schwanger seien, aber dann sprach Owl erneut. »Vertraust du ihr?«

»Nein«, erklärte Stone, ohne zu zögern. »Aber alle Anzeichen deuten darauf hin, dass sie meine rechtmäßige Frau ist.«

»Das ist sie«, erklärte Spike. »Ry hat deine Heiratsurkunde gefunden. Sie wurde ganz legal eingereicht und so weiter.«

»Nur dass es nicht sein richtiger Name ist«, argumentierte Tonka. »Also ist es technisch gesehen *nicht* legal.«

»Sie ist meine Frau«, beharrte Stone und war sich nicht sicher, warum er nicht das Gefühl hatte, dass er nicht verheiratet war, weil sein Nachname auf der Heiratsurkunde falsch war. Er war eine Verpflichtung eingegangen. Auch wenn er in Bezug auf Maisy im Zwiespalt war, hatte er geschworen, sie zu beschützen. Und das würde er auch jetzt nicht rückgängig machen. Vor allem nicht, weil er instinktiv wusste, dass sie so gut wie tot war, wenn er sie hier zurückließ.

»Gut, ich habe Ry eine Nachricht geschickt und ihr gesagt, sie soll einen Passagier hinzufügen. So fällst du zwar mehr auf, falls jemand nach dir sucht, aber ich denke, es wird helfen, wenn du einen Hut oder so trägst.«

Stone nickte und runzelte die Stirn, als er sich fragte, was eine so hohe Dosis Valium mit einem Fötus anstellen mochte. Ohne nachzudenken, streckte er seine Hand aus und legte sie auf Maisys Bauch.

»Alles klar, wirst du es zum Flughafen schaffen?«, fragte Brick.

»Ja.«

»Okay. Ry sagte, du sollst dein Handy irgendwo loswerden, bevor du ankommst. Und ich nehme an, das gilt auch für Maisys Handy.«

»Sie hat Bilder darauf, die sie nicht verlieren will«, bemerkte Stone. Wieder war er verwirrt über seine Gefühle für die Frau, die ihn betrogen hatte. Aber er erinnerte sich an ihren Gesichtsausdruck, als sie ihm Bilder von ihren Eltern gezeigt hatte. Da war so viel Trauer und Liebe gewesen, dass er es nicht ertragen konnte, sie zu verlieren, denn es war offensichtlich, wie sehr sie ihre Mutter und ihren Vater immer noch vermisste.

»Ich werde mit Ry reden. Ich bin sicher, dass es für sie kein Problem sein wird, sie herunterzuladen, bevor du das Telefon ausschaltest. Gib mir einfach ihre Nummer, wenn wir aufgelegt haben«, erklärte Brick.

»Ich weiß das zu schätzen«, sagte Stone zu seinem Freund.

»Wie dem auch sei«, entgegnete Brick. »Wir freuen uns einfach, dass es dir gut geht. Und das ist es, was Freunde tun. Ein SEAL lässt einen SEAL nicht zurück.«

Stone lachte. Er hatte diesen Spruch schon oft von den SEALs gehört, die er während seiner Militärzeit in seinem Hubschrauber transportiert hatte. »Ja, aber ich bin kein SEAL«, erwiderte er.

»Stimmt, SEALs riechen besser als ihr Night Stalker.«

Das Geplänkel fühlte sich gut an. Normal. Plötzlich konnte Stone es nicht mehr erwarten, nach Hause zu kommen. Zurück in seine Hütte in den Bergen von New Mexico.

»Bist du sicher, dass du sie mitnehmen willst?«, fragte Tonka in der kleinen Pause.

»Nein. Aber ich kann sie nicht zurücklassen«, antwortete Stone ehrlich.

»Ich weiß noch nicht, wo wir sie unterbringen, aber wir werden uns schon etwas einfallen lassen«, überlegte Brick.

»Sie wird bei mir bleiben. Ich muss ein Auge auf sie haben. Ich kann sie nicht allein lassen«, erklärte Stone seinen Freunden.

»Kommt mir bekannt vor«, murmelte Pipe.

»Was meinst du damit?«, fragte Stone.

»Das hat Tiny auch über Ry gesagt«, erklärte Owl ihm. »Wird es ein Problem sein, sich unauffällig zu verhalten, bis ihr verschwinden müsst?«

Stone wandte die Aufmerksamkeit wieder der Situation

zu und sagte: »Nein. Maisy ist weggetreten. Ich meine, komplett weg. Ich hoffe, ich kann sie so weit aufwecken, dass sie später aus eigener Kraft das Haus verlassen kann. Und ich kann behaupten, dass meine Kopfschmerzen mir zu schaffen machen, und das Abendessen ausfallen lassen. Außerdem, wenn ich Jason sehe, weiß ich nicht, was ich ihm antun würde.«

»Aber vergiss nicht, sie muss bei Bewusstsein sein, um in ein Flugzeug zu steigen, Stone«, warnte Spike ihn.

»Ich weiß.« Und das tat er. Ihr Zustand beunruhigte ihn, aber es ärgerte ihn mehr, dass sie gegen ihren Willen unter Drogen gesetzt worden war. Er konnte ihre Beschreibung nicht vergessen, wie ihr Bruder sie gewürgt hatte, um sie dazu zu bringen, die Pille zu schlucken.

»Also gut. Wir legen jetzt auf«, erklärte Brick. »Ich schicke dir die Details über deinen Kontaktmann und wo du ihn am Flughafen findest. Vergiss nicht, die Handys zu entsorgen, und wir sehen uns bald wieder. Stone?«

»Ja?«

»Ich bin froh, dass es dir gut geht. Ohne dich war es hier nicht dasselbe. Bis später.«

»Bis später.« Stone schaltete das Handy aus, blieb aber weiterhin auf dem Bett neben Maisy sitzen.

Er streckte die Hand aus, ohne nachzudenken, und strich ihr Haar zurück. Sie seufzte und drehte sich zu ihm um. Sie streckte blind ihre Hand aus, und als sie sein Knie berührte, schlang sie fast verzweifelt ihre Finger darum.

»Maisy?«, flüsterte er.

Sie antwortete nicht.

»Verdammt«, fluchte Stone, während er seufzte. Er war vorhin ganz aufgeregt gewesen. Bereit, auf Maisy einzureden, sie zu zwingen, mit ihm zu gehen, sie in *Die Zuflucht* zu bringen, damit sie verhört werden konnte. Und jetzt wollte er sie einfach nur im Arm halten und sie vor jedem beschützen, der sie auch nur schief ansah. Es war verdammt verwirrend.

Als Stone auf die Uhr sah, stellte er fest, dass er noch Stunden vor sich hatte, bevor er überhaupt ans Aufbrechen denken konnte. Er legte sich neben Maisy und war irgendwie nicht überrascht, als sie sich sofort an ihn schmiegte. Sie vergrub ihr Gesicht an seiner Brust und umklammerte die Vorderseite seines Hemdes mit einem Todesgriff.

»Es ist okay, Maisy. Du bist in Sicherheit.«

»Bin ich nicht«, murmelte sie.

»Doch, das bist du, wenn du bei mir bist«, erklärte er und strich ihr mit der Hand über den Hinterkopf.

»Aber bei mir bist du nicht sicher«, sagte sie so traurig, dass Stone sich umdrehte, um zu sehen, ob sie wach und bei klarem Verstand war. Aber das war sie nicht. Ihre Augen waren immer noch geschlossen und sie lag schlaff in seinen Armen.

Einerseits gefiel es ihm, dass sie ihm nichts verheimlichte, und alles machte jetzt, da er mehr darüber wusste, warum er entführt worden war, viel mehr Sinn. Aber er konnte die Frau, die er kennengelernt hatte, nicht mit jemandem in Einklang bringen, der offenbar gierig genug war, sich auf einen Plan einzulassen, einen Mann zu entführen und ihn zu zwingen, sie für Geld zu heiraten.

Doch kaum war der Gedanke da, fiel Stone ein, dass sie vielleicht gar keine andere Wahl gehabt hatte. Hatte Jason alles ohne ihr Wissen geplant? Vielleicht ... aber andererseits hatte sie sich darauf eingelassen. Sie hatte vor ihm gestanden und ihm geschworen, ihn zu lieben und zu ehren, als seien sie wirklich verliebt. Und sie hatte reichlich Gelegenheit gehabt, ihm die Wahrheit zu sagen.

Nichts ergab einen Sinn, aber Stone würde heute Abend keine Antworten mehr auf seine Fragen bekommen. Vielleicht nicht einmal morgen. Aber irgendwann würden er und Maisy sich zusammensetzen und sie würde ihm alles erzählen. So viel war sie ihm schuldig.

»Du musst aufstehen, Maisy.«

Seufzend schüttelte Maisy den Kopf und versuchte, Jacks Befehl zu ignorieren.

»Bitte, *Stellina*. Du musst dich konzentrieren. Wir müssen gehen.«

Sie konnte ihm nicht widerstehen, wenn er diesen Kosenamen benutzte. Sie liebte ihn. Fast so sehr, wie sie ihn liebte. Nein, das war eine Lüge, nichts konnte sie mehr lieben als Jack. Sie drehte sich um und zwang sich, die Augen zu öffnen.

Im Zimmer war es dunkel, aber durch das Licht, das aus dem Badezimmer kam, konnte sie ihren Mann sehen, der mit einem besorgten Gesichtsausdruck neben ihr saß.

»Da bist du ja. Ich möchte, dass du aufstehst. Kannst du das tun?«

Maisy nickte, dann setzte sie sich unbeholfen auf und versuchte, ihre Beine über die Bettkante zu schieben. Sie fühlte sich unkoordiniert und der Raum schien sich um sie herum zu drehen.

»So ist es gut. Ich helfe dir. Stütz dich auf mich. Braves Mädchen.«

Sein Lob fühlte sich gut an, aber dann runzelte sie die Stirn. Sie hatte kein Lob verdient. Sie war ein furchtbarer Mensch, aber sie wusste nicht mehr, was sie getan hatte, um sich so zu fühlen.

»Ich werde dir ins Bad helfen, du musst auf die Toilette gehen, bevor wir abhauen, aber zuerst musst du das hier trinken.«

Maisy blinzelte und sah, dass Jack ihr eine große Flasche Wasser an die Lippen hielt.

»Es ist warm, aber etwas Besseres haben wir nicht.«

Für den Bruchteil einer Sekunde geriet sie in Panik. Sie wollte nicht gezwungen werden, das Wasser zu trinken. Sie fühlte sich, als würde sie ertrinken, wenn Jason das tat ... aber dann rückte der Mann neben ihr in ihr Bewusstsein. Es war nicht ihr Bruder, es war Jack. Ihr Ehemann. Und er würde ihr nicht wehtun. Nicht so, wie sie ihm wehtun würde.

Bei dem Gedanken runzelte sie die Stirn, aber sie griff trotzdem nach der Wasserflasche.

Jack hielt sie ihr hin, während sie trank, kippte sie aber nicht nach oben, sodass sie gezwungen war, mehr zu trinken, als sie wollte. Sobald das Wasser ihre Zunge berührte, merkte sie, wie trocken ihr Mund sich anfühlte und wie durstig sie war. Sie schluckte das Wasser so schnell wie möglich hinunter.

Als Jack es sanft wegnahm, stöhnte sie auf.

»Ich weiß, dass du Durst hast, und Wasser ist gut, um deinen Körper durchzuspülen, aber ich will nicht, dass du krank wirst. Du kannst gleich noch etwas mehr haben. Komm, ich helfe dir zur Toilette.«

Eigentlich hätte es ihr peinlich sein müssen, dass er ihr helfen musste, ihre Jeans aufzuknöpfen und ihre Unterwäsche herunterzuziehen, aber er war ihr Mann. Er kannte jeden Zentimeter ihres Körpers ganz genau.

Maisys Augen weiteten sich leicht, als sie Jack leise fluchen hörte, seinen Blick auf ihre Hüfte geheftet. Sie schaute nach unten, als er mit dem Finger sanft über einen großen blauen Fleck strich, und sie runzelte die Stirn, aber sie konnte sich nicht erinnern, wie sie sich verletzt hatte.

Mit zusammengebissenen Zähnen half Jack ihr, sich auf die Toilette zu setzen. Sie weigerte sich, sich von ihm abwischen zu lassen, musste sich aber beim Aufstehen wieder an ihm festhalten, um nicht auf ihr Gesicht zu fallen.

Nachdem sie ihre Hose angezogen hatte, drehte Jack sie zu sich und hielt sie fest, während er sie mit ernster Miene anstarrte. »Wir gehen, Maisy. Jetzt sofort.«

Sie fühlte sich, als würde sie schweben und sie von oben beobachten. »Okay.«

»Ich möchte, dass du verstehst, was ich sage. Wir fahren zum Flughafen und verlassen Seattle und kommen nicht so bald zurück.«

Sie nickte und sagte wieder: »Okay.« Dann dachte sie noch einen Moment lang über das nach, was er gesagt hatte. »Gut. Du musst gehen. Hast du deine Leute gefunden?« Maisy wusste nicht genau, was sie meinte, aber sie wusste, dass es wichtig war.

»Ja, habe ich.«

»Ich bin froh. Ich wette, sie haben sich Sorgen gemacht. Es fühlt sich wahrscheinlich gut an, wenn sich jemand Sorgen um einen macht. Sei frei, Jack. Komm nicht zurück. Nie wieder. Du bist hier nicht sicher. Martha war es auch nicht, und jetzt ist sie im Garten. Ich weiß es nicht genau, aber ich glaube es. Sie war hier in Gefahr, und ich wusste es nicht, bis es zu spät war. Aber *du* weißt es, und du kannst gehen.«

»Du kommst mit«, erklärte Jack.

Es dauerte einen Moment, bis sie das verstand. Maisy schüttelte den Kopf. »Ich kann nicht. Ich muss die Papiere unterschreiben. Wenn ich nicht hier bin, wird er böse werden.«

»Dann muss er eben wütend sein, denn ich gehe nicht ohne dich.«

Maisy machte große Augen. »Du musst! Du musst gehen!«, erklärte sie und drückte sich an seine Brust.

»Nicht ohne dich. Du könntest mein Baby in dir tragen. Ich werde dich nicht hierlassen.«

Sie legte ihre Hand auf ihren Bauch und sackte in seinen Armen zusammen. »Ein Baby«, hauchte sie.

»Ja, also kommst du mit mir.«

»Okay.«

»Okay?«, fragte Jack.

Maisy nickte. »Er wird dem Baby wehtun. Weniger Geld für ihn. Ich wünschte, ich könnte es loswerden.«

»Unser Kind loswerden?«, fragte Jack.

Der verletzte Ton in seiner Stimme gefiel ihr nicht. Sie schüttelte so heftig den Kopf, dass ihr schwindelig wurde. »Nein! Ich würde meinem Kind *nie* etwas antun. *Niemals!* Das Geld. Ich wünschte, es wäre nicht da. Mom und Dad wären noch hier, und Martha, und du wärst nie gekommen, aber das ist okay. Alle anderen wären noch am Leben.«

»Es ist in Ordnung, Maisy. Es ist alles in Ordnung mit dir. Ich möchte nur, dass du jetzt mit mir kommst. Du bist immer noch ziemlich benebelt von dem Valium, aber du musst so klar wie möglich sein, damit du ins Flugzeug steigen kannst.«

»Wir fliegen mit einem Flugzeug?«, fragte Maisy.

»Ja, ist das ein Problem?«

»Ich bin noch nie geflogen. Ich wollte es, aber Jason sagte, es sei keine gute Idee. Dass ich zu krank sei.«

»Du warst nicht krank«, erklärte Jack in einem Ton, den Maisy nicht deuten konnte.

Aber sie nickte trotzdem. »Ich war traurig«, sagte sie mit einem tief sitzenden Wissen.

»Ja.«

»Ich bin es nicht mehr«, erklärte sie ihm ehrlich. »Ich habe dich, und ich liebe dich.«

»Richtig. Wir müssen los, wenn wir unseren Flug noch schaffen wollen.«

»Kann ich den Fensterplatz haben?«, fragte sie, als Jack sie aus dem Bad führte.

»Ja.«

»Prima!«

Das schwebende Gefühl blieb, als Jack ihr die Treppe hinunterhalf. Es war gut, dass er da war, denn es war dunkel, und sie wäre wahrscheinlich auf ihr Gesicht gefallen, wenn sie allein gewesen wäre. Aber sie hatte Jack, sie war nicht allein. Ihr Mann würde für sie sorgen.

Er führte sie leise nach draußen und nicht in die Garage, und Maisy war verwirrt. Aber dann sagte Jack ihr, dass sie ein Taxi nehmen würden, um niemanden im Haus zu beunruhigen, was auch Sinn machte.

Die Zeit hatte keine Bedeutung, als sie den Flughafen betraten. Maisy fragte nicht einmal, warum sie keine Koffer dabeihatten, sie war zu müde und aufgeregt, weil sie im Begriff war, in ein Flugzeug zu steigen. Jack traf einen Freund im Flughafengebäude, was verwirrend war, weil sie sich nicht daran erinnerte, dass er hier Freunde hatte, aber sie verwarf den Gedanken, als er sie mit dem Computer eincheckte und sie in der Schlange vor der Sicherheitskontrolle warteten.

Als sie die Sicherheitskontrolle hinter sich gebracht hatten, wirkte Jack viel entspannter, und sie lehnte sich an ihn, während sie dasaßen und darauf warteten, dass das Boarding für ihren Flug begann. Sie bekam die Ansage, dass sie einsteigen konnten, nicht mit, aber sie ließ sich von Jack durch den Gang zum Flugzeug helfen. Er deutete auf eine der ersten Sitzreihen, wo sie Platz nehmen sollte, und Maisy sah zu ihm auf.

»Erste Klasse?«, flüsterte sie, als sie Platz genommen hatten.

Er grinste sie an, und Maisy hatte das Gefühl, dass sie sich in diesem Lächeln verlieren könnte.

»Anscheinend.«

»Cool.«

»Guten Morgen, Mr. und Mrs. Henderson, kann ich Ihnen etwas zu trinken bringen, bevor wir starten?«

Maisy runzelte die Stirn, weil sie nicht wusste, mit wem die Frau sprach, aber sie beschloss, dass sie sich wohl verhört hatte, denn Jack sagte ihr, dass sie beide gern ein Wasser trinken würden.

»Du kannst meins haben«, sagte er, nachdem sie eifrig ihr Glas geleert hatte.

»Bist du sicher?«, fragte sie.

»Sehr.«

Ihr Mann hatte seinen intensiven Blick nicht von ihr abgewendet, und wenn sie in der Lage gewesen wäre, klar zu denken, hätte Maisy sich vielleicht gefragt, worüber er so angestrengt nachdachte, aber da sie immer noch völlig weggetreten war, trank sie einfach auch sein Wasser aus. Plötzlich fühlten ihre Augen sich zu schwer an, um sie offen zu halten.

»Schlaf.«

Sie griff über die Konsole zwischen ihnen und ergriff seinen Arm. »Du wirst mich nicht verlassen?«

»Nein.«

»Versprochen?«

»Glaubst du, ich würde aufstehen und dich so allein in einem Flugzeug zurücklassen?«, fragte er mit einem Stirnrunzeln.

Maisy zuckte mit den Schultern. »Wenn ich du wäre, würde ich es tun. Ich bin ein schlechter Mensch.«

»Mach die Augen zu, *Stellina*. Es wird alles wieder gut.«

Sie tat, was er verlangte, und spürte bald, wie ihre Sorgen verschwanden. Doch bevor sie sich von dem Schwebegefühl überwältigen ließ, flüsterte sie: »Ich liebe dich.«

Maisy bemerkte nicht einmal, dass er die Worte nicht erwiderte, denn sie war wieder in der Sicherheit der Wolken in ihrem Kopf verloren.

KAPITEL VIERZEHN

Stone schloss die Augen, als er Owl umarmte. Und zwar fest. Er war froh, zu Hause zu sein. Na ja, fast zu Hause. Owl und Brick waren nach Santa Fe gekommen, um ihn und Maisy abzuholen, und er hatte bis zu diesem Moment nicht bemerkt, wie gestresst er gewesen war.

Gute Freunde zu haben, die ihm zur Seite standen, war ein unglaubliches Gefühl. Er war sich ziemlich sicher, dass er unentdeckt aus Seattle herausgekommen war, aber zu wissen, dass er jetzt Rückendeckung hatte, nahm ihm eine große Last von den Schultern.

Maisy war während der ganzen Reise ziemlich weggetreten gewesen, aber im Moment sah sie wacher aus als am Nachmittag zuvor, als sie ihr Zimmer im Haus in Seattle betreten hatte.

»Geht es ihr gut? Sie sieht nicht gut aus«, bemerkte Owl, als er zurücktrat.

Brick stand gerade abseits und unterhielt sich mit Maisy, sodass sie nicht zu hören war.

»Eigentlich geht es ihr jetzt viel besser als vorhin.«

»Das ist besser?«, fragte Owl skeptisch.

»Er hat sie gezwungen, eine dreifache Dosis Valium zu nehmen. Ja, jetzt ist es besser.«

»Versteht sie, was los ist?«

»Ich weiß es nicht«, entgegnete Stone ehrlich.

»Weiß sie wenigstens, dass dein Gedächtnis zurückgekehrt ist?«

»Nein. Zumindest glaube ich das nicht. Ich hatte noch keine Gelegenheit, sie damit zu konfrontieren. Um ihr zu sagen, dass ich alles weiß. Ich wollte es, aber dann hatte sie diese Begegnung mit ihrem Bruder, und das Valium zeigte seine Wirkung, bevor ich mit ihr reden konnte.«

»Nun, verdammter Mist. Das wird interessant werden«, überlegte Owl.

»Bist du bereit loszulegen?«, fragte Brick, als er auf die beiden Männer zuging.

Stone sah Maisy an. Sie sah verloren und verwirrt aus, aber ihr Blick war auf ihn gerichtet. Als sei er ihr Sicherheitsnetz in einer Welt, die plötzlich auf den Kopf gestellt worden war.

»Jack?«, fragte sie leise.

Stone wollte auf Abstand bleiben. Er konnte ihre Rolle bei all dem, was geschehen war, nicht vergessen. Aber da sie so unsicher und besorgt aussah, konnte er sich nicht zurückhalten, ihre Hände nach ihr auszustrecken. Er zog sie an seine Seite und sie schmiegte sich an ihn. »Es ist okay, Maisy. Wir sind in Sicherheit.«

Sie nickte und stützte sich auf ihn.

»Komm schon, treten wir den Heimweg an.«

Den Heimweg. Mann, das hörte sich gut an.

Sie gingen zu Bricks Jeep, Stone setzte Maisy auf den Rücksitz und kletterte ihr hinterher. Sie schlief sofort ein, als sie den Parkplatz verließen. Stone sprach leise mit Brick und Owl über die letzten Wochen, während sie in Richtung

Los Alamos und zur Unterkunft fuhren. Weniger als eine Stunde später hielt Brick neben dem Hauptgebäude an, und Stone musste lächeln, als er die Gruppe sah, die draußen auf ihn wartete.

Er weckte Maisy und holte sie aus dem Jeep, verlor sie aber sofort aus den Augen, als er von seinen Freunden umringt wurde. Stone umarmte Lara fest und zog sich zurück, um ihr in die Augen zu sehen und sich zu vergewissern, dass es ihr gut ging.

Sie lächelte zu ihm hoch. »Mir geht's gut, ehrlich.«

»Ich habe gehört, du hast den Hubschrauber geschrottet«, bemerkte Stone.

Sie errötete. »Das war nicht so toll.«

Stone war so verdammt dankbar, dass alles so gekommen war, wie es gekommen war. »Du bist hier, also würde ich sagen, es war verdammt toll.« Dann umarmte er sie wieder und flüsterte ihr ins Ohr: »Danke, dass du meinen besten Freund gerettet hast.«

Ihre Augen füllten sich mit Tränen, als sie ihn endlich losließ. Dann machte Stone die Runde, umarmte alle Frauen und gab seinen Freunden Männerumarmungen. Sogar Robert, der Koch der *Zuflucht*, war bei der Gruppe und versprach, am nächsten Abend Stones Lieblingsessen in Form von Schweinekoteletts zu machen, um ihn zu Hause willkommen zu heißen.

Befriedigung durchströmte Stone. Als er zugestimmt hatte, in *Die Zuflucht* zu investieren, war er sich nicht sicher gewesen, ob er auf Dauer bleiben würde. Jetzt konnte er sich keinen anderen Ort mehr vorstellen, an dem er lieber leben würde.

Eine nagende Stimme in seinem Hinterkopf sagte ihm, dass er bereit gewesen war, sich mit Maisy ein Leben in

Washington aufzubauen, und dass er damit vollkommen glücklich gewesen wäre, aber Stone ignorierte sie.

Als er jetzt an Maisy dachte, fragte er sich, wo sie war. Er hatte ein schlechtes Gewissen, dass er sie für einen Moment völlig vergessen hatte.

Er drehte sich im Kreis und suchte nach ihr und geriet kurz in Panik, als er sie nicht sofort entdeckte.

»Ryleigh ist mit ihr da drüben«, erklärte Tiny und deutete auf eine Bank auf der Veranda der Lodge.

Stone drehte sich um und sah Maisy, die mit Ryan – nein, sie hieß offenbar Ryleigh oder Ry, wie die meisten Leute sie nannten – auf der Bank zusammengesackt war. Maisys Blick war nach unten gerichtet und sie sah unbehaglich und fehl am Platz aus. Stone setzte sich in Bewegung, bevor er überhaupt darüber nachgedacht hatte.

Er ging zu Maisy hinüber, kniete sich vor sie und legte seine Hände auf ihre Knie. Stone nickte Ry zu, dann wandte er seine Aufmerksamkeit Maisy zu. »Geht es dir gut?«, fragte er.

Sie nickte, blickte aber nicht auf. Stone runzelte die Stirn. Er schaute wieder zu Ry. »Danke, dass du dich zu ihr gesetzt hast. Ich übernehme ab hier.«

Ry starrte ihn mit einem Blick an, den er noch nie gesehen hatte. Das Zimmermädchen hatte sich im Allgemeinen immer distanziert verhalten. Sie war höflich und freundlich gewesen, aber jetzt, da Stone darüber nachdachte, hatte sie sich niemandem wirklich geöffnet. Sie hatte sich eher im Hintergrund gehalten. Doch jetzt begegnete sie ihm mit einem so intensiven Blick, dass Stone sich wunderte, dass er nicht auf der Stelle in Flammen aufging. Es war ein wenig irritierend. Er hatte nichts falsch gemacht. Maisy war diejenige, die ihm nicht gesagt hatte, was ihr Bruder geplant hatte. Aber es gefiel ihm, wie beschützend Ry sich um Maisy kümmerte. Er fühlte sich ihr gegenüber genauso beschützerisch ... sogar nach allem, was passiert war.

»Sei lieb zu ihr«, erklärte Ry mit einem Hauch von Schärfe in der Stimme.

Stone fühlte sich sofort in die Defensive gedrängt. »Ich denke, du weißt nicht, was zwischen uns ist«, erwiderte er.

Aber anstatt dass Ry zurückwich, straffte sie die Schultern auf seinen Tonfall hin und verengte ihre Augen zu Schlitzen. »Du warst nicht hier, also sollte ich wohl nachsichtig mit dir sein. Aber ich bin diejenige, die Jasna gefunden und die Reeses Peilsender aufgespürt hat, damit du wie ein Held einfliegen und sie schnappen konntest, bevor sie über die Grenze gebracht wurde. Ich bin auch diejenige, die ununterbrochen daran gearbeitet hat, dich zu finden und dafür zu sorgen, dass du nach Hause kommst.

Seit du Brick vor weniger als einem Tag angerufen hast, habe ich jede deiner Nachrichten gelesen, jede E-Mail und jedes Bild auf deinem Handy gesehen. Der Typ von der Ranch, bei dem du dich beworben hast, will dich übrigens einstellen und hat dir den Job per E-Mail angeboten, also nehme ich an, du musst ihm mitteilen, dass du doch nicht dort arbeiten wirst. Aber viel wichtiger ist, dass ich dasselbe mit Maisys Telefon gemacht habe.«

Sie holte tief Luft, bevor sie fortfuhr: »Ich habe alle ihre Fotos, alle ihre E-Mails, und sie hat sogar einige Aufnahmen gemacht, von denen ich aufgrund des Gesagten nur annehmen kann, dass sie im Geheimen gemacht wurden. Ich kenne deine Frau wahrscheinlich besser als *du* in manchen Fällen, und ich sage dir, dass du Nachsicht mit ihr üben musst.«

Stone verengte die Augen zu Schlitzen. »Was für Aufnahmen?«

»Gespräche zwischen ihr und ihrem Bruder, der ein echter Dreckskerl ist, wenn du mich fragst.«

»Das ist er«, stimmte Stone zu. »Ich nehme nicht an, dass du eine Pause davon gemacht hast, dich in mein Leben einzumischen, um Jason zu überprüfen und herauszufinden, warum zum Teufel er *mich* entführt und mir ins Gesicht gelogen hat?«

»Daran arbeite ich noch«, erklärte Ry. »Ich will damit nur sagen«, fuhr sie in einem weniger bissigen Ton als zuvor fort, »dass deine Frau sowohl stärker ist, als du es dir jemals vorstellen könntest, als auch weitaus verletzlicher, als dir bewusst ist.«

»Das ergibt keinen Sinn«, erklärte Stone und hätte dieses Gespräch gern beendet.

Ry zuckte mit den Schultern. Dann holte sie tief Luft und schaute kurz weg zu ihrer Gruppe von Freunden. »Es tut mir leid. Ich bin ein Miststück. Du hast nichts falsch gemacht, und ich lasse meine Frustration an dir aus. Du hast jedes Recht, wütend zu sein. Über das, was dir und Maisy passiert ist.«

Stone war überrascht über ihren plötzlichen Sinneswandel. »Ich danke dir.«

Ry nickte ihm zu.

»Wie bitte?«

Sowohl Stone als auch Ry drehten sich bei dem leisen Zwischenruf zu Maisy um.

»Hast du mein Handy?«, fragte sie Ry.

»Nein, es tut mir leid.« Der Tonfall der anderen Frau war besänftigend, ruhig, freundlich.

»Ich musste beide Geräte wegschmeißen, bevor wir am Flughafen eintrafen«, erklärte Stone ihr.

»Aber ich konnte alle deine Bilder wiederherstellen«, fügte Ry schnell hinzu.

»Oh ... gut.«

»Du warst ein süßes Kind«, sagte Ry zu ihr. »Das eine Bild von dir zwischen deinen Eltern vor dem Boot ist hinreißend.«

Maisy lächelte und hatte einen fernen Blick in ihren Augen. »Ja, wir haben Wale beobachtet. Jason wollte nicht mitkommen und ist bei einem Freund geblieben. Aber wir hatten sehr viel Spaß.«

Ry tätschelte ihre Hand. »Ich muss noch ein paar Sachen erledigen, aber wenn du etwas brauchst, kommst du zu mir und ich besorge es dir. Ich bin in der Hütte Nummer zehn, das ist die mit der grünen Tür, westlich von der, in der du sein wirst, okay?«

»Okay«, entgegnete Maisy abwesend.

Ry sah Stone noch einmal an, und der weiche Ausdruck in ihrem Gesicht wurde durch einen strengen ersetzt. »Ruhig«, erwiderte sie, bevor sie Maisys Schulter drückte und aufstand. Sie war noch keine drei Meter von der Veranda weg, als Stone sah, wie Tiny sich von der Gruppe, die immer noch vor der Hütte stand und sich unterhielt, löste und ihr folgte.

»Du hast dein Gedächtnis zurückbekommen.«

Stone drehte sich um und sah Maisy an. Sie saß immer noch auf der Bank und hatte die Hände in den Schoß gelegt, aber sie sah ihn direkt an. Er bewegte sich, bis er auf dem Platz neben Maisy saß, den Ry gerade frei gemacht hatte, und nickte. »Ja.«

Maisy sah sich einen Moment lang um, bevor sie sagte: »Dieser Ort passt zu dir.«

»Das tut er«, stimmte Stone zu. Plötzlich war er sich nicht mehr sicher, was er der Frau neben ihm sagen sollte. Er hatte die letzten Wochen an ihrer Seite verbracht, und sie hatten nie ein Problem damit gehabt, etwas zu finden, worüber sie reden konnten. Aber jetzt fühlte sie sich wie eine Fremde an, und das war ätzend.

»Es tut mir leid, dass ich ...«

»Nein«, unterbrach Stone. »Nicht jetzt.«

Maisy runzelte die Stirn.

»Wir werden unser Gespräch führen, aber nicht, solange du noch ein bisschen benebelt von dem Valium bist. Ich will, dass du einen klaren Kopf hast und keine Ausreden, mir nicht alles zu sagen, was ich wissen muss.«

Maisy presste die Lippen aufeinander, aber sie nickte. »Warum hast du mich mitgenommen, wenn dein Gedächtnis zurückgekehrt ist?«, fragte sie nach einem Moment.

»Wie sollte ich sonst Antworten bekommen?«, entgegnete Stone. Hätte er ihr in diesem Moment nicht in die Augen geschaut, wäre ihm das Aufblitzen des Schmerzes entgangen, der aus ihr hervorbrach, bevor sie in der Lage war, ihre Gefühle unter Kontrolle zu bringen. Ihre Beziehung war eine Farce. Eine Lüge. Warum sollte sie sich darüber aufregen, dass er keinen anderen Grund hatte, sie hier haben zu wollen?

»Stimmt«, erklärte sie mit einem Nicken.

Stone kam sich wie ein Idiot vor, was keinen Sinn machte. Er hatte nichts gesagt, was nicht der Wahrheit entsprach, aber wenn er ehrlich zu sich selbst war, war das nicht der einzige Grund, warum er sie nicht hatte zurücklassen können. Er hätte sie an die mögliche Schwangerschaft erinnern können. Außerdem ... ging sie ihm unter die Haut, aber das hätte er nie zugegeben. Und egal, was sie getan hatte, er konnte sie nicht dem Zorn ihres Bruders überlassen. Vor allem nicht, nachdem er die blauen Flecke auf ihrer Haut gesehen hatte und ihm bewusst geworden war, dass er seine eigene Schwester unter Drogen gesetzt hatte, anscheinend ohne mit der Wimper zu zucken.

»Es war ein langer Tag und es ist erst früher Nachmittag. Ich bringe dich nach Hause und komme dann zurück in die Lodge, um uns etwas zu essen zu holen. Ich bin mir sicher, dass es in meiner Hütte nichts Essbares gibt.«

Maisy starrte in die Ferne und sagte: »Er wird darüber nicht gerade erfreut sein.«

Stone wusste, wen sie meinte. »Das ist mir verdammt egal.«

Daraufhin drehte sie sich um und begegnete seinem Blick. »Er wird mich holen.«

»Dazu muss er dich erst einmal finden«, erklärte Stone. »Und mir wurde aus zuverlässiger Quelle gesagt, dass das leichter gesagt als getan ist.«

»Du verstehst das nicht«, entgegnete Maisy mit einem Stirnrunzeln.

»Du hast recht. Ich verstehe es nicht. Aber jetzt musst du erst einmal schlafen und den Rest der Droge aus deinem Körper spülen. Morgen werden wir uns unterhalten. Ich erzähle dir, was ich weiß, und du kannst mir sagen, warum zum Teufel dein Bruder mich entführt hat und warum du seine Lügen mitgemacht hast.« Seine Worte waren schärfer, als er beabsichtigt hatte.

Maisy seufzte nur und nickte.

»Du wirst meinen Freunden und mir alles erzählen?«, fragte er, noch nicht bereit zu glauben, dass es einfach sein würde, Antworten von ihr zu bekommen.

»Ja. Aber er wird nicht aufhören. Er braucht mich.«

»Dann müssen wir ihn dazu *bringen* aufzuhören«, bemerkte Stone schlicht. Aber er hatte das Gefühl, dass das gar nicht so einfach war. »Komm. Nach dem Mittagessen könnte ich auch ein Nickerchen gebrauchen. Ich war fast die ganze letzte Nacht wach.«

»Und was hast du gemacht?«, fragte Maisy, während Stone ihr beim Aufstehen half.

»Mich davon überzeugt, dass du atmest«, erwiderte er unverblümt.

Maisy stolperte über ihre eigenen Füße und wäre gefallen, wenn Stone nicht da gewesen wäre, um sie festzuhalten.

»Immer mit der Ruhe«, meinte er und legte einen Arm um ihre Taille, während er sie von der Lodge weg zu seiner Hütte führte. »Alaska sagte, sie und die anderen besorgen dir ein paar Kleider und Hygieneartikel. Du kannst etwas von mir tragen, bis sie aus der Stadt zurückkommen.«

»Ich will niemandem zur Last fallen«, erklärte Maisy ihm.

»Das wirst du auch nicht. So machen sie das.«

Sie gingen weiter und nach einem Moment sagte Maisy leise: »Ich wusste, dass du solche Freunde hast. Menschen, die sich Sorgen machen. Denen es etwas ausmacht, dass du verschwunden bist.«

Stone biss die Zähne zusammen. »Und trotzdem hast du mich angelogen«, konnte er nicht umhin zu bemerken.

Maisy antwortete nicht, was aber auch gut so war. Stone war immer noch zu verletzt darüber, von ihr betrogen worden zu sein, als dass er ihr hätte vergeben können. Es fühlte sich an, als würde er in zwei Hälften zerrissen werden. Ein Teil von ihm war überglücklich, Maisy hier bei sich zu haben, in seinem eigentlichen Zuhause. Der andere Teil war stinksauer und wollte sie nicht einmal sehen.

Aber er war für sie verantwortlich. Genauso wenig, wie er sie in Washington hatte zurücklassen können, um sie den Folgen seiner Flucht zu überlassen, konnte er die Verantwortung für sie an einen seiner Freunde abgeben. Auf Gedeih und Verderb gehörte sie ihm. Ob vorgetäuscht oder nicht, sie hatten eine Heiratsurkunde, die in einer Computerdatenbank in Seattle gespeichert war und die das besagte.

Als er an seiner Hütte ankam, sah Stone, dass jemand sie bereits für ihn aufgeschlossen hatte, was er zu schätzen wusste, da er keine Ahnung hatte, wo sein Schlüsselbund geblieben war. Brick hatte ihm auf dem Heimweg vom Flughafen erzählt, dass Ry daran arbeitete, seinen Ausweis zu ersetzen, und dass er in ein paar Tagen neue Kredit- und Debitkarten haben würde. Sie hatte seine alten Karten sofort deaktiviert, als sie von seinem Verschwinden erfahren hatten. Er machte sich eine geistige Notiz, ihr dafür zu danken.

Außerdem kam ihm der Gedanke, dass es eigentlich ganz praktisch war, ein Computergenie in der *Zuflucht* zu haben.

Er öffnete die Tür zu seiner Hütte und führte Maisy mit seiner Hand an ihrem Rücken hinein. Sie blieb kurz vor der Tür stehen und betrachtete den Raum.

Der Hauptbereich war offen gestaltet, mit der Küche auf der einen Seite, einer Sofagarnitur, die den größten Teil des Wohnzimmers einnahm, und einem Esstisch, der die beiden Bereiche trennte. Es gab einen grauen Teppich auf dem Wohnzimmerboden, einen Kamin gegenüber dem Sofa und ein großes Bücherregal an einer anderen Wand. Aber das Beste waren seiner Meinung nach die raumhohen Fenster, die zum Wald hin lagen. Sie gaben ihm das Gefühl, dass die Hütte auf einer Seite komplett offen war. Als würde er zwischen den Bäumen zelten.

»Es ist ...«

Stone hielt den Atem an, als er auf ihre Reaktion wartete.

»... perfekt«, bemerkte sie ehrfürchtig.

»Ja«, stimmte er zu. »Komm mit. Ich zeige dir, wo du schlafen wirst.«

Er führte sie durch den Raum zu einem Flur. Er hatte eine Art Arbeitszimmer mit einem Sofa, das sich zu einem Bett öffnen ließ.

»Ich hole Bettwäsche und ein paar andere Sachen für dich. Warte hier.« Als er eine Minute später zurückkam, stand Maisy immer noch genau dort, wo er sie zurückgelassen hatte. Sie rührte sich nicht wirklich, als er das Bett machte, sondern ging ihm einfach aus dem Weg, damit er seine Arbeit erledigen konnte. Er ging noch einmal weg, um ein T-Shirt und eine Sporthose für sie zu holen, und als er zurückkam, stand sie immer noch da, wo sie eben noch gestanden hatte.

»Hier«, stellte er fest und hielt ihr die Kleidung hin. »Die Sachen sind zwar groß, aber zum Schlafen sind sie bequemer.«

Sie sah auf die Kleidung in ihren Händen hinunter und nickte.

Stone gefiel der distanzierte Blick in ihren Augen nicht. Obwohl sie direkt vor ihm stand, hätte sie genauso gut eine Million Kilometer weit weg sein können. »Ich hole dir etwas Wasser. Trink es. Es wird dir helfen, deinen Kreislauf durchzuspülen. Im Flur gibt es eine Toilette, falls du sie brauchst. Du kannst duschen, wenn du aufstehst.«

»Okay«, entgegnete sie leise.

Stone wünschte sich nichts sehnlicher, als ihre Hand zu nehmen und sie den Flur entlang in sein Zimmer, in sein Bett zu bringen. Aber jetzt war alles anders. Er kannte diese Frau nicht einmal. Und jetzt, da seine Erinnerungen zurückgekehrt waren, waren die Gründe, warum er sie nicht mit in sein Bett nehmen sollte, noch viel schlimmer.

Seine Albträume. Wie gewalttätig er werden konnte.

Aber die Stimme in seinem Kopf erinnerte ihn daran, dass er wochenlang neben Maisy geschlafen und sie kein einziges Mal verletzt hatte. Er hatte sogar so gut geschlafen wie seit Jahren nicht mehr, seit er und Owl aus diesem Höllenloch in Übersee gerettet worden waren.

Seufzend verließ Stone den Raum wieder. Er wusste nicht, was er noch sagen sollte. Anstatt etwas zu sagen, das er vielleicht bereuen würde, schloss er einfach die Tür und ließ Maisy allein.

Eine Stunde später konnte Stone es nicht mehr aushalten. Er musste nach ihr sehen. Er hatte nichts mehr aus dem Arbeitszimmer gehört, seit er vorhin die Tür zugemacht hatte.

Er klopfte leise, aber er bekam keine Antwort. Aus Sorge, dass etwas nicht in Ordnung sein könnte, dass sie wegen einer verzögerten Reaktion auf die Medikamente aufgehört haben könnte zu atmen, öffnete Stone die Tür einen Spaltbreit.

Die Vorhänge am Fenster waren geöffnet und es fiel reichlich Nachmittagslicht in den Raum. Maisy lag auf der Seite, ganz am Rand der Matratze, zusammengerollt zu einem kleinen Ball. Sie war nicht unter die Decke geschlüpft, sondern hatte seine Kleidung an ihre Brust gepresst und ihre Nase in dem Stoff vergraben. Sie sah klein und verletzlich aus.

Stone hatte tatsächlich zwei Schritte in den Raum zu ihr gemacht, bevor sein Gehirn mit seinem Herzen gleichziehen konnte. Er erstarrte vor lauter Unentschlossenheit. Er wollte zu ihr gehen, sie in die Arme nehmen und ihr sagen, dass alles gut werden würde. Aber er wünschte sich auch, sie anzuschreien, sie zu schütteln und sie zu zwingen, alles zu gestehen. Ihm zu erklären, warum sie ihn so sehr hintergangen hatte. Sie zu fragen, ob all ihre schönen Worte über Liebe und Fürsorge für ihn nichts als Lügen gewesen waren.

Er tat nichts von alledem. Er ging einfach zurück, bis er wieder im Türrahmen stand. Dann schloss er die Tür leise und ging zurück zum Sofa. Er setzte sich und starrte ins Leere. Er war erschöpft und sein Kopf pochte immer noch. Aber es gab keine Chance, dass er schlafen konnte. Hoffentlich würde er heute Nacht, wenn es dunkel wurde, ein paar Stunden Ruhe finden. Im Moment konnte er nur dasitzen und die letzten Wochen in seinem Kopf durchspielen. Er versuchte, die Beweggründe der Frau zu verstehen, die er geheiratet hatte.

Morgen. Morgen würde er Antworten bekommen. Er würde entscheiden, was er tun würde, nachdem er gehört hatte, was Maisy zu sagen hatte. Bis dahin ... konnte er nur über jede Kleinigkeit nachdenken, die sie gesagt und getan hatte, seit er sie kennengelernt hatte.

KAPITEL FÜNFZEHN

Maisy hatte das Gefühl, sich übergeben zu müssen. Sie saß an einem Tisch in einem Konferenzraum in der Lodge des Refugiums, das offenbar Jack gehörte. Alle seine Freunde waren da und starrten sie erwartungsvoll an. Sie wollten Informationen und warteten darauf, dass sie sie ihnen gab.

Sie hatte den Nachmittag und die Nacht durchgeschlafen. Als sie heute Morgen durch den Geruch von gebratenem Speck aufgewacht war, war ihr erster Gedanke die Freude. Paige machte nicht oft Speck oder Würstchen, weil Jason fand, dass sie zu dick machten.

Aber als sie die Augen öffnete und sich in einem Raum wiederfand, den sie nicht kannte, erinnerte Maisy sich. Sie war nicht mehr in Seattle. Paige war nicht hier. Und Jacks Erinnerung war wieder da.

Sie wusste den Moment, in dem es passiert war. Als sie im Park waren und der Hubschrauber vorbeigeflogen war.

Jetzt hasste er sie, und sie konnte niemandem außer sich selbst die Schuld geben.

Die Reise nach New Mexico war wie ein Nebel. Sie erinnerte sich kaum an das, was geschehen war, nachdem ihr

Bruder sie gezwungen hatte, das Valium zu schlucken. Sie hatte vage Erinnerungen an den Flug, den sie genommen hatten, aber das war auch schon alles. Sie hatte am Tag zuvor eine Menge Leute getroffen, und überraschenderweise waren die meisten nett zu ihr gewesen. An ihrer Stelle hätte sie vielleicht nicht so viel Liebenswürdigkeit an den Tag gelegt, wie die Männer und Frauen in der *Zuflucht* ihr entgegengebracht hatten.

Seit sie aufgewacht war, war es zwischen ihr und Jack schwierig gewesen. Sie hatte geduscht, sie hatten gegessen, Alaska war mit ein paar Klamotten vorbeigekommen, und sobald sie sich umgezogen hatte, teilte Jack ihr mit, dass sie zur Lodge gehen würden, um mit seinen Freunden zu reden.

Und jetzt war sie hier.

Sie fühlte sich immer noch ein bisschen daneben ... aber der Nebel, in den das Valium sie eingehüllt hatte, hatte sich gelichtet. Als er sie heute Morgen gefragt hatte, ob es ihr gut ginge, war die Versuchung groß gewesen, Jack zu sagen, dass sie sich immer noch nicht wie sie selbst fühlte, aber es war an der Zeit, dass sie zu ihrer Rolle in dem, was ihm angetan worden war, stand. Je eher sie diesen Männern sagte, was sie wusste, desto eher konnte sie gehen.

Denn sie hatte nicht den geringsten Zweifel daran, dass ihr Bruder sie finden würde. Er würde jeden anheuern, um sie zu finden, denn ohne Maisy würde er nicht an ihr Vermögen herankommen. Und er hätte keine Skrupel, jemanden zu verletzen, der zwischen ihm und dem stand, was er wollte – ihr Geld.

Sie musste verschwinden. So schnell wie möglich. Sie hatte keine Ahnung wohin, aber sie würde es sich überlegen. Vielleicht würde sie Ry fragen, ob sie ihr helfen könnte, ihren Namen zu ändern und irgendwo neu anzufangen. Die andere Frau war am Tag zuvor sehr nett zu ihr gewesen und Maisy erinnerte sich vage daran, dass sie gesagt hatte, sie sei ein Computergenie und habe alle ihre Bilder von ihrem Handy retten können, das wahrscheinlich gerade irgendwo auf einer Mülldeponie vergraben war.

»Warum hat dein Bruder Stone entführt?«, fragte Brick.

Maisy straffte gedanklich die Schultern und atmete tief durch. Die Männer waren mehr als geduldig gewesen, hatten sich vergewissert, dass es ihr gut ging, ihr etwas zu trinken angeboten und gefragt, ob sie sich wohlfühlte. Aber sie hatten ein Recht darauf zu erfahren, warum ihr Freund entführt worden war. Und auch Jack musste es erfahren.

»Um das zu beantworten, muss ich in der Zeit zurückgehen ...«, begann Maisy. »Meine Eltern waren reich. Sie hatten gut investiert und Dad hatte einen guten Job im Silicon Valley. Als ich klein war, zogen sie nach Seattle und kauften ein großes Haus, in dem mein Vater von zu Hause arbeitete. Sie stellten ein paar Leute ein, um im Haus zu helfen, und waren sehr großzügig mit ihrem Geld in der Gemeinde. Jason ist sieben Jahre älter als ich und er schien glücklich zu sein, obwohl er alle seine Freunde zurücklassen musste, als wir umzogen.

Als ich etwa vierzehn Jahre alt war, begann Jason, sich zu verändern. Er stand kurz vor dem College-Abschluss und Mom und Dad wollten, dass er etwas aus seinem Leben macht, aber er gab sich damit zufrieden, bei seinen Freunden auf dem Sofa zu sitzen und so. Die Lage zwischen ihm und unseren Eltern schien angespannt gewesen zu sein, aber ehrlich gesagt war ich zu sehr mit meinem eigenen Kram beschäftigt, um darauf zu achten. Typisch Teenager. Ich gehörte nicht zu den beliebten Leuten oder so, aber ich hatte ein paar gute Freundinnen, mit denen ich gern abhing.

Als ich fünfzehn war, übernachtete ich bei einer Freundin, als meine Eltern getötet wurden. Jason kam zum Haus meiner Freundin, holte mich ab und brachte mich nach Hause. Er erzählte mir, dass Mom und Dad zum Abendessen ausgegangen waren und als sie zu ihrem Wagen zurückkehrten, hat jemand auf sie geschossen und ihren Wagen gestohlen. Dad war auf der Stelle tot, aber Mom lebte noch lange genug, um zu ihm zu kriechen, und wurde mit ihrer Hand auf seinem Kopf gefunden. Die Polizei glaubt, dass sie versucht hat, die Blutung zu stoppen.«

Maisy ignorierte die mitfühlenden Bemerkungen, die von den Männern kamen. Sie würden schon bald aufhören, und sie wollte nicht ihre Besorgnis spüren, um dann zu merken, dass ihre Einstellung sich änderte, sobald sie die ganze Geschichte gehört hatten.

»Die Polizei hat ihren Mörder oder ihre Mörder nie gefunden. Es gab keine Beweise am Tatort, keine Patronenhülsen, kein Blut außer dem meiner Eltern und keine Fingerabdrücke von einem der beiden. Es gab nicht einmal ein Überwachungsvideo, weil die Kameras des Restaurants kaputt waren oder so. Niemand hat sich also jemals für ihren Tod verantwortlich erklärt.

Ich habe es nicht gut verkraftet. Ich war hysterisch bei dem Gedanken, sie nie wiederzusehen. Jason zog wieder in das Haus ein und wurde mein gesetzlicher Vormund. Er kümmerte sich um mich und sorgte dafür, dass ich wegen meiner Depressionen und Angstzustände zum Arzt ging. Ich konnte nicht zur Schule gehen ... ich konnte mich nicht dazu durchringen, mich für *irgendetwas* zu interessieren. Ich brach die Schule ab, aber Jason half mir, für den Abschlusstest der Highschool zu lernen. Ich habe ihn knapp bestanden, aber ich war sowieso nicht daran interessiert, aufs College zu gehen.

An die ersten zwölf Jahre nach dem Tod meiner Eltern habe ich nur verschwommene Erinnerungen, weil ich so viele Medikamente genommen habe. Sie machten es mir unmöglich, mich dafür zu interessieren, was um mich herum geschah. Ich brauchte mir keine Sorgen zu machen, weil Jason da war. Meine Eltern hatten eine Lebensversicherung, und Jason bekam sein Geld sofort. Ich nahm an, dass er meinen Anteil für meine Ausgaben verwendete – für Medikamente, Arztrechnungen und so weiter. Aber ehrlich gesagt war ich zu weggetreten, um zu fragen.

Als ich etwa zweiundzwanzig war, lernte Jason ein Mädchen kennen. Ihr Name war Martha. Ich mochte sie. Sie war schüchtern und süß. Sie half mir, ein bisschen stärker zu werden, und ich konnte einige der Medikamente absetzen, die ich so lange täglich genommen hatte. Sie und Jason heirateten auf dem Standesamt, und sie schien nicht viele Freundinnen zu haben, also verbrachten sie und ich viel Zeit miteinander. Aber ungefähr vier Monate nach ihrer Hochzeit mit Jason ist sie verschwunden.«

»Wie verschwunden?«, fragte Pipe.

»An einem Tag war sie noch da, am nächsten war sie weg. Auch all ihre Sachen waren weg. Ihre Handtasche, ein Koffer mit Kleidung, der Schmuck, den Jason ihr geschenkt hatte. Die Polizei untersuchte den Fall, aber da es keine Beweise für ein Verbrechen gab, schrieben sie sie einfach als erwachsene Frau ab, die ihren Mann verlassen hatte. Sie hatte keine Familie, die die Polizei ermutigt hätte, weiter zu ermitteln.«

»Dein *Bruder* hat das nicht getan?«, fragte Brick.

»Damals dachte ich, er sei zu verärgert und gedemütigt, weil sie ihn verlassen hatte. Er hatte die Möglichkeit angedeutet, dass sie ihn mit einem anderen betrog, und ich dachte, er würde nicht so weit gehen, sie anzuflehen zurück-zukommen.«

»Und jetzt?«

Maisy drehte sich zu Owl um. Jack saß neben ihm ... auf der anderen Seite des Tisches. Als sie sich hingesetzt hatte und sah, wie Jack den Stuhl neben seinem Freund heran-zog, so weit weg von ihr, wie er nur konnte, tat es weh. Sehr sogar. Aber sie war nicht überrascht. Schon bei der ersten Lüge, die ihr über die Lippen kam, hatte sie gewusst, dass dieser Tag kommen würde.

»Wie ich eingangs sagte, hatten meine Eltern eine Menge Geld. Nach ihrem Tod wurde es zwischen uns beiden aufgeteilt. Aber meine Eltern waren ... merkwürdig. Sie glaubten an Seelenverwandte und wollten, dass ihre Kinder die wahre Liebe erfahren, die sie selbst hatten. Um uns dabei zu helfen, sie zu finden, haben sie das Geld, das sie uns hinterlassen haben, an Bedingungen geknüpft.« Sie wartete nicht darauf, dass jemand fragte, was diese Bedin-gungen waren, bevor sie fortfuhr.

»Um an das Geld in unseren Treuhandfonds zu kommen, mussten wir mindestens drei Monate lang verhei-ratet sein. Erst dann konnten wir es auszahlen lassen. Es gab einen monatlichen Betrag, den wir bekamen, egal ob wir verheiratet waren oder nicht, aber auf den Großteil des Geldes konnten wir nur zugreifen, wenn wir verheiratet waren.«

»Ah ...«, erklärte Tiny mit einem wissenden Blick in den Augen.

Maisy spürte, wie ihre Wangen glühten. Sie wusste, was diese Männer dachten. Dass sie eine geldgierige Schlampe war, die sich einen Plan ausgedacht hatte, um an ihr Vermögen zu kommen.

Sie lagen so weit daneben, dass es schon nicht mehr

lustig war. Aber warum sollten sie ihr glauben? Alles deutete darauf hin, dass sie genau das war, was sie wahrscheinlich dachten.

»Dein Bruder hat also geheiratet und nachdem er Zugang zu seinem Geld bekommen hatte, ist seine Frau verschwunden?«, fragte Jack.

Maisy nickte.

»Das ist praktisch«, meinte Tonka.

»Nicht für Martha«, konnte Maisy sich nicht verkneifen zu sagen. Dann seufzte sie. »Er hat sie umgebracht.« Diese vier Worte lasteten schwer im Raum, aber die Last, die sich auf ihre Schultern gelegt hatte, seit sie begriffen hatte, was ihr Bruder wahrscheinlich getan hatte, wurde plötzlich leichter. Sie war sich nicht sicher, ob irgendjemand ihr glauben würde, aber wenigstens teilte sie ihren Verdacht endlich mit anderen Menschen.

»Ich weiß nicht, wie der Mord wirklich passiert ist, aber eines Tages, kurz nachdem sie verschwunden war, hat Jason jemanden beauftragt, den Basketballplatz in unserem Garten anzulegen. Es war seltsam, mein Bruder ist nicht gerade der sportliche Typ. Aber eine Firma kam, grub ein großes Loch und dann regnete es tagelang, wie es in Washington eben so ist. Eine Woche später kamen die Leute zurück, füllten es auf und legten eine Betonplatte darüber, aber ich glaube, Jason hat Marthas Leiche in das Loch gelegt.«

»Warum?«, fragte Spike. »Es scheint mir riskant, eine Leiche in ein Loch zu legen, das jemand anderes zuschütten soll.«

»Ich weiß. Ich habe nicht gesagt, dass es ein kluger Plan war. Aber ich wachte eines Nachts nach einem Albtraum auf und ging nach unten in die Küche. Er kam von hinten herein und war mit Matsch beschmiert. Er schrie mich an und sagte mir, ich solle wieder nach oben gehen. Ich glaube, er war dabei, ihre Leiche in dieses Loch zu bringen. Und ihre Sachen auch. Martha war keine große Frau, nur etwas über ein Meter fünfzig groß. Ich glaube, er hat sie dort hineingelegt, vielleicht sogar etwas tiefer gegraben, damit die Bauarbeiter es nicht bemerken. Er hat sie mit etwas Erde abgedeckt, die die Bagger abgetragen hatten, um das Loch zu schaffen, und als die Bauarbeiter zurückkamen, haben sie ihm geholfen, indem sie das Loch mit Beton auffüllten und diesen blöden Basketballplatz darüber anlegten. Ich glaube, er ist danach nur dreimal rausgegangen, um Körbe zu werfen, und das war's.«

»Aber du hast keine Beweise«, bemerkte Jack.

Maisy zwang sich, ihm in die Augen zu sehen, und zuckte mit den Schultern. Sie hatte etwas, das als Beweis gelten konnte, aber sie war sich nicht sicher, ob es ausreichte.

Im Raum war es still und es fühlte sich an, als seien sie und Jack die Einzigen auf der Welt. Sie wollte, dass er ihr glaubte. Dass er darauf vertraute, dass sie nicht nur log, um ihren eigenen Kopf aus der Schlinge zu ziehen. Als er den Blick abwandte, wurde ihr das Herz schwer.

»Dein Bruder hat also angeblich seine Frau getötet, nachdem er sein Geld bekommen hatte. Was hat Stone damit zu tun?«, fragte Owl.

»Also«, erklärte Maisy und zwang sich fortzufahren. Das war der schwierige Teil. »Er war eine Zeit lang glücklich. Jason hatte eine Menge Geld und musste nicht dafür arbeiten. Aber so wie er die Lebensversicherung durchgebracht hat, hatte er irgendwann auch das ganze Geld aus seinem Treuhandvermögen ausgegeben.«

»Wie viel?«, unterbrach Brick.

»Vier Millionen.«

Brick pfiff leise. »Das ist eine Menge Geld.«

»Ja. Und es gefiel ihm nicht, dass er es nicht mehr einfach so ausgeben konnte. Er hatte meine monatliche Auszahlung, aber das war nicht genug.«

»Warte – *deine* monatliche Auszahlung?«, fragte Jack.

Maisy nickte. »Da ich noch minderjährig war, als unsere Eltern starben, ließ er es auf sein Konto einzahlen, was damals legal war, weil er mein Vormund war. Und als ich achtzehn wurde, war ich aufgrund meines Geisteszustandes nicht in der Lage, es selbst zu verwalten. Also ging es weiter auf sein Konto. Als es mir langsam besser ging, ich nicht mehr so viele Medikamente nahm und den Mut hatte, ihn zu fragen, waren schon einige Jahre vergangen und er erzählte mir, dass er das Geld benutzt hatte, um dafür zu sorgen, dass ich alles hatte, was ich brauchte. Nahrung, ein Dach über dem Kopf, Medikamente, Paiges Gehalt ... solche Dinge. Er bestand darauf, dass ich noch nicht bereit war, mich selbst um diese Dinge zu kümmern.«

»Also hat er all die Jahre auch dein Geld gestohlen«, erklärte Tiny.

Maisy schaute auf den Tisch und zuckte mit den Schultern. »Es war ja nicht so, dass ich es gebraucht hätte. Aber nachdem Martha verschwunden war und er sein ganzes Geld ausgegeben hatte, hörte er auf, mir meine Medikamente zu verabreichen. Er fing an, mich zu ermutigen, einen Freund zu finden.« Sie seufzte. »Ich schätze, ich musste bei klarem Verstand sein, wenn er mich verheiraten wollte.

Ich war an all dem nicht interessiert. Ich hatte unser Haus seit Jahren kaum verlassen und wusste *nichts* über Verabredungen. Aber er meldete mich trotzdem bei ein paar Dating-Webseiten an und arrangierte ein Treffen mit ein paar Jungs für mich. Er ließ die Männer zu uns nach

Hause kommen, und das war *mehr* als peinlich. Ich mochte keinen von ihnen, sie schienen nur an Sex interessiert zu sein, nicht an einer Beziehung. Jason war das egal, er drängte mich immer wieder, nicht so prüde zu sein. Aber ich wollte keinen dieser Männer.«

»Also ist er losgezogen und hat dir einen Ehemann gesucht«, schloss Brick.

Maisy konnte seinen Gesichtsausdruck nicht deuten und weigerte sich, Jack anzuschauen. »Ja«, entgegnete sie leise. »Ich weiß nicht, wie er das gemacht hat. Ich meine, er hat ein paar wirklich schreckliche Freunde, aber ich hätte nie gedacht, dass er oder sie so etwas tun würden.«

»Freunde wie Don Coffey?«, fragte Tiny.

»Ja.«

»Wer?«, fragte Owl.

»Don Coffey. Ryleigh hat Nachrichten und E-Mails zwischen ihm und Maisys Bruder gefunden. Er war nicht der Typ, mit dem er Stone entführt hat. Aber sie haben andere Sachen zusammen gemacht. Krankes Zeug, wie Frauen in Kneipen unter Drogen zu setzen und sie in Hotels zu bringen, um sie dort allein aufwachen zu lassen, ohne sich an den Abend zuvor zu erinnern.«

»Dreckskerle«, murmelte Spike.

Maisy musste dieser Einschätzung zustimmen. Sie hatte nicht gewusst, dass ihr Bruder und Don so etwas taten. Es machte sie krank und sie schämte sich noch mehr dafür, dass sie nicht früher zur Polizei gegangen war. Dass sie sich von ihrem Bruder so gründlich hatte manipulieren lassen.

»Warum hat dieser Don sie nicht geheiratet?«, fragte Spike. »Wenn Jason ihr Geld in die Finger kriegen wollte, warum hat er es nicht einfach einen seiner Freunde machen lassen?«

»Weil es dann jemand anderes wissen würde«, entgegnete Maisy. »Daran habe ich auch gedacht. Don ist furchtbar. Er hat immer gemeine Sachen zu mir gesagt und mich betatscht, wenn Jason nicht dabei war. Aber wenn mein Bruder Don dafür bezahlen müsste, dass er mich heiratet, müsste er ihm sagen warum, und dann müsste er wahrscheinlich auch noch etwas von meinem Erbe mit ihm teilen. Und Jason ist gierig. Er würde nicht mehr als nötig bezahlen wollen.«

»Also hat er jemanden entführen lassen. Und wozu? Um ihn zu zwingen, dich zu heiraten? So ein Mist passiert heute nicht mehr. Vielleicht in den alten Zeiten, als es noch Zwangsehen gab, aber heute? Niemals«, erklärte Owl und schüttelte den Kopf.

»Was hätte er denn getan, wenn ich keine Amnesie gehabt hätte?«, fragte Jack.

Maisy zwang sich, ihn anzuschauen. Er war hier derjenige, dem Unrecht getan worden war, nicht sie. *Er* war derjenige, der entführt und belogen worden war. Sie hatte genügend Zeit gehabt, sich von ihrem Bruder zu trennen, aber sie hatte es nicht getan. »Zwangsehen gibt es heute vielleicht nicht mehr, aber er hätte nicht gezögert, dir oder mir eine Waffe an den Kopf zu halten, um dich dazu zu bringen, es durchzuziehen.«

Ihre Worte waren ruhig, aber Maisys Herz klopfte wie wild und sie fühlte sich ein wenig benommen. Aber sie zwang sich fortzufahren.

»Er brauchte nur deine Unterschrift auf der Heiratsurkunde. Dann hätte er dich drei Monate lang in den Schutzraum in unserem Keller gesperrt, bis ich die Papiere unterschrieben hätte, um mein Erbe anzunehmen, und dann hätte er dich umgebracht.«

Plötzlich war der Raum elektrisch aufgeladen.

»Willst du mich auf den Arm nehmen?«

»Meine Güte.«

»Das darf doch nicht wahr sein!«

»Oh mein Gott.«

Maisy konnte es den Männern nicht verübeln, dass sie so reagierten.

»Was ist mit dir?«, fuhr Jack sie an.

Maisy konnte nicht anders, sie zuckte zusammen. »Was mit mir ist?«, fragte sie.

»Was wäre mit dir passiert, nachdem die drei Monate um waren?«

»Er hätte mich auch umgebracht. Er kann nicht riskieren, dass ich jemandem erzähle, was er getan hat.«

»Hat er wirklich geglaubt, er kommt damit durch, dass noch mehr Menschen in seinem Leben einfach verschwinden?«, fragte Brick.

»Ich glaube nicht, dass er wirklich viel darüber nachgedacht hat«, erwiderte Maisy ehrlich. »Solange er Zugang zu dem Geld hatte, schienen ihm die Details egal zu sein.«

»Aber das ist nicht passiert«, bemerkte Owl. »Stone ist aufgewacht und wusste nicht mehr, wer er war. Wann wurde die Entscheidung getroffen, ihn glauben zu lassen, dass ihr bereits verheiratet seid?«

Jack hatte seinen Freunden offensichtlich schon die Teile der Geschichte erzählt, die er kannte.

»Jason hat sich das spontan ausgedacht. Sobald Jack aufgewacht war und Jason herausgefunden hatte, dass er nicht wusste, wer er war, behauptete er, sein Schwager zu sein, und von da an ging es Schlag auf Schlag.«

»Und warum hast du da mitgemacht?«, fragte Brick in einem harten Ton und beugte sich vor.

Maisy wusste, dass diese Frage kommen würde, aber sie wusste genauso wenig wie vorher, wie sie sie beantworten sollte.

»Siehst du den blauen Fleck in ihrem Gesicht?«, antwortete Jack für sie.

Maisy ließ den Blick wieder zu ihm wandern.

Als alle nickten, fuhr Jack fort: »Sie hat noch mehr an ihren Armen und einen großen an der Hüfte. Sie hatte noch mehr. Überall auf ihrem Körper. Sie hat mir immer gesagt, dass sie tollpatschig ist, aber ich habe sie noch nie stolpern sehen, wenn wir zusammen waren.«

Maisys Gesicht glühte vor Verlegenheit, aber sie unterbrach ihn nicht.

»Als ich das erste Mal aufgewacht bin, habe ich gehört, wie Jason gemein zu ihr war. Ich verstand nicht, was ich da hörte, und dachte, ich hätte mich vielleicht verhört, weil mein Kopf so wehtat. Aber ich schätze, wenn der Mann bereit war, seiner Schwester eine Waffe an den Kopf zu halten, um mich zu zwingen, sie zu heiraten, dann war er nicht abgeneigt, sie zu bedrohen, um sie dazu zu bringen, das zu tun, was er wollte ... nämlich zu schweigen und die Geschichte über unsere Heirat mitzumachen. Lass mich raten: Es war seine Idee, mir zu sagen, dass ich ein Kopfgeldjäger bin.«

Maisy nickte und war mehr als erleichtert, dass er es selbst herausgefunden hatte. »Er sagte, es sei ein einsamer Beruf und würde erklären, warum du keine Freunde hast.«

»Und das Leben in Spokane, das Feuer in meinem Wohnblock?«

Wieder nickte Maisy.

»Die Zeremonie zur Erneuerung des Eheversprechens war wirklich brillant gemacht. Ich habe nichts geahnt.«

Sie hatte keine Ahnung, was sie sagen sollte. Nein, das war nicht wahr. »Es tut mir leid«, flüsterte sie.

»Tut es dir wirklich leid?«, fragte Jack.

Maisy biss sich auf die Lippe. Es tat ihr leid, dass sie ihn getäuscht hatte. Dass er sich von der Gier ihres Bruders hatte anstecken lassen. Aber tat es ihr auch leid wegen der letzten Wochen? Dass sie seine Frau war? Alles, was mit diesem Titel verbunden war?

Nein, das tat ihr nicht im Geringsten leid. Trotz der Angst, die über ihr schwebte, war sie so glücklich gewesen wie seit dem Tod ihrer Eltern nicht mehr. Jack gab ihr das Gefühl, dass sie etwas wert war. Als sei es keine lästige Pflicht, für sie zu sorgen, sondern ein Privileg. Sie war ihm nicht im Weg, sie ging ihm nicht auf die Nerven. Sie war seine Frau, um die er sich sorgte und die er beschützen wollte, weil sie wichtig war, nicht weil er ihr verpflichtet war.

Aber sie glaubte nicht, dass es im Moment in ihrem besten Interesse wäre, das alles zu sagen. Also sagte sie einfach: »Ja.«

Jack sah nicht glücklich aus, aber er sah auch nicht so aus, als wollte er über den Tisch springen, um sie zu erwürgen. Das wertete sie als Erfolg.

»Also, was jetzt?«, fragte Pipe. »Du bist wieder da. Der Mistkerl, der dich entführt hat, weiß nicht, wo du bist. Aber ihr seid vermutlich legal verheiratet, was bedeutet, dass die Uhr, bis Maisy ihr Geld bekommt, noch tickt.«

»Sie sind *nicht* wirklich verheiratet«, erklärte Owl. »Der Name auf der Heiratsurkunde ist nicht der seine. Jack Smith gibt es nicht. Und wir alle wissen, dass Ry diese Urkunde im Handumdrehen verschwinden lassen kann.«

Maisys Herz setzte einen Schlag aus. Es hatte ihr nicht gefallen, Jack zu betrügen, aber sie war überrascht, wie sehr ihr der Gedanke, nicht mit ihm verheiratet zu sein, jetzt wehtat.

»Das wird keines der Probleme hier lösen«, bemerkte

Jack. »Glaubst du, dass Jason aufgeben wird, an Maisys Geld zu kommen?«

»Ihr könntet euch scheiden lassen, dann wäre die Frist nicht eingehalten worden«, schlug Brick vor.

»Aber was dann? Schicken wir Maisy nach Hause, damit er jemand anderen entführen und das Gleiche tun kann?«, fragte Jack und schüttelte den Kopf. »Nein, das kommt nicht infrage.«

Maisys Herz schwoll an. Er mochte sie hassen und das, was sie getan hatte, aber wenigstens war er nicht bereit, sie zu ihrem Bruder zurückgehen zu lassen. Oder andere in die Gefahr zu bringen, entführt zu werden, um die Gier ihres Bruders zu befriedigen.

»Was passiert, wenn die drei Monate um sind, Maisy?«, fragte Pipe.

Sie drehte sich um und sah den tätowierten Mann an. »Was meinst du?«

»Wie bekommst du dein Geld? Ist das automatisch?«

»Oh, ähm, nein. Es gibt Papiere und andere Dinge, die unterschrieben werden müssen. Ich muss vor dem Bankangestellten und dem Anwalt, der für den Treuhandfonds zuständig ist, erscheinen, damit das Geld freigegeben wird.«

»Was hatte dein Bruder vor, nachdem du unterschrieben hast?«, fragte Jack.

»Wie ich schon sagte, er hat mir gedroht, dass er dich umbringen würde, weil er nicht riskieren konnte, dass dein Gedächtnis zurückkehrt.« Sie schaute weg. »Und er erwähnte etwas von einer Überdosis, die ich wegen meines Kummers nehmen würde. Ich nahm an, dass er danach mit seinen Millionen und den Erlösen aus unseren Lebensversicherungen glücklich bis ans Lebensende leben würde.«

»Moment – welche Lebensversicherungen?«, fragte Brick.

Maisy seufzte. »Eine, die ich für Jack unterschreiben musste, und eine, die er anscheinend irgendwann in meinem Namen abgeschlossen hat.«

»Verdammt, ich kann den Kerl nicht leiden«, knurrte Owl.

»Ich muss mit Ryleigh reden«, bemerkte Tiny.

»Ich dachte, du vertraust ihr nicht«, gab Brick zu bedenken.

»Tue ich auch nicht. Aber es gibt keinen Zweifel, dass die Frau sich mit Computern auskennt. Maisy, ich nehme an, dass das Geld aus deinem Treuhandfonds auf das Konto deines Bruders fließen soll?«

»Wahrscheinlich.«

»Also gut ... und was, wenn es das nicht tut? Was, wenn es auf ein Konto geht, das auf deinen Namen läuft?«

»Aber würde das Jason nicht direkt zu mir führen?« Maisy schüttelte den Kopf und geriet bereits in Panik. »Nein! Ich will nicht, dass er hier in der Nähe ist.«

»Ryleigh ist raffiniert genug, um etwas zu arrangieren, das niemand jemals zu dir oder der *Zuflucht* zurückverfolgen kann. Sie könnte wahrscheinlich auch die Lebensversicherungen stornieren. Und die Ehe annullieren lassen, sobald die drei Monate um sind.«

»Das kann sie tun?«, fragte Maisy mit einer hochgezogenen Augenbraue.

»Sie kann alles mit dem Computer machen. Deshalb traue ich ihr auch nicht. Ich denke, wir sollten uns auf jeden Fall ihre Meinung anhören.«

»Ich stimme zu«, entgegnete Brick. Alle anderen nickten ebenfalls.

Alle außer Jack.

»Stone? Was denkst du?«, fragte Owl.

»Ich denke, es ist schön und gut, wenn Ry ihre Magie

von der Tastatur aus wirken lässt, aber das verhindert nicht, dass Maisy sich persönlich zeigen muss, um an ihr Geld zu kommen. Und ich will nicht, dass sie auch nur in die Nähe ihres verdammten Bruders kommt. Keine Ahnung, was er tun wird, wenn er merkt, wie sehr er reingelegt wurde. Er wird verzweifelt versuchen, das Geld in die Finger zu bekommen.«

Er hatte recht. Jason würde wütend sein, wenn seine Pläne in die Hose gingen. Er war wirklich psychisch labil, das wusste Maisy jetzt, und sie wusste nicht, was er tun würde, wenn er sie wiedersah.

Aber wenn sie neu anfangen wollte, brauchte sie das Geld. Oh, nicht alles. Sie wollte sich nie wieder in die Situation bringen, ausgenutzt zu werden, und Millionen von Dollar auf ihrem Bankkonto könnten genau das bewirken. Außerdem hatte sie bisher noch nie Millionen gebraucht, und sie brauchte sie auch jetzt nicht. Sie brauchte nur genug, um für sich selbst zu sorgen. Vielleicht würde Ry ihr helfen, das meiste davon zu verschenken.

Sie würde genug behalten, um ein kleines Haus zu kaufen und bequem zu leben, irgendwo einen Job zu finden und zu versuchen, den Mann zu vergessen, der sie mit einem Trick dazu gebracht hatte, sie zu heiraten ... und den sie für den Rest ihres Lebens lieben würde.

Aber sie würde nichts von alledem tun können, wenn sie nicht das Richtige tat. Das tat, was sie schon lange vorher hätte tun sollen.

»Ich muss mit der Polizei sprechen. Erzählen, was ich euch erzählt habe«, platzte sie heraus.

»Wir können das hier für dich arrangieren«, entgegnete Brick.

Maisy schüttelte den Kopf. »Nein. Ich meine, das wäre schon in Ordnung, aber es gibt einen Polizisten in Seattle ...

ich glaube, er hat Jason schon immer misstraut. Er hat sich nach Marthas Tod ein paarmal bei mir gemeldet, konnte aber nie mit mir allein sprechen.«

»Wir können die Detectives von hier dazu bringen, mit ihm zu reden«, beruhigte Brick sie.

Aber Maisy wusste, dass sie irgendwann nach Seattle zurückkehren musste. Sie musste ihrem Bruder gegenübertreten. Sie musste ihm sagen, dass sie sich nicht länger von ihm manipulieren lassen wollte. Aber es war nicht nur das. »Ich habe Beweise«, gab sie im Flüsterton zu.

Sofort hatte sie die Aufmerksamkeit aller im Raum.

»Was für Beweise?«, bellte Jack.

Maisy musste schlucken. »Ich habe alles aufgeschrieben, nur für den Fall, dass mir etwas passiert. Ich habe es in ein Tagebuch geschrieben und Paige gesagt, wo ich es versteckt habe, und dass sie es zur Polizei bringen soll.«

Jacks Schultern entspannten sich ein wenig. »Okay, aber dir ist nichts passiert, also kannst du den Polizisten alles sagen, was du aufgeschrieben hast.«

»Ich habe auch Fotos gemacht«, sagte sie in einem viel ruhigeren Ton, als sie sich fühlte.

»Was? Und wann? *Wovon?*«, fragte Jack.

»An dem Abend, an dem er matschverschmiert hereingekommen ist. Ich war misstrauisch, was er vorhatte. Als ich wieder nach oben ging, schlich ich mich in das Badezimmer im Flur, das einen Blick auf den Garten hinter dem Haus bietet. Ich hatte eine altmodische Kamera. Du weißt schon, die mit echtem Film. Jason ging zurück in den Garten und ich machte Fotos von ihm, wie er etwas in diesem Loch machte. Ich weiß nicht, ob sie etwas taugen, vielleicht war es zu dunkel, aber vielleicht beweist die Filmrolle, dass da etwas ist, unter dem Spielfeld. Wenn die Polizisten den blöden Basketballplatz aufgraben, werden sie Martha finden. Ich weiß es einfach.«

»Du meine Güte«, hauchte Owl.

»Wo ist der Film?«, fragte Spike.

»In dem Loch in meinem Boden, zusammen mit dem Tagebuch. Und das ist noch nicht alles.«

»Was noch?«, fragte Jack.

»Ich habe Marthas Brieftasche. Ich habe sie auf dem Boden auf dem Rücksitz von Jasons Wagen gefunden. Er hat mich zu einem Arzttermin gebracht und ich musste immer auf dem Rücksitz sitzen, weil ich mich einmal übergeben hatte und ihm davon schlecht geworden war. Die Brieftasche lag auf dem Boden und ich habe sie aufgehoben. Ich verstand nicht, warum sie dort lag, warum sie in Jasons Wagen war, wenn sie doch angeblich mit ihrer Handtasche und einem Koffer voller Sachen die Stadt verlassen hatte.«

Die Männer tauschten alle einen Blick aus und Maisy wünschte sich, sie wüsste, was sie dachten.

»Wir könnten diese Paige dazu bringen, die Sachen zu holen, wie Maisy es von ihr verlangt hat«, schlug Pipe vor.

»Wenn Jason sie erwischt, ist sie so gut wie tot«, gab Jack zu bedenken.

Maisy zuckte zusammen. Sie hatte ihre Freundin nicht in Gefahr bringen wollen, als sie ihr von dem Versteck erzählt hatte, aber jetzt wurde ihr klar, dass das wahrscheinlich nicht das Klügste war, was sie je getan hatte. Es bestand die Möglichkeit, dass Paige das Tagebuch bereits geholt hatte, wie sie es verlangt hatte. Aber noch größer war die Wahrscheinlichkeit, dass Jason das Personal darüber angelogen hatte, wohin sie und Jack gegangen waren, um zu verbergen, dass sie aus dem Haus geflohen waren.

»Gut, dann sagen wir dem Polizisten, wo die Sachen versteckt sind, und *er* kann sie holen«, erklärte Jack.

»Nicht ohne Durchsuchungsbefehl«, sagte Spike und schüttelte den Kopf.

»Aber wenn Maisy der Polizei erzählt, was sie weiß und was sie in ihrem Garten gesehen hat, sollten die Beamten einen begründeten Tatverdacht haben«, betonte Jack.

»Hörensagen«, sagte Tiny.

»Verdammt.« Jack fuhr sich mit einer Hand durch die Haare.

»Ich kann gehen. Ich *will* gehen«, platzte Maisy heraus. »Ich hatte nie vor, jemand anderen in Gefahr zu bringen. Schon gar nicht Paige. Und ... ich muss Jason gegenübertreten. Er soll sehen, dass er mich nicht besiegt hat. Dass er nicht gewonnen hat.«

»Sie wäre nicht allein. Wir würden mit ihr gehen«, schlug Brick vor.

»Nein«, entgegnete Jack.

»Wir gehen zum Haus, holen die Beweise und gehen zu den Bullen.«

»Ich sagte, *nein*.«

»Ja«, erklärte Maisy und richtete sich in ihrem Sitz auf.

Jack starrte sie von der anderen Seite des Tisches aus scharf an.

Sie wandte den Blick nicht von ihm ab, als sie sprach. »Ich habe es versaut. Das ist *mein* Fehler. *Meine* Schuld. Ich hätte nach Marthas Verschwinden zur Polizei gehen sollen. Aber ich habe es nicht getan. Ich war feige. Und als Jason dich ins Haus geschleppt und mir gesagt hat, dass er mir einen Ehemann besorgt hat, hätte ich mich für uns beide einsetzen müssen. Aber stattdessen habe ich seinen dummen Plan mitgemacht, weil ich Angst hatte. Ich wusste, dass es falsch war, und trotzdem habe ich das getan, was ich immer getan habe: Ich habe mir alles von meinem Bruder vorschreiben lassen.

Das Geld ist mir verdammt egal. Ich wünschte, es wäre nicht da, denn dann wäre das alles nicht passiert. Meine Eltern wären vielleicht noch am Leben, Martha wäre *auf jeden Fall* noch am Leben und du wärst nicht mit einer Frau verheiratet, die du in einer Million Jahren nie gewählt hättest. Ich muss das tun, Jack.«

»Das ist nicht deine Schuld«, entgegnete er nach einem Moment.

Er hatte unrecht. Es war *alles* ihre Schuld. »Es ist auch nicht deine«, versicherte sie ihm. »Du hast nicht darum gebeten, entführt zu werden und so traumatisiert zu sein, dass dein Gehirn sich abschaltet, um damit fertigzuwerden. Ich habe nicht darum gebeten, Jahre meines Lebens in einem Nebel aus Angstzuständen und Antidepressiva zu verlieren. Du hast einmal gesagt, du würdest mich nie um etwas betteln lassen ... aber das werde ich. Ich muss das tun. Um mit meinem Leben weitermachen zu können. Um einen Abschluss zu haben.«

Jacks Kinnlade kribbelte, als er sie anstarrte. Dann knurrte er: »*Gut*. Aber ich habe Bedingungen. Wenn du schwanger bist, lasse ich dich nicht in die Nähe deines Bruders. Ich werde weder meinen Sohn noch meine Tochter in Gefahr bringen.«

Maisy hörte das Gemurmel der Männer um sie herum, aber sie behielt den Blickkontakt zu Jack. Es war schrecklich, dass er anscheinend das Gefühl hatte, dass er *sie* gefährden konnte, aber nicht sein Baby. Aber sie verstand es. Sie verstand es wirklich. »Abgemacht. Wenn ich schwanger bin, werde ich warten, bis das Baby geboren ist, bevor ich nach Seattle fahre.«

Jack seufzte, dann nickte er. »Und du wirst nicht allein gehen.«

Maisy sackte vor Erleichterung fast in ihrem Stuhl

zusammen. Sie *wollte* Jason nicht allein gegenübertreten. Wer weiß, was er tun würde, wenn sie allein auftauchte. Wahrscheinlich würde sie wie Martha in einem Loch im Garten landen oder zumindest mit Drogen vollgepumpt werden. Sie spürte immer noch die Wirkung des Valiums, das er sie gezwungen hatte zu nehmen. Sie nickte Jack zu.

»Und du wirst mich nie wieder anlügen. Ich will alles wissen. Wo du bist, wohin du gehst, mit wem du dir schreibst, wen du anrufst – *alles*, Maisy. Keine Geheimnisse mehr.«

Damit hatte sie kein Problem. Es war ja nicht so, dass sie irgendwelche Freundinnen hatte, denen sie schreiben oder die sie anrufen konnte. »Okay.«

»Ich meine es ernst. Ich werde keine Lügen mehr dulden.«

»Ich habe Okay gesagt«, erwiderte Maisy ein wenig gereizt. »Wann fahren wir los?«

»Wann wirst du wissen, ob du schwanger bist?«, gab er zurück.

Sie runzelte die Stirn. »Ich weiß es nicht.«

»Du kannst einen Termin bei Henleys Ärztin in der Stadt machen«, erklärte Tonka.

»Ich glaube, Cora hat vielleicht ein paar von diesen Tests, auf die du pinkeln musst«, fügte Pipe hinzu.

»Wir werden beides machen.«

»Vielleicht ist es für beides noch zu früh. Es kommt drauf an«, schlug Brick vor.

»Woher willst du das denn wissen?«, fragte Tiny.

Brick grinste. »Ich weiß es einfach.«

»Willst du uns irgendetwas sagen?«, fragte Spike seinen Freund.

»Nein. Und selbst wenn, würde Alaska mir in den

Hintern treten, wenn sie nicht diejenige wäre, die uns die guten Neuigkeiten mitteilt.«

»Du hattest deine Periode vor etwas mehr als einer Woche, richtig?«, fragte Jack Maisy.

Sie errötete heftig. Jack machte ihre Angelegenheiten absichtlich öffentlich, und obwohl es ihr nicht gefiel, wusste sie, dass sie es verdient hatte. Und *er* wusste verdammt gut, wann sie ihre Periode hatte. Er schien verärgert darüber zu sein, dass er sie noch nicht geschwängert hatte, und als sie gegen seine Annäherungsversuche protestierte und sagte, sie sei sich nicht sicher, ob sie Sex haben wolle, während sie blutete, hatte er es geschafft, all ihre Bedenken wegzuwischen. Er legte das Bett mit Handtüchern aus, hatte Sex mit ihr unter der Dusche und sorgte dafür, dass sie sauber und geschützt war, bevor sie einschliefen.

Aber sie hatten sich seitdem noch viele Male geliebt. Und auch wenn der Zeitpunkt nicht ideal war, war sie nicht so naiv zu glauben, dass sie nicht schwanger werden konnte, sobald ihre Periode vorbei war.

Sie nickte Jack anerkennend zu.

»Wir haben also noch ein paar Wochen Zeit, bis wir es wissen«, erklärte er in einem flachen Ton.

Maisy schluckte schwer. Wollte sie ein Baby von Jack? Ja ... und nein. Ja, weil sie ihn so verdammt sehr liebte, dass es fast wehtat. Und nein, weil ein Baby ihr das Weiterleben so viel komplizierter machen würde.

»Das ist wahrscheinlich sowieso besser. Das gibt dem Mistkerl Zeit zu schmoren und Ryleigh Zeit, das zu tun, was sie tun muss«, bemerkte Tiny. »Außerdem macht es keinen Sinn, zweimal dort hinzureisen. Sobald die drei Monate um sind, musst du zur Bank gehen, also können wir auch warten und zwei Fliegen mit einer Klappe schlagen.«

»In der Zwischenzeit werden wir dich auf jeden Fall zu

einem Arzt schicken, nur für den Fall, dass die Drogen, die dein Bruder dir all die Jahre verabreicht hat, bleibende Schäden verursacht haben, und damit du wieder auf die Beine kommen kannst«, erklärte Jack.

Maisy war froh, dass er »wir« gesagt hatte und nicht »du«. Sie hätte Jack keinen Vorwurf daraus gemacht, wenn er versucht hätte, sie loszuwerden, aber die Erkenntnis, dass er es nicht tat, ließ die Angst in ihrem Bauch ein wenig schwinden.

»Willst du den Fortschritt am Hangar sehen?«, fragte Owl Jack mit einem Lächeln.

»Aber ja! Ich habe gar nicht gefragt, was mit dem Hubschrauber los ist.«

»Wir holen ihn gerade. Er steht derzeit in Washington, bis die Ermittlungen gegen Grant abgeschlossen sind, aber danach gehört er uns.«

»Großartig«, bemerkte Jack.

»Ja, also ... willst du mit mir da rausgehen?«

»Ja. Ich bringe Maisy in die Hütte und treffe dich dann wieder hier.«

Alle standen auf, das Treffen war offensichtlich beendet. Maisy fühlte sich unbehaglich. Jack hatte recht, es würde noch ein paar Wochen dauern, bis sie wusste, ob sie schwanger war. Was sollte sie bis dahin tun?

Jack ließ ihr keine Zeit, darüber nachzudenken. Er gab ihr ein Zeichen, vor ihm herzugehen, und sie verließen den Konferenzraum. Alaska winkte ihr von der Rezeption aus zu, aber es war offensichtlich, dass Jack sich unbedingt mit Owl treffen wollte. Also schenkte Maisy ihr ein kleines Lächeln und ging weiter.

Bevor sie fertig war, öffnete Jack die Tür zu seiner Hütte. Er ging mit ihr hinein, blieb aber an der Tür stehen. »Ich komme später wieder«, erklärte er ihr.

Maisy nickte.

Dann drehte er sich um, ging zurück durch die Tür und machte sie fest hinter sich zu.

Maisy war allein – und hätte am liebsten geweint. Sie hatte nicht erwartet, dass Jack sie in die Arme nimmt und ihr sagt, dass er ihr verzeiht und sie immer noch liebt. Aber sie hatte ... *etwas* erwartet. Vielleicht mehr reden, wenn sie allein sind. Sie glaubte nicht, dass er sie völlig abweisen würde.

Sie ging zum Sofa, setzte sich und starrte durch die Fensterwand. Sie wusste nicht genau, ob sie den nächsten Monat in dieser Hütte überstehen würde, wenn Jack sie so behandelte.

Dann schüttelte sie den Kopf. Nein, sie würde das schaffen. Das war ihre Buße. Sie war schwach gewesen, hatte den besten Mann, den sie je gekannt hatte, betrogen. Sie würde jede Strafe hinnehmen, die er ihr auferlegte. Und was auch immer zwischen ihnen geschehen mochte, wenn alles gesagt und getan war, sie würde es so anmutig wie möglich akzeptieren.

Jack gehörte ihr nicht. So sehr sie sich auch wünschte, ihn für immer zu behalten, er war unter falschem Vorwand in ihr Leben getreten. Es spielte keine Rolle, ob sie ihn mit jeder Faser ihres Wesens liebte. Für ihn würde sie immer die Schwester des Mannes sein, der ihn entführt hatte. Die Frau, die ihn belogen hatte.

Sie zog ihre Schuhe aus und zog dann ihre Knie an. Sie legte ihre Füße auf den Rand des Sofakissens und schlang ihre Arme um ihre Beine. Sie stützte ihr Kinn auf ihre Knie und seufzte. Sie fragte sich, was Jason in diesem Moment tat. War er sauer? War er überhaupt besorgt?

Maisy schüttelte den Kopf und wusste, dass er es nicht war. Er machte sich Sorgen, dass er in ein paar Wochen nicht mehr an ihr Geld kommen würde, aber das war auch schon alles. Ihr Bruder interessierte sich für sich selbst und nur für sich selbst. Und bald würde er bekommen, was er verdient hatte. Karma würde ihn kriegen. Maisy musste daran glauben, sonst hätte sie wahrscheinlich nicht die Kraft, ihn zur Rede zu stellen und ihn zu verraten. Sie musste zugeben, dass sie an seinen Taten beteiligt gewesen war.

Sie war mitschuldig. Sie hatte den Mund nicht aufgemacht, als sie die Chance dazu gehabt hatte. Stattdessen hatte sie Beweise versteckt, zuerst, weil sie nicht glauben wollte, dass der Bruder, den sie kannte und liebte, ein Mörder sein könnte ... und dann, weil sie davon überzeugt war, dass er in der Lage war, sie zu töten.

Aber jede Liebe, die sie jemals für ihn empfunden hatte, war verschwunden. Jetzt liebte sie nur noch Jack, und sie würde alles tun, um ihn zu beschützen. Selbst wenn es vor ihr selbst wäre.

»Finde sie«, knurrte Jason Don an.

»Was ist mit ihm?«

»Er ist mir scheißegal!«

»Wenn ich sie finde, kann ich ihn also töten?«, fragte Don mit einem bösen Grinsen.

»Hast du mir nicht zugehört? Er ist ein *Nichts*. Ich habe, was ich von ihm brauche – seine Unterschrift auf einer Heiratsurkunde. Aber ich brauche meine Schwester. Lebendig. Sie muss nach drei Monaten bei der Bank erscheinen, um sich das Geld überweisen zu lassen.«

»Und ich bekomme zwanzigtausend, richtig?«, fragte Don.

»Ja«, stieß Jason zwischen zusammengebissenen Zähnen hervor.

»Ich werde sie finden. Sie können nicht weit weg sein. Ich habe schon mit einem Bekannten gesprochen, der am Flughafen arbeitet. Er besorgt es einem der Mädels, die am Schalter tätig sind. Sie hat sie überprüft und sie sind nicht in ein Flugzeug gestiegen, also müssen sie hier irgendwo sein.«

»Und wenn wir sie nicht bald finden, braucht meine Schwester das Geld zum Überleben. Sie wird nach drei Monaten zurück sein. Sie wird zur Bank gehen, weil sie eine gierige Schlampe ist«, wetterte Jason. Er *hasste* Maisy. Sie ging ihm schon seit Jahren auf die Nerven. Er hasste es, sich um sie kümmern zu müssen, und jeden verdammten Cent, den er für ihren Unterhalt ausgeben musste. Gäbe es sie nicht, hätte *ihm* das ganze Geld seiner Eltern gehört.

»Kann ich es vielleicht noch mal mit ihr treiben, bevor du sie beseitigst?«, fragte Don.

»Wenn du es ihr besorgen willst, nur zu. Aber sie ist nicht mehr die knackige Schlampe, die sie einmal war. Ihr Mann hat ihre Muschi sicher gedehnt.«

»Das ist mir egal. Sie hat schon immer auf mich herabgeschaut, solange ich sie kenne. Es wird mir ein Vergnügen sein, sie in ihre Schranken zu weisen.«

»Gut, aber wenn du das tust, musst du sie anschließend loswerden«, erwiderte Jason.

»Kein Problem.«

»Okay.«

»Was wirst du in der Zwischenzeit tun?«, fragte Don.

Jason runzelte die Stirn. »Was immer ich will, verdammt. Ich habe bereits alle angeheuerten Helfer gefeuert. Ich habe sie nur zum Schein hierbehalten und um auf meine Schwester aufzupassen.«

»Ach, verdammt. Ich mochte die Plätzchen, die die Köchin gemacht hat.«

»Wie dem auch sei«, entgegnete Jason und verdrehte die Augen. Die Wut stieg wieder in ihm auf. Als er aufgewacht war und festgestellt hatte, dass sowohl Maisy als auch ihr verdammter Ehemann verschwunden waren, war er zutiefst schockiert gewesen. Dann war er in Panik geraten. Es war ihm scheißegal, wer Jack wirklich war, aber er brauchte Maisy. Zumindest für einen weiteren Monat oder so.

Zum ersten Mal seit der Entführung wünschte er sich, er hätte mehr Fragen über den Mann gestellt, für dessen Entführung er bezahlt hatte. Er hatte keine bestimmten Bedingungen gestellt, sondern nur gesagt, dass er jemanden brauchte, den er zwingen konnte, seine Schwester zu heiraten. Der Mann, den der Freund seines Freundes angeheuert hatte, war ein Geist. Jason hatte keine Möglichkeit, ihn zu kontaktieren, und der Mann würde sich wahrscheinlich nicht melden, selbst wenn er seine Nummer gehabt *hätte*. Sobald er bezahlt worden war, war der Mann so gut wie verschwunden.

Deshalb hatte Jason keine Ahnung, wer Jack war. Er wusste nicht einmal seinen Nachnamen oder woher er kam. Er hatte auch keine Ahnung, ob er Freunde in hohen Positionen hatte, die ihm dabei helfen konnten, mit Maisy einfach zu verschwinden, so wie sie es anscheinend getan hatten.

Aber das war auch egal. Irgendwann würde die Schlampe zurückkommen. Das musste sie, wenn sie an ihr Erbe kommen wollte. Und wenn sie zurückkam, würde Jason bereit sein.

Er hatte nicht getan, was er all die Jahre getan hatte, nur um jetzt zu versagen. Nein, er hatte ihr Erbe und die Lebensversicherungspolicen, die er einlösen musste. Sobald er das getan hatte, war er bereit. Er könnte das verdammte Haus für ein paar weitere Millionen verkaufen und nach Mexiko ziehen. Dort war es verdammt billig und er konnte wie ein König leben und sich alle Muschis aussuchen, die er wollte.

Er war seinem Ziel zu nahe, als dass seine Schwester ihm jetzt noch alles vermasseln könnte.

Er drehte Don den Rücken zu und starrte auf den Garten hinaus. Der Basketballkorb sah erbärmlich und reparaturbedürftig aus. Er musste sich darum kümmern, bevor er das Haus auf den Markt brachte. Der Gedanke daran, was unter dem Beton begraben lag, brachte ihn zum Lächeln. Er war schlauer als alle anderen. Die Polizisten waren Idioten, er hatte sie alle überlistet. Niemand hatte einen Verdacht gegen ihn, und bald würde er wieder Millionär sein und sein Leben neu beginnen können, und zwar ohne seine Schwester, die wie Ballast war.

Der einzige Unsicherheitsfaktor war Jack. Aber letztendlich war er unwichtig. Jason würde ihn genauso leicht loswerden wie seine Schwester. Er hätte tun sollen, was er von vornherein geplant hatte, und ihn in den Schutzraum im Keller sperren. Jetzt war es zu spät, aber Jack würde bekommen, was er verdient hatte.

Die Tür zum Arbeitszimmer schloss sich und Jason hörte, wie Don den Flur entlang zur Eingangstür ging. Um seinen alten Freund würde er sich wahrscheinlich auch kümmern müssen. Er könnte Martha im Garten Gesellschaft leisten. Oder er würde die Polizei anrufen und ihn den Bullen übergeben, nachdem der Idiot seine Schwester umgebracht hatte. So würde er zwei Fliegen mit einer Klappe schlagen. Don würde eingesperrt werden und er müsste ihm keinen Cent zahlen.

Jason lächelte und beschloss, dass ihm dieser Plan gefiel.

Es war ihm egal, dass die Zahl der Toten exponentiell anstieg. Es zählte einzig das Geld in seiner Tasche. Er würde alles tun, was nötig war, um es zu bekommen. Er *hatte* getan, was nötig war. Er brauchte nur noch ein paar Wochen, und wenn er Maisy nicht vor dem dreimonatigen Jubiläum ihrer Hochzeit gefunden hatte, würde sie zu *ihm* kommen.

Er kannte seine Schwester und wusste, wie sie dachte. Sie würde zurückkommen, und sei es nur, um ihr Geld zu fordern.

Und wenn sie das tat ... war sie so gut wie tot.

KAPITEL SECHZEHN

Maisy saß in Bricks und Alaskas Hütte und konnte es kaum glauben. Die Frauen, die in der *Zuflucht* lebten, waren so … *nett* gewesen. Das hatte sie nicht erwartet, vor allem nicht, nachdem sie von ihrer Rolle bei Jacks Entführung erfahren hatten. Oder zumindest der Tatsache, dass sie ihm nicht sofort die Wahrheit gesagt und die Scheinhochzeit durchgezogen hatte.

Alaska hatte sie eingeladen, heute Abend zu einer improvisierten Babyparty zu kommen. So nannte sie es, und anscheinend war es eine Ausrede für alle, um zusammenzukommen und über »Mädchenkram« zu reden.

Maisy war vor einer Woche hier eingetroffen und sie war sich nicht sicher, ob sie es bis zum dritten Monat ihrer Ehe schaffen würde.

Jack war nicht gemein zu ihr, er behandelte sie weder wie eine Gefangene noch wie eine Ausgestoßene, aber er war auch nicht der Mann, den sie kennen und lieben gelernt hatte. Nicht dass sie ihm einen Vorwurf hätte machen können, und sie wusste nicht genau, ob sie in der

Lage wäre, so höflich zu bleiben, wenn sie so behandelt worden wäre wie er.

Aber sie hasste es, im Gästezimmer zu schlafen. Sie schlief auch nicht besonders gut, und sie glaubte, dass es Jack auch so erging. Manchmal hörte sie ihn nachts schreien, wenn er einen seiner Albträume hatte. Sie wäre am liebsten zu ihm gegangen, um ihn zu beruhigen, wie sie es früher getan hatte, aber da das nicht möglich war, blieb ihr nichts anderes übrig, als auf dem ausziehbaren Sofa zu liegen und ihm beim Leiden zuzuhören.

Wenn er mit ihr sprach, war er übermäßig höflich, was sie zutiefst verletzte. Es war, als seien sie Fremde, und das schmerzte mehr als alles andere, was in den letzten Monaten passiert war. Ihm mochte es leichtfallen, die Erinnerungen an ihre gemeinsame Zeit zu verdrängen, aber sie konnte es nicht. Sie liebte ihn immer noch. Und es tat weh zu merken, dass er sie nicht genauso liebte, egal was er gesagt hatte, bevor er sein Gedächtnis wiedererlangt hatte.

Als Alaska sie einlud, mit ihr und den anderen Frauen etwas zu unternehmen, ergriff Maisy die Gelegenheit. Eigentlich hätte sie das nicht tun sollen. Sie sollte sich besser nicht mit diesen Frauen anfreunden, denn sobald die drei Monate um waren, würde sie abreisen. Aber wenn sie noch einen weiteren Abend in der Hütte sitzen musste, während Jack sich verhielt, als sei sie eine Fremde, ein Hausgast, den er gerade so tolerierte, würde sie durchdrehen.

Die Hütte war überfüllt, aber das schien niemanden zu stören. Alaska war gerade in der Küche und schenkte denjenigen, die nicht schwanger waren, Getränke ein. Jess, eines der Zimmermädchen, brachte Snacks und Getränke von der Küche ins Wohnzimmer und alle anderen saßen lachend und redend herum.

Maisy saß auf dem Boden und lehnte sich mit dem Rücken gegen das Sofa neben Ry. Cora und Lara saßen auf einem Sofa. Henley, Reese und Luna – die Tochter des Chefkochs der *Zuflucht* – saßen alle auf dem Sofa hinter ihr und Ry. Die Stimmung war entspannt und fröhlich, und Maisy wurde klar, dass sie so etwas noch nie erlebt hatte. Zumindest nicht mehr, seit sie in der Highschool an ein paar Pyjamapartys teilgenommen hatte.

»Was hat Stone dir über uns alle und den Mist, den wir durchgemacht haben, erzählt?«, fragte Henley Maisy.

Sie schüttelte den Kopf. »Nichts.«

»Was meinst du mit nichts?«, fragte Reese.

»Genau das. Nichts«, versicherte Maisy langsam.

»Worüber redet ihr abends?«, fragte Cora.

»Ähm ... nichts.«

»Genau, die haben wahrscheinlich Besseres zu tun«, bemerkte Jess grinsend. Aber niemand sonst sah so aus, als sei ihre Bemerkung amüsant ... ein Beweis dafür, dass sie alle wussten, dass es zwischen ihr und Jack nicht gut lief.

»Nein, bei uns ist das nicht so«, sagte Maisy zu Jess und versuchte, lässig zu klingen und sich die Enttäuschung, die sie durchströmte, nicht anmerken zu lassen. Als sie sich unter den Frauen umsah, verspürte sie plötzlich das Bedürfnis, all ihre Sünden zu beichten. Sie hatte keine Ahnung, was sie von ihr hielten – obwohl sie nicht glaubte, dass sie sie hassten; sonst wäre sie jetzt nicht hier. Aber sie wollte ihnen sagen, dass es ihr leidtat. Dass es ihr leidtat, dass sie an dem, was mit Jack passiert war, mit Schuld war. Dass es ihr leidtat, dass sie sich auf den Plan ihres Bruders eingelassen hatte, nicht dass sie eine Wahl gehabt hätte, aber trotzdem. Alles tat ihr leid.

»Jack ist der tollste Mann, den ich je kennengelernt habe. Er ist alles, was ich mir je von einem Partner gewünscht habe. Die paar Wochen, die wir zusammen waren, waren ... fantastisch.« Bei dem letzten Wort wurde ihre Stimme leiser. Es schien so unzureichend für die Gefühle, die Jack in ihr auslöste. »Aber ich wusste, sobald er sein Gedächtnis zurückerlangt hatte, würde diese kurze Zeit vorbei sein. Und das war sie auch. Mein Bruder, er ist ... böse. Ich weiß nicht warum. Wir sind mit den gleichen Voraussetzungen aufgewachsen. Aber er hat beschlossen, dass Geld für ihn das Wichtigste auf der Welt ist. Ich weiß es nicht genau, aber ich glaube, er hat meine Eltern getötet. Und ich weiß, dass er Martha, seine Frau, getötet hat. Alles für Geld. Und dann hat er beschlossen, dass er auch mein Erbe haben will.«

Maisy plapperte, aber sie konnte nicht aufhören. Sie redete auch viel zu schnell, aber sie wollte nicht unterbrochen werden, weil sie befürchtete, nicht alles sagen zu können, was sie sagen wollte. »Da ich verheiratet sein muss, um mein Geld zu bekommen, hat er Jack entführt und wollte ihm eine Waffe an den Kopf halten, oder mir, wahrscheinlich beides, und ihn zwingen, die Heiratsurkunde zu unterschreiben. Dann wollte er ihn für die geforderten drei Monate in unserem Keller einsperren, bis ich mein Erbe einfordern konnte, und ihn dann töten. Und mich. Ich wollte das nicht tun. Jack gegen seinen Willen heiraten, aber ich hatte keine andere Wahl.

Nein, das ist nicht wahr. Ich *habe* es getan. Ich hätte Nein sagen können. Ich hätte meinem Bruder sagen können, dass er zur Hölle fahren soll, aber das habe ich nicht getan, weil ich zu viel Angst vor den Konsequenzen hatte. Es ist also genauso meine Schuld wie die meines Bruders, dass Jack mit mir verheiratet ist. Und jetzt hasst er mich dafür.«

Als sie fertig war, war sie ganz außer Atem und Maisy hatte kurzzeitig ein schlechtes Gewissen, weil sie die Stimmung im Raum so sehr gedrückt hatte. Aber sie fühlte sich viel besser, nachdem sie das alles gesagt hatte.

»Es ist nicht deine Schuld«, versicherte Henley ihr.

»Ich habe mich der Behauptung meines Bruders angeschlossen, dass wir bereits verheiratet sind. Ich habe Jack angelogen und die Geschichte aufrechterhalten. Und Jason hielt mir *keine* Waffe an den Kopf. Ich war die ganze Zeit mit Jack allein. Ich hätte es ihm sagen können. Ich hätte ihm sagen können, dass er von dort verschwinden soll. Aber ich habe es nicht getan«, bemerkte Maisy traurig.

»Was hätte dein Bruder mit dir gemacht, wenn du nicht auf seine Geschichte eingegangen wärst?«, fragte Reese.

Maisy zuckte mit den Schultern. »Einen anderen ahnungslosen Kerl entführt? Mich in meinem Zimmer eingesperrt. Mich geschlagen.«

»Genau!«, rief Reese so heftig, dass Maisy vor Überraschung zusammenzuckte. »Tut mir leid, ich wollte dich nicht erschrecken, aber im Ernst, du hattest keine Wahl. Wenn du nicht getan hättest, was dein Bruder von dir wollte, wäre es nicht gut für dich ausgegangen. Du bist genauso ein Opfer, wie Stone es war.«

Maisy schätzte es, dass Reese versuchte, sie zu verteidigen, aber sie war noch nicht an dem Punkt, an dem sie sich selbst verzeihen konnte.

»Und Stone hasst dich nicht«, bemerkte Alaska, als sie aus der Küche kam und sich zu allen gesellte. Sie setzte sich auf Maisys andere Seite und legte eine Hand auf ihr Knie. »Das tut er nicht«, betonte sie, als Maisy sie ungläubig ansah.

»Er spricht kaum mit mir. Die meiste Zeit ist es so, als sei ich gar nicht da. Wenn er es tut, ist er übermäßig höflich und gibt sich alle Mühe, mich nicht zu berühren oder mir überhaupt zu nahe zu kommen. Ich verstehe das natürlich,

ich würde mich auch hassen, wenn ich das durchgemacht hätte, was er durchgemacht hat, aber … es tut weh.« Maisy holte tief Luft und schaute sich im Raum um. Viele der Frauen hier waren verheiratet. Sie hatten Männer, die alles daransetzten, dass sie in Sicherheit waren. Wahrscheinlich sagten sie ihnen jeden Abend, wie sehr sie sie liebten.

»Wir waren wochenlang fast vierundzwanzig Stunden am Tag zusammen. Und ich … ich habe den Fehler gemacht, ihm zu nahezukommen. Ich habe den Fehler gemacht zu glauben, dass wir *wirklich* ein Paar sind. Er hat mich selten zwei Minuten lang nicht berührt. Er setzte sich so nahe zu mir, dass unsere Schenkel aneinandergepresst waren. Er hatte immer eine Hand auf meinem Bein oder strich mit seinen Fingern über meine Wange. Und nachts …« Maisys Stimme brach ab, als sie auf ihren Schoß hinunterblickte. »Er hielt mich so fest im Arm, dass ich ihn als Kopfkissen benutzte. Und jetzt tut er so, als hätte er einen Strom führenden Draht angefasst, wenn er aus Versehen meine Finger berührt. Es war alles eine Lüge. Aber es hat sich nicht wie eine Lüge *angefühlt*«, erklärte Maisy so leise, dass sie sich nicht sicher war, ob jemand sie hören konnte.

»Es war keine Lüge«, bemerkte Lara nachdrücklich. »Für keinen von euch beiden. Er beobachtet dich. Wenn du nicht hinsiehst, kann er den Blick nicht von dir abwenden. Er behält dich ständig im Auge, um dafür zu sorgen, dass du in Ordnung bist.«

Aber Maisy schüttelte nur unglücklich den Kopf.

»Neulich, als du mit Tonka in der Scheune warst, ist er in die Lodge gestürmt und wollte wissen, wo du bist, und hat Brick und Spike gesagt, dass er dich nicht finden kann. Er klang verzweifelt«, erklärte Henley.

»Mein Vater hat mir erzählt, dass er ausdrücklich darum gebeten hat, einen Bohnenauflauf zu machen, weil das eines deiner Lieblingsgerichte war, das die Köchin in eurem Haus in Seattle immer gemacht hat«, fügte Luna hinzu.

»Und er war fast so schlimm wie Tiny, er hat mich bei der Arbeit überwacht und darauf bestanden, dass ich besonders vorsichtig bin und deinem Bruder nicht verrate, wo du bist, damit er dich nicht in die Finger bekommt«, sagte Ry zu Maisy.

Ihre Worte fühlten sich gut an. Richtig gut. Aber Maisy konnte sie sich nicht zu Herzen nehmen. Wenn auch nur ein Funken Ermutigung in ihre Seele sickerte, würde es umso mehr schmerzen, wenn Jack sich ihrer entledigte. Er wartete nur darauf, dass ihre Ehe die drei Monatsmarke erreicht hatte, damit sie über ihr Geld verfügen konnte. Wenn das geschehen war, konnte er es hinter sich bringen und musste kein schlechtes Gewissen haben, die Annullierungspapiere zu unterschreiben und sie vor die Tür zu setzen.

»Gib nicht auf«, entgegnete Alaska eindringlich und legte ihre Finger für einen Moment um Maisys Bein. »Ich weiß am besten, wie es ist, jemanden zu lieben und nicht zu wissen, ob er diese Gefühle erwidert. Aber hier bin ich ... bei dem Mann, den ich mein ganzes Leben lang geliebt habe.«

Maisy drehte sich zu ihr um. »Ich kann nicht glauben, dass Brick dich nicht schon immer geliebt hat. Du bist alles für ihn, das ist offensichtlich.«

»Das bin ich *jetzt*, ja«, entgegnete Alaska. »Aber das war nicht immer so. Du kennst unsere Geschichten wirklich nicht?«

Maisy schüttelte den Kopf.

»Nun, lehn dich zurück, meine Liebe. Wir haben einige Geschichten zu erzählen.«

Die nächste Stunde war für Maisy eine aufschlussreiche

Erfahrung. Sie hatte nicht gewusst, dass diese Frauen so etwas Schreckliches durchgemacht hatten. Sie schienen so ... normal. Glücklich. Nachdem sie von ihren Erlebnissen gehört hatte, hatte sie noch mehr Ehrfurcht vor ihnen. Sie fühlte sich noch unwichtiger als sie.

»Siehst du? Alles kann gut werden. Du musst nur Vertrauen haben«, sagte Alaska zu ihr, als alle fertig erzählt hatten.

Aber Maisy konnte nur ungläubig ausatmen. »In keiner eurer Situationen habt ihr eure Männer angelogen. Sie getäuscht. Euch an einem verdammten *Entführungsplan* beteiligt«, protestierte sie.

»Hör mir zu, Maisy. Ernsthaft«, sagte Lara, beugte sich vor und fixierte Maisy mit ihrem intensiven Blick. »Owl und Stone sind zusammen durch die Hölle gegangen. Eines Nachts wurde ich neugierig und schaute mir eines der Videos an, die ihre Entführer online gestellt hatten, als sie noch Kriegsgefangene waren, und ich schaffte es gerade mal zehn Sekunden, bevor ich abschalten musste. Was mit ihnen geschehen ist, war *schrecklich*. Es hat sie dazu gebracht, ihr ganzes Leben infrage zu stellen und das, woran sie glaubten. Trotzdem habe ich noch nie zwei Männer getroffen, die besser für eine Beziehung geeignet sind. Sie haben beide so viel Liebe in sich. Sie sorgen sich um die ganze Welt. Aber noch mehr als das: Sie sind denen, die sie lieben, gegenüber loyal. Sie beschützen sie. Ich dachte, Owl würde den Verstand verlieren, als wir Stone nicht finden konnten und nicht wussten, was er durchmachte.

Nach dem zu urteilen, was ich gesehen habe, sieht Stone dich so an, wie Owl mich ansieht. Als könnte er nicht glauben, dass ich in seinem Leben bin. Dass ich mit *ihm* zusammen bin.« Sie sah die anderen an und grinste. »Ich meine, mir ist völlig klar, dass er mich am liebsten rund um die Uhr in seiner Hütte beschützen würde, damit mir nichts zustößt. Und jetzt, da ich schwanger bin, ist dieses Bedürfnis noch stärker. Aber er tut es nicht, weil er natürlich weiß, dass ich das hassen würde. Also erträgt er seine Unsicherheit und die Angst, dass mir oder unserem Kind etwas zustoßen könnte, jedes Mal wenn ich aus der Haustür trete, und lässt mich meinem normalen Alltag nachgehen. Das heißt aber nicht, dass er mich nicht beobachtet. Er wartet darauf, dass ich etwas brauche. Wenn ich das tue, ist er da. Ohne Fragen zu stellen. Und das gibt ihm ein gutes Gefühl. Es befriedigt ein tiefes Bedürfnis in ihm.«

»Sie hat recht«, bemerkte Henley leise. »Du wärst eine tolle Psychologin«, sagte sie lächelnd zu Lara.

Die andere Frau verdrehte nur die Augen. »Nein, ich kenne nur meinen Mann. Wie auch immer, ich habe ein gutes Argument. Wie ich schon sagte, beobachtet Stone dich so, wie Owl mich beobachtet. Er tut vielleicht so, als sei es ihm egal, aber ich glaube, das ist ein Selbstschutzmechanismus. Seine Welt ist ins Wanken geraten, und zwar gründlich. Und das sage ich nicht, um dich zu verletzen, das ist einfach eine Tatsache. Er war so verängstigt, dass sein Gehirn sich abgeschaltet und als Schutzmechanismus fungiert hat, indem es ihm nicht gestattet hat, sich an die Vergangenheit zu erinnern. Aber jetzt, da sein Gedächtnis wieder da ist, versucht er herauszufinden, wie er seine Liebe zu dir mit dem, was dein Bruder und *du* ihm angetan habt, in Einklang bringen kann. Wie Alaska schon sagte: Gib *nicht* auf. Die Gefühle, die Stone für dich hatte, sind nicht verschwunden. Sie sind immer noch da. Sie sind nur durcheinander mit all den anderen Gefühlen, mit denen er versucht klarzukommen. Aber wenn es hart auf hart kommt, würde er trotzdem sein Leben für dich geben. Daran habe ich keinen Zweifel.«

Maisy wollte ihr glauben. Sie sehnte sich danach, in Jacks Augen etwas anderes als Misstrauen zu sehen. Aber sie hatte keine Ahnung, wie sie das Geschehene wiedergutmachen konnte. Wenn das überhaupt möglich war. Sie war sich nicht sicher, ob das Leben für sie so gut werden konnte, wie es für alle um sie herum war, aber sie wollte es. Gott, wie sehr sie sich danach sehnte.

»Also, können wir jetzt über Babys reden?«, fragte Luna. »Ich kann es kaum erwarten, dass ihr endlich eure Kinder bekommt!«

Alle lachten, auch Maisy. Es war eine Erleichterung, die Spannung im Raum zu brechen.

»Ich weiß nicht, wie es den anderen geht, aber ich bin mehr als bereit, dieses Kind zur Welt zu bringen«, erklärte Henley, während sie sich den Bauch rieb.

»Wie weit bist du?«, fragte Maisy.

»Ungefähr im siebenten Monat. Reese ist einen Monat nach mir dran und Lara hat erst vor Kurzem erfahren, dass sie schwanger ist.«

»Ich bin so verdammt aufgeregt!«, rief Alaska aus.

»Ich habe Neuigkeiten«, sagte Cora ein wenig schüchtern. »Unsere Bewerbung als Pflegefamilie wurde angenommen.«

Alle johlten und freuten sich darüber.

»Wann bekommt ihr euer erstes Kind? Wisst ihr, wie alt es ist? Ein Junge oder ein Mädchen?«, fragte Jess und ließ Cora zwischen den Fragen keine Gelegenheit zu antworten.

»Ich weiß es nicht. Wir haben uns eigentlich ältere Kinder gewünscht. Keine Babys. Es gibt so viele Kinder, die ein sicheres Zuhause brauchen. Und es ist uns egal, ob es ein Junge oder ein Mädchen ist.«

»Habt ihr nicht gesagt, dass ihr euch wegen eines bestimmten Kindes beworben habt?«, fragte Ry.

»Ja. Es gab einen siebenjährigen Jungen, von dem Pipe gehört hat, aber seine Großeltern haben beschlossen, ihn aufzunehmen und aufzuziehen.« Cora zuckte mit den Schultern. »Ich bin mir sicher, dass es noch andere geben wird. Die Agentur könnte jederzeit anrufen, jetzt, da wir zugelassen sind.«

»Ich finde das großartig«, erklärte Lara und umarmte ihre Freundin. »Ich freue mich so sehr für euch.«

»Und Jasna wird begeistert sein. Sie mag Babys, aber ich glaube, sie wäre glücklicher mit jemandem, mit dem sie spielen und dem sie alles hier zeigen kann«, bemerkte Henley.

Während die Frauen über Schwangerschaftsgelüste, Koliken und andere kinderbezogene Themen sprachen, beugte Ry sich vor und flüsterte Maisy ins Ohr: »Können wir reden?«

Maisy sah die andere Frau an und wusste nicht, worüber sie mit ihr reden wollte, aber sie zuckte mit den Schultern und nickte.

Ry stand sofort auf, ergriff Maisys Hand und zog sie ebenfalls auf die Beine. »Maisy und ich werden uns jetzt über etwas anderes unterhalten als über Babys«, informierte sie ihre Freundinnen.

»Ihr verpasst was ganz Tolles, wenn ihr geht, nämlich eine Unterhaltung darüber, wie unsere Möpse auf die Größe von Bowlingkugeln anwachsen werden«, stichelte Henley.

»Oh Gott, ist es zu spät, meine Meinung über ein Kind zu ändern?«, fragte Lara.

Alle lachten, als Ry Maisys Hand festhielt und sie in die Küche zog. Die Hütte war nicht riesig und so offen gestaltet wie die von Jack, aber es schien, als würde niemand sie und Ry in der Ecke der Küche beachten.

Ry ließ Maisys Hand los und lehnte sich mit der Hüfte gegen den Tresen. »Ich habe ein bisschen gegraben.«

Mehr sagte sie nicht.

Maisy runzelte verwirrt die Stirn. »Okay?«

»Du weißt, was ich tun kann, oder?«

»Äh ... ja. Die Jungs haben gesagt, dass du dich gut mit Computern auskennst.«

Ry lächelte nicht. Sie zog eine Augenbraue hoch. »Ich bin nicht gut mit Computern«, erklärte sie. »Ich bin *verdammt gut* mit Computern. Es gibt niemanden, der besser ist als ich. *Niemanden.* Ich kann mich in die Datenbanken des FBI und der CIA einhacken, russische Atomwaffencodes besorgen, herausfinden, was die chinesische Führung Tag für Tag plant, und alle Forschungen über ihre verdammten Spionageballons und alle Fortschritte Nordkoreas bei der illegalen biologischen Kriegsführung auslöschen. Sich in die Datenbank eines Unternehmens zu hacken und Lebensversicherungspolicen zu kündigen oder zu ändern, wohin Geld aus einem Treuhandfonds überwiesen wird ... das ist ein Kinderspiel für mich. Verstehst du?«

Maisy starrte die Frau vor ihr an. Sie wusste, dass Ryleigh talentiert war, wenn es um die Arbeit am Computer ging, allein aufgrund dessen, was die Jungs gesagt hatten. Aber sie hatte keine Ahnung gehabt, *wie* talentiert sie war. »Ich glaube schon«, sagte sie nach einem Moment.

»Gut. Ich wollte nur sichergehen, dass du nicht ausflippst, wenn du dich in dein Bankkonto einloggst und deinen Kontostand siehst.«

»Was hast du gemacht?«, flüsterte Maisy.

»Nichts, was niemand verdient hätte. Erstens habe ich die monatlichen Überweisungsdaten vom Konto deines Bruders auf deines geändert – das neue Konto, das ich in der Stadt für dich eingerichtet habe –, sodass du jetzt deine monatliche Unterstützung bekommst, die du schon seit Jahren hättest bekommen sollen. Tiny hat mir auch von den Lebensversicherungen erzählt, die Jason auf dich und Stone abgeschlossen hat. Die wurden storniert, also musst du dir darüber keine Sorgen mehr machen. Außerdem habe ich das Haus überschrieben – es hätte eigentlich überhaupt nicht passieren dürfen, dass dein Bruder als alleiniger Besitzer eingetragen wird; das Haus wurde euch beiden vermacht. Der Mistkerl hat das irgendwie geändert, sodass es nur noch auf *seinen* Namen läuft – ich habe das geändert, auf dich. Nur so zum Spaß habe ich es auch auf den Markt gestellt. Jason wird überrascht sein, wenn das erste Mal jemand kommt, um es zu besichtigen.«

Maisy starrte sie ungläubig an.

»Was? Entschuldige, wolltest du dort wohnen, nachdem wir deinen Bruder rausgeworfen haben?«

»Nein! Ich meine, ich habe das Haus einmal geliebt, aber jetzt verbinde ich damit zu viele schlechte Erinnerungen. Ich will nie wieder dort wohnen.«

»Gut. Dann bekommst du den Erlös, wenn es verkauft wird, und kannst damit die Summe ausgleichen, die er dir all die Jahre vorenthalten hat. Ich weiß nicht genau, wie lange das dauern wird, denn ich bin mir sicher, dass Jason sich weigern wird, das Haus zu verlassen, aber die Angebote werden bei mir eingehen und ich werde sie mit dir anschauen, damit du entscheiden kannst, was du annehmen willst. Ich habe es zu einem sehr wettbewerbsfähigen Preis angeboten, also denke ich, dass du mehrere gute Angebote bekommen solltest.«

»Du meine Güte«, bemerkte Maisy, vollkommen beeindruckt von Ry.

»Die einzige Auflage, die ich *nicht* umgehen kann, ist,

dass du persönlich auftauchen musst, um für dein Erbe zu unterschreiben. Das tut mir leid. Du musst also noch einmal nach Seattle fliegen, um das zu erledigen. Aber ich habe von Tiny gehört, dass du das schon weißt.«

Maisy nickte. »Ich will das durchziehen.«

Ry starrte sie einen Moment lang an. Dann sagte sie: »Du willst deinem Bruder zeigen, dass er nicht gewonnen hat.«

»Ja.«

»Gut für dich. Stone braucht jemanden, der Rückgrat hat. Ich bin noch nicht so lange hier wie einige der anderen, aber ich mag ihn. Er ist anstrengend, aber auf gute Art und Weise, falls das Sinn macht.«

Das stimmte. Maisy nickte.

»Ich war nicht begeistert, als ich hörte, dass er verschwunden war. Ich hatte ein schlechtes Gewissen, weil ich nicht in der Lage war, Lara, Owl und Stone zu erreichen, bevor er entführt wurde. Und es war schrecklich, dass ich nicht an der richtigen Stelle gesucht habe, um ihn zu finden. Dein Bruder ist ein Mistkerl, aber er ist nicht dumm. Nein, ich nehme das zurück – er ist ein Vollidiot. Er hatte keine Ahnung, wer Stone war und wen er entführt hatte. Ich wette, wenn er gewusst hätte, dass er ein ehemaliger Pilot der Spezialeinheit ist und knallharte Freunde hat, die alles tun würden, um ihn zu finden, hätte er sich einen anderen Mann ausgesucht. Aber du hättest dich ja auch nicht in irgendeinen Mann verliebt, also bin ich froh, dass er sich für Stone entschieden hat, auch wenn Jason ein Idiot ist.«

Maisys Gehirn drehte sich bei Rys Worten. Sie konnte nicht mehr mithalten. Aber zum Glück schien die andere Frau keine Antwort zu erwarten. Sie redete weiter. »Ich war darauf vorbereitet, dich nicht zu mögen, Maisy. Es hat mir in den Fingern gejuckt, so viel Chaos wie möglich in deinem

Leben anzurichten, aber dann habe ich gemerkt, dass du schon jede Menge Chaos hast durchmachen müssen. Dein Bruder hatte dich isoliert, dich unter Drogen gesetzt, dich bedroht und verletzt. Alles nur des Geldes wegen. Und ich sah auch, wie Stone dich anschaut. Dann musste ich ihm versprechen, dass nichts, was ich elektronisch gemacht habe, auf dich zurückfällt. Er liebt dich offensichtlich.«

Maisy schüttelte den Kopf, noch bevor Ry zu Ende gesprochen hatte.

»Das tut er. Und ich stimme allem zu, was Lara da drin gesagt hat. Wenn du nicht für diesen Mann kämpfst, bist du nicht die Frau, für die ich dich halte. Es wird nicht leicht sein, aber das ist bei allem so, was sich lohnt, oder?«

»Ich weiß nicht, was ich tun soll. Er will nicht mit mir reden. Er will mich nicht anfassen. Er will mich nicht mal *ansehen*.«

»Verführe ihn«, erklärte Ry, ohne zu zögern.

Maisy verschluckte sich fast. »Was?«

»Zieh alle deine Sachen aus und steig zu ihm ins Bett. Er wird dir nicht widerstehen können.«

»Oder er könnte mich von sich wegschieben und ich würde vor Scham sterben«, erwiderte Maisy ungläubig.

»Das wird nicht passieren. Vertrau mir.«

Maisy wollte es. Das wollte sie wirklich. Aber sie hätte es nicht ertragen können, wenn Jack sie zurückweisen würde, wenn sie am verletzlichsten war.

»Sag mir die Wahrheit ... glaubst du, dass du schwanger bist?«

Maisy seufzte. »Nein.«

»Falls du schwanger *wirst*, wird dieser Mann dich nicht mehr aus den Augen lassen«, überlegte Ry.

»Ich will ihn nicht in die Falle locken. Ich will auf keinen Fall, dass ich mir Gedanken darüber machen muss, ob er nur wegen des Kindes mit mir zusammen ist oder weil er mich liebt.«

»Ja, das ist ein Problem«, erklärte Ry seufzend. »Ich sage immer noch, dass toller Sex ihn dazu bringen wird, dich nicht mehr zu ignorieren.«

Maisy wollte das. Unbedingt. Sie lebte in der Erinnerung an die Art und Weise, wie sie sich geliebt hatten, bevor alles aus dem Ruder gelaufen war. Und Jacks Baby zu bekommen wäre ein wahr gewordener Traum. Er würde der beste Vater sein, den ein Kind sich wünschen könnte.

»Also«, erklärte Ry und betrachtete Maisys Gesicht genau, wobei sie selbst ein kleines Lächeln aufsetzte, »während du darauf wartest, deinem blöden Bruder gegenüberzutreten, hast du immer noch Zeit, Stone davon zu überzeugen, dass er ohne dich nicht leben kann.«

»Aber wie?«

»Ich weiß es nicht. Aber du bist schlau, du wirst es schon hinbekommen«, sagte Ry leichthin und lehnte sich gegen den Tresen, als hätte sie keinerlei Sorgen auf der Welt.

»Ich bin *nicht* schlau«, protestierte Maisy. »Ich habe die Schule abgebrochen und nur knapp den Abschlusstest bestanden. Jack ist erst der zweite Mann, mit dem ich je zusammen war. Ich habe keine Ahnung, wie ich ihn davon überzeugen soll, dass ich ihn wirklich liebe und meinen Bruder für das hasse, was er getan hat.«

»Warte, was?«

»Was, *was*?«, fragte Maisy, selbst verwirrt.

»Was meinst du damit, dass du deinen Abschlusstest nur knapp bestanden hast?«

»Genau das. Jason hat mir gesagt, ich hätte so schlecht abgeschnitten, dass ich einen Punkt vom Durchfallen entfernt war.«

»Und du hast ihm geglaubt?«, fragte Ry und ihr Gesichtsausdruck zeigte genau, wie lächerlich sie das fand.

»Ähm ... ja?«, sagte Maisy.

»Hör zu, während ich mich über deinen Bruder, den Trottel, informiert habe, habe ich auch über dich nachgeforscht. Du hast siebenhundertfünfundachtzig Punkte.«

»Ja, das sind fünfundsechzig Prozent«, erwiderte Maisy achselzuckend.

»Was? Nein, das ist falsch! Du meine Güte. Wir wissen, dass Jason nicht gerade ein aufrechter Kerl ist, aber wenn er dir gesagt hat, dass die Höchstpunktzahl für den GED Abschlusstest zwölfhundert ist, hat er gelogen. Das ist keine Punktzahl für *irgendetwas*. Beim SAT sind es sechzehnhundert für eine perfekte Punktzahl und beim ACT sechsunddreißig.

Der GED-Test ist in vier Fächer aufgeteilt. Ein knappes Bestehen bedeutet einhundertfünfundvierzig Punkte in jedem Abschnitt. Erreichst du zwischen hundertfünfundsechzig und hundertvierundsiebzig Punkte in einem Abschnitt, bedeutet das in der Regel, dass du für das College geeignet bist. Wenn du besser abschneidest, kannst du dir den Test für das College anrechnen lassen. Maisy, du hast einhundertneunzig Punkte in Mathe erreicht – was übrigens dein *niedrigstes* Ergebnis war – zweihundert Punkte im sprachlichen Denken, einhundertsiebenundneunzig in Sozialkunde und einhundertachtundneunzig in Naturwissenschaften. Mädchen, du bist praktisch ein Genie!«

Maisy starrte Ry verwirrt an. »Ich bin nicht fast durchgefallen?«

Ry lachte. »Nein, Maisy. Du hast in einem Bereich perfekt und in zwei anderen fast perfekt abgeschnitten. Du bist ganz sicher nicht *fast* durchgefallen.«

»Oh mein Gott«, flüsterte Maisy. »Ich habe mich immer

gefragt, wie ich so schlecht abschneiden konnte. In der Schule hatte ich immer nur Einsen. Aber ich hatte schon angefangen, so viele Medikamente zu nehmen, dass ich dachte, es lag vielleicht an den Medikamenten. Trotzdem habe ich Jason beim Wort genommen, wie bei allem anderen auch.«

»Dein Bruder wusste, wie klug du bist. Er wusste auch, dass du *auf jeden Fall* schlau genug warst, um zu erkennen, dass er Abschaum ist. Ich nehme an, er hat dich jahrelang unter Drogen gesetzt, damit er das Geld ausgeben konnte, das für dich bestimmt war.«

Das hatte er. Maisy hasste Jason bereits, aber jetzt hasste sie ihn noch mehr. Ihr ganzes Leben lang hatte sie gedacht, sie sei wertlos. Dumm. Und ihr eigenes Fleisch und Blut hatte sie in diesem Glauben bestärkt. Und wofür? Für Geld.

»Ich hasse ihn«, presste sie zwischen zusammengebissenen Zähnen hervor.

»Ich auch«, entgegnete Ry fast lässig. »Aber ich kümmere mich um ihn. Wusstest du, dass dein Erbe über die Jahre gewachsen ist?«

Maisy zog eine Augenbraue hoch und sah sie an.

»Stimmt, tut mir leid. Natürlich weißt du das nicht. Es sind nicht mehr vier Millionen Dollar. Es sind fast zehn.«

»*Was?* Ist das dein Ernst?«

»Ja. Du bist eine waschechte Millionärin.«

Aber Maisy schüttelte den Kopf. »Ich will es nicht.«

»Was? Das Geld?«

»Ja. Ich will es nicht. Geld hat mir nichts als Herzschmerz bereitet. Es hat meinen Bruder in ein Monster verwandelt, ihn dazu gebracht, meine Eltern zu töten, eine unschuldige und nette Frau zu ermorden und Jack zu entführen.«

»Ich dachte, ich mochte dich vorher, aber jetzt glaube

ich, ich liebe dich«, entgegnete Ry ohne jede Spur von Belustigung oder Humor. »Geld ist definitiv die Wurzel allen Übels. Und ich mache dir keinen Vorwurf, dass du es nicht haben willst. Aber du wirst etwas brauchen, von dem du leben kannst, wenn dein Bruder keine Bedrohung mehr ist.«

»Ich werde mir etwas einfallen lassen.«

Ry sah sie einen Moment lang an. »Wie wäre es, wenn du einen Teil behältst, etwa eine Million, und den Rest verschenkst?«

»Eine Million ist zu viel«, bemerkte Maisy.

Aber Ry lachte. »Nein, ist es nicht. Du hast keine Ahnung, wie schnell das Geld weg sein wird, vor allem wenn du ein Baby hast. Aber zum Glück hast du eine Freundin, die die besten Aktien und Anleihen kennt, in die du investieren kannst.«

Maisy warf ihrer neuen *Freundin* einen bösen Blick zu.

Ry grinste. »Na gut. Auf meine Fähigkeiten als Anlageberaterin kommen wir ein anderes Mal zu sprechen. Wenn du das Geld nicht willst, was willst du dann damit machen?«

»Es spenden.«

»Gute Idee. Zufälligerweise bin ich auch eine Expertin für legale wohltätige Organisationen. Wohin soll das Geld gehen?«

»Ich weiß es nicht. Ich mag Tiere.«

»Ich kann dir einige sehr gute Tierheime und Auffangstationen empfehlen, die das Geld wirklich brauchen«, bemerkte Ry.

»Und Kinder. Oh, und Veteranengruppen. Können wir etwas an *Die Zuflucht* geben?«

»Ja. Das ist allerdings etwas schwierig, denn Brick und die anderen Jungs sind ziemlich empfindlich, wenn es um Spenden geht. Aber ich habe bereits Geld hierhergeleitet.

Wusstest du, dass sie einen Spendenknopf auf ihrer Webseite haben? Ich habe eine automatische Spende eingerichtet, die alle vier Tage über ihre Webseite geschickt wird.« Sie lächelte. »Und sie haben keine Ahnung. Es ist fantastisch. Der Hangar, den sie für den Hubschrauber bauen? Er wird nur mit Spenden finanziert.«

»Und die kamen von dir?«, vermutete Maisy.

»Ja. Ich meine, es gibt auch noch andere Spenden, die ich nicht initiiert habe, aber es fühlt sich verdammt gut an, diesen Jungs das zu geben, was sie brauchen, um diesen Ort noch besser zu machen, als er ohnehin schon ist. Sie leisten hier wirklich großartige Arbeit.«

»Woher bekommst du das Geld?«, fragte Maisy.

Und schon war der glückliche, zufriedene Ausdruck auf Rys Gesicht verschwunden. »Das spielt keine Rolle. Okay, also Tiere, Kinder, Veteranen ... was noch?«

Maisy wollte noch mehr Fragen stellen, aber es war klar, dass Ry sie nicht beantworten würde. »Ähm ... es gab eine Frau, die in dem Haus gearbeitet hat. Ihr Name ist Paige. Ich habe gehört, dass Jason sie gefeuert hat, genau wie die anderen, die für uns gearbeitet haben. Das ist nicht richtig. Sie hat jahrzehntelang für uns gearbeitet, und ich bin sicher, dass er sie unterbezahlt hat.«

»Du hast recht, das hat er. Ich werde dafür sorgen, dass sie und die anderen, die für euch gearbeitet haben, angemessen entlohnt werden. Sonst noch etwas?«

Maisy machte noch ein paar Vorschläge, aber ehrlich gesagt hatte sie keine Ahnung, wie man neun Millionen Dollar verschenken könnte.

»Ich fange mit deinen Vorschlägen an und dann machen wir weiter, was meinst du?«, fragte Ry sanft.

Maisy schluckte schwer und wurde plötzlich von ihren Gefühlen überwältigt. Sie war vor einer Woche hier in New

Mexico angekommen und hatte erwartet, gemieden und ausgegrenzt zu werden. Stattdessen wurde sie von diesen Frauen in die Gemeinschaft aufgenommen, als sei sie schon immer da gewesen. Und Ry ... Maisy fand nicht die richtigen Worte, um ihr zu danken.

»Es wird alles gut«, versicherte Ry ihr sanft.

Maisy atmete tief durch und nickte. »Ja. Das wird es. Denn ich werde ihn ausliefern.«

»Deinen Bruder?«

Sie nickte. »Ich kann nicht beweisen, dass er meine Eltern getötet hat. Aber ich werde tun, was ich kann, um zu beweisen, dass er seine Frau umgebracht hat. Ich habe ein paar unscharfe Fotos, die ich im Dunkeln gemacht habe, ich habe Marthas Brieftasche – was wichtig ist, weil Jason der Polizei gesagt hat, dass sie sie mitgenommen hat, als sie gegangen ist –, ein paar Aufnahmen von meinem Bruder, wie er sich mir gegenüber schlecht benimmt, und ein Tagebuch, in dem ich alles aufgeschrieben habe, was mir einfällt und das hoffentlich untersucht werden kann.«

Ry starrte sie einen Moment lang an, bevor sie sagte: »Ich habe E-Mails. Und SMS. Ich habe sie von seinem Telefon heruntergeladen. Bei Martha wird es helfen, aber vielleicht nicht in Bezug auf deine Eltern. Das ist schon zu lange her. Ich werde sie ausdrucken und du kannst sie mitnehmen, wenn du dich mit der Polizei in Washington triffst.«

»Das machst du? Das *würdest* du tun?«

»Auf jeden Fall. Ich werde alles tun, was dazu beiträgt, ihn zu fassen und dafür zu sorgen, dass du in Sicherheit bist.«

»Warum?«

»Weil er mit dem, was er getan hat, nicht davonkommen sollte. Weil er ein gieriges Schwein ist. Und weil ich dich mag, Maisy. Wir sind uns sehr ähnlich. Mehr als du denkst. Du musstest Dinge tun, die du nicht tun wolltest, weil du keine andere Wahl hattest. Du musstest zu deiner eigenen Sicherheit schweigen. Ich verstehe das. Ich verstehe es *so sehr*. Du verdienst eine zweite Chance, und ich will dir dabei helfen.«

»Das verdienst du auch.« Woher die Worte kamen, wusste Maisy nicht genau, aber sie hatte das Gefühl, dass diese Frau ebenfalls eine zweite Chance verdiente.

Ry lächelte traurig. »Da bin ich mir nicht so sicher. Meine Sünden sind viel größer als deine. Ich wurde nicht gezwungen zu lügen. Ich habe das ehemalige Zimmermädchen hier in der *Zuflucht* durch Täuschung dazu gebracht zu gehen, damit ich den Job bekommen konnte. Und ich bin mir nicht sicher, ob jemand mir verzeihen kann, dass ich Informationen über die Frauen hatte, als sie in Schwierigkeiten waren, und sie nicht weitergegeben habe.«

»Nach dem zu urteilen, was ich gerade gehört habe, *hast* du es doch weitergegeben«, protestierte Maisy.

Ry zuckte mit den Schultern. »Das reichte aber nicht. Ich bin mir sicher, dass die Männer das auch so sehen. Außerdem weiß ich einiges über *Die Zuflucht*. Dinge, von denen sie nicht wollen, dass jemand sie erfährt, und ich werde ihnen nicht sagen, wie ich es herausgefunden habe. Obwohl es offensichtlich sein sollte. Die Elektronik kann nichts vor mir verbergen. Tiny traut mir definitiv nicht.«

Maisy biss sich auf die Lippe, aber da sie alle ihre Karten auf den Tisch legten, beschloss sie zu fragen, was sie auf dem Herzen hatte. »Warum bist du noch hier? Ich meine, ich bezweifle, dass du den Job als Zimmermädchen wirklich brauchst.«

»Ich brauche ihn nicht. Und ich bin geblieben, weil ich Stone finden wollte«, bemerkte Ry.

»Nun, er ist hier. Und es geht ihm gut.«

»Du willst, dass ich gehe?«, fragte Ry und legte den Kopf schief.

»Nein! Ganz und gar nicht. Aber bei all dem Gerede über Jack und wie er mich ansieht fällt mir auf, dass Tiny dich kaum aus den Augen lässt.«

»Richtig, weil er Angst hat, dass ich den Laden in den Ruin treibe oder so«, erklärte Ry und verdrehte die Augen.

»Das glaube ich nicht.«

»Nein«, erwiderte Ry und schüttelte den Kopf.

»Nein, was?«

»Glaube nicht, dass zwischen Tiny und mir etwas sein kann. Ich bin im Moment noch hier, weil ich daran arbeite, deinen Bruder hinter Gitter zu bringen. Tut mir leid, aber wenn du auch nur einen Funken Liebe für ihn übrig hast, musst du darüber hinwegkommen. Er ist ein Monster.«

»Ich weiß, dass er das ist. Aber, Ry ...«

»Bitte nicht«, flüsterte die andere Frau in einem gequälten Ton.

Maisy wollte sie drängen. Sie wollte mehr für Ry tun, aber es war offensichtlich, dass sie vieles nicht wusste, und es war auch nicht so, dass sie Tiny besonders gut kannte. Es gefiel ihr einfach nicht, ihre neue Freundin so ... resigniert zu sehen. Weswegen? Maisy wusste es nicht, aber es gefiel ihr nicht.

»Na gut. Ich weiß nicht, wie ich mich bei dir für deine Hilfe revanchieren soll, aber wenn du etwas brauchst, bin ich für dich da, Ry.«

»Danke. Du weißt gar nicht, wie viel mir das bedeutet.«

»Doch, das weiß ich.«

»Lass Stone nicht gehen«, flüsterte Ry. »Er liebt dich. Das weiß ich. Er wird einige Zeit brauchen, um über das Geschehene hinwegzukommen, aber das wird er. Tu, was ich dir gesagt habe. Verführe ihn. Ich habe noch nie zwei Menschen gesehen, die so gut zueinanderpassen wie du und Stone.«

Maisy war sich da nicht so sicher. Sie hatte nicht heruntergespielt, wie schwierig und schlecht die Dinge zwischen ihr und Jack waren. Aber sie wollte nicht mehr darüber nachdenken. »Weißt du, warum alle ihn Stone nennen? Ich bringe das nicht übers Herz. In meinem Kopf war er schon immer Jack, aber ich bin neugierig.«

»Als er zum Piloten ausgebildet wurde, mussten sie diese Ertrinkungs-Übung machen. Es hört sich schrecklich an und die Videos sind noch schlimmer. Sie wurden in einen Hubschraubersimulator kopfüber ins Wasser gesetzt. Sie mussten dreißig Sekunden lang an Ort und Stelle bleiben, bevor sie versuchen konnten, wieder herauszukommen. Dann wurden diese Düsen eingeschaltet, die Blasen vom Boden des Beckens schlagen. Ich glaube, die sind für Taucher, die gerade lernen, damit sie nicht zu heftig auf das Wasser aufschlagen. Wie auch immer, sie werden eingeschaltet und sofort ist die Sicht weg und das Wasser ist aufgewirbelt. Es sieht verdammt beängstigend aus. Stone ist nicht der beste Schwimmer und jedes Mal, wenn er aus dem Hubschrauber stieg, sank er direkt auf den Grund des Beckens.«

»Er ist gesunken wie ein Stein«, bemerkte Maisy mit einem kleinen Lächeln.

»Jup.«

»Wie hat er es dann geschafft? Ich meine, er musste das doch durchstehen, um ein Night Stalker zu werden, oder?« Maisy hatte schon viel darüber gehört, wie toll Jack und Owl waren. Nur sehr wenige Menschen schafften es, legendäre Night-Stalker-Piloten zu werden. Das zu hören war nicht überraschend, denn sie wusste bereits, wie erstaunlich Jack war, aber sie war trotzdem beeindruckt.

»Er durfte die Prüfung am Ende des Kurses wiederholen. Er verbrachte jeden freien Moment im Schwimmbad und versuchte, schwimmen zu lernen. Er war schon so weit, dass er nicht mehr sofort unterging, wenn er im Wasser war, aber er war immer noch kein guter Schwimmer. Bei der Wiederholungsprüfung schaffte er es, an die Oberfläche zu kommen, und obwohl er die niedrigste mögliche Punktzahl erhielt, hat er bestanden. Danach blieb der Spitzname hängen.«

»Woher in aller Welt *weißt* du das?«, fragte Maisy.

Ry zog nur eine Augenbraue hoch.

»Richtig, tut mir leid. Ich vergaß. Super-Computer-Hackerin«, meinte Maisy mit einem kleinen Lachen.

»Und er hat auch nicht immer eine Brille getragen.«

Maisy war verwirrt. Was hatte sein Spitzname mit seiner Brille zu tun?

Ry ließ sie nicht lange warten, um ihren Gedankengang zu klären. »Hubschrauberpiloten müssen perfekt sehen können. Sie können nicht in der Wüste herumfliegen und ein Sandkorn im Auge haben, das ihnen die Kontaktlinsen zerkratzt oder so. Und wenn die Brille während eines Einsatzes beschlägt, wäre das auch nicht gut.«

»Das ist wahr«, stimmte Maisy zu.

»Er hat sie bis vor ein paar Jahren nicht gebraucht. Er hat sich so lange dagegen gewehrt, wie er konnte – weil er ein Mann ist –, und ist dann endlich zum Augenarzt gegangen. Die Brille ist zwar nicht so stark, aber er war trotzdem nicht begeistert, dass er sie braucht.«

»Ich mag sie. Er ist so etwas wie ein sexy Bibliothekar, aber als Mann. Moment, das klang sexistisch. Natürlich können Männer Bibliothekare sein.«

»Ja. Tonkas ehemaliger Partner, der in Virginia lebt, ist Bibliothekar.«

»Wirklich?«

»Ja.«

»Cool. Wie auch immer, vielleicht sollte ich sagen, dass er einer dieser älteren Professoren ist, von denen ich immer in Liebesromanen lese«, sagte Maisy. Dann wurde sie rot. Sie hatte nicht zugeben wollen, dass sie so etwas liest.

»Ooooh, die liebe ich«, stimmte Ry zu, was Maisy in ihrer Wahl des Lesestoffs bestärkte. Was dumm war. Warum war es wichtig, was sie gern las? Und Liebesromane waren toll. Sie endeten immer glücklich und gaben ihr ein gutes Gefühl, weil sie davon überzeugt war, dass die Dinge für die Menschen in Ordnung kommen konnten. Das gab ihr Hoffnung für sich selbst.

Dann schockte Ry Maisy zu Tode, indem sie die Hand ausstreckte und sie an sich zog. Sie umarmte sie fest, und es fühlte sich so gut an, wieder berührt zu werden. Maisy hatte gar nicht gemerkt, wie sehr sie unter Berührungsmangel litt, bis Jack aufgetaucht war. Und jetzt, da er sich Mühe gab, auch nur den kleinsten Körperkontakt mit ihr zu vermeiden, bedeutete diese Umarmung noch mehr.

»Tu, was eine Heldin in einem Liebesroman tun würde. Geh mitten in der Nacht nackt in sein Zimmer und stürze dich auf ihn, bevor sein Gehirn Zeit hat, sich zu wehren.« Ry flüsterte Maisy diese Worte ins Ohr, zog sich zurück, lächelte, öffnete den Kühlschrank und holte einen weiteren Krug mit dem süßen Gebräu, das Alaska gemixt hatte, bevor sie zurück in den anderen Raum ging, wo die Mädchen immer noch plauderten.

Als Maisy den Frauen im anderen Raum beim Reden zusah, stellte sie fest, dass sie sich im Moment eigentlich ganz gut fühlte. Sie war tagelang niedergeschlagen gewesen und es war schön zu wissen, dass Ry hinter ihr stand. Und nicht nur sie. Alle Frauen waren mehr als nett gewesen.

Plötzlich verstand sie, warum Jack so loyal war. Wenn sie solche Freunde hätte, würde sie auch alles tun, um dafür zu sorgen, dass in deren Leben alles in Ordnung war. Sie hatte keine Ahnung, was die Zukunft bringen würde, aber Maisy würde dafür sorgen, dass nichts, was sie sagte oder tat, negative Auswirkungen auf *Die Zuflucht* oder die Menschen, die dort lebten und arbeiteten, hatte. Die Welt brauchte mehr Menschen wie sie.

Ehrlich gesagt machte ihr die Konfrontation mit ihrem Bruder eine Heidenangst, aber bevor sie mit ihrem Leben weitermachen konnte, musste sie es durchziehen. Sie wollte, dass er wusste, dass er sie nicht kaputt gemacht hatte. Dass sie, egal wie schlecht er sie behandelt hatte, darüber hinwegkommen würde. Wenn sie sich auf sein Niveau herablassen musste, um ihm zu zeigen, wie ernst es ihr war, dann war es eben so. Sie würde nie wieder auf seine Tricks und Manipulationen hereinfallen. Hoffentlich würde er für das, was er getan hatte, im Gefängnis landen, aber wenn nicht, wollte sie nicht, dass er für den Rest ihres Lebens versuchen würde, sich an ihr zu rächen.

Maisy wollte frei sein. Sie wollte, dass Jack frei war. Denn eines wusste sie über ihren Bruder: Er war ausgesprochen missgünstig. Und wenn es auch nur eine einprozentige Chance gab, dass er Jack etwas antun konnte, dann würde er es tun. Und das war nicht akzeptabel. Maisy musste das Unrecht, das Jack angetan worden war, wiedergutmachen und dabei vielleicht auch ihre eigene Vergangenheit hinter sich lassen.

Jason wäre wütend und würde wahrscheinlich versuchen, ihr wehzutun. Aber sie glaubte nicht, dass er sie umbringen würde. Denn wenn sie starb, würde ihr Geld an die Wohlfahrt gehen, nicht an ihn. Sie würde sagen, was sie zu sagen hatte, und sich dann von ihm fernhalten.

Sie glaubte nicht, dass *Jack* ihren Bruder zur Rede stellen wollte. Und sie glaubte auch nicht, dass Jack sie lange aus den Augen lassen würde, da er wusste, wozu Jason fähig war. Also musste sie sich die Zeit nehmen, die er ihr zugestehen wollte. Selbst wenn es nur eine Minute war, würde das ausreichen.

Mit etwas mehr Zuversicht für die bevorstehende Reise nach Washington gesellte Maisy sich wieder zu den anderen Frauen. Sie ließ sich von Ry ihren Becher nachfüllen und genoss das Gefühl, zum ersten Mal in ihrem Leben Teil einer eng verbundenen Gruppe zu sein.

KAPITEL SIEBZEHN

Etwas musste passieren. Stone war sich nicht sicher, ob er noch lange so weitermachen konnte. Mit jedem Tag, der verging, wurde es schwieriger, sich von Maisy fernzuhalten. Je mehr er versuchte, sich von ihr fernzuhalten, desto mehr wünschte er sich, bei ihr zu sein. Vor allem wenn sie sich so sehr bemühte, sich anzupassen und um in der *Zuflucht* zu helfen.

Einmal war sie mit Tonka und Jasna in der Scheune, wo sie die Ställe ausmisteten. An einem anderen Tag stand sie mit Robert und Luna in der Küche und machte lachend eine große Schüssel Salat. Und an einem weiteren Tag ging sie mit einigen Gästen und Brick wandern, unterhielt sich mit ihnen und hielt sie bei Laune, während sie marschierten.

Aber die Dinge zwischen den beiden liefen nicht gut. Stone wusste einfach nicht, was er ihr sagen sollte, wenn sie zusammen in einem Raum waren.

Ry hatte ihn erst vor ein paar Tagen in die Enge getrieben und ihm ein dickes Bündel Papiere in die Hand gedrückt und gesagt, er solle endlich mal in die Gänge kommen. Wenn er glaubte, dass Maisy in diesem Haus nicht genauso gefangen war wie er selbst, war er ein Idiot.

Als er die E-Mails und Nachrichten von Jason an seine sogenannten Freunde durchgelesen hatte, war er bereit, sofort nach Washington zu fliegen und den Mann zu beseitigen.

Die Korrespondenz reichte mehrere Jahre zurück. Er machte sich regelmäßig über Maisy lustig, indem er seinen Kumpeln sagte, sie sei erbärmlich und eine »verklemmte Prüde«. Er verzweifelte daran, jemals jemanden zu finden, der sie heiratet, weil sie so fett, dumm und hässlich war. Er hielt sich für so schlau, dass er ihr Medikamente gegen Angstzustände verabreichte, um sie gefügig zu machen. In anderen E-Mails beklagte er sich darüber, wie schlecht seine Frau im Bett war, und er zeigte sich kein bisschen besorgt, als sie »verschwand«.

Aber es war ein Gespräch zwischen Jason und seinem Freund Don, das Stone dazu brachte, seine Meinung über Maisy zu überdenken. Es war ein paar Wochen, nachdem sie geheiratet hatten. Don hatte gefragt, ob Maisy Probleme machte, da ihr neuer Mann nun unter demselben Dach wohnte. Seine Antwort hatte sich in Stones Kopf eingebrannt.

Nein. Meine Schwester ist so verliebt in ihn, dass sie alles tut, was ich ihr sage.

Maisy hatte ihm öfter gesagt, dass sie ihn liebt, als Stone zählen konnte. Doch nachdem sein Gedächtnis zurückgekehrt war, hatte er an allem gezweifelt, was sie je gesagt hatte. Jetzt, da er mehr Zeit zum Nachdenken hatte, um das Geschehene zu verarbeiten, hatte er das Gefühl, dass sie nicht gelogen hatte, als sie sagte, dass sie ihn liebte.

Er war noch nie mit einer Frau zusammen gewesen, die so wunderbar mit ihm im Einklang war. Immer wenn er

Kopfschmerzen hatte, merkte sie es und legte sich zu ihm aufs Bett. Sie sprachen nicht miteinander, aber wenn sie sich an ihn schmiegte, fühlte er sich irgendwie besser.

Und sie hatten keinen Sex ... sie liebten sich. Er bezweifelte ernsthaft, dass irgendeine Frau eine so gute Schauspielerin sein konnte, wie Maisy es zu sein schien, wenn sie allein waren. Er hatte schon ein oder zwei One-Night-Stands gehabt, aber die hatten nicht die Verbindung, die er und Maisy im Bett hatten. Sie tat eifrig alles, was er von ihr verlangte, auch wenn sie offensichtlich nervös war. Es war ausgeschlossen, dass sie mit ihm geschlafen hatte, weil ihr Bruder es ihr befohlen hatte.

Sie hatte sogar alles getan, um nicht mit Jason allein zu sein, was Stone voll und ganz gebilligt und gefördert hatte. Die wenigen Male, die sie ihm nicht aus dem Weg gehen konnte, kam sie mit blauen Flecken zu Stone zurück.

Die Anzeichen waren immer da gewesen, aber weil er gekränkt war und betrogen worden war, hatte Stone sich geweigert, sie wahrzunehmen. Aber nachdem er die Nachrichten zwischen Jason und seinen Kumpeln gelesen hatte, wurde ihm das ganze Ausmaß der Hölle, die Maisy jahrelang ertragen hatte, bewusst. Ja, er war ein Opfer des bösen Plans des Mannes, aber Stone war einigermaßen gut behandelt worden, weil Jason nicht riskieren wollte, dass er Verdacht schöpft. Offensichtlich hatte er nicht die gleiche Einstellung, wenn es um seine Schwester ging.

Maisy war völlig von ihrem Bruder abhängig gewesen. Sie war noch minderjährig gewesen, als ihre Eltern gestorben waren und ihre Welt in ihren Grundfesten erschüttert worden war. Und der Mensch, von dem sie dachte, dass er voll und ganz auf ihrer Seite stand, war in Wirklichkeit der verkappte Feind. Er hatte sie jahrelang unter Drogen gesetzt, sie bestohlen, dann die Entführung eingefädelt und gedroht, nicht nur Maisy zu töten, sondern auch denjenigen, den er zum Heiraten mitgebracht hatte.

Dann entriss Stone sie allem, was sie je gekannt hatte, zwang sie, mit ihm zusammenzuleben, sagte ihr, dass er ihre Scheinehe so schnell wie möglich annullieren lassen würde, und behandelte sie, als hätte sie eine ansteckende Krankheit.

Das Problem war, dass er nicht wusste, wie er das in Ordnung bringen sollte. Seine Gefühle für Maisy waren verdammt verwirrend. Er wollte nicht in ihrer Nähe sein, aber er konnte sich nicht vorstellen, sie nicht jeden Abend bei sich im Wohnzimmer zu haben. Er wollte alles darüber wissen, was sie jeden Tag tat, um beschäftigt zu bleiben, aber jedes Mal, wenn er ihre Stimme hörte, wurde er wieder wütend über ihren Verrat.

Die Nächte waren am schlimmsten. Er schlief nicht gut. Überhaupt nicht. Sein Bett schien zu groß, zu leer ohne sie. Und, *Gott*, wie sehr er das Gefühl vermisste, in ihr zu sein. Sie über ihm zu sehen, wie sie auf ihn herunterlächelt, während sie seinen Schwanz reitet. Wie sie immer so verdammt überrascht wirkte, wenn sie zum Orgasmus kam. Das war süß. Und es törnte ihn so sehr an.

Sie gab ihm das Gefühl, dass er alles tun konnte. Als könnte er ihr Beschützer sein, ihr Fels, der Mann, an den sie sich wendet, wenn sie traurig ist.

All das war mit der Rückkehr seiner Erinnerungen weggerissen worden ... aber jetzt, da wieder einige Zeit vergangen war, konnte Stone nicht anders, als sich zu fragen, ob nicht *alles*, was passiert war, eine Lüge gewesen war.

Der heutige Abend war der bisher schlimmste. Er hatte ihnen ein einfaches Taco-Essen gemacht und sie hatten schweigend gegessen. Dann hatte er den Fernseher auf ein

Baseballspiel umgestellt. Sie hatten an den gegenüberliegenden Enden seines Sofas gesessen, ohne ein Wort zu sagen. Er konnte ihren unverwechselbaren Apfelduft riechen – sie hatte offensichtlich ihr Lieblingsshampoo bestellt und es sich liefern lassen – und jedes Mal, wenn sie sich bewegte, musste Stone sich zwingen, sich nicht zu ihr umzudrehen und zu fragen, ob etwas nicht stimmte.

Schließlich seufzte sie, sagte ihm leise, dass sie ins Bett gehen und lesen würde, und verließ den Raum. In dem Moment, in dem sie weg war, schien der Raum so leer zu sein, wie er es noch nie zuvor gewesen war. Stone wollte so gern mit ihr reden. Um ihr zu sagen, dass er ihr verziehen hatte. Er wollte sie fragen, ob ihre Ehe in ihren Augen echt gewesen war oder nur ein Mittel, um ihren Bruder davon abzuhalten, sie zu verletzen.

Als er dann frustriert den Fernseher ausschaltete und ins Bett ging, war Stone ganz krank vor Kummer. Er wollte Maisy noch immer. Er wollte ihr Ehemann sein. Er wollte hören, wie sie aufgeregt von ihrem Abend mit den Mädchen erzählte. Stattdessen hatte er gehört, wie sie Carly am Nachmittag davon erzählte, während sie ihr beim Putzen einer der Gästehütten half.

Stone verpasste alles, was Maisy tat, alles, was sie dachte, alles, was sie für ihre Zukunft plante … und er *hasste* es.

Er lag noch lange im Bett und horchte auf jedes Geräusch, das aus dem Zimmer neben seinem kam. Er wünschte, alles sei anders. Dass er den Mut hätte, Maisy auf seinen Schoß zu ziehen und sie zum Reden zu bringen. Nein, das war nicht fair. *Er* war derjenige, der nicht redete. Der ihr das Gefühl gab, nicht willkommen zu sein. Das war alles seine Schuld. Nicht Maisys.

Schließlich schlief er ein, aber sein Gehirn kam nicht zur Ruhe. Er musste immer wieder an jede Minute denken, die er mit Maisy in dem Haus in Washington verbracht hatte. Wie ... glücklich er trotz allem gewesen war. Und das nur ihretwegen. Sie machte den ganzen Unterschied.

Maisy schlief nicht. Sie hatte nicht mehr richtig geschlafen, seit ... nun, seit sie das letzte Mal in Jacks Armen eingeschlafen war. Bei ihm war sie sicher. Ihr Bruder war seit Jacks Eintreffen kein einziges Mal in ihr Zimmer gekommen. Er war wie eine Mauer zwischen ihr und Jason, die ihn davon abhielt, gemeine Dinge zu sagen, sie zu kneifen oder sie zu Boden zu drücken. Und ohne ihn an ihrer Seite fühlte sich jedes Geräusch so an, als könnte Jason zurückkommen, um sich an ihr zu rächen, weil sie gegangen war. Weil sie seine Pläne durchkreuzt hatte.

Spätestens jetzt hatte er gemerkt, dass er ihre monatliche Zahlung nicht bekommen hatte. Vielleicht hatte er sogar schon von den stornierten Lebensversicherungspolicen erfahren. Vielleicht hatte er sogar gemerkt, dass das Haus irgendwie auf den Markt gekommen war und nicht mehr auf seinen Namen lief. Er musste völlig ausflippen. Er würde verzweifelt versuchen, einen Weg zu finden, die Kontrolle zurückzubekommen. Die Kontrolle über sie, über ihr Geld, über die Situation.

Weil sie wach war, hörte sie das leise Klopfen an der Eingangstür. Sie war einen Moment lang verwirrt, dann sprang sie auf. Es war dreiundzwanzig Uhr dreißig, viel zu spät für einen Höflichkeitsbesuch. Irgendetwas war nicht in Ordnung.

Maisy eilte aus ihrem Zimmer und schaute auf dem Weg automatisch zu Jacks Zimmertür. Sie war fest verschlossen. Das tat er jeden Abend, er schloss seine Tür und machte damit deutlich, dass sie in seinem privaten Heiligtum, dem Schlafzimmer, nicht willkommen war.

Sie dachte an nichts anderes als daran, wer so spät klopfen könnte, ob jemand verletzt war – oder schlimmer noch, ob Jason herausgefunden hatte, wohin sie und Jack gegangen waren, und nun auf dem Weg war –, und eilte zum Vordereingang. Ohne einen Blick durch den Spion zu werfen, schloss sie die Tür auf und öffnete sie.

Dort stand Owl.

»Was ist denn los?«, platzte Maisy fast verzweifelt heraus.

»Nichts. Ich meine, ich hoffe nicht. Ich war nur ... Stone schien heute nicht gut drauf zu sein und ich wollte nach ihm sehen.«

»Oh, gut! Ich meine – nein, nicht gut, dass etwas mit Jack nicht stimmt, sondern gut, dass es nichts Schlimmeres ist. Komm rein.« Sie trat zurück und hielt die Tür auf.

»Ich weiß, dass es spät ist«, bemerkte Owl, ohne sich zu bewegen. »Lara sagte mir, dass ich mich lächerlich mache, aber ich wurde das Gefühl nicht los, dass ich rüberkommen musste. Um mich zu vergewissern, dass es ihm gut geht.«

»Ist schon in Ordnung. Es ist noch nicht so spät«, erwiderte Maisy in einem beruhigenden Ton. Owl sah gestresst aus, und wieder einmal war sie froh, dass Jack einen Freund wie ihn hatte. Sie hatten schon viel zusammen erlebt, und sein Verschwinden musste für Owl noch schlimmer sein als für die anderen.

Sie ergriff seine Hand und zog ihn in die Hütte, dann schloss sie die Tür leise hinter ihm. »Wir sind heute früh zu Bett gegangen. Er schläft wahrscheinlich schon, aber ich bin mir sicher, dass es ihm nichts ausmacht, wenn du ihn weckst.«

»Oh nein«, sagte Owl schnell. »Das würde ich nie tun.«

»Warum nicht?«

»Er mag es nicht, wenn er geweckt wird. Du weißt doch von seinen Albträumen, oder?«, fragte Owl.

Maisy nickte. »Ja, er hatte sie hin und wieder, als wir in Seattle waren.«

»Hat er dir wehgetan?«

»Jack? Nein! Warum fragst du das überhaupt?«, fragte Maisy.

»Wenn er einen Albtraum hat, verliert er einen Teil von sich selbst. Er ist nicht bei klarem Verstand. Und wenn man ihn berührt, wird er gewalttätig.«

»Nein, das wird er nicht«, erklärte Maisy verwirrt.

»Doch, *wird* er«, konterte Owl. »Er hat mich mehr als einmal geschlagen, als ich versucht habe, ihn zu wecken. Ich habe gelernt, auf Abstand zu gehen und alles zu tun, um ihn zu wecken.« Dann schien Owl zu begreifen, was Maisy gesagt hatte. »Warte, er wird nicht gewalttätig, wenn du versuchst, ihn während eines Albtraums zu wecken?«

Sie schüttelte den Kopf.

»Wow. Okay, das ist ... das ist ja toll.«

Maisy war immer noch verwirrt und ihr lagen noch mehr Fragen auf der Zunge, aber ein Geräusch im Flur sorgte dafür, dass sowohl sie als auch Owl sich umdrehten und in die entsprechende Richtung schauten.

»Verdammt«, fluchte er. »Klingt so, als sei meine Intuition heute Abend richtig. Bleib hier.«

Aber Maisy konnte nicht. Sie erkannte die gequälten Geräusche, die aus Jacks Zimmer kamen. Sie hörte sie jede zweite Nacht. Er hatte wieder einen Albtraum, und jedes Wimmern und jedes flehende Wort, dass die gesichtslosen Männer aufhören sollten, ihm wehzutun, zerriss sie innerlich.

Sie drängte sich an Owl vorbei und rannte praktisch den kurzen Flur entlang.

»Maisy, warte!«

Sie ignorierte ihn und öffnete Jacks Tür. Wie sie erwartet hatte, wälzte er sich auf dem Bett und kämpfte mit einem imaginären Feind in der verhedderten Decke. Nicht imaginär, das war nicht das richtige Wort. Er kämpfte gegen die Erinnerung an diejenigen, die ihn vor Jahren gefoltert hatten.

Als er sich kurz auf die Seite legte und von ihnen wegschaute, zögerte Maisy nicht. Sie legte sich neben den Mann, den sie liebte, auf das Bett. Egal was zwischen ihnen vorgefallen war, sie liebte Jack immer noch. Von ganzem Herzen. Sie würde ihn bis zu ihrem Lebensende lieben.

»Maisy ...«

Soweit es sie betraf, waren nur sie und Jack im Zimmer.

»Es ist okay, Jack, dir geht es gut. Du bist hier in der *Zuflucht* sicher. Diese Männer können dir nicht mehr wehtun.«

Er drehte sich plötzlich um, sodass Owl nach Luft schnappte, und zog Maisy so grob an sich, dass sie bei dem Zusammenprall aufstöhnte. Aber er tat ihr nicht weh, sondern vergrub nur seine Nase in ihrem Haar und drückte sie fast verzweifelt an seine Brust.

»Ich passe auf dich auf, es ist alles in Ordnung. Und Owl ist da«, murmelte Maisy.

»Owl! Raus hier! Lauf!«

Mist, vielleicht war es nicht das Richtige gewesen, den Namen Owl zu erwähnen. Maisy tat ihr Bestes, um einen Arm freizubekommen, und als sie es geschafft hatte, schlang sie ihre Hand um Jacks Nacken. »Er ist in Sicherheit. Ihm und Lara geht es gut. Sie ist schwanger. Du wirst Onkel.«

Ihre Worte brachten Jack zum Schweigen.

»Und Henley und Reese sind es auch. Du wirst dreifacher Onkel sein. Na ja, viermal, wenn du Jasna dazuzählst. Oh, und Cora und Pipe stehen auf der Liste für ein Pflegekind. Hier ist alles in Ordnung, Jack, ehrlich. Du bist sicher zu Hause, diese Männer können dir nichts mehr anhaben.«

»*Stellina*«, flüsterte Jack. Er hatte seine Augen noch nicht geöffnet.

»Genau. Ich bin's. Ich bin hier.«

»Ich gehe dann mal«, flüsterte Owl.

Maisy nickte anerkennend, wandte die Aufmerksamkeit aber nicht von dem Mann in ihren Armen ab. Ihr einziges Ziel war es, ihn zu beruhigen. Ihn zu trösten. Aus der Ferne hörte sie, wie die Schlafzimmertür sich schloss, aber sie vergaß es sofort wieder.

»Es tut mir leid«, sagte Jack leise.

Maisy blinzelte überrascht. Sie hatte keine Ahnung, wofür er sich entschuldigt hatte. »Ist schon okay«, sagte sie zu ihm.

Dann öffnete er die Augen und sie war erschrocken, sie so klar zu sehen. So konzentriert.

»Jack?«, fragte sie und versteifte sich. Es war eine Sache, in sein Bett zu steigen, wenn er einen Albtraum hatte und nicht wusste, was vor sich ging; eine andere, wenn er bei klarem Verstand war. Vor allem wenn man bedenkt, wie es zwischen ihnen gelaufen war.

»Es tut mir leid«, wiederholte er.

»Ähm ... okay?« Es klang eher wie eine Frage als wie eine Aussage.

»Ich war ein Idiot. Du hattest es nicht verdient, so behandelt zu werden.«

Maisy hatte Angst, sich Hoffnungen zu machen. Normalerweise war er nach einem Albtraum nicht mehr ganz bei sich. Es war wahrscheinlich, dass er sich morgen früh nicht mehr an dieses Gespräch erinnern würde.

»Eigentlich verdiene ich alles, was du mir zu sagen hast«, erwiderte sie ein wenig traurig.

Jack schlang seine Arme fester um sie. »Können wir darüber reden?«

Maisy wusste genau, was »darüber reden« war. Und nein, sie wollte definitiv nicht darüber reden. »Jetzt?«

»Ich bin wach, du bist wach und ich will auf keinen Fall über das nachdenken, wovon ich gerade geträumt habe ... also ja, jetzt.«

Seufzend schloss Maisy die Augen. Sie wollte nicht darüber reden, wie furchtbar sie gewesen war. Wie sie ihn immer und immer wieder belogen hatte. Sie war genau da, wo sie in der letzten Woche gern gewesen wäre. Sie hatte sich danach gesehnt, nach ihm. Und jetzt, da sie in seinen Armen lag, in seinem Bett, wollte sie nichts tun oder sagen, was ihr das wieder entreißen könnte.

»Bitte?«

Das genügte. Sie wollte auf keinen Fall, dass dieser Mann sie um irgendetwas anfleht. Schon gar nicht, wenn man seinen Abscheu für diese Tat bedachte. »Was willst du wissen?«, fragte sie ihn.

»Alles, was du mir sagen willst. Natürlich weiß ich, dass dein Bruder mich entführt hat, damit ich dich heirate und er beizeiten an dein Erbe herankommt. War alles, was du mir über unsere Beziehung erzählt hast, seine Idee?«

Maisy nickte ihm zu. Sie hatte die Augen geöffnet und starrte auf seine Brust. »Ich bin zu Jason gegangen und habe ihm gesagt, dass es nicht funktionieren wird. Dass du Fragen haben würdest, warum du keine Sachen im Haus hast, was du beruflich machst und solche Sachen. Er sagte mir, was ich sagen sollte. Und als ich immer noch Zweifel an seinem Plan äußerte, machte er mir klar, dass ich keine andere Wahl hatte.«

Jack umarmte sie einen Moment lang fester, bevor er wieder locker ließ. »Ich konnte nicht verstehen, warum ich abhauen und nach Spokane ziehen sollte. Das ergab für mich keinen Sinn. Selbst wenn wir uns nicht verstanden hätten, würde ich so etwas nicht tun.«

Sie konnte nicht anders, sie schnaubte. »So wie jetzt. Du hasst mich und trotzdem lässt du mich bei dir wohnen und nirgendwo anders.«

Jack rollte sich ab und zwang Maisy auf den Rücken. Sie starrte ihn mit wachsamem Blick an.

»Ich hasse dich nicht.«

»Ja, klar«, sagte sie, wobei der Sarkasmus in ihrem Tonfall deutlich zu hören war. »Ich habe dich immer wieder belogen, mich als deine Frau ausgegeben und dich dazu gebracht, mich zu heiraten, weil ich Angst davor hatte, was mein Bruder sagen oder tun würde, sollte ich mich ihm widersetzen. Ich hätte dir die Wahrheit sagen sollen. Zur Polizei gehen. *Irgendwas.*«

»Du hast gelogen, aber aus einem guten Grund. Du wusstest, dass etwas Schlimmes passieren würde, wenn du Nein zu deinem Bruder sagst. Und wenn du mir gesagt hättest, dass wir nicht verheiratet sind, dass ich entführt wurde und eine Amnesie habe ... ich weiß nicht, ob ich dir geglaubt hätte. Das hätte sich extrem abwegig angehört.«

Maisy starrte zu Jack auf. Er hatte seine Brille zum Schlafen abgenommen und seine braunen Augen wirkten ohne sie noch intensiver. Seit sie in New Mexico angekommen waren, waren seine Haare und sein Bart kürzer und sie sehnte sich danach, seine Wangen und Lippen auf ihren zu spüren.

Rys Vorschlag, ihren Mann zu verführen, schoss ihr

durch den Kopf, aber das würde sie Jack nicht zumuten. Er war schon viel zu oft gegen seinen Willen gezwungen worden, etwas zu tun. Sie wollte auf keinen Fall noch etwas zu dieser Liste hinzufügen. Wenn es eine Chance für sie gab, wollte sie, dass es seine Entscheidung war.

»Ich vergebe dir, Maisy.«

Sie zuckte zusammen. Aus Angst, nicht das gehört zu haben, worauf sie so sehr gehofft hatte, fragte Maisy: »Was?«

»Ich vergebe dir. Ich hatte heute ein langes Gespräch mit Henley und sie hat mich auf Dinge aufmerksam gemacht, die ich vorher nicht bedacht hatte. Vor allem darüber, wie verängstigt du gewesen sein musst. Dein Bruder hat dir einen bewusstlosen Mann in dein Zimmer gebracht und dir mitgeteilt, dass er dein Ehemann sein wird. Mit jedem Tag, der seit unserer Hochzeit verstrichen ist, tickt eine riesige Uhr. Du weißt besser als jede andere, wozu dein Bruder fähig ist, und du musstest nicht nur versuchen, mit ihm fertigzuwerden, sondern auch noch mich anlügen, dir Sorgen machen, was passieren würde, wenn ich meine Erinnerungen wiedererlange, und wie dein Bruder reagieren würde. Du hattest eine Menge um die Ohren, und ich habe nicht einmal daran gedacht, alles aus deiner Perspektive zu betrachten.«

Maisys Herz pochte heftig in ihrer Brust. Sie würde das Friedensangebot, das Jack ihr machte, mit beiden Händen ergreifen. Sie hatte kein Recht, darauf zu hoffen, dass alles wieder so werden könnte wie früher, aber von Jack nicht gehasst zu werden ... das würde reichen.

»Die Sache ist die, ich kann nicht vergessen, wie es zwischen uns war«, fuhr Jack fort. »Es ist lange her, dass du vor unserer Hochzeitsnacht mit jemandem zusammen warst ... nicht wahr?«

Maisy schloss kurz die Augen. Sie wusste, dass sie rot

wurde; sie konnte die Röte in ihren Wangen spüren. Es war ihr so peinlich. »Es war das erste Mal, seit ich fünfzehn bin«, flüsterte sie und öffnete die Augen.

Seinem Gesichtsausdruck nach zu urteilen hatte sie ihn eindeutig schockiert. »Ich kann nicht aufhören, an diese Nacht zu denken. Wie mutig du warst. Ich dachte, wir hätten schon Hunderte Male miteinander geschlafen. Dass du schon jeden Zentimeter meines Körpers gesehen hättest. Ich war so aufgeregt, eine zweite Chance zu bekommen, zum ersten Mal mit meiner Frau zu schlafen, dass ich dich gehetzt habe. Ich hätte sanfter sein sollen. Ich hätte es langsamer angehen lassen sollen.«

»Es war perfekt«, flüsterte Maisy und hasste es, dass er auch nur einen Moment lang dachte, sie hätte nicht alles genossen, was sie getan hatten. »Ich bereue viel von dem, was passiert ist. Die Lügen, die ich dir erzählt habe, und dass ich nicht stark genug war, Jason die Stirn zu bieten. Aber ich bereue *nichts*, was unsere körperliche Beziehung angeht.« Sie konnte nicht glauben, dass sie das laut zugab, aber sie musste Jack verstehen. »Mein Bruder hat mich vielleicht zur Hure gemacht, aber als wir beide allein waren, habe ich mich besonders gefühlt. Als sei es wirklich meine Hochzeitsnacht. Du warst wirklich mein Mann.«

»Es war unsere Hochzeitsnacht«, bemerkte Jack in einem Ton, den sie nicht deuten konnte. »Und ich *bin* dein Mann.«

»Es war alles eine Lüge«, entgegnete Maisy unbehaglich.

»War es das?«, konterte Jack.

Sie würde ihn nicht mehr anlügen. Nie wieder. »Nicht für mich.«

»Für mich auch nicht. Die Sache ist die, ich wusste, dass etwas nicht stimmt. Ich habe gehört, wie Jason mit dir gesprochen hat. Das gefiel mir nicht, ganz und gar nicht. Ich konnte nicht verstehen, warum ich keinen Zugriff auf mein eigenes Bankkonto hatte, und mir nicht vorstellen, dass ich Kopfgeldjäger bin. Es hat einfach nicht gepasst, und jetzt weiß ich natürlich warum. Aber bei dir, Maisy, hatte ich von Anfang an das Gefühl, dass ich genau da bin, wo ich hingehöre. Deshalb habe ich auch nicht hinterfragt, was passiert ist. Ich habe meine Frau zu sehr genossen.«

Maisy konnte nicht glauben, was sie da hörte. Vielleicht träumte sie ja. Die Worte, die aus Jacks Mund kamen, waren wie ein Wunder.

Er lag immer noch über ihr und hielt sie unter sich fest. Sie hatte das T-Shirt an, das er ihr an dem ersten Abend in seiner Hütte gegeben hatte, und Unterwäsche. Mehr nicht. Er trug Boxershorts. Und jetzt, da sie sich darauf konzentrierte, konnte sie seine Erektion an ihrem Bauch spüren.

Das Verlangen stieg schnell und stark in ihr auf. Maisy war vielleicht jahrelang nicht sexuell aktiv gewesen, aber Jack hatte einen Schalter in ihr umgelegt. Sie wollte ihn mit einer Heftigkeit, die sie noch nie zuvor gespürt hatte. Ihre Brustwarzen richteten sich unter ihrem Hemd auf und sie spürte, wie sie zwischen ihren Beinen feucht wurde.

»Verzeihst du mir, dass ich ein Idiot war?«, fragte er.

»Natürlich.«

Er lächelte. »Da gibt es kein Natürlich. Ich würde es dir nicht verübeln, wenn du dich weigerst, etwas mit mir zu tun zu haben.«

»Es ist schwer, nichts mit deinem Mann zu tun zu haben«, gab sie zu bedenken. »Vor allem wenn er sich weigert, dich irgendwo anders als in seiner Hütte wohnen zu lassen.«

»Ich fand jeden Moment schrecklich, in dem du im Zimmer nebenan warst. Ich wollte dich hier haben. Bei mir. In meinem Bett.«

Er machte sie völlig fertig.

»Alles, was vorher passiert ist, ist mir egal«, entgegnete Jack und seine Worte klangen aufrichtig. »Dass du entführt wurdest, dass dein Bruder ein Idiot war, dass du mir Lügen erzählen musstest, um dich zu schützen. Warte, nein, das ist nicht wahr, eine Sache ist mir *nicht* egal ... ich habe ein Gelübde abgelegt, Maisy. In guten wie in schlechten Zeiten, in Reichtum und Armut, in Krankheit und Gesundheit, ich habe mich dir verpflichtet. Und ich nehme meine Versprechen ernst.«

Was wollte er damit sagen? Maisy konnte kaum atmen.

»Ich will die Ehe nicht annullieren lassen«, erklärte er und machte sie sprachlos. »Ich will dich. Ich will Kinder. Ich will einen Neuanfang. Ohne Lügen zwischen uns. Glaubst du, du könntest mir jemals so weit verzeihen, dass das möglich ist?«

Maisy konnte nicht glauben, was er sagte. Sie stieß ein leises Geräusch aus und wand sich so lange, bis sie ihre Arme unter ihm wegziehen konnte, und legte sie um seinen Rücken. Sie stemmte sich nach oben, bis ihre Nase zwischen seiner Schulter und seinem Hals vergraben war, und schlang ihre Beine um seine Taille. Sie hielt sich so fest sie konnte an ihm fest und brach in Tränen aus.

Sie konnte nicht sprechen, konnte kaum begreifen, was er sagte. Er wollte sie? Im Ernst?

Zum Glück schien Jack ihre Reaktion nicht zu beunruhigen. Er richtete sich auf, sodass er auf seinem Hintern saß und sie in seinem Schoß und sich immer noch an ihn klammerte. Er legte eine Hand hinter ihren Kopf, um sie an sich zu drücken, und die andere legte er um ihre Taille und drückte sie enger an sich.

Als Maisy sich ein wenig mehr unter Kontrolle hatte, hob sie den Kopf, um ihm in die Augen zu sehen. Seine

Hand blieb an ihrem Hinterkopf und hielt sie schützend fest.

»Dir verzeihen? Du hast nichts falsch gemacht. *Nichts*«, entgegnete sie hitzig. »Ich habe keine Ahnung, warum du etwas mit mir zu tun haben willst. Mein Bruder ist höchstwahrscheinlich ein Mörder, definitiv ein Entführer und ein Mistkerl. Du wurdest unter falschem Vorwand gezwungen, mich zu heiraten, und wenn mein Bruder jemals herausfindet, wo wir sind, wird er wahrscheinlich alles tun, um uns das Leben zur Hölle zu machen.«

»Das alles hat nichts mit dir zu tun. Mit uns«, entgegnete Jack einfach.

Tränen traten Maisy wieder in die Augen. »Ja, Jack. Ich will das alles. Ich liebe dich. Ich glaube, ich habe dich schon am ersten Abend geliebt, als du so sanft zu mir warst. Ich war so besorgt, dass du mir wehtust. Ich wusste damals schon, dass du tief in deiner Seele ein guter Mensch bist, und du hast es gerade wieder bewiesen.«

»Ich nehme dich, Maisy, zu meiner rechtmäßig angetrauten Ehefrau, um dich zu lieben und zu ehren, in guten wie in schlechten Zeiten, in Reichtum und Armut, in Krankheit und Gesundheit, bis dass der Tod uns scheidet.«

Verdammt, sie konnte nicht aufhören zu weinen. »Ich nehme dich, Jack, zu meinem rechtmäßig angetrauten Ehemann, um dich zu lieben und zu ehren, in guten wie in schlechten Zeiten, in Reichtum und Armut, in Krankheit und Gesundheit, bis dass der Tod uns scheidet.«

Dann senkte Jack den Kopf und küsste sie mit den liebevollsten und sanftesten Lippen, die sie je in ihrem Leben gespürt hatte. Er hob den Kopf und fuhr mit seinen Händen zu ihrem Gesicht, um ihr die Tränen von den Wangen zu wischen.

»Wir werden das schaffen«, schwor er.

»Deine Freunde werden sich fragen, was mit dir los ist«, warnte Maisy.

Er lachte. »Nein, das werden sie nicht. Sie haben mir schon alle ein paar Seitenblicke zugeworfen. Es gefällt ihnen nicht, wie ich dich behandle. Sie sind auf *deiner* Seite, Maisy. Trotz allem, was dein Bruder getan hat, verstehen sie, dass du das Beste bist, was mir je passiert ist. Ja, die Entführung war für uns beide schlimm, aber am Ende habe ich gewonnen. Und denk mal darüber nach, wie sehr es deinen Bruder ärgern wird, wenn wir wirklich zusammen sind.«

Maisy konnte nicht anders, als darüber zu lachen. Ja, wenn sie glücklich war, würde es Jason sicher schrecklich nerven.

»Geht es dir gut?«, fragte er.

»Ja. Dir?«

»Es geht mir wunderbar.«

»Owl hat mir erzählt, dass du ihn einmal geschlagen hast, als er versucht hat, dich aufzuwecken, weil du einen Albtraum hattest.« Maisy wusste nicht genau, woher das kam, aber sie wollte sichergehen, dass es ihm wirklich gut ging und dass diese ganze Unterhaltung nicht irgendwie darauf zurückzuführen war, dass er schlafwandelte oder so.

»Ja. Mehr als einmal. Niemand konnte sich mir je nähern, wenn ich einen Albtraum hatte. Das ist nie gut für denjenigen ausgegangen.«

»Du hast *mir* nicht wehgetan«, erwiderte Maisy.

»Nein, das habe ich nicht. Und ich werde es auch nicht tun. Niemals. Du bist die Einzige, die mich erreichen kann, wenn ich mich in meinen Albträumen verliere, und ich würde es nicht anders wollen.« Dann drehte er sie um und legte Maisy wieder auf den Rücken. Er hatte sich über ihr abgestützt und dieses Mal berührte er mit der Hand den Saum ihres Oberteils an der Hüfte.

Und schon strömte die Erregung in Maisys Adern. »Ja, Jack. Ich brauche dich.«

»Bist du sicher?«

Als Reaktion darauf fühlte Maisy sich mutiger als je zuvor und schlängelte sich hin und her, bis sie ihr Hemd ausziehen konnte. Dann lag sie nur noch in ihrer Unterwäsche unter ihm.

Die Lust und das Verlangen in seinen Augen gaben ihr das Gefühl, die verführerischste Frau der Welt zu sein. Er sprach nicht, sondern senkte nur den Kopf und nahm eine ihrer Brustwarzen in den Mund.

Maisy stöhnte auf. Jacks Hände und sein Mund auf ihr fühlten sich *richtig* an. Sie fühlte sich, als sei sie endlich nach Hause gekommen.

Dieses Mal gab es keine Geheimnisse mehr. Er wusste, wer sie war und wer sie nicht war, und er wollte sie trotzdem. Es fühlte sich wie ein Wunder an. Irgendwie fühlte es sich so an, als sei es ihre wahre Hochzeitsnacht. Sie hatten sich erneut verlobt, ohne dass Lügen zwischen ihnen standen.

Aber im Gegensatz zu ihrem ersten Mal war ihr Zusammenkommen nicht langsam und sanft. Jack riss sich seine Boxershorts vom Leib und Maisy schob ihre Unterwäsche von den Beinen und stieß sie mit den Füßen weg. Jack ließ seine Hand zwischen ihre Beine gleiten und brachte sie fast mühelos an den Rand ihrer Erregung. Sie war total feucht. Voller Verlangen. Fast verzweifelt.

»Ich bin bereit. Jetzt, Jack. Jetzt!«

Er fragte nicht noch einmal, ob sie sich sicher war. Er zögerte nicht. Er drückte ihre Beine mit seinen Knien auseinander und drang mit einem langen, kräftigen Stoß in sie ein.

Sie stöhnten beide auf.

»Ich schaffe es nicht, es langsam angehen zu lassen«, warnte er.

»Ich will nicht, dass du es tust«, keuchte sie.

Dann nahm er sie. Ohne Gnade. Und Maisy liebte jeden einzelnen Moment davon. Jack sah sie unverwandt an und es fühlte sich an, als würde er endlich alles von ihr sehen.

Ihr Orgasmus überraschte sie. Im einen Moment bewunderte sie noch die Farbe von Jacks Augen, die sich vor ihren Augen zu verändern schien, und im nächsten stand sie kurz davor, den Höhepunkt zu erreichen.

»So ist es gut, *Stellina*. Komm an meinem Schwanz zum Orgasmus. Ich liebe es, wie deine Muschi sich um mich zusammenzieht. Verdammt, du fühlst dich so gut an.«

Seine Worte verlängerten ihren Orgasmus. Sie fühlte sich, als würde sie fliegen. Als er stöhnte und so fest in sie stieß, wie er nur konnte, wusste sie, dass auch er gleich zum Höhepunkt kommen würde.

Sie waren beide verschwitzt und keuchten, als er den Kopf hob. Er blieb mit seinem Schwanz tief in ihrem Körper, etwas, von dem Maisy nie gedacht hätte, dass sie es jemals wieder fühlen würde.

»Ich gebe dich nicht auf«, erklärte er ihr so beiläufig, als würde er sie nach der Uhrzeit fragen.

»Gut, denn das will ich auch nicht«, erwiderte sie.

»Es ist nicht leicht, mit mir zu leben.«

Maisy konnte nicht anders, sie musste lachen.

»Was? Was ist daran so lustig?«

»Jack, das weiß ich. Wenn du deine Socken ausziehst, lässt du sie mitten im Zimmer liegen. Du nimmst die Decke in Beschlag, aber da ich meistens an dich geschmiegt bin, ist das okay für mich. Du bist ein pingeliger Esser – und du bekommst schlechte Laune, wenn du Hunger hast – und du bist nicht gerade ein Morgenmensch. Du bist fürsorglich, freundlich und loyal bis zum Gehtnichtmehr. Du hast mehr Integrität in deinem kleinen Finger als jeder andere, den ich kenne, in seinem ganzen Körper. Ich liebe dich. Alles an dir. Und wenn du sagst, dass es nicht einfach ist, mit dir zusammenzuleben, ist das lächerlich, wenn man bedenkt, dass ich mit einem Mann zusammengelebt habe, der es liebte, mich zu quälen, mich herunterzumachen und mir körperlich wehzutun, wenn er damit ungestraft davonkommen konnte. Mit dir habe ich das Gefühl, dass ich endlich der Mensch sein kann, der ich immer sein sollte.«

»Das kannst du. Und ich werde dir nie wehtun, Maisy. Ich gebe dir mein Wort.«

Sie wollte hören, wie er ihr noch einmal sagte, dass er sie liebte, aber sie war mehr als zufrieden damit, dass er sie nicht anschaute oder versuchte, Abstand zu halten.

»Bleib hier«, befahl er und zog sich sanft aus ihrem Körper zurück.

Maisy konnte ein leichtes Zusammenzucken nicht unterdrücken. Obwohl es erst eine Woche her war, dass sie das letzte Mal miteinander geschlafen hatten, war Jacks Schwanz nicht gerade klein, und wie er gesagt hatte, war er nicht sanft gewesen.

Er war weniger als eine Minute weg und kam mit einem warmen Waschlappen zurück. Er machte sie sauber, wobei Maisy sich winden musste, und schlüpfte nach einem kurzen Abstecher ins Bad wieder unter die Decke. Er zog sie an sich und Maisy schmiegte sich an ihn, wie sie es schon so oft getan hatte.

»Zufrieden?«, fragte er.

»Zufrieden«, bestätigte sie.

Einen Moment später sagte er: »Das habe ich vermisst. Du klammerst dich an mich wie ein kleines Äffchen.«

Sie wäre vielleicht beleidigt gewesen, wenn er nicht so

verdammt zufrieden geklungen hätte. »Ich auch,« gab sie zu. »Du bist immer so warm.«

»Und du frierst immer. Deine Füße sind Eisblöcke, Frau.«

Maisy lachte. Sie spürte, wie er ihr einen Kuss auf den Kopf gab, bevor er sich völlig entspannte.

Innerhalb weniger Augenblicke war er eingeschlafen und Maisy schmiegte sich an ihn und genoss es, die Gelegenheit zu haben, wieder in seinen Armen zu liegen. Sie hätte nie gedacht, dass das noch einmal passieren würde. Es war nicht nur passiert, sondern es schien, als seien sie und Jack ... wieder verheiratet?

Das machte keinen Sinn, und niemand würde es verstehen, wenn sie versuchte, es zu erklären. Aber sie hatten sich vorhin buchstäblich das Jawort gegeben. Diesmal bedeutete es so viel mehr, weil sie nicht mit einer Lüge lebte. Jack hatte keine Amnesie. Und dass er ihr verziehen hatte, bedeutete für Maisy alles.

Aber tief in ihrem Inneren war sie nicht damit zufrieden, die Dinge so zu belassen, wie sie waren. Jason war immer noch da draußen. Wie eine schwarze Wolke schwebte er über ihr und Jack. Er würde nicht aufhören zu versuchen, an ihr Geld zu kommen. Das wusste sie genauso gut, wie sie wusste, dass er ihre Eltern ermordet hatte.

Und wenn sie ihr Glück haben wollte, musste sie darum kämpfen. Sie hatte große Angst davor, Jason zur Rede zu stellen, aber sie musste es tun. Sie musste ihm zeigen, dass sie nicht mehr dieselbe kleine Schwester war, die er ihr halbes Leben lang schikaniert hatte. Sie würde zwar nichts Unüberlegtes tun, aber sie wollte, dass er etwas von der Angst zu spüren bekam, die er ihr jahrelang eingeflößt hatte.

Sie dachte, dass sie Jason allein gegenübertreten müsste,

selbst wenn Jack und seine Teamkameraden bereit wären, sie nach Seattle zu begleiten, um ihre finanziellen Angelegenheiten zu regeln. Aber jetzt, da Jack ihr verziehen hatte und eine echte Beziehung zu wollen schien, wollte sie ihn dabeihaben, damit er sehen konnte, wie sie auf eigenen Füßen stand. Sie wollte nicht die erbärmliche, rückgratlose Frau sein, die er zu Anfang kennengelernt hatte, aber sie wollte auch nicht zu dumm zum Leben sein. Diesen Ausdruck hatte sie online in einer Buchbesprechung gelernt. Die Heldin hatte einen Stalker und wollte trotzdem unabhängig sein und allein etwas unternehmen. Vielleicht einkaufen. Und der Rezensent hatte recht. Die Heldin war zu dumm zum Leben.

Anstatt Jason allein zu konfrontieren, würde sie vielleicht Jack bitten, sie zu begleiten. Und vielleicht auch Brick und Tiny, die sich bereits freiwillig gemeldet hatten, um sie nach Seattle zu begleiten. Zwei ehemalige Navy SEALs und Jack als Rückendeckung zu haben würde ihr Mut machen und Jason davon abhalten, etwas Dummes zu tun … wie sie zu schlagen oder sie an den Haaren zur Bank zu ziehen und sie zu zwingen, ihm ihr Erbe zu überschreiben.

Sie brauchte nur ein paar Minuten. Lange genug, um ihm endlich zu sagen, dass alles, was er getan hatte, *ihn* zu einem erbärmlichen Menschen gemacht hatte und nicht sie, wie er so oft behauptet hatte.

Maisy hatte ein gutes Gefühl bei ihrem Plan. Sie wusste nicht genau, wie sie ihn umsetzen sollte, wenn Jason nicht mehr im Haus wohnte, und sie hatte das Gefühl, dass es nicht einfach sein würde, Jack zu überreden, sie mit ihrem Bruder zusammentreffen zu lassen, aber um mit ihrem Leben weiterzumachen, musste sie es tun.

Seufzend legte Maisy ein Bein auf Jacks Oberschenkel und lächelte, als er seinen Arm um sie legte.

»Geht es dir gut?«, murmelte er und klang dabei schlaftrunken.

»Mehr als gut«, versicherte sie ihm.

Sie schlief mit seinem Duft in der Nase und seiner Wärme ein. Sie hatte keine Ahnung, was die Zukunft bringen würde, aber zum ersten Mal in ihrem Leben freute sie sich tatsächlich auf das, was als Nächstes kommen würde.

KAPITEL ACHTZEHN

Stones dreimonatiges Hochzeitsjubiläum war gekommen und vergangen. Mit ihm und Maisy lief es besser als je zuvor. Er hatte gar nicht gemerkt, wie angespannt er gewesen war, bis Maisy wieder in seinen Armen schlief und sie die Dinge zwischen ihnen geklärt hatten.

Maisy war nicht ihr Bruder. *Sie* hatte ihn nicht entführt. Sie war genauso ein Opfer, wie er es gewesen war. Erst nach dem Gespräch mit Henley sah er das wirklich ein. Nachdem er einmal darüber nachgedacht hatte, wie ihr Leben verlaufen war, fiel es ihm nicht mehr schwer, ihr zu verzeihen.

Zurück in der *Zuflucht* zu sein war für Stone eine Wohltat. Er liebte diese Ecke der Welt, die er und seine Freunde geschaffen hatten, und konnte sich nicht vorstellen, woanders zu leben. Glücklicherweise passte Maisy perfekt hierher. Sie half, wo sie konnte, und alle hatten sie von ganzem Herzen akzeptiert.

Aber keiner von ihnen konnte vergessen, dass ihr Bruder noch da draußen war. Wahrscheinlich war er wütend, weil er Maisys monatliche Zahlungen verloren hatte und nicht in der Lage war, sie zu finden, um sie zu zwingen, das zu ändern, was Ry elektronisch in die Wege geleitet hatte.

Der Zeitpunkt rückte näher, an dem sie nach Washington zurückkehren mussten, damit Maisy sich mit dem Anwalt treffen und die Papiere unterschreiben konnte, die ihr vollen und legalen Zugang zu ihrem Erbe geben würden. Stone gefiel das nicht, aber um die Beziehung zu Jason ein für alle Mal zu beenden, mussten sie es durchziehen.

Maisy hatte mit Stone über ihre Pläne bezüglich des Geldes gesprochen. Sie wollte es nicht, weil sie das Gefühl hatte, dass es irgendwie verdorben war, was er nicht fand, aber er hätte Maisy nie vorgeschrieben, was sie mit ihrem eigenen Geld machen sollte. Sie und Ry arbeiteten Pläne aus, welchen wohltätigen Organisationen sie den Großteil des Geldes spenden wollten, und er war noch nie so stolz auf jemanden gewesen wie auf seine Ehefrau.

Seine Ehefrau. Stone hatte nicht geplant zu heiraten, er hatte nicht viel darüber nachgedacht. Aber jetzt, da er verheiratet war, konnte er sich nicht vorstellen, nicht jeden Abend in seine Hütte zu kommen und Maisy dort zu haben. Er konnte sich nicht einmal vorstellen, ohne sie in seinen Armen zu schlafen. Der Sex war fantastisch, aber es ging noch weiter. Die Verbindung, die sie hatten, die emotionale Bindung, war intensiver, als er es sich je hätte erträumen können.

Als seinen Freunden klar wurde, dass er Maisy verziehen hatte und sie nun mehr als nur Mitbewohner waren, wurde er mit Hänseleien überschüttet. Aber das war ihm egal. Sie konnten ihn so viel ärgern, wie sie wollten, er war noch nie so glücklich gewesen.

Allerdings würde er entspannter sein, sobald ihre Reise

nach Seattle vorbei war. Er war nicht begeistert, dass Maisy zurück in ihr Haus wollte, um ihr Tagebuch, die Fotos, die sie vor Jahren gemacht hatte, und die anderen Beweise zu holen, aber wenn sie Jason für seine Verbrechen drankriegen wollten, brauchten sie diese Dinge. Die Polizei brauchte die anderen Beweise, um einen Durchsuchungsbefehl zu bekommen, damit sie den Basketballplatz im Garten umgraben und hoffentlich die Leiche der armen Martha finden konnten.

Brick hatte Maisy vorgeschlagen, dass er und Tiny zum Haus gehen sollten, um alles zu holen, aber sie hatte abgelehnt. Es bedurfte einiger Gespräche, um herauszufinden, warum sie so entschlossen war, die Beweise, die sie brauchten, um zur Polizei zu gehen, selbst zu beschaffen, aber schließlich gab sie klein bei und sagte ihnen, dass sie ihren Bruder noch einmal sehen müsse. Um all die Dinge auszusprechen, die sie sich vorher nicht zu sagen getraut hatte. Und mit ihm, Brick und Tiny im Rücken war sie sicher, dass ihr nichts passieren würde.

Stone wollte protestieren und ihr sagen, dass es unsinnig war, in die Nähe ihres Bruders zu gehen, aber er verstand auch, dass sie einen Abschluss brauchte. Und die Tatsache, dass sie klug genug war, es nicht allein zu tun, dass sie buchstäblich einen starken Mann hinter sich haben wollte, brachte Stone schließlich dazu nachzugeben.

Ganz zu schweigen davon, dass er Jason auch noch einiges zu sagen hatte.

Sie würden also in zwei Tagen aufbrechen. Sie hatten den Anwalt angerufen, der für den Fonds zuständig war, und er hatte zugestimmt, sie am Tag nach ihrer Ankunft gleich morgens im Büro des Bankdirektors zu treffen. Dann wollten sie zum Haus gehen und die Beweise holen, die

Maisy zurückgelassen hatte, sowie alles, was sie sonst noch brauchte, denn Stone hatte sie ohne einen einzigen Koffer aus dem Haus geschafft. Er würde sie ihrem Bruder sagen lassen, was sie zu sagen hatte – falls er überhaupt im Haus war –, und dann würden sie eine weitere Nacht im Hotel verbringen, bevor sie am nächsten Morgen aufbrechen würden.

Alles in allem würde er die Reise so kurz wie möglich halten. Allein der Gedanke an die Rückkehr nach Washington ließ Stone die Haare im Nacken zu Berge stehen. Er war unruhig und aufgeregt, so wie es ihm während seiner Zeit beim Militär immer vor einem gefährlichen Flug ergangen war.

Heute Morgen hatte Brick sein wöchentliches Besprechungstreffen. Jeder sprach darüber, was er in der *Zuflucht* tat, besprach Dinge, die er ändern oder umsetzen wollte, und hielt sich allgemein über den Stand der Dinge auf dem Laufenden. Stone genoss diese Treffen ehrlich gesagt. Es gefiel ihm, die Ideen seiner Freunde in Bezug auf den Betrieb zu hören. Es fühlte sich an, als sei in den Wochen seiner Abwesenheit so viel passiert.

Tonka begann mit einem Bericht über die Tiere, um die er sich kümmerte, dann gab Brick einen Überblick über die Finanzen und die Spenden, die im Vergleich zu vor ein paar Jahren um fünfhundert Prozent gestiegen waren. Owl sprach über die Fortschritte beim Bau des Hangars für den Hubschrauber und Brick fügte hinzu, dass die Ermittlungen gegen Carter Grant und die Geschehnisse auf seiner Insel hoffentlich in etwa einem Monat abgeschlossen sein würden und sie dann den Hubschrauber an *Die Zuflucht* liefern lassen könnten.

Stone freute sich unheimlich darüber, einen

Hubschrauber auf dem Gelände zu haben. Ihm war gar nicht bewusst gewesen, wie sehr er das Fliegen vermisst hatte, bis er mit Owl an die mexikanische Grenze geflogen war, um Reese zu retten. Und auch wenn jetzt klar war, dass Grant den Hubschrauber als Köder benutzt hatte, um Lara in die Finger zu bekommen, konnte Stone nicht leugnen, dass er von dem Hubschrauber begeistert gewesen war, als er und Owl ihn für einen kurzen Test geflogen hatten.

»Was hat Ry in Zukunft vor?«, fragte Pipe Tiny.

»Warum?«, fragte er scharf und kniff die Augen zusammen.

»Ganz ruhig, Mann, ich frage ja nur«, sagte Pipe zu seinem Freund.

»Tut mir leid«, entschuldigte sich Tiny. »Ich weiß es nicht. Sie hat mit Maisy zusammengearbeitet, um ihren Bruder fertigzumachen. Wenn das erledigt ist ... wird sie wohl gehen.«

»Wohin wird sie gehen?«, fragte Spike.

»Ich weiß es nicht.«

»Ist es dir egal?«, fragte Brick.

Im Raum war es still und alle waren auf Tiny konzentriert.

»Warum sollte es mich interessieren?«

»Weil du sie magst«, bemerkte Tonka unverblümt.

»Nein, tue ich nicht«, widersprach Tiny.

»Na klar. Deshalb lässt du sie auch nicht aus den Augen«, bemerkte Owl mit einem sarkastischen Schnauben.

»Sie hat uns belogen. Uns getäuscht. Sie könnte uns buchstäblich alles nehmen und wir würden es nicht mal merken, bis es passiert ist. Sie ist wahrscheinlich der gefährlichste Mensch, dem ich je begegnet bin, weil sie jedes Mal, wenn sie einen Computer anfasst, unermesslichen Schaden anrichten kann. Für *Die Zuflucht*, für uns persönlich, für die gesamte USA. Wusstest du, dass sie sich zum Spaß in die E-Mails des Präsidenten gehackt hat?«

Brick beugte sich vor und starrte Tiny mit einem intensiven Blick an. »Sie würde uns niemals etwas tun.«

»Das weißt du doch gar nicht.«

»Doch, aber die Tatsache, dass *du* dich weigerst, es zu akzeptieren, bedeutet, dass du nicht bereit bist, die Augen zu öffnen und zu sehen, was direkt vor deiner Nase liegt.«

»Und das wäre, Brick?«, knurrte Tiny.

»Ry hat eine Riesenangst«, sagte Brick zu ihm.

Tiny lachte. Aber es war kein humorvolles Lachen. »Ja klar.«

»Das hat sie«, versicherte Brick ihm.

»Sie hat vielleicht nur Angst davor, dass sie nicht mehr mit dem Leben anderer spielen kann, wenn sie ins Gefängnis kommt.«

Stone hatte keine Ahnung, ob Tiny versuchte, sich selbst oder die anderen davon zu überzeugen, dass er glaubte, was er sagte. Er kannte Ry nicht besonders gut, sie ließ niemanden in der *Zuflucht* zu nahe an sich heran, aber *was* er wusste, gefiel ihm. Ry war freundlich, immer hilfsbereit und tratschte nicht gern. Und die Tatsache, dass sie anscheinend in der Lage war, an Unmengen von Geld zu kommen, und trotzdem als Zimmermädchen in der *Zuflucht* arbeitete, sagte viel über sie aus.

»Du bist ein Vollidiot«, erklärte Spike und klang dabei untypisch hart. »Sie hatte keinerlei Verpflichtung herauszufinden, wie sie Reese aufspüren konnte. Und wenn sie es nicht getan hätte, hätten wir sie vielleicht nicht zurückbekommen.«

»Und die Tatsache, dass sie Jasna gerettet hat, ohne einen Dank zu erwarten, sagt mir alles, was ich über sie wissen muss«, fügte Tonka hinzu.

»Sie hat von unseren Bunkern erfahren!«, wandte Tiny ein. »Wir waren uns alle einig, dass wir niemandem davon erzählen würden. Und doch wusste sie nicht nur davon, sondern hat es uns unter die Nase gerieben, indem sie Jasna in einen Bunker gesteckt hat. Warum hat sie sie nicht einfach hierher zurückgebracht? Wozu die Heimlichtuerei?«

»Ich vermute, sie hat es auf die gleiche Weise herausgefunden, wie sie alles weiß«, erklärte Pipe vernünftig. »Weil sie die Pläne irgendwo im Internet entdeckt hat. Oder vielleicht hat sie zufällig eine E-Mail gesehen aus der Zeit, als wir sie gerade gebaut haben. Ich weiß es nicht. Aber weißt du was? Es ist mir egal, dass sie es weiß. Ich bin froh, dass sie ihr Wissen genutzt hat, um Jasna zu schützen.«

»Ich auch«, entgegnete Tonka, was keine Überraschung war, da Jasna seine Stieftochter war.

»Ich würde allerdings gern wissen *warum*«, fügte Brick nach einem Moment hinzu.

»Warum was?«, fragte Tiny.

»Warum sie monatelang hier gearbeitet hat, ohne zu verraten, was sie kann. Die Frau ist ein verdammtes Genie. Tex hat zugegeben, dass sie in Sachen Computer besser ist als *er*, und wir alle wissen, dass das eine große Sache ist. Sie könnte irgendwo an einem Strand Margaritas schlürfen und von unrechtmäßig erworbenen Millionen leben. Aber sie hat sich entschieden, *hier* im nirgendwo in New Mexico Toiletten zu putzen und Handtücher und Bettwäsche zu waschen. Da gibt es eine Geschichte ... und ich will wissen, was es ist.«

Stone stimmte von ganzem Herzen zu.

»Ich aber nicht«, grummelte Tiny.

»Wenn sie heute gehen würde, wäre es dir egal?«, hakte Brick nach. »Du würdest keine Träne vergießen? Würdest du dich nicht fragen, wovor sie wegläuft? Und verdreh nicht deine verdammten Augen, wir alle wissen, dass sie vor etwas davonläuft. Sie versteckt sich. Und wenn wir nichts tun, wird sie verschwinden. Und damit wird sie angreifbar für wen oder was auch immer sie offensichtlich fürchtet. Und wenn das passiert, werden wir sie nie finden. Sie wird einen neuen Namen annehmen und für immer für uns verloren sein.« Er schüttelte den Kopf. »Vielleicht hasst du sie, Tiny, aber ich nicht. Ich mag sie sogar. Das gilt auch für Alaska. Ich will nicht, dass sie geht, ohne dass wir wenigstens versucht haben herauszufinden, was los ist und ob wir ihr helfen können.«

»Das sehe ich genauso«, erklärte Tonka.

»Finde ich auch«, stimmte Owl zu.

»Sie hat meine Reese gerettet, das ist für mich Grund genug, ihr zu helfen, wo ich kann.«

Stone war auf derselben Seite wie seine Freunde. Ry hatte bereits verdammt viel für Maisy getan, ohne eine Gegenleistung dafür zu verlangen.

»Ich hasse sie nicht«, bemerkte Tiny nach einem Moment.

»Wer hätte das gedacht?«, bemerkte Brick.

Tiny fuhr sich aufgeregt mit einer Hand durch die Haare. »Sie ... verwirrt mich. Ich verstehe nicht, warum sie all diese Sachen getan hat.«

»Vielleicht tut sie Dinge, weil sie ein guter Mensch ist«, gab Stone zu bedenken.

Tiny seufzte. »Manchmal, wenn sie nicht weiß, dass ich sie beobachte, erwische ich sie, wenn sie nicht aufpasst. Sie sieht ... gehetzt aus. Wovor sie sich auch immer versteckt, es ist nichts Gutes. Und nenn mich egoistisch, aber ich will nicht, dass das, was es ist, auf *uns* zurückfällt. Ich habe das Gefühl, dass es *Die Zuflucht* zerstören könnte.«

»Ein Grund mehr herauszufinden, was es ist, und sie

davon zu überzeugen, dass wir ihr helfen können«, erwiderte Brick.

»Du musst dich zurückhalten, Tiny«, erklärte Tonka streng. »Sie hat Jas gerettet. Du musst ihr nicht helfen, aber ich werde mich für Ry ins Zeug legen, egal wie sie heißt.«

»Finde ich auch«, stimmte Spike zu.

»Sie war für die meisten von uns ein Wunder«, fügte Owl hinzu.

»Gut. Verstanden. Ich werde mich zurückhalten. Aber gib mir nicht die Schuld, wenn wir eines Tages aufwachen und alle unsere Bankkonten leer sind und sie abgehauen ist«, entgegnete Tiny und warf die Hände in die Luft.

Tonka schob seinen Stuhl so schnell zurück, dass er hinter ihm auf den Boden fiel. »Du bist ein Idiot«, bemerkte er in einem gleichmäßigen, kontrollierten Ton. »Ich war verdammt lange so wie du, Mann. Ich habe mich geweigert zu sehen, was direkt vor meiner Nase lag, bis es zu spät war. Ry wird nicht hierbleiben, wenn sie sich nicht willkommen fühlt. Wenn sie glaubt, du denkst das Schlimmste von ihr. Sie ist schon mit einem Fuß aus der Tür. Sie ist nur noch nicht verschwunden, weil Maisy sie braucht. Sobald das erledigt ist, ist sie weg. Und das wäre schade, denn sie hat das Leben meiner Tochter gerettet, ohne etwas dafür zu verlangen. Sie war bereit, sich mit einem Serienmörder anzulegen, um Jas nach Hause zu bringen.

Ry wird unser Geld nicht stehlen. Das hätte sie schon in der ersten Woche tun können, ohne dass wir gemerkt hätten, dass sie es war. Jetzt reiß dich mal zusammen, Tiny, bevor es zu spät ist. Und jetzt ... werde ich nach Melba sehen. Einer ihrer Hufe tut ihr weh.«

Damit marschierte Tonka zur Tür und verließ den Raum, ohne sich noch einmal umzusehen.

Stille herrschte im Raum, bis Brick sie durchbrach. »Ich

hole Savannah und sage ihr, dass wir bereit für ihren Bericht sind.«

Stone runzelte die Stirn. Tonka war viel gesprächiger geworden, seit er und Henley zusammen waren, aber er war nicht der Typ Mann, der anderen seine Meinung aufzwingen wollte. Die Tatsache, dass er Tiny einen Dämpfer verpasst hatte, war eine große Sache. Aber er konnte nicht anders, als Mitleid mit seinem Freund zu haben. Er kämpfte offensichtlich mit seinen Gefühlen für Ry.

»Macht es dir nichts aus, nach Seattle zu gehen?«, fragte Stone Tiny leise, als alle miteinander zu sprechen begannen.

»Nein, natürlich nicht. Warum?«

Stone zuckte mit den Schultern. »Ich wusste nicht genau, ob es für dich in Ordnung ist, Ry allein in deiner Hütte zu lassen, wenn du nicht da bist.«

Tiny seufzte. »Brick hat recht. Tonka auch. Ich habe mich wie ein Idiot verhalten. Ich habe nur … ein sehr schlechtes Gefühl bei Ry. Nicht wegen ihr persönlich, sondern wegen dem, wovor sie sich versteckt. Was sie tun kann, übersteigt bei Weitem meine Möglichkeiten, aber ich weiß, was auch immer falsch ist … es könnte uns alle ruinieren.«

Stone nickte. »Wir werden nur ein paar Tage weg sein. Wenn wir zurückkommen, können wir uns alle mit ihr zusammensetzen und ihr versichern, dass wir nicht wollen, dass sie geht, und dass wir ihr helfen wollen.«

»Ja«, erklärte Tiny.

»Was auch immer es ist, wir werden damit zurechtkommen«, sagte Stone mit Nachdruck.

»Das hoffe ich. Denn wenn wir es nicht tun, werden *wir* wahrscheinlich den Preis dafür zahlen müssen.«

Stone wollte noch mehr sagen, aber Savannah betrat mit Brick hinter sich den Raum. Jetzt war kein guter Zeitpunkt, um Rys Situation zu besprechen, aber sie mussten unbedingt noch einmal ein ernstes Gespräch mit dem Computergenie führen. Und zwar möglichst bald.

KAPITEL NEUNZEHN

»Habt ihr genügend Snacks?«, fragte Luna.

Maisy lachte. »Ja, wir sind gut versorgt. Die Hälfte meines Handgepäcks ist voll mit Proviant.«

»Achte darauf, dass du tust, was sie dir sagen«, warnte Alaska. »Drake kennt sich aus. Und da Tiny auch ein Navy SEAL war, weiß er das auch.«

»Wir ziehen nicht in den Krieg«, entgegnete Maisy trocken.

»Ich denke, du solltest den Mistkerl von deinem Bruder nicht unterschätzen«, gab Lara zu bedenken.

Sie hatte nicht unrecht. Maisy nickte.

»Genug. Ihr macht sie wahnsinnig«, sagte Jack und legte einen Arm um Maisys Taille. Sie schaute zu ihm auf und sah, dass ein Muskel in seinem Kiefer zuckte. Er versuchte, lässig zu wirken, aber zumindest für sie war klar, dass er alles andere als gelassen war.

Wenn es eine Möglichkeit gegeben hätte, ihr Erbe ohne die Reise nach Seattle zu bekommen, hätte Jack mit Sicherheit darauf bestanden, es so zu machen, daran hatte Maisy keinen Zweifel. Sie hatten versucht, einen Termin hier in New Mexico zu vereinbaren, aber der Anwalt, der für den Treuhandfonds zuständig war, war der Einzige, der das Geld freigeben konnte, und er war wegen familiärer Verpflichtungen nicht bereit, nach New Mexico zu reisen.

Maisy verstand das. Man konnte von ihm nicht erwarten, dass er nach Lust und Laune seiner Kunden durch das ganze Land flog. Und sie schätzte es sogar, dass er sich an die Gesetze hielt. Wenn er das nicht getan hätte, hätte ihr Bruder wahrscheinlich schon einen Weg gefunden, an ihr Geld heranzukommen.

Außerdem gab es einige Dinge, die sie aus dem Haus haben wollte ... ganz oben auf der Liste standen natürlich die Beweise gegen Jason. Aber auch Andenken, Kleidung, die Taschentücher ihres Vaters, die er immer bei sich trug und die sie in ihrer Kommode aufbewahrte, der Ehering ihrer Mutter. Es waren nur Dinge, aber das waren die einzigen Gegenstände, die ihr von ihren Eltern noch geblieben waren.

Brick, Tiny und Jack waren alle angespannt, als würden sie sich *wirklich* auf einen Einsatz vorbereiten. Maisy hätte ihnen gern versichert, dass ihr Bruder bei jedem Anzeichen von Gewalt nachgeben würde. Das taten Tyrannen immer. Wenn jemand schwächer war als sie, redeten sie viel, aber sobald jemand zurückschlug, gaben sie nach. Ihr Bruder war da nicht anders. Natürlich kam diese Erkenntnis für sie zu spät, aber insgeheim freute sie sich darauf, dass Jason den Jungs von Angesicht zu Angesicht gegenübertreten würde. Er würde sich bestimmt in die Hose machen.

Und das Beste daran war, dass er ihr nicht wehtun konnte. Nicht mit Brick, Tiny und Jack, die sie beschützten. Sie konnte sagen, was sie zu sagen hatte, ohne Angst vor seiner Rache haben zu müssen. Sie freute sich sogar darauf, ihren Bruder zu sehen.

Schließlich verabschiedeten sie sich und machten sich auf den Weg zum Flughafen in Santa Fe. Sie hatten nur Handgepäck, also war das Einchecken ein Kinderspiel. Im Flugzeug saß sie zwischen Jack und Brick, während Tiny in der Reihe hinter ihnen saß. Ehe sie sichs versah, waren sie in Seattle gelandet und Tiny fuhr sie zu ihrem Hotel.

Ihr Termin bei der Bank war erst am Morgen und bevor sie ankamen, schien alles gut zu passen, aber jetzt wünschte Maisy, sie könnten sofort zur Bank gehen. Sie blieb angespannt, während Tiny fuhr, weil sie befürchtete, dass ihr Bruder irgendwie herausgefunden hatte, dass sie hier war, und etwas tun würde, um sie daran zu hindern, zur Bank zu gehen und die Papiere zu unterschreiben.

»Entspann dich, es ist alles Ordnung«, versicherte Jack ihr, als könnte er ihre Gedanken lesen.

Er konnte nicht hören, was sie dachte, aber er *konnte* wahrscheinlich ihre Körpersprache lesen. Er spürte ihre Nervosität an der Art, wie sie sich fast verzweifelt an seine Hand klammerte.

»Auch wenn es nicht legal ist, war Ryleighs Idee, die gefälschten Ausweise zu benutzen, mit denen du und Stone Washington damals verlassen habt, sehr klug«, sagte Tiny, während er fuhr. »Wenn dein Bruder eine Möglichkeit hat zu überwachen, wer in Seattle ein- und ausfliegt, wird er nicht wissen, dass du zurückgekehrt bist, bis es zu spät ist, um etwas dagegen zu tun.«

Tiny hatte recht, das wusste sie, aber das hielt sie nicht davon ab, ängstlich alle Fahrzeuge um sie herum zu betrachten.

»Wir checken ein und bestellen dann den Zimmerservice. Wir werden uns einen Film ansehen, der dich von allem ablenkt«, erklärte Jack.

Maisy wusste es zu schätzen, dass er alles tat, um sie zu beruhigen, aber sie wollte auf keinen Fall in ihrem Zimmer sitzen und darüber nachdenken, was Jason alles anstellen könnte. »Wie wäre es, wenn wir in das Restaurant in der Eingangshalle gehen?«, fragte sie. Sie war nicht so dumm, ihm vorzuschlagen, dass sie eine Besichtigungstour machen könnten, aber vielleicht würde er ja zustimmen, wenn sie unten essen würden.

»Ich weiß es nicht«, überlegte Jack.

Brick meldete sich vom Beifahrersitz aus zu Wort. »Ich denke, das ist in Ordnung. Wir können einen Tisch im hinteren Teil des Restaurants reservieren, weg von den Fenstern.«

»Bist du sicher?«, fragte Jack Maisy.

Sie nickte enthusiastisch.

»Na gut. Sollen wir uns in etwa anderthalb Stunden nach dem Einchecken unten treffen?«

Alle stimmten zu und Maisy versuchte, ihre Muskeln zu zwingen, sich zu entspannen. Das war in Ordnung. Alles war in Ordnung.

Und das war es tatsächlich. Sie hatten keine Probleme beim Einchecken; Brick und Tiny teilten sich ein Zimmer am Ende des Flurs mit ihr und Jack. Sie trafen sich in der Eingangshalle zum Abendessen und Maisy ertappte sich dabei, wie sie lachte und vergaß, was sie am nächsten Tag vorhatten ... zumindest für eine kurze Zeit.

Dann brachte Jack sie wieder nach oben, schaltete einen Film ein, den keiner von ihnen wirklich sehen wollte, und zog sie in seine Arme.

Das war es, was sie brauchte. Maisy fühlte sich immer sicher, wenn Jack in der Nähe war. Der morgige Tag würde gut werden. Sie würden das tun, wofür sie gekommen waren, dann nach Hause fliegen und mit ihrem Leben weitermachen.

»Morgen wird alles gut«, sagte Jack leise.

Maisy lachte.

»Was ist so lustig?«, fragte er.

»Ich habe buchstäblich gerade die gleichen Worte gedacht.«

»Zwei Dumme, ein Gedanke.«

Maisy lächelte daraufhin. »Jack?«

»Ja, *Stellina*?«

»Danke.«

»Wofür?«

»Dass du hier bist. Dass du nicht ausgeflippt bist, als ich dir gesagt habe, ich müsse Jason zur Rede stellen. Dass du mir das Gefühl von Sicherheit gibst. Dass du mir verzeihst.«

»Du musst mir für nichts davon danken, Maisy. Wir haben unsere Ehe vielleicht nicht auf konventionelle Art und Weise begonnen, aber ich nehme mein Gelübde ernst. Wenn du etwas willst, werde ich alles dafür geben, es dir zu besorgen.«

»Ich brauche nichts außer dir«, erklärte sie.

»Und ich gehöre dir.«

Und das war ein Wunder. Jason hatte diesem Mann so viel unrecht angetan. Er hatte ihn entführt und ihn gezwungen, seine Schwester zu heiraten. Und doch war er der beste Mann, den Maisy je getroffen hatte. Er sah nicht nur gut aus – was für sie bei einem Partner nicht besonders wichtig war –, er war auch klug, versöhnlich, verständnisvoll, einfühlsam und freundlich. Sie hätte es nicht besser treffen können, wenn sie sich ihren Mann selbst ausgesucht hätte. Das ärgerte sie irgendwie, denn sie wollte sich auf keinen Fall eingestehen, dass Jason auch nur einen Funken zu ihrem derzeitigen Glück beigetragen hatte.

»Ich liebe dich«, flüsterte Maisy, als sie sich an Jacks Seite kuschelte.

Er drückte sie im Gegenzug liebevoll an sich. Er hatte ihr noch nicht gesagt, dass er sie liebte, seit er sein Gedächtnis wiedererlangt hatte, aber Maisy konnte geduldig sein. Es war verrückt, dass sie schon nach so kurzer Zeit so verliebt in ihn war, aber das war ihr egal. Sie wollte, dass er wusste, was sie empfand, auch wenn er nicht dasselbe für sie empfand. Sie hoffte, dass er es eines Tages tun würde. Sie hoffte, dass er sie so sehr lieben würde, wie sie ihn liebte. Er hatte diese Worte schon einmal gesagt, als er nicht wusste, wer er war, und sie glaubte, dass er sie wieder sagen würde.

Weder sie noch Jack schliefen besonders gut, aber wenigstens hatte keiner von ihnen einen Albtraum. Sie waren aufgestanden, hatten sich auf einen langen Tag vorbereitet und sich dann unten mit Brick und Tiny getroffen, bevor sie sich auf den Weg zur Bank gemacht hatten, um dort zu sein, wenn sie öffnete.

Alle waren angespannt und Maisy bedauerte, dass sie so viel zum Frühstück gegessen hatte. Sie betete, dass sie sich nicht vor lauter Nervosität übergeben musste. Brick und Tiny waren in höchster Alarmbereitschaft, und zum ersten Mal konnte Maisy einen Blick auf die Navy SEALs in den Männern erhaschen. Ihre Köpfe waren ständig in Bewegung und sie hielten sich immer zwischen ihr und jedem, der sich ihnen nähern mochte.

Jack hielt ihre Hand fest und weigerte sich sogar, sie

loszulassen, als sie an der Bank ankamen, und bestand darauf, dass sie über den Sitz rutschte und auf seiner Seite des Fahrzeugs ausstieg. Ehrlich gesagt war Maisy erleichtert, dass sie so wachsam waren, auch wenn ihr das alles Angst machte.

Und wenn sie sich vorstellte, wie es gelaufen wäre, wenn Jason seinen Willen durchgesetzt hätte ... Er hätte sie hierhergeschleppt, wahrscheinlich ihren Arm so fest gehalten, dass sie blaue Flecke bekommen hätte, und sie den ganzen Weg über bedroht ... ja. Sie war froh, dass sie stattdessen die drei übermäßig fürsorglichen Männer an ihrer Seite hatte.

Zu ihrer Überraschung war das Unterschreiben des Papierkrams tatsächlich überraschend unspektakulär. Nach all den Jahren, nach all dem Stress und den Schmerzen lernten sie den Mann kennen, der für ihren Fonds zuständig war, und wurden in das Büro des Bankdirektors geführt, wo die Unterzeichnung der Papiere für den Zugriff auf zehn Millionen Dollar weniger als dreißig Sekunden dauerte.

Danach wurde ihr versichert, dass die Papiere sofort eingereicht und das Geld innerhalb einer Woche auf ihr neues Konto – das Ry für sie bei einer Bank in Los Alamos eröffnet hatte – überwiesen werden würde. Er entschuldigte sich dafür, dass es so lange dauern würde, aber wegen der Höhe des Betrags mussten bestimmte Protokolle eingehalten werden.

Dann saßen sie wieder im Wagen und die Atmosphäre fühlte sich zwanzigmal leichter an.

»Das war ... anders, als ich erwartet hatte«, bemerkte Maisy, als Tiny den Motor anließ.

»Was hast du denn erwartet?«, fragte Brick vom Beifahrersitz aus.

»Ich bin mir nicht sicher. Mehr Sicherheit, mehr ... irgendwas.«

Jack lächelte. »Es ist vollbracht. Dein Bruder hat keine Kontrolle mehr darüber, was du tust, wo du wohnst oder wie dein Geld ausgegeben wird.«

Da wurde es ihr klar. »Es ist vorbei.«

»Ja, seine Schreckensherrschaft ist vorbei«, stimmte Jack zu.

Dann brach Maisy in Tränen aus. Es war eine Mischung aus Erleichterung, Traurigkeit über ihre Eltern und Dankbarkeit, dass ihr Bruder ihr nicht mehr wehtun konnte.

»Verdammt! Geht es ihr gut? Soll ich rechts ranfahren?«, fragte Tiny ein wenig verzweifelt.

Brick grinste. »Du musst noch eine Menge über Frauen lernen. Ihr geht's gut. Nur ein kleiner Stressabbau, richtig, Stone?«

Maisy spürte, wie Stone nickte, während sie ihr Bestes tat, um ihre Gefühle unter Kontrolle zu bringen. Der leichte Teil war geschafft, aber sie musste Jason gegenübertreten, die Beweise finden und packen. Später am Abend könnte sie sich gehen lassen, aber jetzt musste sie sich erst einmal zusammenreißen.

Maisy atmete tief durch und setzte sich auf.

»Alles in Ordnung?«, fragte Jack.

Maisy schüttelte den Kopf, sagte aber: »Ja.«

Jack lachte. »Es geht dir gut«, erklärte er nachdrücklich. Dann legte er seine Hand um ihren Nacken, zog sie zu sich heran und küsste sie auf die Stirn. »Ich bin stolz auf dich«, flüsterte er.

Bei seinen Worten spürte Maisy ein Kribbeln von Kopf bis Fuß. Sie hatte nichts weiter getan, als in eine Bank zu gehen und ein Stück Papier zu unterschreiben, aber zu wissen, dass Jack stolz auf sie war, bedeutete ihr sehr viel.

»Also, der Plan ist immer noch derselbe?«, fragte Tiny nach einem Moment.

Sie hatten gestern Abend beim Essen darüber gesprochen, wie sie im Haus vorgehen wollten, aber Maisy war klar, dass Tiny nur bestätigte, was sie bereits beschlossen hatten.

»Wir fahren um den Block und sehen uns die Gegend an. Dann parken wir ein paar Häuser weiter und Maisy benutzt ihren Schlüssel, um hineinzugehen. Ohne zu klopfen. Wenn ihr Bruder das Schloss ausgetauscht hat, gehen wir zur Küchentür, schlagen eines der Fenster ein und gelangen auf diese Weise hinein«, erklärte Brick.

»Willst du das immer noch tun? Wir könnten immer noch zuerst zur Polizei gehen und einen Durchsuchungsbefehl beantragen, um die Bilder und dein Tagebuch zu bekommen«, gab Jack zu bedenken.

»Ich dachte, es könnte sein, dass wir keinen Durchsuchungsbefehl bekommen, wenn wir es so machen?«, fragte Maisy. »Es stünde mein Wort gegen seins und es gäbe nicht genügend Beweise.«

Jack antwortete nicht, sondern hielt einfach nur Augenkontakt, und sie wusste, dass sie recht hatte.

Wenn möglich, verliebte sich Maisy in diesem Moment noch mehr in ihn. Es war offensichtlich, dass er nicht zu ihrem Haus zurückkehren wollte. Er wollte auch nicht, dass *sie* dorthin zurückkehrte. Und Jason wollte er definitiv nicht in ihrer Nähe wissen. Aber er war bereit, sie zu begleiten, weil es etwas war, das sie tun musste.

»Ich muss dafür sorgen, dass er für das, was er Martha angetan hat, bestraft wird. Und wenn er etwas mit dem Mord an Mom und Dad zu tun hatte, auch dafür. Und ich brauche diese Fotos und Marthas Brieftasche, um zu beweisen, was ich den Polizisten erzähle.«

»Wir könnten reingehen und sie für dich holen«, bot Brick an.

Maisy schätzte sie alle sehr. Aber das war etwas, das sie tun musste. Sie hätte es schon viel früher tun sollen. Sie hasste sich dafür, dass sie so viel Zeit hatte verstreichen und ihren Bruder mit seinen Verbrechen davonkommen lassen.

»Wir werden uns beeilen«, erklärte sie den Jungs im Wagen.

»Auf jeden Fall«, bemerkte Tiny.

»Wir gehen rein, rauf, holen die Sachen und verschwinden dort wieder«, stimmte Brick zu.

Maisy wollte sie daran erinnern, dass sie Jason zur Rede stellen wollte, aber je näher sie dem Haus kamen, desto flauer wurde ihr im Magen und desto schlimmer erschien ihr diese Idee. Sie wollte auf keinen Fall die hasserfüllten Worte ihres Bruders hören. Und sie hatte keinen Zweifel daran, dass er auf die einzige Art und Weise, die er kannte, um sich schlagen würde – verbal und emotional. Er kannte sie besser als jeder andere und wusste daher genau, wie er sie am meisten verletzen konnte.

Zum ersten Mal drückte sie die Daumen, dass Jason nicht zu Hause war, wenn sie ankamen. Aber ihre Hoffnungen wurden enttäuscht, als sie am Haus vorbeifuhren und sein Wagen in der Einfahrt stand. Aus irgendeinem Grund parkte er nie in der Garage, sondern fuhr immer direkt vor der Haustür vor und betrat das Haus auf diese Weise. Als hätte er Diener, die den Wagen für ihn wegfahren würden ... was aber nicht der Fall war.

Tiny hielt ein paar Häuser weiter an und stellte den Motor ab.

»Lass es uns tun«, erklärte er mit Nachdruck.

Etwas von seinem Selbstvertrauen sickerte zu Maisy durch. Sie hatte nichts falsch gemacht. Es war auch ihr Haus. Sie konnte hineingehen, wenn sie es wollte. Sie atmete tief durch und schloss ihre Finger um Jacks, als sie von der Rückbank stieg.

Sie gingen auf das Haus zu, als hätten sie das Recht, dort zu sein – denn das hatten sie. Sie schlichen nicht herum und durchquerten die Gärten wie Einbrecher. Maisy hielt den Schlüssel des Hauses fest in der Hand und versuchte, ihren Herzschlag zu verlangsamen, als sie sich der Haustür näherten. Mit angehaltenem Atem schob sie den Schlüssel in das Schloss und atmete erleichtert auf, als er sich im Schloss drehen ließ.

Sie traten in das Haus und Brick schloss die Tür hinter ihnen. Im Haus war es unheimlich still. Es war noch früh, zumindest für Jason, und weil er Paige und die anderen Frauen, die im Haus arbeiteten, losgeworden war, war niemand da. Aus der Küche duftete es nicht nach Frühstück, und selbst in den wenigen Wochen, die sie weg war, war das Fehlen einer Reinigungskraft offensichtlich. Überall lag Staub und Müll herum. Tüten von Imbissbuden lagen auf dem Boden, als sei derjenige, der sie fallen gelassen hatte, davon ausgegangen, dass jemand anderes sie aufheben würde. Im Haus roch es auch ein bisschen komisch, als hätte Jason eine Party geschmissen, Alkohol verschüttet und niemand hätte es aufgeräumt.

»Komm, Maisy, lass uns die Beweise suchen«, erklärte Tiny im Flüsterton.

Maisy nickte und zeigte auf die Treppe. Als sie hinaufstiegen, schaute sie zu Jack hinüber. Der Muskel in seinem Kiefer zuckte wieder und sie wusste, dass dieses Haus auch für ihn nicht so schöne Erinnerungen barg. Zwar wusste er die meiste Zeit, die er hier war, nicht, dass er entführt worden war, aber das spielte keine Rolle.

Sie gingen schweigend an Jasons Zimmer vorbei zu ihrem. Als die Tür aufschwang, konnte Maisy den Schrei nicht unterdrücken, als sie die Zerstörung vor sich sah.

Kein einziger Gegenstand in dem großen Raum war unangetastet geblieben.

Die Schubladen waren herausgerissen und ihr Inhalt auf dem Boden verstreut worden. Das Bettzeug und die Matratze selbst waren zerfetzt worden und die Polsterung lag mit den anderen Sachen auf dem Boden. Der Teppich war mit einer roten Substanz beschmiert, von der Maisy annahm, dass es sich um rote Farbe handelte, aber der Effekt war gruselig, weil es wie Blut aussah. Die Klamotten, die im Schrank waren, waren heruntergerissen und überall herumgeworfen worden.

Als Maisy das Zimmer betrat, ging sie wie benommen in Richtung Badezimmer. Ihre Toilettenartikel waren überall auf dem Tresen und dem Boden verteilt. Zahnpasta, Shampoo und sogar die kleine Flasche Parfüm, die ihre Mutter ihr geschenkt hatte, als sie dreizehn Jahre alt geworden war, waren ausgeleert worden.

Sie wusste ohne Zweifel, dass Jason das getan hatte. In einem Anfall von Wut war er hier reingekommen und hatte alles zerstört.

Anstatt sich zu ärgern, wurde Maisy wütend. Er hatte einen Wutanfall bekommen wie ein Kleinkind, weil er nicht bekommen hatte, was er wollte – Geld, das ihm gar nicht gehörte. Er hatte Jack entführt, ihn belogen, sie wie Dreck behandelt, und *er* war sauer!

Zum ersten Mal wurde Maisy klar, wie gut sie davongekommen war. Wenn er Jack nicht entführt hätte, wenn er nicht so ein gieriger Mistkerl gewesen wäre, hätte sie wahrscheinlich schon früher bei Martha unter dem Basketballfeld gelegen.

»Wo hast du die Sachen versteckt, Maisy?«, fragte Brick sanft.

Mit zusammengepressten Lippen wandte Maisy sich

von dem Chaos im Bad ab und ging zum Fenster. Früher hatte sie es geliebt, auf der kleinen Fensterbank zu sitzen, die ihr Vater für sie gebaut hatte, damit sie bequem Bücher lesen und dabei nach draußen schauen konnte. Die Bücher, die jahrelang liebevoll auf dem kleinen Regal unter dem Sitz gestapelt gewesen waren, waren jetzt alle zerstört. Die Seiten waren herausgerissen, die Einbände geknickt und zertrampelt. Farbe war darüber geschüttet worden.

Maisy kniete auf dem Boden und schob einen Teil der Unordnung beiseite. Sie hielt den Atem an, als sie nach dem losen Brett griff. An einer Kante war gerade genügend Platz, um mit dem Fingernagel darunter zu kommen. Sie zog es hoch – und hörte Tiny fluchen, als er in dem Loch unter dem Boden nichts sah.

Sie grinste nur vor sich hin und griff nach unten. Das Loch war lang und sie hatte die Beweise ganz nach hinten gestopft für den Fall, dass jemand ihr Versteck finden würde.

Sie merkte erst, wie angespannt sie war, als ihre Finger die kleine Tasche berührten, die sie dort hinten versteckt hatte. Sie setzte sich auf, zog sie heraus und hielt sie den anderen entgegen.

»Ist das alles?«, fragte Brick.

Sie nickte.

»Bist du sicher?«

Sie nickte erneut.

»Ich bewahre es für dich auf«, erklärte Jack und griff nach der kleinen blauen Tasche.

Ohne zu zögern, ließ Maisy zu, dass er sie ihr abnahm. Er steckte sie in eine Tasche der Weste, die er trug. Sie hatte sich gewundert, warum er sie mitgenommen hatte, denn sie sah nicht aus wie etwas, das er normalerweise trug. Dann wurde ihr klar, wie praktisch sie war, als sie sah, dass sich in den vielen Taschen Messer, Kabelbinder und andere Dinge befanden, die für einen knallharten Kerl wie ihren Mann sehr nützlich sein konnten.

Nachdem er die Tasche weggesteckt hatte, streckte er die Hand aus und half ihr, sich vom Boden zu erheben.

»Der nächste Schritt war, deine Sachen zu packen, aber ...« Bricks Stimme verstummte, während sie sich alle im Raum umsahen.

Maisy war einen Moment lang traurig, als sie ihre Lieblings-Jogginghose mit Farbe beschmiert auf dem Boden sah. Das Bild mit den Kühen, das sie immer geliebt hatte, war in zwei Teile zerbrochen und ebenfalls mit Farbe bespritzt. All ihre Habseligkeiten waren zerstört.

Aber sie atmete tief durch. Wie sie vorhin schon festgestellt hatte, waren es nur Sachen. Alaska und die anderen Frauen hatten sich alle Mühe gegeben, damit sie sich wohlfühlte, und ihr so viele coole Sachen gekauft. Jasna hatte ihr ein Bild von Melba, der Kuh, gemalt, um sie zum Lächeln zu bringen, und sie hatte es an die Wand in Jacks Hütte gehängt.

Dankbar, dass sie den Ring ihrer Mutter, eines der Taschentücher ihres Vaters und ein Bild ihrer Eltern schon vor Monaten in ihr Versteck gelegt hatte, wandte Maisy sich an Jack. »Ich will nichts von hier. Ich habe alles, was ich brauche, in meinem Zuhause.«

Zuhause. Die Leute warfen mit diesem Wort um sich, ohne nachzudenken. Das hatte sie auch immer getan. Aber ein Zuhause bestand nicht nur aus vier Wänden und einem Dach. Es war ein Ort – oder ein *Mensch* –, an dem man sich sicher fühlen konnte. Und dieses Haus war schon seit Jahren nicht mehr sicher. Seit ihre Eltern getötet worden waren. Zuerst hatte sie sich nicht sicher gefühlt, weil derjenige, der ihre Eltern erschossen hatte, immer noch auf freiem Fuß war. Dann war es wegen Jason. Er hatte ihr das Leben zur Hölle gemacht, und sie war froh, sich im Drogennebel zu verlieren, um dem zu entkommen.

Ihr Zuhause war dort, wo Jack war. Es spielte keine Rolle, ob er sich in Washington, New Mexico oder auf der anderen Seite des Mondes aufhielt. Solange Jack an ihrer Seite war, war sie zu Hause.

»Gut, dann lass uns von hier verschwinden«, bemerkte Brick schroff.

Jack nahm noch einmal Maisys Hand in seine und sie folgten Brick, während Tiny die Nachhut bildete, als sie aus ihrem Zimmer und den Flur entlanggingen. Als sie die Treppe herunterkamen, verließ sie das Glück.

Jason stand im Wohnzimmer und schaute überrascht auf, als Maisy und die anderen auftauchten.

»Sieh an, sieh an, sieh an«, murmelte er. »Wenn das nicht meine kleine Schwester und ihr Mann sind, die nach Hause kommen.«

Maisy starrte ihn an. Jason sah *furchtbar* aus. Seine Haare waren nicht gekämmt und braune Büschel standen überall von seinem Kopf ab. Er hatte sich seit ein paar Tagen nicht rasiert und sie konnte seinen Körpergeruch schon von der anderen Seite des Raumes aus riechen. Er hatte offensichtlich schon lange nicht mehr geduscht, und seine Kleidung hing an seinem hageren Körper herunter.

Sie war schockiert von seinem Aussehen. Ihr Bruder war immer stolz auf sein Auftreten gewesen. Jetzt sah er einfach wie ein Penner aus.

»Jason«, sagte sie, ohne zu wissen, was sie sonst sagen sollte.

»Ich nehme an, da du hier bist, bedeutet das, dass du mich komplett über den Tisch gezogen hast«, erklärte Jason.

Maisy runzelte die Stirn. »Was?«

»Du hast es getan, stimmt's? Du hast die Papiere unterschrieben.«

Das Verständnis dämmerte. »Ja.«

»Du hast das Haus gestohlen und auch das Geld von meinem Konto«, beschuldigte Jason sie.

»Es war nicht dein Geld«, erklärte Jack, der zum ersten Mal das Wort ergriff. »Es gehörte Maisy.«

»Es war meins!«, rief Jason und ließ Maisy zusammenzucken.

Jack hielt sie fest, und sie spürte, wie Tiny hinter ihnen näher kam.

»*Mein* Geld! Wer hat sich um dich gekümmert, als Mom und Dad gestorben sind? Ich! Anstatt den Job anzunehmen, der mir angeboten wurde, kam ich nach Hause, um auf meine kleine Schwester aufzupassen. Du warst ein einziges Wrack! Du konntest ohne mich nicht funktionieren. Du hättest dich umgebracht, wenn ich dich nicht zu einem Arzt gebracht hätte. Du warst jahrelang weggetreten. *Jahrelang*, Maise! Und dieses Haus ist nicht billig! Da war die Hypothek, die Haushälterinnen, die Köchin, der Strom. Ich habe mich um all das gekümmert, während du dich wie ein erbärmlicher Wurm in Selbstmitleid gesuhlt hast!«

Maisy biss die Zähne zusammen. Sie hasste es, wenn Jason sie an diese Zeit erinnerte. Es stimmte zwar, dass sie den Tod ihrer Eltern nicht gut verkraftet hatte, aber er hatte nicht viel getan, um ihr zu helfen, sondern sie nur ermutigt, die Medikamente zu nehmen, die sie alles vergessen ließen.

»Und was bekomme ich als Dank? Briefe in der Post, die mich darüber informieren, dass du Policen storniert, mein Geld gestohlen und meinen Namen von den Konten gestrichen hast – du bist ein verdammtes *Miststück*!«

»Ich habe die Lebensversicherungen storniert, die du ohne unsere Erlaubnis auf Jack und mich abgeschlossen hast«, erklärte Maisy, ohne die Stimme zu erheben. »Und du hast meine monatlichen Zahlungen gestohlen, weil du dein Erbe *und* die Lebensversicherung, die du von Mom und Dad bekommen hast, aufgebraucht hast.«

Sie war ruhig. Ihr Herz schlug schnell und sie war etwas zittrig, aber es fühlte sich gut an, Jason ausnahmsweise die Stirn bieten zu können.

Er machte einen Schritt auf sie zu, aber Brick war schon bereit und stellte sich zwischen Maisy und ihn.

Jason verzog das Gesicht. »Und wer ist das jetzt? Schläfst du auch mit dem? Du hast den Schwanz von deinem Mann anscheinend sehr genossen, das haben wir alle gehört, so wie du danach gestöhnt und gelechzt hast. Du bist eine verdammte *Hure*. Hast mit einem Mann geschlafen, den du erst ein paar Tage gekannt hast. Hätte ich gewusst, wie gern du es dir besorgen lässt, hätte ich deinen Körper schon längst für ein bisschen Extrageld verkauft. Dann hätte ich mit all meinen Freunden ein bisschen Kohle verdienen können. Und eins steht fest, ich habe dir deinen Ehemann *gekauft*. Freiwillig hätte dich ohnehin niemand genommen, weil du so verdammt armselig und hässlich bist!«

Maisy wurde bleich. Sie schämte sich nicht dafür, was Jack und sie getan hatten. Mit ihm zu schlafen war wunderschön, und Jasons rüpelhafte Bemerkungen konnten daran nichts ändern, aber es gefiel ihr nicht, dass er so darüber sprach.

»Du hast ihn entführt«, stieß Maisy zwischen zusammengebissenen Zähnen hervor.

»Weil du allein ohnehin keinen Mann gefunden hättest!«, rief Jason. »Das habe ich für *dich* getan! Du bist so verdammt naiv. Dachtest du wirklich, du kannst einfach weiterhin hier wohnen, ohne einen Job, ohne Geld zu verdienen, für den Rest deines Lebens? Ich habe dir einen

Gefallen getan und außerdem sieht es ja wohl durchaus so aus, als könntest du dich jetzt nicht beschweren.«

»Das reicht«, bemerkte Jack und schob Maisy hinter sich.

»Du kannst mich mal!«, entgegnete Jason verächtlich. »Denkst du etwa, ich gebe auch nur einen Pfifferling darauf, was du denkst? Du bist ja noch armseliger als meine Schwester. Ein echter Mann hätte gekämpft. Hätte nicht den Verstand verloren – und zwar buchstäblich –, nur weil er was? Zwanzig Minuten in einen Kofferraum eingesperrt war. Du hast mir meine Geschichte voll und ganz abgekauft. Ohne auch nur zu blinzeln. Du warst einfach nur froh, deinen Schwanz in die Löcher meiner Schwester zu stecken. Wenn du nicht so schwach wärst, so lächerlich, hättest du gewusst, dass du meine Schwester erst in dem Moment kennengelernt hast, in dem du aufgewacht bist.«

Maisy konnte spüren, wie Jack vor ihr brodelte. Ihr wurde schlecht, als sie Jasons Worte hörte. Sie konnte sich nicht vorstellen, wie Jack sich fühlte.

»Du hast sie nur mitgenommen, als du gegangen bist, weil du gemerkt hast, dass du ihr Geld in die Finger kriegen kannst. Sie ist stinkreich. Verdammt reich, unglaublich reich. Und wenn du glaubst, dass du das Geld bekommst, weil du ihr Mann bist, dann irrst du dich!« Jason lachte, ein hohes, hysterisches Lachen, bei dem sich die Haare auf Maisys Armen aufstellten.

»Eure Ehe war nicht legal. Wie konntest du nur so dumm sein zu glauben, dass sie es war? Dein richtiger Name steht nicht auf der blöden Urkunde. Sie war gut genug, um die Regierung und den Dreckskerl in der Bank zu täuschen, aber sie war nicht echt. Alles war gefälscht. Nicht einmal der Typ, der euch verheiratet hat, hatte die richtigen Papiere. Wenn du also glaubst, dass du auch nur einen verdammten Cent bekommst, bist du noch dümmer, als ich dachte.«

»Wir sind hier fertig«, sagte Brick in leisem, wütendem Ton.

Maisy hätte am liebsten die Augen verdreht. Sie hatte immer gewusst, dass ihre Ehe mit Jack nicht legal war. Aber Jason hatte recht – sie *war* gut genug gewesen, um die Bank zu täuschen. Und sobald das Geld auf ihrem Konto war, konnte sie es geben, wem sie wollte – ob verheiratet oder nicht. Jetzt, da sie nicht mehr unter der Fuchtel ihres Bruders stand, würde sie *ihm* sicher nichts davon geben.

»Du kannst ruhig gehen, liebe Schwester. Aber das hier ist noch nicht vorbei. Du bist mir etwas schuldig!«

»Ich bin dir etwas schuldig?«, entgegnete Maisy ungläubig. »Ich schulde dir gar nichts. Du hast mir jahrelang mein Geld gestohlen. Du hast mich verletzt, Jason. Immer und immer wieder. Du bist ein Tyrann und ich habe die Nase voll von deinem Blödsinn. Und das hier ist vorbei. Ich werde tun, was ich am Tag von Marthas Verschwinden hätte tun sollen.«

Jason verengte die Augen zu Schlitzen. »Und was ist das?«

»Du *weißt* was. Ich weiß es, Jase. Ich weiß, was du getan hast. Mit Martha und wahrscheinlich auch mit unseren Eltern.«

»Du weißt gar nichts«, bemerkte Jason und korrigierte sie zum ersten Mal, seit Maisy sich erinnern konnte, nicht, obwohl sie seinen Spitznamen verwendet hatte.

»Ich weiß, dass du einen unschuldigen Mann entführt hast. Und ich weiß, dass du nicht hinter mir her sein wirst, weil du zu sehr damit beschäftigt sein wirst, dir noch mehr Lügen auszudenken, um die zu verdecken, die du bereits erzählt hast. Erinnerst du dich noch an die Details, die du der Polizei vor all den Jahren erzählt hast, als Martha plötzlich wie vom Erdboden verschluckt war? Ich habe gehört, dass es sehr schwer ist, sich Lügen zu merken und sie jedes Mal auf dieselbe Weise zu erzählen. Karma, Jason. Es ist hinter dir her.«

Maisy war stolz auf sich. Endlich hatte sie ihrem Bruder die Stirn geboten, und das fühlte sich richtig gut an.

Aber dann bewegte er sich und kam so schnell auf sie zu, dass Maisy nach hinten stolperte und über ihre Füße fiel.

Sie stieß mit Tiny zusammen, der sie sofort wieder aufrichtete und sie dann umdrehte, sodass sie hinter den drei Männern stand, die eine Art Mauer zwischen ihr und ihrem offensichtlich gestörten Bruder gebildet hatten.

Brick stieß Jason so heftig zurück, dass er auf seinen Hintern fiel. Er sprang wieder auf und bei dem Hass, den Maisy in seinen Augen sah, erschrak sie.

»Bringt sie hier raus«, befahl Jack Tiny.

»Wir sollten alle gehen«, sagte Maisy verzweifelt.

»Ich glaube, dein Bruder und ich müssen uns mal unterhalten«, erklärte Jack.

»Nein, Jack. Lasst uns einfach gehen. Er ist nicht wichtig.«

Aber es war, als hörte Jack sie nicht. Sein Rücken war kerzengerade aufgerichtet und als sie ihn berührte, konnte sie spüren, dass jeder Muskel in seinem Rücken angespannt war.

»Bitte, Jack«, erklärte sie wieder. »Ich flehe dich an, lass uns einfach gehen.« Er hatte ihr einmal gesagt, dass er sie nie um etwas betteln lassen würde. Sie verwendete seine Worte gegen ihn. Sie wusste es, aber es war ihr egal. Hauptsache, sie kamen von der giftigen Zunge ihres Bruders weg.

»Dies ist noch nicht vorbei!«, brüllte Jason, als Brick und Jack sich auf den Weg zur Haustür machten.

Maisy war es egal, was ihr Bruder sagte, die Sache war erledigt. Ihr Bruder würde für das, was er Jack und Martha angetan hatte, hoffentlich für sehr lange Zeit ins Gefängnis gehen. Ry würde ihr die elektronischen Beweise schicken, die sie gefunden hatte, und vielleicht würde die Polizei sogar herausfinden, wen Jason dazu angestiftet hatte, ihre Eltern zu töten, wenn nur genügend Ermittlungen angestellt wurden.

Sie war traurig und erleichtert zugleich. Endlich war sie frei von der Kontrolle durch ihren Bruder. An seine letzte geschriene Drohung konnte sie nicht denken. Sie war zu sehr darauf konzentriert, ein für alle Mal aus diesem Haus zu verschwinden.

Maisy atmete erst auf, als sie alle vier aus dem Haus waren und die Tür hinter ihnen zuschlug. Jack nahm sie am Arm und schob sie den Bürgersteig entlang zu ihrem Wagen. Keiner sagte ein Wort, als sie einstiegen und Tiny losfuhr.

Aber Maisy flippte innerlich aus. Nicht wegen dem, was Jason gesagt hatte. Nicht weil sie jetzt zur Polizeiwache unterwegs waren und sie einen Polizisten davon überzeugen musste, dass ihr Bruder ein Mörder war.

Nein, es lag daran, dass Jack neben ihr saß und aus dem Fenster schaute ... ohne sie zu berühren.

In den letzten vierundzwanzig Stunden hatte er sie jede Sekunde berührt, so wie er es getan hatte, bevor seine Erinnerungen zurückgekehrt waren. Er hatte ihre Hand im Flugzeug gehalten, im Wagen, seine Hand auf ihrem Oberschenkel, als sie aßen, sie die ganze Nacht im Arm gehalten ... und jetzt war er nur wenige Zentimeter von ihr entfernt, aber es hätten genauso gut mehrere Kilometer sein können.

Er hatte die Zähne zusammengebissen, den Kopf abgewandt und die Augen auf die Landschaft gerichtet, an der sie vorbeifuhren. Maisy hatte keine Ahnung, was er gerade dachte. Welche der Beleidigungen ihres Bruders er sich zu Herzen genommen hatte. Aber es war offensichtlich, dass etwas, was Jason gesagt hatte, ihn jetzt beeinflusste und ihn dazu brachte, sich von ihr zu distanzieren.

Sie wollte ihn anflehen, mit ihr zu reden, aber da Brick und Tiny in Hörweite waren, war das nicht der richtige Ort dafür. Sie konnte nur abwarten und beten, dass er erkennen würde, dass Jason verzweifelt war, nur Mist redete und alles sagen würde, um einen von ihnen zu provozieren.

Stone saß auf einem Stuhl in der Polizeistation und starrte geradeaus. Er hatte sowohl Tiny als auch Bricks Versuche, mit ihm zu reden, abgewiesen. Er musste immer wieder an die Worte denken, die Maisys Bruder ihm an den Kopf geworfen hatte. Er war bereits wütend über den Blödsinn, den er zu seiner Schwester gesagt hatte, und aus irgendeinem Grund war er nicht darauf vorbereitet gewesen, dass er nun auch noch beschimpft werden würde.

Das hätte er aber sein sollen. Er hatte schon Schlimmeres gehört, als er Kriegsgefangener war. Aber die Dinge, die Jason zu ihm gesagt hatte, hatten ihr Ziel mit tödlicher Genauigkeit getroffen.

Ein echter Mann hätte gekämpft.

Es stimmte, Stone hatte überhaupt nicht gekämpft. Er war überrascht worden und hatte das Bewusstsein verloren, bevor er überhaupt wusste, dass er in Gefahr war.

Er hätte nicht das Gedächtnis verloren, nur weil er zwanzig Minuten lang in einem Kofferraum festgesteckt hatte.

Anstatt herauszufinden, wie er aus dem Kofferraum herauskommen konnte, indem er die Bremslichter ausschaltete und den Notauslöser betätigte, den jetzt alle Wagen hatten, war Stone ausgeflippt. Sein Verstand hatte sich abgeschaltet, weil er nicht in der Lage war, mit dem Stress der Situation umzugehen. Was für ein Mann war er dadurch geworden?

Zu einem erbärmlichen Mann, genau wie Jason es ihm vorgeworfen hatte.

Du hast mir meine Geschichte voll und ganz abgekauft. Ohne auch nur zu blinzeln.

Das war auch wahr. Viele der Details, die Maisy ihm über seine Vergangenheit erzählt hatte, stimmten nicht. Aber Stone hatte den Gedanken, dass er verheiratet war, nicht wirklich angezweifelt. Er hatte nicht lange gezögert, weil sich die Dinge zwischen ihnen so »richtig« anfühlten. Und all sein Training, all die Dinge, die er gesehen und getan hatte, all das, was er in den Händen internationaler Terroristen durchgemacht hatte, hatte nicht ausgereicht, um etwas gegen die eindeutige Bedrohung zu unternehmen, die er von ihrem Bruder gespürt hatte, seit er aufgewacht war.

Wenn du nicht so schwach wärst, so lächerlich, hättest du gewusst, dass du meine Schwester erst kennengelernt hast, als du aufgewacht bist.

Er hätte es wissen müssen. Seine Instinkte hätten sich melden müssen. Stattdessen war er froh, sich in Maisy zu verlieren und alle Warnzeichen zu ignorieren, die ihm signalisierten, dass etwas nicht stimmte. Und nicht nur das: Er hatte zugelassen, dass Jason Maisy ständig beschimpfte, und sich selbst eingeredet, dass er nicht noch mehr Ärger zwischen Bruder und Schwester verursachen wollte, die ohnehin schon eine schwierige Beziehung hatten.

Er hatte es so sehr vermasselt. Er war in der Tat erbärmlich. Brick, Pipe oder Owl ... *keiner* seiner Freunde wäre auf die Geschichte hereingefallen, die ihm aufgetischt worden war. Sie wären nicht so schwach gewesen, dass sie ihren Verstand ausgeschaltet hätten. Henley hatte ihm erklärt, dass er eine traumabedingte Amnesie erlitten hatte, die plötzlich auftrat und selten war, obwohl sie bei Kriegsveteranen und Missbrauchsopfern häufiger vorkommt ... aber das beruhigte ihn nicht im Geringsten.

Er befand sich in einem Sumpf aus Selbsthass, und nicht einmal der Anblick der blassen und zitternden Maisy, die nach zwei Stunden im Verhörraum auf ihn zukam, konnte ihn aus diesem Zustand herausbringen. Tatsächlich schämte er sich noch mehr, als er sie sah. Er hatte *nichts* getan, um dieser Frau zu helfen. Seinetwegen war sie noch *mehr* durch die Hölle gegangen. All ihre Sachen waren zerstört. Alles, was sie besaß.

Stone stand auf, aber er konnte seine Beine nicht dazu bringen zu funktionieren. Er konnte sich nicht dazu durchringen, auf sie zuzugehen. Brick tat, was er hätte tun sollen, er ging zu Maisy und legte einen schützenden Arm um ihre Schultern.

»Was ist los mit dir?«, zischte Tiny. »Reiß dich mal zusammen, Mann.«

Stone nickte ... bewegte sich aber immer noch nicht.

Tiny packte ihn an der Schulter, drehte sich zur Tür und schob ihn praktisch dorthin.

Die Fahrt von der Polizeiwache zurück zum Hotel verging wie im Flug. Stone hörte, wie Brick und Tiny Maisy über ihren Besuch bei den Polizisten ausfragten. Sie fragten sie, ob sie glaubte, dass sie ihr glaubten. Ein Teil von ihm war erleichtert, als sie sagte, dass sie sich die Sache sofort ansehen und so schnell wie möglich einen Durchsuchungsbefehl besorgen würden, aber so sehr er sich auch an dem Gespräch beteiligen wollte, er konnte es nicht.

Erbärmlich.

Schwach.

Dumm.

Die Worte hallten in seinem Kopf wider. Er versuchte, sie zu verdrängen, aber es war unmöglich.

Als sie zum Hotel zurückkamen, fragte Tiny: »Willst du im Restaurant zu Mittag essen? Oder vielleicht heute Abend wieder?«

»Ähm ... ich glaube nicht. Ich will nur auf mein Zimmer gehen und schlafen«, entgegnete Maisy. »Ich habe keinen Hunger.«

»Na gut. Wenn du deine Meinung änderst, sag Stone Bescheid. Er kann was zum Mitnehmen bestellen«, erklärte Brick ihr.

»Mach ich.«

»Wir treffen uns morgen früh um sechs Uhr unten. Wir haben einen frühen Flug. Bevor du es merkst, sind wir wieder zu Hause.«

»Gut. Ich freue mich darauf, von hier zu verschwinden. Ich weiß, dass ich wahrscheinlich für den Prozess zurückkommen muss, falls es jemals einen geben sollte, aber im Moment kann ich mir nicht vorstellen, in nächster Zeit hierher zurückzukehren.«

Brick und Tiny umarmten Maisy, bevor sie alle in den Aufzug stiegen, der sie zu ihrem Stockwerk bringen würde.

Brick hielt Stone zurück, als Tiny mit Maisy den Flur entlang zu ihrem Zimmer ging.

»Was ist mit dir los?«, fragte er.

»Nichts.«

»Blödsinn. Maisy hat die Hölle durchgemacht, du musst aus deinem Tief herauskommen und ihr helfen, damit klarzukommen.«

»Das werde ich«, entgegnete Stone und wusste genau, dass das gelogen war. Maisy hatte etwas Besseres verdient als ihn. Sie sollte jemanden haben, der für sie einsteht, wenn es hart auf hart kommt, und er war offensichtlich nicht dieser Mann. Wer wusste schon, wann er wieder eine Panikattacke bekommen und ausflippen würde? Ihre Ehe war nicht legal, das Beste wäre es, sie einfach gehen zu lassen. Sie sollte ihr eigenes Leben leben können. Sie hatte jetzt das Geld, um überall hinzugehen und alles zu sein, was sie wollte. Er hatte keinen Zweifel daran, dass Ry einen Weg finden würde, wie sie das Erbe behalten konnte, selbst wenn herauskäme, dass ihre Ehe nicht legal war.

Brick schaute ihn an und schüttelte dann den Kopf. »Vermassle das nicht, Stone. Ich meine es ernst. Sie ist das Beste, was dir je passiert ist.«

Stone wusste, dass sein Freund recht hatte. Er wusste es bis auf die Knochen. Aber er war nicht das Beste für Maisy. Nicht einmal annähernd.

Er nickte, dann drehte er sich um und ging den Flur entlang.

Nachdem die Tür sich hinter ihm geschlossen hatte, waren nur noch er und Maisy in dem Raum. Sie starrte ihn einen Moment lang an, bevor sie seufzte und sich dem Badezimmer zuwandte. »Schon allein in Jasons Gegenwart fühle ich mich eklig. Ich gehe noch mal duschen.«

»Okay«, entgegnete Stone, der sich immer noch nicht mit ihr und allem, was in dem Haus passiert war, auseinandersetzen wollte.

Nachdem er gehört hatte, dass das Wasser im Bad aufgedreht wurde, ging er noch ein paar Minuten im Zimmer auf und ab.

Hier konnte er nicht bleiben. Der Raum war zu klein. Die Wände drohten ihn zu erdrücken.

Schnell zog er sich eine kurze Sporthose und ein T-Shirt an und klopfte an die Badezimmertür.

»Ja?«, rief Maisy.

Stone öffnete die Tür einen Spaltbreit. »Ich gehe nach unten, um zu trainieren. Du darfst das Zimmer auf keinen Fall verlassen, okay?« Er war nicht so vertieft in seine Gedanken, dass er jemals vergessen würde, sie zu ermahnen aufzupassen.

»Das werde ich nicht. Jack?«

»Ja?«

»Geht es dir gut?«

Das sollte er *sie* eigentlich fragen. Ein weiterer Fehler seinerseits. »Ja, mir geht's gut. Ich muss nur etwas Dampf ablassen. Ich bin gleich wieder da.«

»In Ordnung.«

Stone schloss die Badezimmertür, holte tief Luft und verließ den Raum.

Maisy ließ die Tränen unkontrolliert aus ihren Augen fließen. Das Wasser aus der Dusche wusch sie sofort weg. Sie wusste nicht, warum sie weinte. Alles war ziemlich gut gelaufen. Sie hatte ihr Erbe bekommen, die Beweise gegen Jason abgeholt, ihn zur Rede gestellt und sogar die Polizisten davon überzeugt, dass sie wahrscheinlich einen ziemlich guten Fall gegen ihren Bruder hatten.

Aber irgendwo zwischen der Konfrontation mit Jason und der Polizeiwache hatte sie Jack verloren.

Sie wusste nicht, wie oder warum, aber er hatte sich definitiv entfernt. Er war da, aber er war nicht da.

Die Schimpftiraden ihres Bruders waren schrecklich gewesen, aber nichts, was sie nicht schon einmal gehört hatte. Er liebte es, ihr zu sagen, wie erbärmlich sie war. Sie nahm die Worte kaum noch wahr. Außerdem war er ein verdammter Mörder, wie konnte sie sich etwas von dem, was er sagte, zu Herzen nehmen?

Aber vielleicht hatte Jack das getan? Oder vielleicht hatte er es sich anders überlegt, nachdem er Jason wiedergesehen hatte und in dem Haus war, und konnte ihr nun nicht mehr vergeben?

Sie hatte keine Ahnung, und das war schlimm. Sie wusste nur, dass Jack anscheinend nichts mehr mit ihr zu tun haben wollte. Sogar in einem Hotel hatte er sich so weit wie möglich von ihr entfernt.

Maisy atmete tief durch und wischte sich über die Augen. Sie hatte sich das selbst eingebrockt. Wie konnte sie auch nur einen Augenblick glauben, dass die Dinge zwischen ihr und Jack funktionieren könnten, so wie sie angefangen hatten? Ihr Bruder hatte recht, sie hatte sich in einen völlig Fremden verliebt. Sie war mit ihm ins Bett gegangen, ohne zu überlegen.

Aber sie liebte ihn. Auch wenn sie ihn erst seit Kurzem kannte, liebte sie Jack schon sehr.

Seufzend stieg sie aus der Dusche und trocknete sich ab. Im Hotelzimmer zog sie sich wieder an, denn sie wusste, dass sie nicht so schlafen konnte, wie sie es geplant hatte, und setzte sich auf das Bett. Es würde ein langer Tag und eine unangenehme Nacht werden, weil Jack ihr aus dem Weg ging und es nur ein Bett im Zimmer gab. Aber es war groß, sie sollten es teilen können, ohne sich zu berühren.

Der Gedanke deprimierte sie. Eines ihrer liebsten Dinge

auf der Welt war es, sich an Jack zu kuscheln, während sie schliefen.

Maisy hatte keine Ahnung, wie lange sie schon an das Kopfende des Bettes gelehnt war, die Arme um ihre Beine gelegt und aus dem Fenster in den wolkenverhangenen Nachmittagshimmel gestarrt hatte, als sie ein Klopfen an der Tür hörte. Sie dachte, dass Jack in seiner Eile, von ihr wegzukommen, wahrscheinlich seinen Schlüssel vergessen hatte, oder dass er vielleicht entmagnetisiert worden war, und stand aus dem Bett auf. Ohne einen Blick durch den Spion zu werfen, schloss sie den Riegel auf und öffnete die Tür.

In dem Moment, in dem ihr Gehirn registrierte, wer dort stand, wusste Maisy, dass sie einen großen Fehler gemacht hatte.

Sie versuchte, die Tür zuzuschlagen, aber sie bekam einen Schlag ins Gesicht, bevor sie die Tür auch nur halbwegs schließen konnte. Sie brach in einem Haufen auf dem Boden zusammen. Dann zerrte jemand sie brutal an ihrem Oberarm nach oben.

Sie wimmerte, als Don Coffey begann, sie in den Flur zu zerren. »Gib keinen Laut von dir. Sonst bringe ich den Mistkerl, der unten trainiert, um. Hast du verstanden?«

Maisy nickte sofort. Sie hatte keinen Zweifel daran, dass Don genau das tun würde, was er angedroht hatte. Er war offensichtlich nicht der Typ Mann, der zweimal darüber nachdachte, einer Frau ins Gesicht zu schlagen oder einen völlig Fremden zu erschießen.

Er umging die Aufzüge und zerrte sie ins Treppenhaus. Sie gingen hinunter, wobei Maisy wegen seines schnellen Tempos über die meisten Stufen stolperte, und verließen das Gebäude durch eine Seitentür auf den Parkplatz. Bevor sie wusste, wie ihr geschah, hatte Don sie in seinen Wagen geschoben und war losgefahren.

Weg von Jack.

Weg von der Sicherheit.

Wahrscheinlich brachte er sie zu Jason.

Sie war so gut wie tot. Sie betete nur, dass Jack merken würde, dass sie nicht freiwillig gegangen war. Dass er erkennen würde, dass sie ihn nicht verlassen wollte, sondern nur einen Fehler gemacht hatte. Dass sie keine andere Wahl hatte.

Die Angst drohte sie zu überwältigen, aber sie atmete tief durch. Sie musste stark bleiben. Jack, Brick und Tiny würden sie finden. Sie würden erkennen, was passiert war und wer sie entführt hatte. Bis dahin musste sie einfach durchhalten.

Sie schaute sich verstohlen um und überlegte sich einen Plan, wie sie von Don wegkommen konnte. Sie streckte ihre Hand nach dem Türgriff aus, aber er lachte nur.

»Versuche es ruhig«, sagte er zu ihr.

Also tat sie es. Es passierte nichts. Die Tür öffnete sich definitiv nicht.

»Kindersicherungen. Die sind in solchen Momenten sehr nützlich.«

Maisy mochte diesen Mann nicht. Wer dachte denn so? Wer weiß, wie viele andere Frauen er schon mit Kindersicherungen an der Flucht gehindert hatte.

Aber sie würde nicht aufgeben. Auf keinen Fall. Nicht, wenn sie kurz davor stand, ein für alle Mal frei zu sein. Frei, zu tun, was sie wollte. Den Rest ihres Lebens mit Jack zu verbringen ... zumindest hoffte sie, dass das der Plan war. Nach dem heutigen Tag war sie sich da nicht mehr so sicher. Sie konnte sich vorstellen, dass ihr Bruder es schaffen würde, das Beste, was ihr je passiert war, zu vermasseln.

Sie versuchte, ruhig zu bleiben und nicht auszuflippen, während Don die vertrauten Straßen zurück zu ihrem Elternhaus fuhr. Er fuhr hinter das Haus, stellte den Motor ab, stieg aus, griff wieder hinein und packte Maisy am Arm.

Sie zuckte vor Schmerzen, während sie sich bemühte, sich schnell zu bewegen, um zu verhindern, dass ihr Arm aus der Gelenkpfanne gerissen wurde, als Don sie aus dem Wagen zerrte. Sie stolperte, als er sie zur Küchentür führte und sie hindurchstieß. Sie war nicht im Geringsten überrascht, als er sie in das Arbeitszimmer ihres Bruders führte.

Er öffnete die Tür und stieß sie mit aller Kraft hinein. Maisy fiel auf Hände und Knie und rappelte sich schnell wieder auf, während sie sich die Haare aus dem Gesicht strich.

»Danke. Und jetzt verschwinde«, erklärte Jason kalt.

Verwirrt schaute Maisy zur Tür.

»Nicht du, du Schlampe«, bemerkte Jason ärgerlich. »Du.« Er zeigte auf Don.

»Ich bin weg ... sobald ich meine Bezahlung erhalte.«

»Gut. Geh und nimm den Fernseher aus dem anderen Zimmer.«

Don schnaubte. »Soll das ein Scherz sein? Ich will das Geld, das du mir versprochen hast.«

»Ich habe es nicht. Noch nicht.«

»Was soll der Mist?«, fragte Don und klang dabei extrem wütend.

Maisy tat ihr Bestes, um sich unsichtbar zu machen. Sie wollte sich auf keinen Fall in den Streit zwischen ihrem Bruder und seinem Freund einmischen, der offensichtlich im Gange war. Sie konnte nicht anders, als an Laras Geschichte zu denken. Wie der Serienmörder, der sie und Owl entführt hatte, und der Typ, den er für die eigentliche Entführung angeheuert hatte, so wütend aufeinander geworden waren, dass die beiden Männer sich schließlich in einer Schießerei gegenseitig umgebracht hatten. Vielleicht hatte sie ja das Glück, dass das auch hier passieren würde.

Jason stand so schnell vom Schreibtisch auf, dass sein Stuhl auf dem Parkett quietschte, bevor er nach hinten kippte und scheppernd auf den Boden fiel.

»Du bekommst dein Geld, sobald ich *mein* Geld habe!«, schrie er.

»Das ist doch totaler Quatsch!«, sagte Don zu ihm. »Du hast gesagt, ich soll deiner Schwester und ihrem falschen Ehemann folgen und sie mir schnappen, wenn ich die Gelegenheit dazu habe. Nun, ich hatte die Gelegenheit. Der Typ ist in den Fitnessraum gegangen. Ich bin hochgegangen und habe an die Tür geklopft. Sie hat sofort aufgemacht, obwohl sie offensichtlich den verdammten Spion nicht überprüfen konnte. Ich sollte es wissen – ich hatte meinen Finger auf der Linse.«

»Woher wusstest du, in welchem Zimmer ich bin?«, fragte Maisy, die nicht mehr still sein konnte.

»Ich habe das Zimmermädchen *verführt*«, entgegnete Don mit einem Grinsen. »Und mit verführt meine ich, dass ich sie bedroht habe, nachdem ich mir genommen hatte, was ich von ihr wollte.«

Maisy presste die Lippen zusammen. Sie mochte diesen Mann *wirklich* nicht.

Don wandte sich wieder an Jason. »Ich will die zwanzigtausend, die du mir versprochen hast.«

»Und du wirst sie bekommen. Meine Schwester hat jetzt Millionen.«

»Gut. Dann will ich *fünfzig* Riesen«, sagte Don zu Jason.

Ihr Bruder warf seinem sogenannten Freund einen finsteren Blick zu. Sie hielt den Atem an und betete, dass sie beide ihre Pistolen aus dem Hosenbund ziehen und sich gegenseitig erschießen würden.

»Deshalb habe ich dich nicht gebeten, sie zu heiraten«, erklärte Jason in einem etwas ruhigeren Ton.

Maisys Träume von einer großen Schießerei starben. Sie erkannte diesen Tonfall. Er plante etwas. Er hatte vor, Don zu betrügen. Daran hatte sie keinen Zweifel. Er benutzte diesen Tonfall ihr gegenüber, kurz bevor er sie über etwas informierte, das ihr nicht gefallen würde.

»Ich brauche Zeit, um mit meiner lieben Schwester zu reden. Ich werde dein Geld morgen haben.«

Don verengte die Augen zu Schlitzen. »Das solltest du besser.«

»Das werde ich«, versicherte Jason ihm. »Wir kennen uns schon sehr lange. Du weißt eine Menge über mich. Du weißt, dass ich dich nicht hintergehen werde.«

Maisy hätte am liebsten losgelacht. Ihr Bruder würde jeden hintergehen, wenn er dadurch bekäme, was er wollte. Er hatte seine eigenen *Eltern* für Geld umgebracht. Außerdem war es ja nicht so, dass Don sich bei der Polizei darüber beschweren würde, dass Jason ihm nicht das versprochene Geld für die Entführung seiner Schwester gegeben hatte.

»Gut. Ich werde morgen wiederkommen. Um zwölf Uhr. Ich hoffe, du hast mein Geld.«

»Ich werde es haben. Ich bin sicher, meine Schwester wird kooperativ sein. Und wenn nicht ... nun, es ist ja nicht so, dass sie einen der Finger ihrer linken Hand braucht, um mir die Vollmacht für ihr Konto zu geben, da sie Rechtshänderin ist.«

Beide Männer lachten, und Maisy hatte das Gefühl, sich übergeben zu müssen.

»Brauchst du Hilfe dabei, sie in den Keller zu bringen?«, fragte Don nach einem Moment.

»An dem Tag, an dem ich Hilfe brauche, um diese Schlampe dazu zu bringen, das zu tun, was ich will, kannst du mich genauso gut einsperren und den verdammten Schlüssel wegwerfen.«

»Ich wollte nur sichergehen«, erklärte Don und starrte sie mit einem Blick an, bei dem sie sich schmutzig fühlte, nur weil sie ihn zu spüren bekam. »Vielleicht lässt du mich morgen die Zeit mit ihr verbringen, die du mir versprochen hast, bevor du das tust, was du letztendlich mit ihr vorhast.«

Jason zuckte mit den Schultern. »Ich weiß nicht, warum du sie haben willst. Sie ist hässlich.«

»Ich muss mir ihr Gesicht nicht ansehen, um zu tun, was ich vorhabe«, entgegnete Don grinsend.

Wieder einmal spürte Maisy, wie ihr schlecht wurde.

»Gut. Mir soll's recht sein.«

»Okay. Morgen. Du solltest besser mein Geld haben, Jason, oder ich werde nicht glücklich sein.«

»Ich werde es haben«, entgegnete Jason selbstbewusst.

Don nickte, dann drehte er sich um und verließ das Büro.

»Jason ...«, begann Maisy, aber ihr Bruder kam so schnell auf sie zu, dass ihr die Worte im Hals stecken blieben und sie nach hinten stolperte. Aber sie konnte nirgendwo hin. Jason packte ihren Arm an der gleichen Stelle wie Don, was sie vor Schmerz zusammenzucken ließ, und ging zur Tür.

Sie versuchte, seine Hand von ihrem Arm zu lösen, aber ohne Erfolg. Als Nächstes versuchte sie, ihren Arm aus seinem Griff zu befreien, aber er zog seine Finger nur noch fester um sie. Dann geriet sie in Panik und fing an, ernsthaft gegen ihn zu kämpfen. Es war fast lächerlich, wie leicht es ihm fiel, sie zu überwältigen. Egal was sie tat, wie sie versuchte, zu treten oder zu beißen, er schaffte es, sie fest in seinem Griff zu halten.

»Genug!«, fuhr er sie an und schüttelte sie so kräftig, dass ihr Kopf hin und her geschüttelt wurde.

»Bitte, Jason, wir können doch darüber reden«, flehte Maisy. Sie hatte nicht vor, irgendetwas zu unterschreiben. Lieber würde sie sterben, als dass er ihr noch einen Cent wegnahm. Aber es ging nicht um das Geld, nicht im eigentlichen Sinne. Es ging darum, zum ersten Mal in ihrem Leben für sich selbst einzustehen. Dass sie ihrem Bruder nicht nachgab. Wollte sie sterben? Nein. Nicht, wenn sie so viel hatte, wofür es sich zu leben lohnte. Aber wenn sie die Wahl hatte, ihrem Bruder zu geben, was er wollte, oder zu sterben, würde sie sich für Letzteres entscheiden.

»Die Zeit zum Reden ist vorbei, Schwesterherz«, erklärte er. »Du hast deine Wahl getroffen. Der Dreckskerl ist dir wichtiger als ich. Ein Typ, den du gerade erst kennengelernt hast. Sein Schwanz muss magische Qualitäten haben, wenn du ihn deinem Bruder, deinem eigenen Fleisch und Blut, vorziehst, dem Mann, der dich aufgenommen hat, als dich sonst niemand aufgenommen hätte, als du in einer Pflegefamilie gelandet wärst. Der dafür gesorgt hat, dass du die Medikamente bekommst, die du brauchst, damit du nicht in der Klapsmühle landest. Gut. Gut. Wie auch immer. Jetzt will ich, was *mir* gehört.«

Maisy hätte ihn am liebsten angeschrien. Ihm gesagt, dass er sein Erbe schon bekommen hatte. Dass es nicht ihre Schuld war, dass er alles ausgegeben hatte. Dass es nicht fair war, dass er auch *ihr* Geld stehlen wollte, dass er über die Jahre schon genug gestohlen hatte. Aber sie konzentrierte sich zu sehr darauf, auf den Beinen zu bleiben, während Jason sie schnell zur Kellertür zerrte.

»Ich denke, ein wenig Zeit in dem Schutzraum wird deine Einstellung ändern. Ich muss heute Nachmittag noch einige Dinge erledigen. Aber heute Abend werden wir ein Gespräch führen. Und mit Gespräch meine ich, dass du Papiere unterschreibst, die mir die Vollmacht für dein Bankkonto und die alleinige Entscheidungsgewalt darüber geben, wie das Geld ausgegeben wird. Morgen früh gehe ich rüber zur Bank und sage diesen Mistkerlen, dass du bettlägerig bist und nicht kommen kannst – irgendwas mit deiner Periode, Männer hassen es, über diesen Mist zu reden. Dann hole ich Dons Geld, komme hierher zurück und lasse ihn ein paar schöne Stunden mit dir verbringen ... und dann, Maise ... tut mir leid, aber dann werde ich dich erledigen.«

Ihr gefror das Blut in den Adern. »Jason, wenn ich verschwinde, werden die Leute es merken. Ich habe Freunde ... einen Ehemann.«

»Oh, damit rechne ich«, erklärte er lachend, während er das Licht am oberen Ende der Kellertreppe anknipste. »Ich werde eine Vermisstenanzeige aufgeben. Der Polizei alles über deinen kürzlichen Nervenzusammenbruch erzählen, wie du einen Mann geheiratet hast, den du nur fünf Tage kanntest, wie er es geschafft hat, die Kontrolle über dein Vermögen zu erlangen, und jetzt bist du verschwunden. Irgendwann werden die Beamten deine Leiche irgendwo auf einem Feld finden ... und wenn sie einen Vergewaltigungstest machen, werden sie die DNA meines lieben Freundes in dir finden. Don wird die Schuld gegeben werden. Bim, bam, bumm. Erledigt. Er kommt ins Gefängnis und ich bin frei. Der trauernde Bruder.«

Maisy starrte ihren Bruder verwirrt an. Wovon sprach er überhaupt? Don? Er würde den Polizisten erzählen, dass sie *Don* geheiratet hat? Wie konnte er nur so dumm sein? Er hatte eine Heiratsurkunde, in der »Jack Smith« als Bräutigam eingetragen war. Und sein sogenannter »Freund« würde den Polizisten alles über ihr Erbe erzählen – und alles, was Jason getan hatte, um es zu bekommen.

Und dann waren da noch Jack und seine Freunde. Sie würden wahrscheinlich sofort zur Polizei gehen, sobald sie ihr Verschwinden bemerkt hatten. Es konnte nur einen Schuldigen geben, und Jack, Tiny und Brick wussten genau, wer dieser Schuldige war.

Ganz zu schweigen davon, dass es lächerlich war, sie in ihrem Haus zu verstecken! Es wäre der erste Ort, an dem alle nach ihr suchen würden.

Ihr Bruder hatte den Verstand verloren. Es gab genügend Löcher in seiner Geschichte, um einen Sattelschlepper durchzufahren. Er war eindeutig verwirrt.

»Ich hatte vergessen, dass Don es mit dir treiben will, aber das wird sogar besser funktionieren, als ich es geplant hatte. Ich muss sehen, ob ich mir sein Handy schnappen kann, während er mit dir beschäftigt ist ... und es mitnehmen, wenn ich deine Leiche entsorge. Wenn die Bullen versuchen, sein Handy zu orten, werden sie ihn in der Gegend sehen, in der deine Leiche gefunden wurde – und mein Telefon wird hier im Haus sein, damit ich ein Alibi habe.«

Gott, es war praktisch unmöglich, dass sein Plan funktionierte. Aber das hieß nicht, dass sie nicht in Gefahr war.

Sie verpasste den letzten Schritt und ging in die Knie, aber Jason wurde nicht langsamer. Sie brauchte einen Moment, um wieder auf die Beine zu kommen, und als sie es schaffte, stand ihr Bruder schon vor dem Schutzraum. Ihre Eltern hatten ihn bauen lassen, weil sie sich Sorgen gemacht hatten, dass jemand es auf ihr Geld abgesehen haben könnte. Eine Ironie des Schicksals, wenn man bedenkt, dass ihr eigener Sohn ihn nun benutzen würde, um seine Schwester zu foltern und schließlich wegen des Geldes zu töten, das sie ihr hinterlassen hatten.

Er öffnete die Tür und ging mit Maisy auf die andere Seite des Raumes, wo er Ketten an der Wand befestigt hatte. Offensichtlich hatte er das geplant, oder besser gesagt, er hatte vorgehabt, Jack hier festzuhalten, nachdem er ihn gezwungen hatte, sie zu heiraten. Maisy wehrte sich noch einmal, aber sie war Jason nicht gewachsen. Er ließ die Handschellen um ihre Handgelenke zuschnappen und trat zurück.

Die Ketten, die an den Handschellen befestigt waren, hingen auf Hüfthöhe an der Wand und waren etwa einen Meter lang. Sie waren lang genug, damit sie aufstehen und sich ein wenig bewegen konnte, aber auch stabil genug, dass sie sie nicht aus der Wand reißen konnte oder etwas anderes, was Heldinnen in Filmen normalerweise tun, um sich zu befreien.

»Wenn du pinkeln musst, dann mach nicht auf den Boden. Wenn du es tust, werde ich es nicht aufputzen. Mach da rein«, befahl Jason und deutete auf einen Eimer an der Wand in ihrer Reichweite. »Ich komme später wieder. Sei brav.« Dann lachte er und drehte ihr den Rücken zu.

»Jase, bitte! Du musst das nicht tun«, bat Maisy ihn verzweifelt.

Ihr Bruder drehte sich um. »Wie oft muss ich dir noch sagen, dass du mich *nicht* so nennen sollst?«

Dann ging er ohne ein weiteres Wort und schloss die Tür hinter sich. Zum Glück war sie von innen verschlossen, nicht von außen. Er konnte sie zwar nicht wirklich einsperren, aber die Ketten, die an der Wand befestigt waren, hinderten sie daran, an die Tür zu kommen und ihn auszusperren. Außerdem würde es ihr nichts nützen. Wenn sie sich selbst im Zimmer einschloss, war sie trotzdem aufgeschmissen. Ja, Don und Jason konnten nicht an sie herankommen, aber am Ende würde sie verdursten. Früher hatten ihre Eltern in diesem Zimmer Vorräte für mehrere Monate gelagert, aber die waren schon lange weg.

Maisy lehnte sich mit dem Rücken an die Wand und rutschte hinunter, bis ihr Hintern den Boden berührte, dann schlang sie die Arme um ihre Knie und weinte. Sie weinte um den Bruder, den sie einmal gekannt hatte. Sie weinte, weil sie Angst hatte. Weil sie wusste, dass Jack ausflippen würde, wenn er merkte, dass sie weg war, wenn er zurück in ihr Zimmer kam.

Aber dann holte sie tief Luft. Sie hatte keine Ahnung, was Jack vorhin so erschreckt hatte. Warum er so verstimmt war. Aber sie hatte volles Vertrauen in ihn. Sobald er merkte, dass sie nicht bei seinen Freunden oder irgendwo anders im Hotel war, würde er als Erstes hier nachsehen. Er würde sie holen. Selbst wenn er beschlossen hatte, dass er nicht mit ihr verheiratet sein wollte, dass sie zu viel Ärger bedeutete oder er ihr einfach nicht verzeihen konnte, würde er sie nicht ihrem Bruder überlassen. Daran hatte sie keinen Zweifel.

Sie musste durchhalten, bis er, Brick und Tiny zu ihr kamen. Sie hoffte nur, dass das, was Jason vorhatte, lange genug dauerte, damit die Kavallerie zu ihrer Rettung kommen konnte. Bevor ihr Bruder zurückkam, um sie zu foltern.

Das Verrückteste von allem war, dass sie früher, wenn Jason der Bruder gewesen wäre, an den sie sich erinnerte, und wenn er sie nur *gefragt* hätte, wahrscheinlich gern ihr Erbe geteilt hätte.

Maisy schluckte schwer, wischte sich die Wangen am Arm ab und hob den Kopf. Sie konnte keine Zeit mehr damit verschwenden, hier wie eine Jungfrau in Nöten zu sitzen. Sie musste einen Weg finden zu fliehen. Wenn Jason zurückkam, würde sie alles tun, um zu entkommen. Wenn sie es schaffte, würde sie der Polizei alles erzählen und dann hoffentlich mit Jack nach Hause in *Die Zuflucht* zurückkehren. Sie könnten an dem arbeiten, was ihn bedrückte.

Sie war nicht bereit aufzugeben. Sie liebte Jack von ganzem Herzen. Sie würde für das Recht kämpfen, an seiner Seite bleiben zu dürfen.

KAPITEL ZWANZIG

»Was zum Teufel machst du da?«, knurrte Brick.

Stone ignorierte ihn, während er auf den Link klickte, den Ry gerade geschickt hatte. Es hatte nicht lange gedauert, bis er bemerkt hatte, dass er ein Idiot war. Er hatte sich von den Worten von Maisys verdammtem Bruder anstecken lassen, was genau das war, worauf der Mann es angelegt hatte.

Er war auf dem Laufband in dem kleinen Fitnessraum des Hotels gelaufen und hatte dann abrupt angehalten. Er konnte gerade noch verhindern, dass er von dem schnellen Laufband gegen die Wand hinter ihm geschleudert wurde. Er hätte sich am liebsten selbst in den Hintern getreten.

Irgendwie hatte Jason genau gewusst, wie er Stone dazu bringen konnte, nicht nur an sich selbst, sondern auch an Maisy zu zweifeln. Er war nicht schwach. Verdammt, er hatte etwas überlebt, was die meisten Männer keine fünf Minuten überdauert hätten. Er war von verdammten *Terroristen* gefoltert worden, und trotzdem hatte er überlebt.

Er und Owl waren durch die Hölle gegangen und hatten es irgendwie geschafft, Frauen zu finden, die sie nicht bemitleideten, die sie nicht für schlechtere Männer hielten, weil sie diese schlimmen Dinge durchgemacht hatten. Sie liebten sie genau so, wie sie waren. Und ihre Erfahrungen machten sie zu den Männern, die sie heute waren.

Er war so ein Idiot gewesen. Maisy brauchte seine Unterstützung und Ermutigung, und er hatte es total versaut. Er war nicht für sie da gewesen, als sie mit den Polizisten gesprochen hatte, und das musste sehr schwer für sie gewesen sein. Er hatte nicht darauf bestanden, an ihrer Seite zu bleiben, während sie ihre Geschichte erzählte. Er hatte gar nichts getan.

Er nahm zwei Treppenstufen auf einmal und eilte zurück in ihr Zimmer, um sich zu entschuldigen. Um sie um Vergebung zu bitten. Um Maisy zu sagen, was für ein Idiot er gewesen war – aber sie war nicht da gewesen. Stone war nicht in Panik geraten, zumindest nicht am Anfang. Er war einfach den Flur entlang zu Bricks und Tinys Zimmer gegangen, weil er keinen Zweifel daran hatte, dass er Maisy dort finden würde.

Aber auch dort war sie nicht. Einen Augenblick lang war er verwirrt gewesen, dann hatte die Panik eingesetzt.

Jason hatte sie erwischt.

Sicher, vielleicht war sie unten, um sich Eis zu holen, oder in der Eingangshalle, um etwas zu essen, aber tief in seinem Inneren wusste er, dass sie keines dieser Dinge getan hätte. Nicht allein.

Es gab nur einen Menschen auf der Welt, der einen Grund hatte, Maisy etwas anzutun. Ihr eigener verdammter Bruder. Und Stone hatte sie allein und verletzlich zurückgelassen. Ein weiterer Punkt gegen ihn. Eine weitere Sache, die er wiedergutmachen musste.

Brick war losgeeilt, um die Gemeinschaftsräume des Hotels zu durchsuchen. Und während Tiny versuchte, ihn zu beruhigen, indem er Gründe nannte, warum Maisy weg sein könnte und wo sie sonst noch sein könnte – allein im Restaurant essen oder im Schwimmbad –, war Stone damit beschäftigt, Ry eine Nachricht zu schreiben.

Ohne dass seine Freunde oder Maisy davon wussten, hatte er vor ihrer Abreise ein langes Gespräch mit der Frau geführt. Er war von ihren Fähigkeiten fasziniert. Und da er Bedenken gehabt hatte, Maisy mit nach Seattle zu nehmen, wollte er wissen, ob sie Vorschläge hatte, wie er sie schützen konnte.

Und Ry hatte Vorschläge gehabt.

»Ernsthaft, Stone, was zum Teufel machst du da? Wir müssen nach Maisy suchen.« Auch Brick, der vor ein paar Minuten zurückgekommen war, meldete, dass seine Suche erfolglos verlaufen war.

»Ich weiß, wo sie ist«, erklärte Stone, während er auf die Karte vor ihm starrte.

»Was? Wie?«

»Wo?«

Er war nicht überrascht über die Fragen seiner Freunde. »Ry hat mir Peilsender gegeben«, erklärte er ihnen. »Ich habe einen und einen habe ich Maisy gegeben. Nun, ich habe ihn ihr nicht wirklich *gegeben*. Ich habe ihn ihr heute Morgen in die Tasche gesteckt. Er sieht aus wie ein Vierteldollar, aber es ist keiner.«

»Im Ernst?«, fragte Brick.

»Im Ernst. Ich habe mit Ry gesprochen, die sich offenbar mit Tex beraten hat. Er hat den Peilsender vorgeschlagen.«

»Nun, das ist keine Überraschung. Der Mann liebt seine verdammten Peilsender«, bemerkte Tiny.

»Ganz genau.«

»Woher wusstest du, dass du ihn brauchen würdest?«, fragte Brick.

»Ich wusste es nicht. Ich meine, ich hatte es gehofft, aber wenn ihr Bruder bereit war, so weit zu gehen, einen völlig Fremden zu entführen, ihn drei Monate lang einzusperren und dann wahrscheinlich zu töten, nur um an Maisys Geld zu kommen ... dann wollte ich kein Risiko eingehen.«

»Er hat sie also entführt?«, fragte Tiny.

»Ich weiß es nicht. Aber ich vermute, wahrscheinlich nicht er selbst. Er würde nicht riskieren, dass sein Gesicht auf einer Kamera zu sehen ist, damit er behaupten kann, er wüsste nicht, was passiert ist. Ry arbeitet daran, sich in die Überwachungskameras hier im Hotel zu hacken, dann werden wir es sicher wissen. Aber letztlich ist das egal. Er hat sie in seiner Gewalt. Sie ist im Haus.«

»Worauf warten wir noch? Holen wir sie uns! Mit dem Mistkerl können wir es auf jeden Fall aufnehmen!«, rief Tiny und ging auf die Tür zu.

»Ihr geht nirgendwo hin«, informierte Stone sie.

»Was?«, fragten Brick und Tiny wie aus einem Mund.

»Ihr müsst die Truppen zusammentrommeln. Maisy hat heute den Grundstein gelegt, als sie den Polizisten ihre Geschichte erzählt hat. Ihr müsst einen von ihnen kontaktieren und ihm sagen, dass Jason Maisy in seiner Gewalt hat und sie unter Druck setzt, um an ihr Geld zu kommen.«

»Und was hast du vor?«, fragte Brick.

Stone verengte die Augen zu Schlitzen. »Ich werde meine Frau zurückholen.«

»Das ist keine gute Idee«, warnte Brick.

»Ganz und gar nicht. Hör zu, sie ist weg, weil ich ein dummer Idiot war. Ich habe mich von diesem Mistkerl beeinflussen lassen.«

Brick starrte Stone an. »Wenn du dich auf seine idiotische Rede über Schwäche beziehst, da hat er ja wohl Blödsinn geredet.«

»Ja, das ist mir jetzt klar, aber gestern habe ich mir seine Worte zu Herzen genommen. Hör zu, ich bin nicht wie du und die anderen. Und Owl auch nicht. Wir sind verdammt gut hinter dem Steuer eines Hubschraubers und würden nicht zögern, in einen Sandsturm oder einen verdammten Hurrikan zu fliegen, aber Kampfeinsätze am Boden sind nicht unser Ding ... ganz offensichtlich. Ich habe gekämpft, als unser Hubschrauber in Übersee abgestürzt ist, Owl auch, aber es hat nichts gebracht, wir wurden trotzdem gefangen genommen und gefoltert. Als Jasons Schläger sein Ding durchgezogen hat, hatte ich keine Chance, mich zu wehren, weil ich von hinten niedergeschlagen wurde. Und er hatte recht, als ich in dem Kofferraum lag, bin ich in Panik geraten. Ich habe nicht einmal versucht zu fliehen. Damit muss ich leben, aber am Ende ... habe ich das Beste, was mir je passiert ist, aus dieser Tortur mitgenommen.«

»Maisy«, fügte Tiny unnötigerweise hinzu.

»Ganz genau. Was passiert ist, ist passiert. Jason hat unfair gespielt und es wird Zeit, dass ich ihn in seinem eigenen Spiel schlage.«

»Was ist dein Plan?«

»Während du und Tiny die Polizei davon überzeugt, einen Durchsuchungsbefehl zu erwirken – was nicht schwer sein dürfte, wenn wir das Videomaterial der Hotelkameras von Ry bekommen und sie die Karte mit den Verfolgungsdaten sehen, kombiniert mit all den Dingen, die Maisy ihnen heute erzählt hat –, werde ich direkt zur Haustür gehen und verlangen, meine Frau zu sehen.«

»Was? Das ist Wahnsinn!«, rief Tiny aus.

»Eigentlich ist es perfekt«, entgegnete Brick mit einem Nicken. »Du hast gesagt, dass du dich nicht für Kämpfe am Boden eignest.«

»Jason könnte ihn erschießen«, warnte Tiny.

»Das könnte er. Aber ich glaube nicht, dass er das tun wird. Er will, dass seine Schwester so viel wie möglich leidet. Wenn wir den richtigen Zeitpunkt abpassen, ist Jason zu sehr mit Stones Ankunft beschäftigt, um an eine Falle zu denken oder sich zu fragen, wo wir sind. Wenn er es merkt, ist es zu spät und er ist erledigt.«

»Und wenn er ihm wehtut? Oder Maisy? Kannst du damit leben?«, fragte Tiny Brick.

Brick begegnete Stones Blick direkt. »Ich vertraue Stone. Er kann die Stellung im Haus halten, bis wir da sind.«

Seine Worte bedeuteten Stone sehr viel. Brick hatte recht. Es konnte ebenso sein, dass Jason ihm in den Kopf schoss, sobald er ihn sah. Das würde seine Schwester mit Sicherheit wahnsinnig verletzen. Aber auch wenn er ein Risiko einging ... er stimmte Brick zu. Jason war verrückt. Und wenn Stone ihm ausgeliefert war, würde er sich nicht mehr zurückhalten können, seiner Schwester gegenüber schadenfroh zu sein, weil er damit alles unter Kontrolle hatte. Und das wäre sein Untergang. Darauf hätte Stone sein Leben verwettet.

Und das tat er auch *tatsächlich*. Er verwettete sein Leben darauf.

»Und das würde ich auch sagen, wenn es Alaska in diesem Keller wäre und Jason dieser verdammte Menschenhändler, der sie in die Finger kriegen wollte.«

Das war der Grund, warum Brick einer seiner besten Freunde war. Die Loyalität. Das Vertrauen. Die absolute Gewissheit, dass Stone, auch wenn er kein Navy SEAL oder Delta-Force-Soldat war, die Situation im Haus im Griff hatte, bis Hilfe eintraf.

In diesem Moment ertönte eine Benachrichtigung über eine eingehende Nachricht auf Stones Handy. Als er nach unten schaute, sah er, dass sie von Ry stammte. Ein weiterer

Link. Als Stone darauf klickte, sah er, wie ein Mann, den er eindeutig erkannte, an seine Hoteltür klopfte. Der Zeitstempel war von vor einer Stunde.

Kaum hatte Maisy die Tür geöffnet, schlug Don sie, griff nach ihr und zerrte sie mit einem Griff, der schmerzhaft aussah, aus dem Zimmer und zwang sie in den Flur. Stone biss die Zähne zusammen.

»Was hast du da?«, fragte Tiny.

Anstatt zu antworten, schickte er den Link an seine beiden Freunde. »Das könnt ihr den Bullen zeigen.«

Er wartete, während Brick und Tiny sich den kurzen Videoclip ansahen. Ihre Körper verkrampften sich, als sie sahen, was Maisy durchgemacht hatte.

»Sie dachte wahrscheinlich, dass ich es war. Ich weiß, dass sie sich Sorgen gemacht hat, weil ich mich so merkwürdig benommen habe. Ich bin so schnell gegangen, nachdem wir wieder im Zimmer waren, dass sie wahrscheinlich dachte, ich hätte meinen Schlüssel vergessen. Ich werde das in Ordnung bringen. Ein für alle Mal. Ihr Bruder wird nach heute Abend kein Thema mehr sein.«

»Nein, das wird er verdammt noch mal nicht. Geh«, erklärte Brick. »Nimm den Wagen. Wir nehmen ein Taxi zur Polizeiwache und treffen dich dann vor dem Haus.«

Nachdem er den Schlüssel von Tiny bekommen hatte, machte Stone sich auf den Weg zur Tür. Er trug immer noch die kurze Sporthose und ein T-Shirt, seine übliche Trainingskleidung, aber er dachte nur daran, zu Maisy zu kommen. Sie musste schreckliche Angst haben. Sie fragte sich bestimmt, ob er ihretwegen kommen würde.

Er hatte ein Gelübde abgelegt, das er nicht brechen wollte. Sobald sie das hinter sich hatten, würde er dafür sorgen, dass seine Frau nie wieder Grund hatte, an ihm zu zweifeln. Er hatte ihr Vertrauen missbraucht, und wenn sie ihn zurücknehmen würde, würde er dafür sorgen, dass das nie wieder passierte.

Maisy war die erstaunlichste Frau, die er je kennengelernt hatte. Das Leben hatte sie immer wieder vor den Kopf gestoßen, aber sie konnte immer noch das Gute in den Menschen sehen. Sie war offen für andere. Sie gewann das Herz eine Gruppe von Fremden in der *Zuflucht* und brachte sie dazu, sich nach ein paar Wochen in sie zu verlieben.

So wie er es getan hatte.

Er liebte Maisy. Er hatte die Worte nicht mehr laut ausgesprochen, seit er sein Gedächtnis wiedererlangt hatte, und Stone bedauerte das sehr. Sie hatte es ihm immer wieder gesagt, wahrscheinlich in der Hoffnung, dass sie die Worte zurückbekommen würde. Und das war noch ein Punkt, wo er sich wie ein Idiot benommen hatte. Aber jetzt nicht mehr.

Sie gehörte ihm. Ob mit oder ohne Trauschein, sie gehörte *ihm*. Genauso wie er ihr gehörte.

Und es war an der Zeit, Maisy das zu beweisen.

KAPITEL EINUNDZWANZIG

Maisy hatte keine Ahnung, wie spät es war. Sie wusste nicht, wie lange sie schon im Schutzraum saß. Sie wusste nur, dass ihr Hintern vom Sitzen auf dem Betonboden taub war. Und dass ihr kalt war. Und dass sie Hunger hatte. Aber das war noch die geringste ihrer Sorgen. Wenn Jason zurückkam, würde sie noch viel mehr Schmerzen haben.

Es fiel ihr immer noch schwer zu glauben, dass ihr eigener Bruder ihr die Finger abschneiden wollte, wenn sie die Papiere nicht unterschrieb, die er ihr vorlegte. Aber andererseits hatte er Martha und wahrscheinlich auch ihre Eltern umgebracht und wollte seinem Freund den Mord an *ihr* anhängen. Was waren schon ein paar Finger im Vergleich zu allem anderen?

Als sie ein Geräusch von draußen hörte, zuckte Maisy zusammen, sodass die Ketten, mit denen sie an die Wand fixiert war, klirrten. Ihr Herz raste und jeder Muskel war angespannt. Sie würde es Jason nicht leicht machen, Hand an sie zu legen. Er würde sich auf sie setzen müssen, um an ihre Hand zu kommen. Sie würde ihn mit ihren Fingernägeln kratzen, damit man seine DNA auch an ihrer Leiche finden würde. Spuren auf ihm hinterlassen, damit die Polizei vielleicht Verdacht schöpft.

Wenn er sie mit einem Messer verletzte, würde sie außerdem viel Blut verlieren. Wenn sie ihn irgendwie dazu bringen könnte, sich selbst zu verletzen, und sich sein Blut mit ihrem vermischen würde, könnten die Leute im Labor herausfinden, dass auch er sie verletzt hatte, und nicht nur Don.

In ihrem Kopf ging es drunter und drüber. All die Mördersendungen, die sie gesehen hatte, gingen ihr durch den Kopf, während sie versuchte, einen Weg zu finden, Jason für seine Verbrechen bezahlen zu lassen, selbst wenn sie schon tot war.

Etwas, das sie nicht zu sehen erwartet hatte, als die Tür sich öffnete, war Jack.

Einen Moment lang war sie ganz aufgeregt, doch dann rutschte ihr das Herz in die Hose, als sie sah, dass Jason hinter ihm stand und eine Waffe auf seinen Kopf richtete. Ihr Herz zersplitterte in eine Million Stücke. Jason brauchte Jack nur zu bedrohen, und sie würde alles tun, was er verlangte. Er könnte jeden Finger und jeden Zeh abschneiden und sie würde keinen Mucks von sich geben. Nicht wenn es darum ging, dafür zu sorgen, dass Jack in Sicherheit war.

»Hey, Schwesterherz! Sieh mal, wer sich entschieden hat, auch zur Party zu kommen!«, erklärte Jason fröhlich, als er den Raum betrat. »Geh da rüber«, sagte er zu Jack in einem viel härteren Ton.

Ohne sich zu beschweren und so beiläufig, als wollte er mit ihnen eine Tasse Tee trinken, ging Jack zur Wand auf der anderen Seite des Zimmers und setzte sich dorthin, wohin Jason gezeigt hatte.

»Leg sie an«, befahl Jason und deutete mit der Waffe in der Hand auf die Handschellen.

Wiederum ohne ein Wort zu sagen, tat Jack, was ihm gesagt wurde, und legte sich die Handschellen um die Handgelenke.

Maisy versuchte, seinem Blick zu begegnen. Sie versuchte, ihm ohne Worte zu sagen, dass er es nicht tun sollte. Dass er kämpfen sollte. *Irgendetwas.* Aber Jack schaute sie erst an, als er genauso gefesselt war wie sie.

»Jack«, stöhnte sie verzweifelt.

»Es ist okay«, versicherte er ihr.

»Ja, Schwesterherz, es ist okay!«, äffte Jason ihn nach.

Er steckte die Waffe in seinen Hosenbund und Maisy betete, dass sie eine Fehlzündung hatte und er sich aus Versehen den Schwanz wegschoss. Das würde ihm recht geschehen. Der blutrünstige Gedanke hätte sie schockieren sollen, und vor zehn Minuten wäre das vielleicht auch der Fall gewesen. Aber jetzt, da Jack hier war? Und der Gnade ihres Bruders ausgeliefert? Sie hatte nicht im Geringsten ein schlechtes Gewissen.

»Lass ihn gehen«, flehte sie ihren Bruder an.

»Nein.« Das Wort war eindeutig und unmissverständlich.

»Bitte, Jason! Du willst, dass ich dir alles überschreibe? Na gut. Ich werde es tun. Gib mir die Papiere. Aber tu ihm nicht weh. Er hat mit all dem nichts zu tun. Er hatte *nie* etwas damit zu tun.«

»Tu es nicht, Maisy«, erklärte Jack.

Sie ignorierte ihn. »Ich meine es ernst! Lass ihn gehen! Ich unterschreibe alles, was du willst.«

»Oh, du wirst mir mein Geld geben«, versicherte Jason ihr. »Aber es ist zu spät, und ich kann ihn nicht mehr gehen lassen. Das solltest du inzwischen wissen.«

»Das ist es nicht«, protestierte Maisy.

»Das ist alles deine Schuld!«, schrie Jason plötzlich, sodass Maisy den Mund zumachte und sich mit dem Rücken an die Wand lehnte. »Wenn du nicht so dumm, so bedürftig und so verdammt schwer zu töten wärst, würde das alles nicht passieren!«

Maisy starrte ihn mit großen Augen an. »Was? Wovon sprichst du?«

»Jason, wie sieht dein Plan aus, Mann?«, fragte Jack.

Aber ihr Bruder ignorierte ihn. »Herrgott, ich habe dich *jahrelang* unter Drogen gesetzt, und anstatt dich selbstmordgefährdet zu machen, wie es in den Warnungen stand, hat das Zeug dich nur noch gefügiger gemacht. Dann habe ich dich bis zu deinen verdammten Augäpfeln unter Drogen gesetzt! Und anstatt dein Herz zum Stillstand zu bringen, hast du einfach nur geschlafen – und bist *jedes einzelne verdammte Mal* wieder aufgewacht, verflucht! Ich habe versucht, eine gemeinnützige Organisation zu gründen, damit du ein paar Papiere unterschreiben konntest, um dein Vermögen nach deinem Tod an meine Wohltätigkeitsorganisation zu übergeben, aber das war mir zu viel Arbeit. Ich musste all diese Nachweise erbringen, um die Rechtmäßigkeit der Stiftung zu beweisen. Dieser Plan war also hinfällig. Ich konnte dich nicht umbringen, ohne dass du verheiratet warst, weil das ganze Geld an andere Wohltätigkeitsorganisationen gegangen wäre. Dank Mom und Dad! Verdammte Weltverbesserer! Warum konnten sie kein normales Testament haben wie alle anderen?«

»Du hast sie umgebracht«, bemerkte Maisy mit tiefer, gleichmäßiger Stimme. Fast emotionslos. Sie hatte es vermutet und der Polizei sogar gesagt, dass sie sicher war, dass ihr Bruder den Mörder ihrer Eltern angeheuert hatte, aber sie hatte immer noch einen winzigen Funken Hoffnung gehabt, dass sie sich irrte. Dass ihr Bruder kein *so* großes Monster war. Aber diese Hoffnung war nun erloschen.

»Natürlich habe ich das«, knurrte Jason. »Sie waren verdammt geizig. Wusstest du, dass sie sich geweigert haben, für meine letzten zwei Jahre auf dem College zu bezahlen? Sie hatten Millionen von Dollar und wollten nicht einmal ein paar Tausend für meine Studiengebühren ausgeben. Sie zwangen mich, mir einen Job zu suchen! Verdammt, kein Wunder, dass meine Noten schlecht waren. Es war *ihre* Schuld, nicht meine!«

»Was hast du getan?«, fragte Maisy.

»Was ich tun musste. Ich wollte diesen blöden Job nicht, von dem sie so begeistert waren. Sie haben mein Leben ruiniert! Und doch gab es *dich*, den Liebling. Ihr Engel. Du hattest gute Noten und hast den ganzen außerschulischen Mist gemacht, den sie von *mir* wollten und den ich gehasst habe. Du konntest nichts falsch machen. Du hast alles bekommen, was du wolltest. Das war nicht fair!«

»Du hast sie getötet, weil du *eifersüchtig* warst?«

»Nein. Ich habe sie getötet, weil ich ihr Geld wollte. Geld, das mir *zustand*. Geld, das ich nicht jeden Monat hätte erbetteln müssen!«

Maisy hatte keine Worte für das, was sie da hörte. Aber sie dachte sich, solange sie ihn zum Weiterreden brachte ... »Und Martha?«

Jason schnaubte. »Du *weißt*, warum die Schlampe sterben musste. Sie hatte ihren Zweck erfüllt.«

»Du bist nicht mein Bruder. Du bist ein Monster«, zischte sie.

Doch Jason lachte nur. »Wie auch immer. Es ist mir egal, was du denkst. Und es ist sowieso egal, denn bald muss ich mir keine Sorgen mehr machen, dass du mir alles vermasselst.«

»Glaubst du wirklich, dass du mit all dem durchkommst?«

»Das bin ich schon«, entgegnete Jason süffisant. »Ich war nicht einmal ein Verdächtiger bei dem Autoüberfall auf Mom und Dad. Ich war der arme trauernde Ehemann, als Martha verschwand, und ich habe dir schon gesagt, wer für deine Vergewaltigung und deinen Tod verantwortlich gemacht werden wird.«

»Was ist mit Jack? Was hast du für eine Rechtfertigung für ihn?«, fragte Maisy, ehrlich neugierig darauf, was ihr Bruder vorhatte.

»Für *ihn*?« Er schnaubte. »Diesen Verlierer? Wen kümmert's. Keiner wird ihn zu mir zurückverfolgen.«

Maisy konnte es nicht verhindern. Sie lachte. Und als sie einmal angefangen hatte, konnte sie nicht mehr aufhören. Das machte Jason wütend.

»Maisy«, warnte Jack, aber sie hielt den Blick auf ihren Bruder gerichtet, während sie noch mehr lachte. Das war eine Sache zwischen ihnen beiden, und sie hatte es satt, Rücksicht auf diesen Mistkerl zu nehmen.

»Hör auf damit! Halt die Klappe!«, befahl Jason.

Aber Maisy konnte nicht aufhören. Ihr Bruder war so eingebildet. So *dumm*. Er hatte sie immer als dumm bezeichnet, aber zu glauben, dass er mit dem Mord an Jack davonkommen würde, war einfach zu viel.

Erst als er langsam auf sie zutrat und Jack noch einmal warnend ihren Namen sagte, gelang es Maisy, sich zusammenzureißen. Gerade noch rechtzeitig, denn Jason war offensichtlich bereit, sie zu treten. Sie sah zu ihm auf und sagte: »Du hast keine Ahnung, wen du entführt hast, oder?«

Jason verzog hämisch die Lippen. »Das spielt keine Rolle.«

Und ob es eine Rolle spielte. *Jack* spielte eine Rolle.

»Sein Name ist Jack Wickett. Er war ein Night Stalker bei der US Armee. Das sind deren hochkarätige Hubschrauberpiloten, falls du das nicht wusstest. Er war Kriegsgefangener und sein Gesicht wurde von seinen Geiselnehmern im ganzen Internet verbreitet. Als er gerettet wurde, jubelte das Land buchstäblich. Es gab Paraden und Belobigungen.« Sie übertrieb es ein bisschen, aber das war ihr egal.

»Als er aus dem Militär entlassen wurde, schloss er sich mit einigen seiner Kumpel, ehemaligen Navy SEALs, Delta-Force-Soldaten und Mitgliedern anderer Spezialeinheiten, zusammen und sie gründeten in New Mexico einen Rückzugsort. Dieses Resort hat Preise gewonnen, die Bilder der Besitzer sind überall im Internet zu sehen. Du hast eines der bekanntesten Gesichter des Landes entführt, mein lieber Bruder. Ich bin nicht überrascht, dass keiner deiner dämlichen Freunde ihn erkannt hat. Aber jetzt? Wenn er wieder verschwindet? Ich verspreche dir, dass seine Freunde sein Gesicht in den sozialen Medien verbreiten werden – mit allen Details über seine Entführung und unsere Scheinehe. Die ganze *Welt* wird wissen, wer er ist und was du getan hast.«

Maisy war ein wenig besorgt, dass er fragen könnte, warum seine Freunde nicht schon beim ersten Mal ein Medienspektakel veranstaltet hatten, aber angesichts von Jasons wütendem Gesichtsausdruck und der Art, wie sein Gesicht immer röter wurde, nahm sie an, dass er zu wütend auf sie war, um im Moment an etwas anderes zu denken. Und genau das wollte sie.

»Vielleicht kommst du damit durch, dass du Mom und Dad, Martha und sogar mich umbringst. Aber du wirst nicht, und zwar auf *gar keinen Fall*, die Tatsache verheimlichen können, dass mein Mann *der* Jack Wickett war. Und dass er zur gleichen Zeit wie ich auf mysteriöse Weise verschwunden ist. Die Polizei wird dich genauestens unter die Lupe nehmen. Vor allem nach dem, was ich den Beamten heute Morgen erzählt habe. Du wirst mit Sicherheit ganz oben auf ihrer Verdächtigenliste stehen.«

»*Was?* Was hast du ihnen denn erzählt?«, fragte Jason, dessen Wut immer größer wurde, falls das überhaupt möglich war.

»*Alles*, Jason. Ich habe ihnen alles gesagt«, entgegnete Maisy und sah ihm dabei direkt in die Augen.

»*Verdammt* ... verdammt, verdammt, verdammt, *verdammt!*«, rief Jason, während er hin und her ging.

Dann zog er die Waffe aus seinem Hosenbund und richtete sie direkt auf ihre Stirn.

Maisy hörte auf zu atmen. So sehr sie auch schimpfen mochte, sie wollte nicht sterben. Nicht jetzt. Nicht nachdem sie Jack gefunden hatte.

»Sie zu erschießen wird das Problem nicht lösen«, bemerkte Jack entschlossen von der anderen Seite des Raumes. Maisy sah aus den Augenwinkeln, dass er jetzt aufgestanden war, aber sie wagte nicht, ihn anzusehen.

Denn ihr Bruder ließ die Waffe nicht sinken.

»Nein. Aber ich fühle mich dann besser«, sagte er mit unheimlich ruhiger Stimme.

»Nimm die Waffe runter! Sofort!«

Als sie eine weitere Stimme aus Richtung der Tür hörte, zuckte Maisy zusammen, aber sie wandte den Blick nicht vom Lauf der Waffe ab, die auf ihren Kopf gerichtet war.

Jason bewegte sich nicht. Aber Jack schon.

Ihr Bruder ging heftig zu Boden und schlug mit der Stirn auf den Beton, als er landete. Maisy stieß einen überraschten und erschrockenen Schrei aus, aber bevor sie etwas tun konnte, kamen zwei schwarz gekleidete Männer mit kugelsicheren Westen, die genauso viele Taschen hatten wie Jacks Weste von vorhin, und hielten ihren Bruder fest.

Die Waffe, die Jason auf sie gerichtet hatte, wurde weggeschoben und seine Hände wurden ihm hinter dem Rücken gefesselt, bevor Maisy auch nur blinzeln konnte. Dann war Jack da. Er kniete vor ihr und versperrte ihr die Sicht auf das, was mit ihrem Bruder geschah.

»Du Närrin«, murmelte Jack liebevoll, als ein anderer der Männer in dem überfüllten Schutzraum einen Schlüssel benutzte, um die Handschellen um ihre Handgelenke zu entfernen. Jack hob sie auf, als wöge sie nichts, und trug sie aus dem plötzlich klaustrophobischen Raum, durch den Keller und die Treppe hinauf. Er blieb nicht im Wohnzimmer stehen, sondern führte sie durch das Haus, das ebenfalls voller uniformierter Polizisten war, zur Tür hinaus und direkt zu einem Krankenwagen.

»Wie hast du dich aus den Handschellen befreit?«, fragte sie.

»Ich hatte einen Schlüssel in der Hand. Dein dämlicher Bruder hat nicht einmal nachgesehen. Ich habe auf eine Gelegenheit gewartet, ihn zu überwältigen, und die hast du mir gegeben. Obwohl ich nicht begeistert bin, dass du ihn so aufgeregt hast, dass er die Waffe auf dich gerichtet hat. Ich schwöre, ich habe gerade zehn Jahre meines Lebens verloren.«

»Jack, mir geht es gut«, erklärte sie, nachdem sie mehrmals geschluckt hatte, um ihre Stimme wiederzufinden.

»Tu mir den Gefallen. Das ist nicht ganz so gelaufen, wie ich geplant hatte«, murmelte er, während er sie sanft auf eine Trage legte.

Maisy hatte keine Gelegenheit, ihn zu fragen, was er

vorhatte, bevor die Sanitäter um sie herumschwirrten, ihre Vitalwerte aufzeichneten und ihr Fragen zu ihrem Befinden stellten.

Nachdem sie sich etwa zehn Minuten lang mit ihr beschäftigt hatten, entschieden sie schließlich, dass sie nicht unbedingt ins Krankenhaus gebracht werden musste.

»Können Sie uns einen Moment allein lassen?«, fragte Jack.

Ohne zu zögern, stiegen die Sanitäter aus dem hinteren Teil des Krankenwagens aus, um ihnen etwas Privatsphäre zu geben.

»Wir müssen noch einmal mit den Polizisten reden, aber bevor sie kommen, wollte ich dir sagen, wie toll du bist. Ich war bereit, alles zu tun, um Zeit zu gewinnen, damit Brick, Tiny und die halbe Polizeistaffel von Seattle zu uns kommen können, aber ich musste gar nichts tun. Du hast es für mich getan.«

»Was hast du überhaupt hier gemacht? Hat Don dich auch erwischt?«, fragte Maisy.

Jack schüttelte den Kopf. Er kniete neben der Trage, eine Hand auf ihrem Arm, und streichelte mit dem Daumen ihre Haut, und Maisy war sich nicht sicher, ob sie träumte oder nicht. Sie hatte einen Mann im Hotel zurückgelassen, der bereit schien, alles zwischen ihnen zu beenden, und jetzt sah er sie so an, wie er es getan hatte, bevor er sein Gedächtnis wiedererlangt hatte. Mit Liebe.

Sie musste wohl unter Schock stehen oder so etwas.

»Nein, ich bin zur Tür gegangen und habe geklopft.«

Maisy blieb der Mund offen stehen. »Was? Warum hast du das getan?«

»Weil ich wusste, dass du irgendwo in diesem Haus bist.«

So viele Fragen schwirrten in Maisys Kopf herum. »Wie?«, fragte sie nach einem Moment.

»Ich habe dir heute Morgen einen Peilsender in die Tasche gesteckt.«

»Was?«, fragte Maisy ehrlich schockiert.

»Lange Rede, kurzer Sinn. Ich habe mit Ry gesprochen und wir waren uns einig, dass es für den Fall der Fälle keine schlechte Idee wäre, wenn jemand während unseres Aufenthalts hier jederzeit wüsste, wo wir sind. Nach dem, was Lara und Owl zugestoßen ist ... Ja, den meisten Frauen in der *Zuflucht* ... hat sie mir zwei Peilsender besorgt. Mehr konnte sie zu dem Zeitpunkt nicht auftreiben, sonst hätten Brick und Tiny auch Peilsender bekommen. Als ich mich endlich zusammengerissen hatte und zurück in unser Zimmer kam, warst du weg. Es war ein Kinderspiel, Ry zu kontaktieren und sie zu bitten, dich zu verfolgen. Ich habe gesehen, dass du hier warst, habe Brick und Tiny zur Polizei geschickt und bin direkt zum Haus gekommen. Ich dachte, ich könnte deinen Bruder so lange ablenken, bis die Verstärkung eintrifft. Aber wie gesagt, du hast mich nicht gebraucht.«

Maisy schüttelte den Kopf. »Ich werde dich immer brauchen.«

In seinen Augen flammte ein Feuer auf und sie betete, dass das ein gutes Zeichen war. Er legte seine Hand fester um ihren Unterarm. »Außerdem hast du etwas getan, was ich nicht für möglich gehalten hätte.«

»Was denn?«

»Du hast deinen Bruder zu einem Geständnis gebracht. Dazu, alles zuzugeben. Er geht jetzt für immer in den Knast, Maisy. Er wird nie wieder ein Problem für dich darstellen.«

»Dann steht mein Wort gegen seins.«

»Nein. Die Peilsender, die Ry mir gegeben hat? Sie fungieren auch als kleine Mikrofone. Sie hat sie sofort aktiviert, als sie hörte, dass du verschwunden warst.«

»Aber das Ding war in meiner Tasche. Sie kann unmöglich gehört haben, was Jason gesagt hat«, protestierte Maisy, während sie hoffte, dass wie durch ein Wunder eine Aufnahme von Jasons Worten klar genug zu hören war, um sie gegen ihn verwenden zu können.

»Dein Peilsender vielleicht, aber meiner nicht«, versicherte Jack ihr mit einem kleinen Lächeln. »Ich hatte ihn in der Hand und wollte ihn im Keller deponieren. Wenn uns etwas zugestoßen wäre, hätte ihn irgendwann jemand gefunden und herausgefunden, was los war. Und selbst wenn nicht, hätte Ry die Audiodateien sicher an die Behörden geschickt.«

Die Tragweite dessen, was Jack ihr sagte, wurde ihr langsam klar. »Es ist vorbei?«

»Es ist vorbei«, bestätigte Jack.

Maisy schloss die Augen und seufzte erleichtert.

»Mit seinen eigenen Worten, die gegen ihn verwendet werden, plus den Bildern, die du dem Detective gegeben hast, Marthas Brieftasche und ich schätze Dons Aussage – vor allem nachdem er gehört hatte, dass Jason ihm den Mord an dir anhängen wollte und dass er für die Entführung von dir heute eine milde Strafe bekommt und für all den Mist, den er in der Vergangenheit für Jason getan hat – ist er erledigt.«

Sie spürte seine Hand auf ihrer Wange und öffnete die Augen, um in Jacks wunderschöne braune Augen zu blicken.

»Es tut mir leid. Er ist dein Bruder. Ich weiß, das ist schwer.«

Maisy runzelte die Stirn. »Er ist *nicht* mein Bruder. Nicht mehr. Ich weigere mich, ihn auch nur einen Augenblick länger als meinen Bruder zu bezeichnen. Er ist ein Monster. Ein Serienmörder. Ich hasse ihn. Aber Jack ... bist *du* okay?«

»Ich? Warum fragst du?«

»Ich habe ein paar Dinge gesagt ... ich wollte nichts sagen, was bei dir schlimme Erinnerungen wecken könnte.«

Doch Jack schüttelte den Kopf. »Du warst großartig. Ich bin nicht begeistert von der Art, wie du ihn geködert hast. Das war *mein* Plan, ihn dazu zu bringen, sich mir zuzuwenden, damit er dich in Ruhe lässt, aber nichts von dem, was du gesagt hast, könnte mich dazu bringen, dich weniger zu lieben.«

Maisy blinzelte. Sie konnte kaum glauben, was er da gesagt hatte.

Er erhob sich aus seiner Hocke und setzte sich auf den Rand der Trage. Er nahm ihr Gesicht in seine Hände und beugte sich zu ihr. »Ich liebe dich, *Stellina*. Ich würde durch die Feuer der Hölle gehen, um dein Ehemann sein zu dürfen. Bis jetzt habe ich keine besonders gute Arbeit geleistet, aber ich verspreche, dass ich mich bessern werde ... wenn du mir die Chance gibst.«

Maisy zögerte nicht, sie schlang ihre Arme um ihn und drückte sich so fest wie möglich an ihn. Sie spürte, wie Jack sich an sie schmiegte.

»Ich nehme an, das ist ein Ja?«, fragte er an ihrem Hals.

»Ich liebe dich auch«, antwortete Maisy.

»Ich werde mich bessern«, erklärte er ihr, nachdem er sich zurückgezogen hatte, um ihr in die Augen blicken zu können.

»Unmöglich. Du bist schon jetzt der beste Mann, den ich je kennengelernt habe. Und ich liebe dich so sehr.«

»Wie wäre es, wenn wir nach draußen gehen, uns vergewissern, dass es Brick und Tiny gut geht, zur Polizeiwache fahren, um noch ein bisschen mit der Polizei zu reden, ein bisschen schlafen und dann nach Hause fliegen?«

Für Maisy hörte sich das alles gut an, außer vielleicht das Gespräch mit der Polizei, aber es musste getan werden.

Das wusste sie. »Ja. Aber können wir uns vielleicht erst umziehen? Ich würde gern etwas Sauberes anziehen, das nicht von meinem Bruder und seinem Keller verdorben ist.«

»Ich schicke Tiny zurück ins Hotel, damit er unsere Taschen holt und sich mit uns auf der Polizeiwache trifft.«

Maisy wurde von ihren Gefühlen übermannt. Wahrscheinlich war es eine verzögerte Reaktion auf das, was passiert war, aber sie glaubte nicht, dass irgendjemand ihr einen Vorwurf daraus machen konnte. Sie lehnte den Kopf an Jacks Brust und versuchte, sich zusammenzureißen.

»Es ist okay, *Stellina*. Ich kümmere mich um dich. Ich werde mich immer um dich kümmern.«

Sie bewegten sich ein oder zwei Minuten lang nicht, dann setzte Maisy sich auf. »Jetzt geht es mir gut.«

»Du bist so verdammt stark. Ich liebe dich.«

Sie würde nie müde werden, diese Worte zu hören. »Ich liebe dich auch. Und jetzt lass uns gehen. Je früher wir nach Hause kommen, desto besser.«

»Einverstanden«, entgegnete Jack. Dann stand er auf, half ihr von der Trage, hielt sie fest, bis sie sicher auf den Beinen war, und brachte sie aus dem Krankenwagen.

EPILOG

Ein Monat war vergangen, seit Maisys Bruder versucht hatte, sie zu töten, und Stones Albträume hatten sich verändert: Er träumte nicht mehr davon, ein Kriegsgefangener zu sein, sondern sah zu, wie Jason Maisy in den Kopf schoss, während er nur dastand und zusah.

Maisy hatte ihre eigenen Albträume, aber sie waren füreinander da, hielten sich mitten in der Nacht in den Armen und versicherten sich gegenseitig, dass es ihnen gut ging. Dass Jason keinem von ihnen jemals wieder etwas antun könnte.

Ihr Bruder saß in Washington im Gefängnis und als sie das letzte Mal mit dem Staatsanwalt gesprochen hatten, sagte er, er sei zuversichtlich, dass sie ihn in allen drei Fällen des vorsätzlichen Mordes, in zwei Fällen der Entführung und in einer Reihe anderer Anklagepunkte verurteilen würden. Zumindest würde ihm eine lebenslange Haftstrafe drohen, im besten Fall sogar ohne Chance auf Bewährung.

Sein Freund Don würde ebenfalls ins Gefängnis gehen, und erst am Vortag hatten sie erfahren, dass die Polizei einen der Männer aufgespürt hatte, die Jason angeheuert hatte, um ihre Eltern zu töten. Es war ein harter Tag für Maisy, aber Stone bewunderte die Art und Weise, wie sie sich wieder aufrappelte und das Positive in der jüngsten Entwicklung sehen konnte. Endlich wurde ihren Eltern Gerechtigkeit zuteil.

Heute Morgen war Maisy wie immer bei Sonnenaufgang aufgewacht, hatte sich mit Tonka und Jasna in der Scheune getroffen, um bei der Arbeit zu helfen, und war dann zur Lodge gegangen, um Luna und Robert dabei zu helfen, das Frühstücksbuffet für die Gäste aufzubauen. Stone war so stolz auf sie, wie er nur sein konnte, und er wünschte sich nichts sehnlicher, als sie vor all dem Mist zu beschützen, den das Leben manchmal mit sich brachte. Sie hatte schon mehr als genug davon gehabt und wenn es nach ihm ginge, sollte sie von jetzt an nur noch Gutes erleben.

Ry hatte ihn vor drei Tagen um ein Gespräch gebeten und ihm eines der aufmerksamsten Geschenke gemacht, die er je erhalten hatte. Er war sich nicht sicher, was Maisy davon halten würde, aber er hoffte, sie würde sich genauso freuen wie er.

Stone wollte Ry fragen, ob sie bleiben würde, aber sie schien in letzter Zeit viel ... verletzlicher zu sein, und er wollte nichts tun oder sagen, was sie dazu bringen könnte, vorschnelle Entscheidungen über ihre Zukunft zu treffen. Stone persönlich hätte nichts dagegen, wenn Ry für immer bliebe. Er mochte sie, ja, aber es war noch mehr als das. Jemanden zu haben, der so begabt war wie sie, wenn es um Elektronik und Informationen ging, wäre für *Die Zuflucht* eine sehr gute Sache, wie er fand.

Ja, er war etwas besorgt über ihre Neigung, beim Sammeln von Informationen gegen das Gesetz zu verstoßen, aber sie hatte ihm und den anderen Jungs versprochen, dass sie nie etwas tun würde, was die Aufmerksamkeit auf

Die Zuflucht lenken könnte. Als ein Mann, der von ihren Fähigkeiten profitiert hatte, ob legal oder nicht, war Stone bereit, ihrem Wort Vertrauen zu schenken.

Er hatte keine Ahnung, was zwischen ihr und Tiny vor sich ging. Die meiste Zeit schien sein Freund von seiner neuen Mitbewohnerin genervt zu sein, aber wenn jemand eine andere Wohnform vorschlug, wie zum Beispiel einen der Konferenzräume in der Lodge in einen vorübergehenden Wohnraum für sie umzuwandeln oder sie in die Hütte für Familie und Freunde einziehen zu lassen, die sie gebaut hatten, sprach Tiny sich sofort gegen diese Idee aus.

Ry wohnte also immer noch in Tinys Hütte, obwohl die beiden wie Hund und Katze waren. Die Hälfte der Zeit schienen sie sich nicht einmal zu mögen, und trotzdem ... war sie immer noch hier.

Alaska hatte ihm eine Nachricht geschickt und ihn vorgewarnt, dass Maisy auf dem Weg zu seiner Hütte sei, also war Stone bereit und wartete auf sie, als sie hereinkam.

»Hey!«, begrüßte sie ihn fröhlich.

In dem Monat, in dem sie aus Washington zurückgekehrt waren, war Maisy trotz ihrer Albträume aufgeblüht. Sie hatte den gequälten Ausdruck verloren, den sie manchmal in ihren Augen gehabt hatte, und schien über sich hinausgewachsen zu sein. Sie wurde immer aufgeschlossener. Stone freute sich über die Veränderungen und darüber, dass sie mehr Vertrauen in sich selbst hatte. Ihr Bruder hatte ihr oft genug gesagt, dass sie dumm und schwach sei, obwohl sie in Wirklichkeit alles andere als das war.

Stone hatte von dem Ergebnis ihres Abschlusstests gehört und sie ermutigt, einen Kurs an der Universität von New Mexico in Los Alamos zu belegen. Sie zog es in Erwägung, aber sie wusste noch nicht, was sie studieren wollte.

Sie hatte noch viel Zeit, um sich über den Rest ihres Lebens klar zu werden, und ehrlich gesagt war Stone froh, sie bei sich zu haben und dass sie beide endlich ein normales, wenn auch hektisches Leben führen konnten.

Sie hatte sich an das Leben in der *Zuflucht* gewöhnt, als sei sie schon immer hier gewesen. Sie liebte es, mit den Gästen zu wandern, Lara und Cora bei der Planung von Aktivitäten für die Kinder der Gäste zu helfen, wenn sie *Die Zuflucht* das nächste Mal für Familien öffneten, und jedes Mal, wenn er sich umdrehte, half Maisy jemand anderem bei seiner Arbeit.

Sie hatten endlich eine neue Putzkraft eingestellt, da Rys ... Fähigkeiten ... woanders besser eingesetzt werden konnten. Maisy hatte den neuen Mann, Joshua, in der *Zuflucht* herumgeführt und ihn allen vorgestellt. Jess und Carly mochten den jungen Mann und er schien sich wirklich gut einzufügen.

Stone hatte endlich die Gelegenheit, seine Eltern anzurufen und sie über alles zu informieren, was in seinem Leben passiert war. Dass er sein Gedächtnis verloren hatte, obwohl er den Teil, in dem er schon wieder entführt worden war, heruntergespielt hatte. Sie hatten schon genügend durchgemacht, als er Kriegsgefangener war, und er wollte sie einfach nur beschützen. Er erzählte ihnen aber alles über Maisy. Dass er verheiratet war. Sie waren natürlich begeistert, und obwohl sie noch nicht nach New Mexico kommen konnten, um sie zu sehen – sie hatten eine dreimonatige Kreuzfahrt vor sich, die in einer Woche oder so losging –, bestanden sie darauf, ihn und Maisy per Face-Time kennenzulernen. Der Anruf dauerte zwei Stunden, und als er zu Ende war, hatte Maisy die beiden durch ihre bloße Existenz völlig überzeugt.

Der Hubschrauber, den sie für *Die Zuflucht* gekauft

hatten, sollte nächste Woche endlich geliefert werden, und sowohl Stone als auch Owl waren überglücklich. Brick hatte ein Team von Piloten angeheuert, das den Hubschrauber nach allem, was passiert war, dieses Mal zu ihnen fliegen sollte. Owl, Stone und Brick würden sich mit den Männern am Flughafen in Los Alamos treffen, den Papierkram durchgehen, den Hubschrauber inspizieren und dann einen weiteren Testflug machen, um sich davon zu überzeugen, dass alles in Ordnung war. Dann würden sie ihn zur Lodge fliegen. Der Landeplatz und der Hangar waren in der Woche zuvor fertiggestellt worden, und alle freuten sich darauf, ein neues Kapitel in der *Zuflucht* zu beginnen.

Aber Stone hatte etwas sehr Wichtiges mit Maisy zu besprechen. Und er war extrem nervös.

»Geht es dir gut?«, fragte Maisy mit einem kleinen Stirnrunzeln, als sie auf ihn zuging.

Stone nickte. »Ja. Hattest du einen schönen Vormittag?«

Maisy strahlte. »Ja! Tonka redet davon, noch ein paar Ziegen anzuschaffen und ihre Milch vielleicht an eine Frau in der Stadt zu verkaufen. Sie macht göttlichen Ziegenkäse und leckeren Joghurt. Und ... wie cool sind Ziegen!«

Stone gefiel es, sie so aufgeregt und überschwänglich zu sehen.

»Luna hat mir von ihren Vorlesungen erzählt und ... ich glaube, ich möchte im nächsten Semester zumindest ein bisschen bei ihr reinschnuppern. Ich war zwar schon ewig nicht mehr in der Schule und ich weiß nicht, ob ich noch weiß, wie man lernt, aber ich will es versuchen.«

»Du wirst das toll machen«, sagte Stone zu ihr.

»Außerdem habe ich mit einem der Gäste geplaudert. Ich weiß nicht, wie Henley das macht, was sie macht. Ich werde so traurig und betroffen, wenn ich höre, was die Leute durchgemacht haben. Und bevor du etwas sagst, nein,

ich habe sie nicht gebeten, mir etwas über ihre posttrauma-
tische Belastungsstörung zu erzählen, sie hat es mir freiwillig erzählt.«

»Davon war ich auch nicht ausgegangen, *Stellina*«, sagte
Stone zu ihr. Er wusste, dass seine Frau auf keinen Fall
versuchen würde, in den schlimmen Erinnerungen anderer
Menschen herumzuschnüffeln.

»Als die Geschichte über das, was uns passiert ist, in den
sozialen Medien die Runde machte, hat sie es gesehen und
wollte mir sagen, dass es ihr leidtut. Sie fühlte mit mir mit,
weil sie auch schlechte Erfahrungen mit ihrer Familie
gemacht hatte. Ich glaube, sie hatte eine Schwester, die der
Liebling ihrer Eltern war. Und zwar *wirklich* ihr Liebling. Sie
behandelten die Schwester wie eine Prinzessin und sperrten
unseren weiblichen Gast in einen Schrank, gaben ihr kaum
etwas zu essen, ließen sie in ihrem eigenen Unrat sitzen und
sie durfte nicht nach draußen oder zur Schule gehen
oder so.«

Maisy regte sich auf, aber Stone konnte es ihr nicht
verdenken. Er hatte das Infoblatt über den weiblichen Gast
gelesen, von dem sie sprach, und ihre Geschichte war grau-
enhaft. Im Laufe der Jahre hatte er immer wieder
Geschichten über solche Vorfälle gehört, aber er hatte sich
nie erlaubt, über die Details nachzudenken. Und das aus
gutem Grund. Nachdem er die Einzelheiten über diese
arme Frau gelesen hatte, erinnerte es ihn daran, wie
schrecklich Menschen sein können.

Aber dann gab es Menschen wie seine Maisy.
Menschen, die sich nach Kräften bemühten, das Richtige zu
tun, freundlich zu sein und zu helfen, wo immer sie
konnten.

»Wie auch immer, es ist schrecklich. Aber die gute Nachricht? Es geht ihr wunderbar«, bemerkte Maisy mit einem

Lächeln. »Sie hatte eine unglaubliche Pflegefamilie, die sie adoptiert hat, als sie *siebzehn* Jahre alt war. Ich habe sogar ihre Verlobte kennengelernt. Sie ist toll und sie sind so süß zusammen!«

Stone grinste. Er hatte das Paar kennengelernt, als sie Anfang der Woche eingecheckt hatten.

»Das ist gut«, sagte er zu Maisy.

Seine Frau rümpfte die Nase. »Tut mir leid, dass ich so viel erzähle und noch gar nicht nach deinem Tag gefragt habe.«

Jetzt lachte er. »Maisy, es ist neun Uhr einunddreißig. Ich hatte noch nicht einmal die Chance, einen Tag zu *haben*.«

Sie grinste. »Okay, gutes Argument, aber wann sind wir aufgestanden? Vor drei Stunden? Was hast du gemacht, während ich weg war?« Sie schmiegte sich an ihn und starrte ihn so liebevoll an, dass Stone sich beherrschen musste, sie nicht über seine Schulter zu werfen und wieder auf ihr Bett zu schmeißen. Er war mitten in der Nacht mit dem plötzlichen Drang aufgewacht, mit seiner Frau zu schlafen. Er hatte keinen Albtraum gehabt und auch nicht wirklich viel geträumt, aber das Bedürfnis, Maisy zu zeigen, wie sehr er sie liebte, hatte ihn dazu gebracht, eine Hand an ihrer Seite hoch und dann zwischen ihre Beine zu schieben.

Sie hatte sich nicht darüber beschwert, dass er sie geweckt hatte, und sie hatten sich lange, langsam und süß geliebt. Jedes Mal wenn er mit ihr zusammen war, war Stone sich sicherer, dass sie die perfekte Partnerin für ihn war.

»Jack?«

Und das war noch etwas. Er liebte es, dass sie ihn Jack nannte. Alle anderen, und er meinte *alle*, nannten ihn Stone. Aber nicht seine Maisy. Sie bestand darauf, den Namen zu benutzen, unter dem sie ihn kennengelernt hatte. Er war ihr Jack, und das gefiel ihm verdammt gut.

»Tut mir leid, ich habe an letzte Nacht gedacht«, erklärte Stone ihr.

Ihre Wangen wurden rot, während sie ihm ein schüchternes Lächeln schenkte. »Ja?«, fragte sie.

»Ja. Und obwohl ich nichts lieber täte, als dich wieder ins Bett zu zerren, gibt es etwas, worüber ich mit dir reden möchte. Etwas Wichtiges.«

»Jason?«, fragte sie und runzelte die Stirn.

»Nein!«, sagte Stone so laut, dass es fast ein Schrei war. Er holte tief Luft und zwang sich, sich zu beruhigen. Er hasste es, auch nur den Namen ihres blöden Bruders zu hören. Er hatte ihr das Leben zur Hölle gemacht, und Stone wollte von jetzt an nur noch Gutes für sie. »Nein«, wiederholte er ein wenig ruhiger. »Aber wenn ich etwas über ihn höre, werde ich es dir sofort sagen. Es ist etwas anderes.«

Jetzt, da es so weit war, war Stone plötzlich unsicher.

»Okay. Was auch immer es ist, es wird schon in Ordnung kommen. Wir werden gemeinsam eine Lösung finden.«

Diese Frau. Er liebte sie so verdammt sehr. Es war offensichtlich, dass er nervös war, und sie tat alles in ihrer Macht Stehende, um ihn zu beruhigen. Er nahm ihre Hand und zog sie zu dem Tisch, der das Wohnzimmer von der Küche trennte. Er nahm ein Stück Papier in die Hand und hielt es ihr hin.

»Das habe ich von Ry bekommen. Sie hat dafür gesorgt, dass die Dinge in Ordnung kommen.«

Maisy sah verwirrt aus – und Stone konnte es ihr nicht verdenken. Er erklärte das alles nicht besonders gut. Sie nahm das Papier, das er ihr hinhielt, und senkte den Kopf, um es zu lesen.

Stone merkte sofort, als sie die Worte verstand. Ruckartig hob sie den Kopf und sah ihm in die Augen. »Das ist unsere Heiratsurkunde«, flüsterte sie.

»Ja. Da mein richtiger Name nicht auf unserer Heiratsurkunde stand, bedeutet das, dass du das Geld aus deinem Erbe illegal erhalten hast, was dir noch zum Verhängnis werden könnte. Und es bedeutet, dass wir technisch gesehen nie verheiratet waren. Aber ... wie gesagt, Ry hat es in Ordnung gebracht.«

Maisy schaute wieder auf das Stück Papier in ihrer Hand und fuhr mit dem Finger über seine Unterschrift. Statt Jack Smith, wie er es an jenem Tag vor Monaten unterschrieben hatte, stand da jetzt Jack Wickett. Und auf ihrem stand Maisy Feldman statt Smith, wie sie selbst unterschrieben hatte.

»Was? Wie?«, fragte sie ungläubig.

»Ry hat echt was drauf«, sagte er schlicht. Jetzt war nicht der richtige Zeitpunkt, um zu erklären, wie sie sich in die Datenbank des Staates Washington gehackt und das eingescannte Originaldokument verändert hatte. Wie sie seine Unterschrift von einem der vielen Formulare, die er hier in der *Zuflucht* unterschrieben hatte, genommen und durch diejenige ersetzt hatte, mit der er seine Heiratsurkunde unterschrieben hatte.

»Ich weiß, dass wir darüber gesprochen haben, hier in New Mexico zu heiraten, nur um sicherzugehen ... aber das müssen wir jetzt nicht mehr. Es sei denn, du willst es trotzdem. Ich meine, wenn du eine Party mit unseren Freunden willst, würden sich sicher alle darüber freuen. Und du verdienst die Hochzeit deiner Träume. Das weiße Kleid, der Gang zum Altar, der ganze Rummel. Ich wollte mich nur davon überzeugen, dass du damit einverstanden bist. Dass wir schon verheiratet sind. Und zwar wirklich.«

Er plapperte vor sich hin, aber Stone konnte nicht deuten, was Maisy dachte, und das machte ihn fertig.

Als Antwort legte Maisy die geänderte Heiratsurkunde auf den Tisch ... dann drehte sie sich um und ging von ihm weg.

Stone konnte ihr nur entsetzt hinterherstarren. Sein Herz schlug ihm bis zum Hals und sein Magen überschlug sich. Das war schmerzhafter als alles, was er je erlebt hatte. Einschließlich seiner Zeit als Kriegsgefangener. Wenn seine Maisy ihn jetzt zurückwies, würde er sich vielleicht nie wieder davon erholen.

Sie ging in ihr Schlafzimmer, aber einen Moment später kam sie zurück. Ihr Gesicht war undurchschaubar. Sie blieb vor ihm stehen, streckte die Hand aus und hielt ihm etwas hin.

Als Stone hinunterschaute, machte sein Herz einen Sprung. Er wusste sofort, was er da vor sich hatte. Ruckartig hob er den Kopf, um sie anzusehen. Und dieses Mal lächelte sie. Ein breites Lächeln. Das Glück und die Zufriedenheit in ihrem Gesichtsausdruck waren überwältigend.

»Vor einiger Zeit hast du gesagt, dass ich nicht gehen kann, weil ich schwanger sein könnte. Nun ... es sieht so aus, als würdest du mich nicht mehr loswerden. Oder besser gesagt uns.«

»Du bist ... wir sind ... wir bekommen ein *Baby*?« Stone verhaspelte sich, während er den positiven Schwangerschaftstest in seiner Hand festhielt.

Maisy lachte. »Ja. In Anbetracht der Tatsache, dass keiner von uns beiden irgendeine Art von Verhütung benutzt hat, ist das jetzt keine sonderlich große Überraschung. Und da es deine Lieblingsbeschäftigung zu sein scheint, tief in mir zu kommen ...« Ihre Stimme wurde leiser.

Stone ließ sich auf die Knie fallen, schlang seine Arme um sie und vergrub sein Gesicht an ihrem Bauch. Er spürte ihre Hände in seinem Haar, während seine Augen sich mit Tränen füllten. Er hatte seit Jahren nicht mehr geweint. Selbst als er gefoltert worden war, hatte er nicht geweint. Aber der Gedanke daran, dass diese Frau sein Baby bekommen würde, ließ ihn völlig die Fassung verlieren.

Er sah auf und sagte: »Bitte verlass mich nie. Ich könnte es nicht ertragen. Ich liebe dich so sehr, Stellina. Wie wir uns kennengelernt haben, war furchtbar, aber du bist wirklich das Beste, was mir je passiert ist. Ich flehe dich an, verlass mich nie. Wenn ich dich verärgert habe, sag mir, was ich getan habe, damit ich dafür sorgen kann, dass es nicht wieder vorkommt. Alles, was du willst, werde ich dir geben, wenn du es willst. Bitte, Maisy, bitte.«

Sie schüttelte den Kopf, während ihre Augen sich ebenfalls mit Tränen füllten und sie versuchte, ihn auf die Füße zu ziehen. Aber Stone rührte sich nicht. Er konnte es nicht. Seine Knie hätten unter ihm nachgegeben.

»Nicht«, entgegnete sie. »Bettle nicht. Das bist nicht du. Außerdem ist es nicht nötig. Ich will nirgendwo hingehen. Der Tag, an dem ich dich kennengelernt habe, war der Beginn meines neuen Lebens, und ich werde wie der Teufel dafür kämpfen, unser Glück zu behalten. Und ich brauche keine weitere Hochzeit. Vielleicht können wir in zwanzig Jahren unser Ehegelübde erneuern, aber jetzt will ich einfach nur genießen, Mrs. Jack Wickett zu sein und mit dir eine Familie zu gründen.«

Zum Teufel mit seinen Plänen. Sie hatten darüber gesprochen, zum Table Rock zu wandern, und er wollte vor ihr auf die Knie gehen und ihr die Ringe zurückgeben, die er für sie in Seattle gekauft hatte. Aber der Gedanke, irgendwo anders hinzugehen als in ihr Bett, war ihm ein

Gräuel. Er musste seiner Frau zeigen, wie sehr er sie liebte. Wie sehr er sich auf ihr Baby freute. Sie hatte recht, er liebte es, in ihr zu kommen. Aber da es sie nicht im Geringsten zu stören schien, machte es ihm auch nichts aus.

Als er die Kraft fand, stand Stone auf. Dann legte er einen Arm um ihre Taille und führte sie den Flur zurück, den Weg, den sie gerade gekommen war. Er ging zu dem kleinen Tisch neben ihrem Bett und zog die Schublade auf. Er holte die Ringe heraus, die sie getragen hatten, bevor seine Erinnerung zurückkehrte, und nahm ehrfürchtig ihre Hand in seine. Er schob die Ringe über ihren Ringfinger und sobald sie an Ort und Stelle waren, fühlte es sich so an, als würde sich alles in Stones Leben wieder einrenken. Er steckte sich seinen eigenen Ring an, dann beugte er sich hinunter und küsste Maisy lange, langsam und tief.

Ohne ein Wort zu sagen, zog er seine Frau in Rekordzeit aus und legte sich zu ihr aufs Bett, nachdem er sich selbst ausgezogen hatte. Anstatt sie an sich zu ziehen, drückte Jack sie auf den Rücken und kroch zwischen ihre Beine. Er lehnte seine Stirn an ihren Bauch, so wie er es im anderen Zimmer getan hatte.

»Hi, Baby«, flüsterte er, während er über die weiche Haut von Maisys Bauch strich. »Ich bin dein Daddy. Und ich werde der beste Daddy der Welt sein. Wir werden wandern und angeln gehen und ich werde dir das Fliegen beibringen. Es wird keinen Tag geben, an dem ich dir nicht sage, wie sehr ich dich liebe. Wir werden reisen, lachen und wahrscheinlich auch streiten. Aber egal was passiert, du wirst schon jetzt geliebt.«

Als Stone ein Schniefen hörte, schaute er auf und sah Maisy, die sich die Augen aus dem Kopf heulte. Aber er war nicht beunruhigt; er wusste, dass sie weinte, weil sie glücklich war. Er schob sich an ihrem Körper hoch, bis sie sich von den Zehen bis zur Brust berührten. Er griff nach unten, positionierte seinen steinharten Schwanz zwischen ihre Beine und drang dann langsam in sie ein.

Maisy lächelte ihn an, während sie die Beine spreizte, um Platz für ihn zu schaffen. Sie war eng und definitiv nicht feucht genug, um es ihr heftig und schnell zu besorgen, aber das machte Stone nichts aus und ihr auch nicht. Er musste in diesem Moment einfach mit ihr verbunden sein. Er spürte, wie ihr Inneres allmählich weicher wurde und ihn umschloss.

»Ich liebe dich«, sagte er zu ihr, während er in ihre wunderschönen braunen Augen blickte.

»Ich liebe dich auch.«

»Ich werde der beste Ehemann und Vater sein. Ich gebe dir mein Wort.«

»Das bist du schon«, flüsterte sie.

Sie liebten sich mit der ganzen Hingabe ihrer Seelen und schoben dann noch eine stürmische und schnelle Nummer. Als sie zum Orgasmus kamen, waren beide schweißgebadet und atmeten schwer.

»Jetzt, da wir unser Training für den Tag hinter uns haben, denke ich, dass ein Nickerchen angebracht ist«, bemerkte Maisy mit einem kleinen Lächeln, während sie sich unter der verknoteten Decke an ihn kuschelte.

»Das finde ich auch«, erwiderte Stone und ignorierte die Tatsache, dass er Owl gesagt hatte, er würde sich später mit ihm treffen, und dass Maisy sich mit Cora treffen sollte, um ihr zu helfen, die Hütte für ihr Pflegekind vorzubereiten, das in ein paar Tagen zu ihnen kommen würde.

Als Maisy in seinen Armen einzuschlafen begann, drückte Stone sie auf den Rücken und legte dann seine Handfläche auf ihren Bauch, während er seine schöne Frau betrachtete.

»Wirst du das die nächsten acht Monate oder so machen?«, murmelte Maisy verschlafen.

»Was meinst du?«

»Mich anstarren.«

»Oh, das. Jawohl«, bemerkte Stone leichthin.

»Oh Mann.«

Sie schlief mit einem Lächeln im Gesicht ein und legte ihre Hand über seine auf ihren Bauch.

Stone schloss die Augen und dachte über sein Leben nach. Er hatte keine Ahnung, wie er hier gelandet war. Er war ein verdammter Glückspilz und er wusste es. Hätte er in der Kriegsgefangenschaft gewusst, dass er hier landen würde, hätte er es nicht geglaubt. Aber alles, was er in seinem Leben erlebt hatte, die Höhen und Tiefen, waren es wert, dass er heute dort war, wo er war. Tatsache war, dass er das verdient hatte. Maisy. Und sie hatte ihn auch verdient. Sie hatten die Hölle durchlebt, und das war ihre Belohnung.

Er musste seine Eltern anrufen. Er musste die anderen wissen lassen, dass er und Maisy keine Trauung brauchen würden ... und natürlich alle darüber informieren, dass es bald ein weiteres Baby in der *Zuflucht* geben würde.

Er lächelte leise. Vier neue Babys, plus das neue Pflegekind von Cora und Pipe. Gott, ihr Plan, ein Resort nur für Erwachsene zu haben, war in kürzester Zeit über den Haufen geworfen worden.

Stone ließ den Kopf auf das Kissen neben Maisy sinken und fiel in einen leichten Schlummer. Die Zukunft würde sie vor Herausforderungen stellen, da war er sich sicher, aber mit Maisy an seiner Seite würden sie alles überstehen.

Es war Zeit für sie zu gehen. Ryleigh wusste das, aber es fiel ihr schwer, es tatsächlich zu tun. Sie war schon zu lange geblieben. Alle waren in Sicherheit, es gab keine neuen Krisen mehr. Sie hatte alles für die Männer und Frauen in der *Zuflucht* getan, was sie konnte, und jetzt musste sie weiterziehen.

Aber jedes Mal, wenn sie den Plan fasste, sich mitten in der Nacht aus dem Haus zu schleichen und sich in Luft aufzulösen, hielt etwas sie davon ab. Jasna bat sie um Hilfe bei ihren Hausaufgaben. Maisy fragte sie, wie es ihr ging, und schien ehrlich an ihrer Antwort interessiert zu sein. Stone bat sie, seine Heiratsurkunde zu korrigieren. Jess und Carly baten sie, mit ihnen zu plaudern, während sie Handtücher falteten ...

Ryleigh war noch nie so ... nett behandelt worden wie hier in der *Zuflucht*.

Und im Gegenzug hatte sie sie betrogen. Sie log *immer noch*. Sie wussten nicht, was sie alles getan hatte. Sie wussten nicht, dass ihre Nähe sie in ernsthafte Schwierigkeiten bringen konnte. Sie war Gift, das hatte ihr Vater ihr immer wieder gesagt, und so sehr sie auch versuchte, es zu leugnen, seine Stimme in ihrem Kopf zu unterdrücken, sie konnte es nicht.

Ihr Vater hatte ihr alles beigebracht, was er wusste, und das bedeutete, dass sie genauso eine Kriminelle war wie er selbst. Es spielte keine Rolle, dass sie versucht hatte, Buße zu tun. Dass sie vor ihrem guten alten Vater geflohen war, dass sie alles, was er ihr beigebracht hatte, *gegen* ihn verwendet hatte. Die Polizei, die Bundespolizei, niemand würde glauben, dass sie keine andere Wahl gehabt hätte. Sie würde genauso weggesperrt werden wie ihr Vater ... falls sie erwischt wurde.

Und je länger sie an einem Ort blieb, je wohler sie sich

hier fühlte, desto größer war die Wahrscheinlichkeit, dass sie aufgespürt werden würde. Sie hatte keine Angst vor der Polizei ... sie würde die Strafe, die sie bekommen würde, hinnehmen, weil sie sie verdiente. Es war ihr Vater, der ihr Angst machte.

Er würde sich nicht damit begnügen, ihr das Gefühl zu geben, die schlechteste Tochter der Welt zu sein. Nein, er würde sie zerstören. Und nicht nur sie, sondern alles, was ihr lieb und teuer war. Und zum ersten Mal in ihrem Leben hatte sie etwas, das ihr wichtig war. *Die Zuflucht* und alle, die hier lebten und arbeiteten.

Ihr Vater würde nicht zögern, sie einen nach dem anderen zu zerstören.

Also musste sie gehen. Bevor es zu spät war.

Aber sie hatte das Gefühl, dass es *jetzt schon* zu spät war.

Und es war alles ihre Schuld.

Sie hatte es besser gewusst, als sie Bricks Computer benutzt hatte, als er ihn wütend über den Tisch geschoben hatte, als Lara und Owl entführt worden waren und Stone verschwunden war. Sie wusste, dass dies eine Lücke hinterlassen würde, die ihr Vater ausnutzen könnte.

Und so war es auch.

Es war der Anfang.

Die Rache ihres Vaters.

Er hatte jahrelang auf die Gelegenheit gewartet, seine Tochter zu finden und sie dafür bezahlen zu lassen, dass sie ihn hintergangen und die Fähigkeiten, die er ihr beigebracht hatte, gegen ihn eingesetzt hatte.

Der erste Hinweis war die Abbuchung von zehn Cent vom Bankkonto der *Zuflucht*. Es waren nur zehn Cent, aber es hätte genauso gut eine Million sein können. Ihr Vater spielte mit ihr. Er ließ sie wissen, dass er sie gefunden hatte.

Dass er da draußen war. Er beobachtete. Er wartete auf den richtigen Moment.

Er würde *Die Zuflucht* zerstören, ohne sich Gedanken über die Leben zu machen, die er dabei ruinieren würde. Selbst wenn er nicht wüsste, wie viel ihr die Menschen hier bedeuteten ... er würde sie trotzdem zerstören. Nur weil sie unter ihnen gelebt hatte. Und die Einzige, die ihn aufhalten konnte, war *sie*. Jetzt zu gehen, würde nicht helfen. Es würde ihn nicht aufhalten.

Ihr Handy vibrierte mit einer Nachricht und Ryleigh schaute sie an.

Henley: Hast du die Neuigkeiten gehört? Maisy ist schwanger! Wir treffen uns alle in einer Viertelstunde in der Lodge!

Ryleigh hätte sich freuen sollen. Und natürlich freute sie sich. Maisy und Stone waren ein bezauberndes Paar. Aber es bedeutete auch, dass sie noch jemanden beschützen musste. Der Druck, den sie spürte, war immens. Sie wusste nicht genau, ob sie damit umgehen konnte.

Aber andererseits hatte sie auch keine andere Wahl.

Als sie aus dem Fenster blickte, sah sie Tiny in der Ferne. Er war bei einem der Paare, die in dieser Woche in der *Zuflucht* untergebracht waren, und zeigte mit den Fingern auf den Boden, um ihnen wahrscheinlich die Spuren eines Kaninchens oder Rehs zu zeigen.

Ihr Herz begann, unregelmäßig zu pochen, und Ryleigh runzelte die Stirn. Der Mann hasste sie, und sie konnte es ihm nicht verdenken. Sie hatte gelogen. Sie hatte nicht nur ihn, sondern alle hier getäuscht. Und sie weigerte sich, die meisten Fragen zu beantworten, die er ihr stellte, wenn sie allein waren. Sie wollte ihn nicht anlügen, also hielt sie lieber den Mund.

Er würde ihr nie verzeihen, und das war schrecklich. Denn eigentlich mochte sie den ehemaligen SEAL. Er war loyal und hilfsbereit, aber auch ein wenig rau, was sie anmachte. Sie war umgeben von Strebern aufgewachsen. Männer und Jungs, die den ganzen Tag auf Computer starrten. Sie sehnte sich nach einem männlichen Mann. Jemand, der mit einem Elektrowerkzeug umgehen konnte, der keine Angst hatte, sich die Hände schmutzig zu machen, und der seine Zeit am liebsten draußen verbrachte, um zu schwitzen und körperliche Arbeit zu verrichten.

Und sie hatte schon mehr als einmal davon geträumt, dass Tiny sie an die Wand drückte und dass er es ihr heftig und schnell besorgte. Er würde nicht zulassen, dass sie Nein sagte – was sie auch nicht getan hätte –, und bereitete ihr mehr Lust, als sie ertragen konnte.

Aber Tiny konnte sie kaum ansehen. Sie konnte es sich abschminken, dass er jemals etwas Intimeres wollte.

Seufzend griff Ryleigh zu ihrem Telefon und tippte eine kurze Antwort an Henley, in der sie ihr mitteilte, dass sie sie und die anderen so bald wie möglich in der Lodge treffen würde. Dann wandte sie die Aufmerksamkeit wieder ihrem Computer zu. Sie musste einen Weg finden, *Die Zuflucht* elektronisch abzuschotten. Es durfte nicht einmal ein kleines Loch geben, durch das ihr Vater eindringen konnte. Das Bankkonto hatte sie bereits so gut wie möglich verriegelt, aber bei der Anzahl der Lieferanten, die *Die Zuflucht* elektronisch bezahlte, gab es eine Menge Fäden, denen ihr Vater folgen konnte.

Ryleigh presste die Lippen zusammen und atmete tief ein. Sobald sie sicher war, dass *Die Zuflucht* gesichert war, würde sie verschwinden. Bis dahin würden ihre Geheimnisse wahrscheinlich alle aufgedeckt sein. Niemand würde traurig sein, sie gehen zu sehen ... außer sie selbst.

Hoffentlich kann Tiny seine Griesgrämigkeit überwinden, um Ryleigh zu akzeptieren und herauszufinden, wovor genau sie davonläuft. Lesen Sie in *Zuflucht für Ryleigh*, wie die Reihe *Die Zuflucht in den Bergen* zu Ende geht.

BÜCHER VON SUSAN STOKER

Schutz für Addison (6 May)
Schutz für Kelli
Schutz für Bree

Das Bergungsteam vom Eagle Point
Ein Retter für Lilly
Ein Retter für Elsie
Ein Retter für Bristol
Ein Retter für Caryn
Ein Retter für Finley
Ein Retter für Heather
Ein Retter für Khloe

SEALs of Protection: Legacy
Ein Beschützer für Caite
Ein Beschützer für Brenae
Ein Beschützer für Sidney
Ein Beschützer für Piper
Ein Beschützer für Zoey
Ein Beschützer für Avery
Ein Beschützer für Kalee
Ein Beschützer für Jane

Die SEALs von Hawaii:
Die Suche nach Elodie
Die Suche nach Lexie
Die Suche nach Kenna
Die Suche nach Monica
Die Suche nach Carly
Die Suche nach Ashlyn
Die Suche nach Jodelle

Delta Team Zwei

Ein Held für Gillian
Ein Held für Kinley
Ein Held für Aspen
Ein Held für Jayme
Ein Held für Riley
Ein Held für Devyn
Ein Held für Ember
Ein Held für Sierra

Mountain Mercenaries:
Die Befreiung von Allye
Die Befreiung von Chloe
Die Befreiung von Morgan
Die Befreiung von Harlow
Die Befreiung von Everly
Die Befreiung von Zara
Die Befreiung von Raven

Ace Security Reihe:
Anspruch auf Grace
Anspruch auf Alexis
Anspruch auf Bailey
Anspruch auf Felicity
Anspruch auf Sarah

Die Delta Force Heroes:
Die Rettung von Rayne
Die Rettung von Emily
Die Rettung von Harley
Die Hochzeit von Emily
Die Rettung von Kassie
Die Rettung von Bryn
Die Rettung von Casey

Die Rettung von Wendy
Die Rettung von Sadie
Die Rettung von Mary
Die Rettung von Macie
Die Rettung von Annie

SEALs of Protection:
Schutz für Caroline
Schutz für Alabama
Schutz für Fiona
Die Hochzeit von Caroline
Schutz für Summer
Schutz für Cheyenne
Schutz für Jessyka
Schutz für Julie
Schutz für Melody
Schutz für die Zukunft
Schutz für Kiera
Schutz für Alabamas Kinder
Schutz für Dakota

Eine Sammlung von Kurzgeschichten
Ein langer kurzer Augenblick

BIOGRAFIE

Susan Stoker ist die New York Times, USA Today und Wall Street Journal Bestsellerautorin der Buchreihen »Badge of Honor: Texas Heroes«, »SEAL of Protection«, »Die Delta Force Heroes« und einigen mehr. Stoker ist mit einem pensionierten Unteroffizier der US-Armee verheiratet und hat in ihrem Leben schon überall in den Vereinigten Staaten gelebt – von Missouri über Kalifornien bis hin zu Colorado. Zurzeit nennt sie die Region unter dem großen Himmel von Tennessee ihr Zuhause. Sie glaubt ganz und gar an Happy Ends und hat großen Spaß daran, Geschichten zu schreiben, in denen Romantik zu Liebe wird.

Besuchen Sie Susan im Netz!
www.stokeraces.com
facebook.com/authorsusanstoker
twitter.com/Susan_Stoker
bookbub.com/authors/susan-stoker

instagram.com/authorsusanstoker
Email: Susan@StokerAces.com